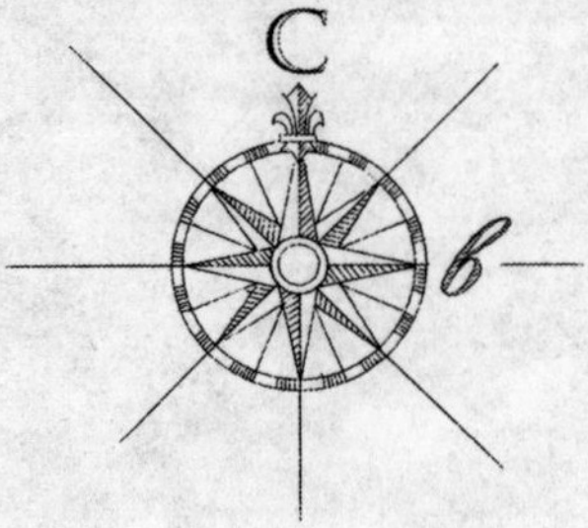
С
в

С. И. ГРОУВ

Стеклянная карта

АЗБУКА
Санкт-Петербург

УДК 087.5
ББК 84(4Сое)-44
Г 86

S. E. Grove
THE GLASS SENTENCE

Перевод с английского Марии Семёновой
Оформление обложки Татьяны Павловой
Иллюстрация на обложке Виталия Еклериса

Гроув С. И.

Г 86 Стеклянная карта : роман / С. И. Гроув ; пер. с англ. М. Семёновой. — СПб. : Азбука, Азбука-Аттикус, 2015. — 576 с. — (Чернильное сердце).

ISBN 978-5-389-09127-6

Давно, почти век назад, на нашу Землю пришла беда. Прервалась связь времен, вселенская катастрофа расколола время на части, карта мира переменилась, и с той поры разные части света живут каждая в своем времени.

Родители Софии — путешественники, они пролагают пути между разделившимися эпохами. Но однажды след их теряется, они пропадают без вести. А вскоре неизвестные похищают Шадрака, знаменитого бостонского ученого, родного дядю Софии. И девочка вместе с другом отправляется на его поиски. Помощницей служит ей стеклянная карта, магический инструмент, позволяющий находить дорогу в разобщенном времени и пространстве. София еще не знает, что за картой ведет охоту существо нечеловеческой крови, а слуги его, големы, не ведают ни жалости, ни пощады…

Автор перевода романа — Мария Семёнова, создательница знаменитого сериала о Волкодаве и других известнейших книг в историко-фэнтезийном жанре.

УДК 087.5
ББК 84(4Сое)-44

ISBN 978-5-389-09127-6

Посвящается моим родителям и брату

...Человек, лишенный героической души, не может быть ученым. Преамбула мысли, условие, при котором осуществляется переход ее от неосознанного к осознанному, — действие. Я знаю ровно столько, сколько я жил. И мы немедленно отличаем слова, заряженные жизнью, от слов, ее лишенных.

Мир — эта тень души или *второе я* — широко простерся вокруг нас. Его привлекательные стороны подобны ключам, отмыкающим мои мысли и дающим мне узнать самого себя. Я с радостью отдаюсь этой полной звуков суете.

Ральф Уолдо Эмерсон. Американский ученый. 1837 год.
(Перевод А. М. Зверева)

Неизученные
земли
Неизученные
земли
Доисторические Снега
Папские
государства
Новый
Запад
Пустоши
Ранние
фараоны
Объединенные
Индии
Поздняя
Патагония
КАРТА НОВОГО МИРА, вклю
Неизученные
земли

Сокровенные империи
Неизученные земли
России
Срединные пути
Срединное королевство
Индия
Сороковая эпоха
С
Неизученные земли
Австралия
…ющая НЕИЗУЧЕННЫЕ ЗЕМЛИ
составил
Шадрак Элли,
мастер-картолог

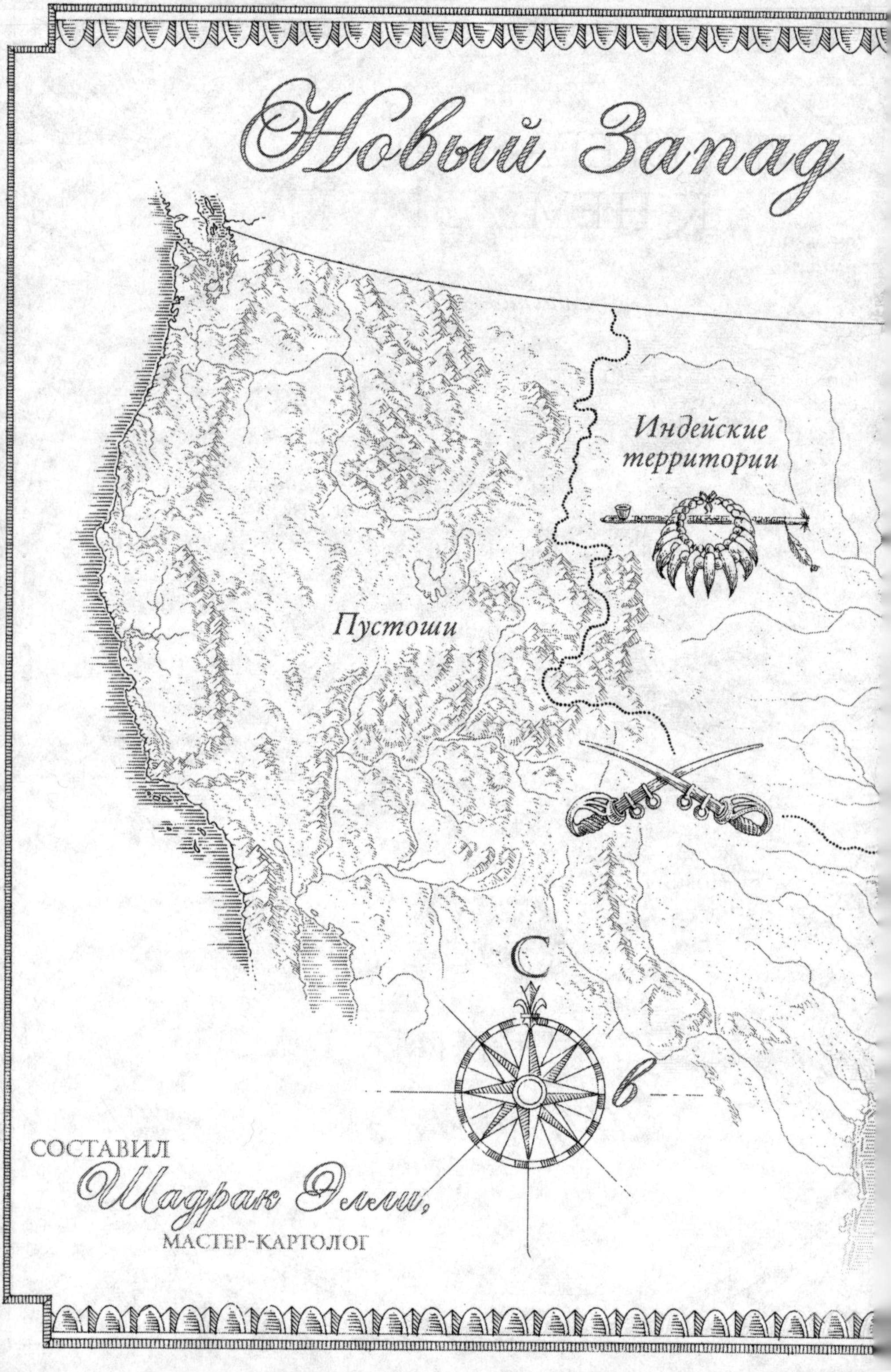

Новый Запад
Индейские территории
Пустоши
С
В
СОСТАВИЛ
Шадрак Элли,
МАСТЕР-КАРТОЛОГ

и ПРИЛЕГАЮЩИЕ К НЕМУ ЭПОХИ

Новый Запад
Пустоши
Нохтланд
Веракрус
Тройственные эпохи
Ксела
Пустоши
и ПРИЛЕГАЮЩИЕ К НИМ ЭПОХИ
СОСТАВИЛ
Шадрак Элли,
МАСТЕР-КАРТОЛОГ

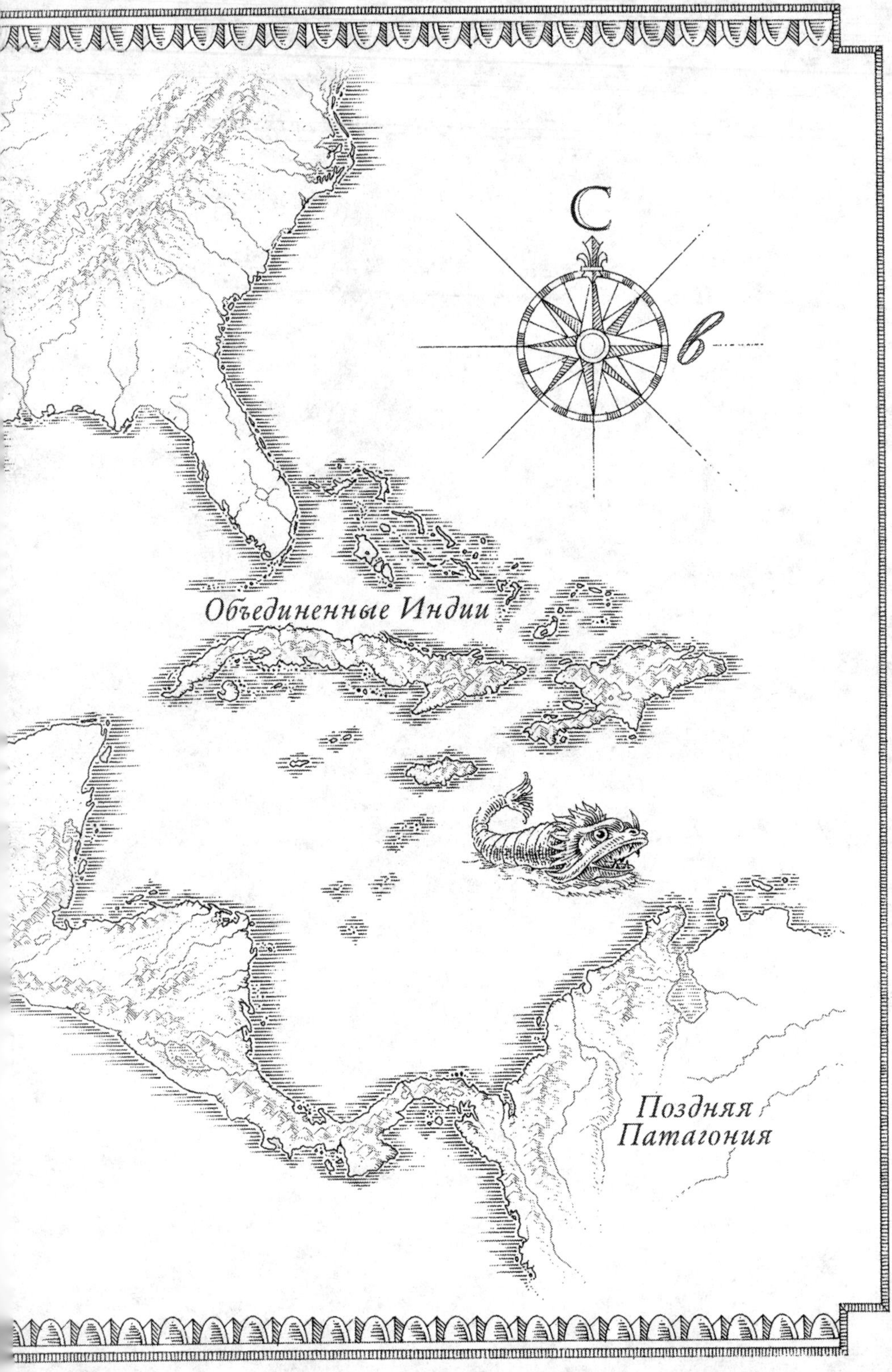
С
в
Объединенные Индии
Поздняя Патагония

Пролог

«Это случилось очень давно... Я тогда совсем ребенком была. В то время к окраинам Бостона вплотную подступали возделанные поля, так что летом я от темна до темна резвилась на воле с друзьями и возвращалась домой лишь на закате. Помнится, мы спасались от зноя, купаясь в Буновом ручье, там, где быстрый поток вливался в глубокий пруд.

Шестнадцатого июля тысяча семьсот девяносто девятого года царила особенная жара. Так случилось, что все мои приятели явились на пруд раньше меня. Подбегая к берегу, я слышала их веселые крики. Когда они увидели меня на верху обрыва, откуда особенно удобно было нырять, они принялись дружно подначивать: „Давай, Лиззи! Давай к нам!..“

Я быстренько разделась, на мне осталось лишь льняное белье. Хорошенько разбежалась — и прыгнула.

Знать бы мне, что приземляться придется уже в другом мире...

Я обнаружила, что зависла над поверхностью пруда. Замерла в воздухе, поджав колени и обхватив их руками, смотрела на воду и берег, но не могла пошевелиться. Так чувствуешь себя, когда пытаешься проснуться, преодолеть сон. Хочешь очнуться — а глаза не открываются и не повинуются ни руки, ни ноги. Лишь разум подает голос, приказывая: „Вставай, вставай!“ Примерно так случилось и со мной, только вместо никак не отпускавшего меня сновидения был весь окружающий мир.

Все как-то странно притихло. Я даже биения собственного сердца не слышала. Тем не менее я знала, что время не прекратило свой ход. Наоборот, оно вдруг понеслось необыкновенно быстро. Мои друзья застыли на месте, лишь вода текла и крутилась вокруг них с пугающей скоростью.

А потом я увидела, что начало происходить на берегах ручья.

Трава принялась расти прямо у меня на глазах. Она росла и росла, пока не стала совсем высокой, как под конец лета. Потом зелень увяла и побурела, а листья на прибрежных деревьях окрасились желтым, оранжевым, красным. И наконец утратили цвет и вовсе опали. Кругом разливался тускло-серый свет, определенно не ночной, но и не дневной. Он стал меркнуть, когда листва закружилась в воздухе. Поле, насколько хватало глаз, сделалось бурым с блестками серебра, чтобы мгновением позже превратиться в заснеженную равнину. Ручей подо мной замедлил течение и подернулся ледком. Снег то собирался высокими сугробами, то опадал, как бывает по ходу долгой зимы. Потом он отступил, освобождая нагие ветви и землю, тоже голую и коричневую. Лед на ручье раскололся и постепенно исчез, в русле вновь быстро побежала вода. За береговой линией земля стала нежно-зеленой: сквозь нее пробивались молоденькие ростки. Деревья окутала изумрудная кисея. Очень скоро листья налились спелой зеленью лета, трава начала вытягиваться в рост…

Все это заняло считаные мгновения, но чувство, будто я прожила целый год отдельно от привычного мира, не покидало меня.

А потом я вдруг упала. Я свалилась в Бунов ручей, и способность слышать все звуки вернулась ко мне. Журчали и плескались струи… а мы с приятелями взирали друг на дружку в немом недоумении. Все мы видели одно и то же. Но никто не понимал, что случилось…

В последующие дни, недели и месяцы жители Бостона все чаще и чаще сталкивались с невероятными последствиями того происшествия, хотя ни о каком понимании и речи быть не могло. Просто из Англии и Франции почему-то перестали прибывать корабли. Позже начали возвращаться моряки, покинувшие Бостон уже после памятного события. Напуганные, потрясенные, они рассказывали о древних гаванях, о чуме... Торговцы, ездившие на север, принесли вести о бесплодных, заснеженных землях. По их словам, там невозможно было найти признаков человеческого жилья, зато появились невиданные звери, известные нам лишь по смутным преданиям. Те, кто сбывал свой товар на юге, распускали и вовсе немыслимые слухи. О величественных городах, построенных сплошь из стекла, о набегах конников и опять-таки о бесчисленных диковинных животных.

Стало ясно, что в то ужасное мгновение мир рассыпался на части, более не связанные общим течением времени. Обломки, кувыркаясь, куда-то неслись сами по себе, заброшенные в разные эпохи. То есть в пространстве они по-прежнему граничили друг с другом, но время воздвигло между ними неодолимые преграды. Теперь никто не знал ни истинного возраста вселенной, ни того, в каком столетии была спровоцирована катастрофа. Известный нам мир оказался расколот; его место занял совершенно другой, новый и незнакомый.

Мы назвали случившееся Великим Разделением».

(Из письма Элизабет Элли внуку Шадраку. 1860)

ЧАСТЬ I
Исследование

1
Завершение эпохи

14 июня 1891 года, 7 часов 51 минута

Новый Запад начал свой эксперимент с выборным представительством на волне больших надежд и немалого оптимизма. Однако вскоре все омрачилось взяточничеством и насилием, и стало ясно: система не работает. В 1823 году состоятельный представитель Бостона выдвинул радикальный план. Он предложил передать управление Новым Западом единому парламенту, обязав при этом всякого желающего высказать в этом парламенте свое мнение заплатить вступительный взнос. Данный проект был принят на ура — естественно, теми, кто мог себе позволить подобное, — и объявлен величайшей демократической инициативой со времен Революции. Так была заложена основа современной практики, предполагающей посекундную продажу времени выступления в парламенте.

Шадрак Элли. История Нового Запада

День, когда Новый Запад закрыл свои границы, выдался самым жарким в году. Именно тогда София Тимс навсегда изменила свою жизнь, перестав следить за временем.

Впрочем, в начале того знаменательного дня она не сводила глаз со стрелки часов. В здании бостонской палаты представителей, как раз над местом спикера, висел громадный золотой циферблат с двадцатью делениями. Когда пробило восемь, зал уже был набит битком. На скамьях, подковой огибающих возвышение, сидели парламентарии: восемьдесят восемь мужчин и две женщины, достаточно состоятельные, чтобы обеспечить себе эти места. Напротив расположились посетители, заплатившие за время обращения к парламенту, а подальше — члены общества, которые сумели купить право присутствия в партере. На высоком балконе, где было дешевле всего, Софию с обеих сторон теснили мужчины и женщины. Солнечный свет вливался сквозь высокие окна, сверкая на позолоте изогнутых балконных перил.

— Ну и духовка, — вздохнула дама, сидевшая рядом с Софией. Она обмахивалась шляпкой, над верхней губой каплями выступил пот, поплиновое платье смялось и стало влажным. — Бьюсь об заклад, в партере на добрых пять градусов прохладнее!

София нервно улыбнулась в ответ и ерзнула башмачками по деревянному полу.

— Там, внизу, мой дядя, — сказала она. — Он будет выступать!

— В самом деле? А где он? — заинтересовалась соседка, положила на перила пухлую руку и стала смотреть вниз.

София указала ей на мужчину с темно-русыми волосами: он сидел выпрямив спину и скрестив на груди руки. На нем был льняной костюм, на колене лежала тонкая книжка в кожаной обложке. Темные глаза спокойно изучали переполненный зал. Рядом с ним откинулся на спинку скамьи его друг, состоятельный исследователь Майлз Каунтримен, раскрасневшийся от жары, с шапкой белых волос, слипшихся от пота. Он вытирал лицо носовым платком.

— Вон там, — сказала София. — Прямо против спикеров.

— Где? — прищурилась дама. — Ух ты, да здесь сам Шадрак Элли, как я посмотрю!

София с гордостью улыбнулась:

— Так это он и есть. Мой дядя Шадрак!

Женщина изумленно уставилась на нее и даже перестала обмахиваться.

— Ну надо же! Племянница великого картографа!.. — Она была явно под впечатлением. — Как же тебя зовут, милочка?

— София.

— Так почему же, София, твой знаменитый дядя не купил тебе местечка получше? Неужели все деньги на свое время потратил?

— Что вы, Шадрак не может позволить себе время в парламенте, — отмахнулась София. — Все оплатил Майлз: четыре минуты и тринадцать секунд!

Пока она говорила, началась парламентская процедура. Двое хронометристов, расположившихся по обе стороны возвышения, каждый — с секундомером в обтянутой белой перчаткой руке, вызвали первого оратора, некоего мистера Руперта Миддлса. Вышел плотный мужчина с длинными ухоженными усами. Он поправил горчичного цвета галстук, толстыми пальцами разгладил усы, прокашлялся… У Софии округлились глаза: левый хронометрист выставил часы на двадцать семь минут.

— Ты только посмотри! — прошептала толстушка. — Целое состояние небось вывалил!

София кивнула. Внутри у нее все напряглось, когда Руперт Миддлс открыл рот и начал свою двадцатисемиминутную речь.

— Мне оказана высокая честь, — заговорил он громовым голосом, — выступить перед этим парламентом сегодня, четырнадцатого июня тысяча восемьсот девяносто первого года, дабы огласить план по улучшению положения нашего горячо любимого Нового Запада. — Он набрал полную грудь воздуха. — Пираты Объединенных Индий, орды грабителей из Пустошей, постоянные вторжения на наши территории с севера, запада и юга... Долго ли еще Новый Запад намерен игнорировать реалии измененного мира, между тем как алчные чужаки буквально вгрызаются в наши владения? — Публика загудела, послышались одобрительные возгласы, но Миддлс продолжал почти без паузы: — За один прошлый год целых четырнадцать городов Нового Акана были захвачены выходцами из Пустошей. Эти люди не желают платить за привилегии жизни на Новом Западе, однако в полной мере наслаждаются ими! За тот же период пираты взяли на абордаж тридцать шесть торговых кораблей с грузами, отправленными из Объединенных Индий. Думаю, излишне напоминать вам, что не далее как на прошлой неделе «Шквал», доброе бостонское судно, перевозившее тысячи долларов наличностью и товарами, было атаковано Альбатросом, презренным бандитом, чье логово... — Миддлс побагровел, форсируя голос, — расположено едва ли не в миле от Бостонской гавани!

Слушатели встретили эту фразу гневными восклицаниями. Миддлс торопливо перевел дух и продолжил:

— Подобно всем бостонцам, я человек терпимый...

Возгласы стали громче.

— И меня глубоко ранит, что мои терпимость и усердие столь жестоко осмеиваются хитрыми и жадными чужаками!

Аплодисменты, сочувственные выкрики...

— Я пришел сюда, чтобы изложить подробный план, названный мною Патриотическим. Уверен, он будет одобрен, ибо отстаивает интересы тех, кто, подобно мне, желает утвердить такие ценности, как трудолюбие и толерантность. — Миддлс оперся на кафедру. — В качестве первейшего и действенного средства следует закрыть наши границы! — Тут ему пришлось-таки сделать паузу, чтобы переждать оглушительные овации. — Конечно же, граждане Нового Запада, при наличии соответствующих документов, смогут свободно путешествовать в иные эпохи. Иностранцам, живущим на Новом Западе, но не имеющим гражданства, будет предоставлено несколько недель для возвращения на родину. Те, кто дерзнет остаться, будут силовым порядком депортированы четвертого июля текущего года, в день, когда мы отмечаем основание этой великой нации!

Вновь раздались приветственные крики, слушатели, охваченные энтузиазмом, вскакивали на ноги и аплодировали стоя, в то время как Миддлс продолжал свою речь.

У Софии в животе разлился холод: Руперт Миддлс перешел к штрафам и наказаниям для иностранцев, которые останутся на Новом Западе без документов, а также для граждан, решивших путешествовать без должных бумаг. Он говорил очень быстро. София разглядела ниточку пены у него на усах, а лоб его блестел от пота. Миддлс бешено жестикулировал, брызгая на кафедру слюной и не тратя времени на то, чтобы утереться. Ему рукоплескали.

Конечно же, София слышала все это и раньше. Она как-никак жила в доме крупнейшего картографа Бостона, то есть встречала великих исследователей, приходивших в его кабинет. Порой там звучали пренеприятнейшие доводы тех, кто желал положить конец Веку открытий. Однако от этого желчность Руперта Миддлса не становилась менее отвратительной, а план не казался менее ужасным. Пока истекали заключительные минуты его речи, София с растущим беспокойством прикидывала возможные последствия закрытия границ. Новый Запад утратит связи с другими эпохами, дорогих друзей и соседей вынудят уехать… а ей, Софии, придется, пожалуй, хуже, чем многим.

«У них ведь не будет требуемых документов. Они не смогут пересечь границу, и я их навсегда потеряю», — думала она с бьющимся сердцем.

Женщина, сидевшая рядом, продолжала обмахиваться и неодобрительно качала головой. Когда наконец прошло двадцать семь минут и хронометрист звучно ударил в колокол, Миддлс, пошатываясь, вернулся на свое место. Он обливался потом и тяжело переводил дух. Провожали его такой бешеной овацией, что Софии сделалось страшно. Каким образом Шадрак, имея в запасе лишь четыре минуты, собирался склонить слушателей на свою сторону?

— Фу, слюней напустил... — брезгливо прокомментировала толстушка.

— Мистер Августус Вартон! — громко объявил хронометрист.

Его коллега уже устанавливал часы на пятнадцать минут. Выкрики и хлопки постепенно прекратились: к кафедре уверенным шагом прошел высокий мужчина с седыми волосами и ястребиным носом. Никаких заметок у него с собой не было. Он встал за кафедру и стиснул ее края длинными белыми пальцами.

— Можете начинать, — сказал хронометрист.

— Я вышел сюда, — обманчиво тихо заговорил господин Вартон, — дабы прокомментировать изложенный мистером Рупертом Миддлсом проект и постараться убедить всех девяносто парламентариев, что его следует не просто принять, но и обеспечить ему развитие!

Последние слова он почти выкрикнул. Слушатели в партере парламента принялись восторженно аплодировать. София с болью заметила, как посуровело лицо Шадрака, а взгляд вспыхнул яростью.

— Да, мы должны закрыть наши границы и, безусловно, осуществить скорейшую депортацию иноземцев, которые суть паразиты, пьющие кровь этой великой нации и ничего не дающие ей взамен. Но не только! Надо запретить гражданам Нового Запада выезжать за границу, ибо это ведет к подрыву устоев страны. Позволительно спросить: с какой стати вообще кому-либо посещать иные эпохи, пребывающие, как нам известно, на низших уровнях развития? Разве не следует истинному патриоту быть дома, разве не там его место? Я нисколько не сомневаюсь, что великие исследователи, которыми мы так гордимся, отправлялись в дальние странствия из самых лучших намерений. Они стремились к эзотерическим знаниям, которые для большинства умов непостижимы…

И он снисходительно поклонился в ту сторону, где сидели Майлз и Шадрак.

К ужасу Софии, Майлз вскочил на ноги. Из толпы зрителей послышались глумливые выкрики. Шадрак быстро поднялся, взял друга за плечо и потихоньку заставил его опуститься на место. Майлз продолжал клокотать, но все-таки сел. Вартон же снова заговорил, не подав виду, будто что-то заметил.

— Вне сомнения, эти исследователи заблуждаются, хотя и самым добросовестным образом, — произнес он под громкие возгласы одобрения. — Наши идеалисты не понимают, что столь ценимые ими знания в руках зарубежных недоброжелателей становятся предательским орудием, способным погубить наш великий народ! — (Публика взревела, выражая полное согласие.) — Следует напомнить вам о нашем великом первооткрывателе Уинстоне Хеджесе, проводившем изыскания на побережье залива. Добытые им сведения были беспощадно использованы пиратами при осаде Нового Орлеана! — Слушатели загудели, ибо память была еще очень свежа. Оратор же продолжал с явным сарказмом: — Полагаю, всем ясно как божий день, что и великолепные творения некоего картолога, почтившего своим присутствием наше сегодняшнее собрание, являют собой истинное сокровище для любого пирата, налетчика или самовластного правителя, который лелеет захватнические планы...

Столь откровенный выпад несколько огорошил аудиторию. Люди зааплодировали, но словно по инерции, не очень охотно. Шадрак сидел молча, его глаза пылали огнем, но лицо оставалось сосредоточенным и угрюмым. София трудно сглотнула.

— Как все это нехорошо, милочка, — прошептала соседка. — Он такого не заслужил...

— Подводя итог своей речи, — говорил меж тем Вартон, — я хотел бы внести поправку к проекту. Настаиваю на полном закрытии границ не только для иноземцев, но и для наших граждан. Миддлс изложил нам план действий, названный Патриотическим. Я же считаю, что предложенные меры хороши, но недостаточны! Мне представляется, что нас следует защитить не только от поползновений извне, но и, скажем так, от себя самих. Вот суть моей защитной поправки: мой дом — моя крепость! — (Хлопки, сопроводившие эти слова, были жидковатыми, но искренними.) — Я предлагаю строго ограничить зарубежные контакты, в то же время всячески продвигая торговлю с определенными эпохами, а именно...

Он принялся перечислять, но София перестала слушать. Она смотрела только на Шадрака, отчаянно желая оказаться рядом с ним. Увы, ей оставалось лишь следить за происходившим с верхнего балкона и грустно раздумывать, что будет, если план Вартона будет принят и Век открытий, таким образом, завершится.

Шадрак заранее предупреждал, что именно так может все кончиться. Он и вчера говорил ей об этом, в пятнадцатый раз репетируя свою речь у кухонного стола, пока София делала сэндвичи. Она никак не могла поверить, что найдутся те, кто способен рассуждать столь узколобо. А теперь это оказалось реальностью — стоило посмотреть на реакцию слушателей кругом.

— Неужели никто не хочет, чтобы границы остались открытыми? — прошептала София.

— Ну конечно же, милочка, есть и такие, — доброжелательно ответила соседка. — На самом деле их даже большинство. Но где нам взять деньги, чтобы в парламенте выступать? Ты ведь, верно, заметила: те, кто хлопает, сами все в партере сидят. На очень недешевых местах!

София грустно кивнула.

Наконец-то прозвонил колокол, и Вартон, торжествуя, покинул кафедру.

— Слово предоставляется мистеру Шадраку Элли! — объявил хронометрист.

Шадрак проследовал к месту спикера, сопровождаемый вежливыми хлопками. На часах выставили четыре минуты и тринадцать секунд. Шадрак посмотрел на балкон и встретился глазами с Софией. Он похлопал по карману пиджака и улыбнулся. Девочка просияла в ответ.

— Это что такое у вас? — с любопытством спросила толстушка. — Тайный знак?

— Я ему записочку написала, — ответила София. — На удачу.

На самом деле это была не записка, а рисунок. Один из многих, что дядя и племянница оставляли друг дружке в самых неожиданных местах, — они вели своего рода переписку в картинках. На листке София изобразила придуманную ими героиню — Заводную Кору, которая стояла победительницей перед оробевшим парламентом. У нее были часы вместо верхней половины туловища, кудрявая голова, тоненькие ручки и ножки. По счастью, Шадрак выглядел куда достойнее. Темные волосы зачесаны со лба назад, крепкий подбородок высоко вскинут — было очевидно, что он уверен в себе и готов бороться.

— Можете говорить, — сказал ему хронометрист.

— Я стою перед вами, — негромко начал Шадрак, — не в качестве картолога или исследователя, но просто как житель нашего с вами Нового мира. — Он чуть помедлил, потратив две драгоценные секунды на паузу, с тем чтобы заставить аудиторию ловить каждое слово. — Есть один великий поэт, — продолжал он, не повышая голоса, — с которым, по счастью, мы знакомы благодаря его наследию. Он родился в Англии в шестнадцатом веке, до Разделения. Его стихи учат в школах, его слово зажгло свет в душах многих людей… Но из-за того, что его отчизна ныне пребывает, насколько нам известно, в двенадцатом столетии, этот человек еще не появился на свет. Может быть, он не родится вообще. В таком случае его уцелевшие книги обретут особую ценность, и тогда нам — именно нам! — выпадет честь сохранить его творчество для грядущих поколений, чтобы оно не исчезло навсегда из этого мира. Так вот... — Шадрак вновь сделал паузу и обвел глазами притихший зал, — этот великий поэт написал: «Ни один человек не является островом. Каждый — часть материка, частица целого. Если море уносит крупинку, Европа оскудевает... Смерть каждого человека уменьшает меня, ибо неразрывна моя связь с человечеством»[1].

Мне нет нужды убеждать вас в истинности этих слов. Мы знаем из опыта: это правда. После Великого Разделения мы сами наблюдали упадок нашего мира, от которого океаны времени отрывали куски. Распалась Испанская империя, Северные территории провалились в доисторический период, Европа была целиком отброшена в далекое Средневековье, иные же части мира оказались вовсе в неведомых эпохах. И все это произошло, можно сказать, недавно — менее ста лет назад. Потери еще памятны и свежи.

Моя бабушка по отцу Элизабет Элли — близкие называли ее Лиззи — жила как раз во время Великого Разделения и видела случившееся своими глазами. Именно ее рассказы о том дне вдохновили меня на то, чтобы стать картологом. Слушая бабушку, я каждый раз думал не об утратах Разделения, но о том,

---

[1] Из «Обращений к Господу в час нужды и бедствий» Джона Донна.

что мы можем благодаря ему приобрести... Нам понадобились годы, даже десятилетия, чтобы понять: расколовшийся мир способен исцелиться. Теперь нам доступны отдаленные эпохи, не страшны невообразимые временные барьеры... и это нас обогащает. Мы уже освоили новые технологии, соприкоснувшись со знаниями иных тысячелетий, и вышли на другой уровень понимания времени. Торговля и общение с жителями сопредельных эпох были выгодны для нас во всех смыслах. И конечно же, мы что-то давали в ответ.

Мой добрый друг Артур Уимс из «Атлас пресс», — продолжал Шадрак, показывая публике изящную книжицу в кожаном переплете, — напечатал работы Джона Донна, чтобы с ними могли ознакомиться люди за пределами нашей эпохи. И подобный обмен знаниями через века отнюдь нельзя считать завершенным, ибо Новый мир нами разведан лишь в малой его части. Вообразите же, какие дивные сокровища, имеют ли они финансовое... — тут он метнул острый взгляд на парламентариев, — научное либо литературное выражение, таятся за пределами нашей эпохи! Неужели вы в самом деле без сожаления позволите морю все это смыть?.. Друзья мои, собратья-бостонцы, ни в коем случае нельзя этого допустить! Мы терпимы, как заявляет мистер Миддлс, и действительно прилежные труженики. И о нас не скажешь «остров». Мы — часть великого целого и должны поступать соответственно!

Время на часах истекло как раз в тот момент, когда Шадрак шагнул вниз с возвышения. Хронометрист, явно тронутый его словами, с некоторым опозданием ударил в колокол, одиноко прозвеневший в тишине палаты представителей. София вскочила на ноги и громко захлопала. Слушатели, точно проснувшись, последовали ее примеру — Шадрак вернулся на свое место под настоящий гром аплодисментов. Майлз наградил его увесистым шлепком по спине. Предыдущие ораторы сидели с каменными физиономиями, однако вопли одобрения, которые неслись с галерки, свидетельствовали о том, что речь Шадрака была всеми ясно услышана.

— Он здорово говорил, правда? — спросила София.

— Чудесно! — не переставая хлопать, ответила толстушка. — А сам-то до чего хорош… — добавила она в пространство. — Я просто под впечатлением! Очень-очень надеюсь, что этого довольно. Четыре минуты — разве это время, когда каждая секунда на вес золота?

— Я знаю, — сказала София. Она глядела сверху вниз на Шадрака, совершенно забыв про жару.

Парламентарии между тем удалились в совещательную комнату для принятия решения. София посмотрела на часы, спрятала их обратно в кармашек и приготовилась к долгому ожиданию.

9 часов 27 минут: парламентарии совещаются

В воздухе густо пахло влажной шерстью и арахисом, купленным заседателями у уличных торговцев. Некоторые выходили глотнуть свежего воздуха, но вскоре возвращались. Никому не хотелось пропустить момент, когда комиссия вернется и объявит свое решение. Предполагались три возможных исхода. Парламентарии могли вовсе не прийти к соглашению, рекомендовать один из планов к доработке или немедленно принять какой-то из них к исполнению.

София посмотрела на часы за ораторской кафедрой. Оказывается, было уже почти десять часов, то есть полдень. Она глянула вниз — проверить, пришел ли Шадрак, но в это время члены парламента начали выходить из совещательной комнаты.

— Возвращаются, — сказала она соседке.

Несколько мгновений внизу шла суета: присутствовавшие торопливо занимали покинутые места. Потом в зале настала полная тишина.

Глава палаты приблизился к возвышению, держа в руке листок бумаги. У Софии непроизвольно свело мышцы живота. Если бы парламентарии решили не предпринимать никаких решительных действий — на чем, собственно, Шадрак и настаивал, — для объявления им вряд ли понадобилась бы бумажка…

Выступающий прокашлялся.

— Члены парламента, — начал он нарочито медленно, подчеркивая тем самым, что ему-то за время выступления платить не приходится, — вынесли предложенные мероприятия на голосование. Пятьдесят один голос против тридцати девяти был подан за немедленное принятие к исполнению… — тут он снова закашлял, — Патриотического плана, выдвинутого мистером Рупертом Миддлсом…

Он говорил еще, но дальнейшего никто не услышал. Потрясенная София пыталась осмыслить случившееся. Она поправила на плече ремешок сумочки, встала и перегнулась через балконное ограждение, ища глазами Шадрака, однако его поглотила толпа. Люди вокруг выражали дружное негодование и швыряли в парламентариев что под руку попало. Вниз летели хлебные корки, стоптанные туфли, огрызки яблок… и, конечно, сыпался дождь арахисовых шкурок. Разъяренная толпа напирала с такой силой, что Софию прижали к деревянным перилам, и девочка схватилась за них, всерьез опасаясь, как бы ее не спихнули за край.

— Все вниз, все вниз! — пронзительным голосом закричал один из хронометристов.

София посмотрела в ту сторону и увидела, как мимо него цепочкой торопливо шагали парламентарии.

— Трусы! Так просто вы от нас не уйдете! — прозвучал мужской голос за спиной у Софии. — За ними!..

К ее немалому облегчению, толпа подалась назад, люди полезли через скамьи, торопясь к выходам. София огляделась в поисках своей соседки-толстушки, но той нигде не было видно.

Она еще постояла среди стихающей толчеи, прикидывая, что же теперь делать. Сердце колотилось в груди. Шадрак говорил, что придет за ней на галерку, только вряд ли теперь ему это удастся.

«Я обещала дождаться!» — твердо сказала себе София. Она силилась успокоить дрожащие руки и пыталась не обращать внимания на крики снизу. А они становились все громче. Прошла минута, другая…

София то и дело поглядывала на свои часики, следя за временем. Потом ее слуха достиг отдаленный ропот, сперва невнятный. Но вот наконец люди начали четко скандировать:

— Вы-ку-рить! Вы-ку-рить! Вы-ку-рить!..

София побежала к лестнице.

На первом этаже несколько мужчин выкорчевали кафедру и с ее помощью крушили дверь совещательной комнаты.

— Выкурить их оттуда! — пронзительно кричала какая-то женщина. Она торопливо громоздила опрокинутые стулья один на другой, словно впрямь решила сложить костер.

София бросилась к главному входу, но там, похоже, столпились все посетители слушаний, — двери оказались начисто заблокированы.

— Вы-ку-рить! Вы-ку-рить! Вы-ку-рить!..

София крепко прижала к груди сумочку и решительно стала проталкиваться наружу.

— Я тебя, фанатика такого!.. — раздался впереди женский голос.

Кричавшая лупила кулаками пожилого мужчину в сером костюме. София испытала потрясение, осознав, что это был не кто иной, как Августус Вартон. Защищаясь, он пустил в ход украшенную серебром трость, но тут на него набросились двое мужчин, чьи татуировки выдавали в них несомненных уроженцев Индий. Один отобрал у Августуса трость, второй заломил ему руки. Голубые глаза женщины сверкали яростью, светлые волосы прилипли к лицу. Она плюнула в Вартона... и вдруг, обмякнув, упала, только юбки взвились. У нее за спиной с занесенной дубинкой стоял полицейский. Он протянул руку, выражая намерение защитить Вартона, и татуированные молодчики как-то незаметно исчезли.

Потом донесся чей-то громкий возглас, за которым последовала череда неразборчивых воплей. София почувствовала, что где-то горит, прежде, чем увидела пламя. Люди шарахнулись в стороны… и в дверь палаты представителей ударился брошенный факел. Когда он упал на пол, крики зазвучали с новой силой. София стала проталкиваться прочь, вглубь толпы, она с усилием преодолевала ступени у входа и все пыталась высмотреть запропастившегося Шадрака. Запах дыма бил в ноздри.

Уже почти спустившись, она услышала визгливый крик:

— Ах ты, грязный пират!..

И прямо на Софию, сбив ее с ног, рухнул небритый верзила. Во рту у него недоставало зубов. Вскочив, он рассерженно бросился на обидчика. София, оказавшаяся на четвереньках, неуверенно поднялась. На улице было меньше народу, и она устремилась туда, перескакивая через последние ступени. У нее подгибались коленки.

На углу, совсем рядом с палатой, была остановка, и к ней как раз подходил трамвай. София побежала к нему и вскочила на подножку, даже не поинтересовавшись, куда он идет.

2
Портовый трамвай

14 июня 1891 года, 10 часов ровно

На севере царила доисторическая первозданность, на юге и западе эпохи смешались. Самым болезненным после Великого Разделения оказался временной разрыв между прежними Соединенными Штатами Америки и Европой. Папские государства и Сокровенные империи погрузились во тьму. Таким образом, восточному побережью нашего континента за Атлантическим океаном выпало поддерживать славные традиции Запада. Отныне Соединенные Штаты стали называться Новым Западом...

Шадрак Элли. История Нового Запада

Трамвай покатился прочь от палаты, выписывая маршрут по улицам Бостона, и София наконец перевела дух. Она зажала дрожащие руки между коленями, исцарапанные ладони жгло и щипало. Еще слышен был рев толпы, пассажиры в вагоне возбужденно обсуждали потрясшее всех решение парламента.

— Ничего у них не получится, — тряся головой, утверждал тучный мужчина со сверкающими карманными часами на цепочке. Он даже притопнул ногой в ботинке из лакированной кожи. — Многие жители Бостона являются чужестранцами. Изгонять их попросту непрактично... Город не поддержит подобный проект!

— Однако лишь у немногих есть документы и часы, — возразила молодая женщина, сидевшая рядом. — Выходцы из других эпох обычно не имеют ни того ни другого.

На ней была юбка в цветочек, которую она нервно комкала.

— Неужели депортации в самом деле начнутся четвертого июля? — прерывающимся голосом спросила дама постарше.

София отвернулась от них и стала смотреть на мелькающие дома. На каждом углу виднелись громадные часы Нового Запада с циферблатами, разделенными на двадцать секторов. Они крепились на фонарных столбах, красовались на каждом фасаде, взирали на город с высоты бесчисленных монументов. В силуэте города доминировали величественные колокольни. Когда они начинали звонить, в центре Бостона вполне можно было оглохнуть.

Помимо этого, каждый гражданин Нового Запада держал при себе часы, воспроизводившие движение громадных стрелок в миниатюре. На каждом карманном устройстве с точностью до секунды был отмечен момент рождения его владельца, напоминая о быстротечной жизни. София нередко брала в руку гладкий металлический диск, не зря именовавшийся жизнечасами. Мерное тиканье успокаивало, вселяло уверенность — точно так же, как ободряющее звяканье и бой всех общественных часов города. Теперь Софии казалось, что стрелки хронометра, всегда служившего ей в некотором роде якорем, ведут обратный отсчет. До пугающего финала оставалось немного: четвертое июля наступит всего лишь через три недели. В этот день границы будут закрыты. И двое самых дорогих на свете людей, у которых нет необходимых документов, останутся по ту сторону навсегда…

Своего отца, Бронсона Тимса, София едва помнила. Как, впрочем, и мать — Вильгельмину Элли. Они отправились в экспедицию и пропали, когда ей исполнилось три года. Ее память хранила одно драгоценное воспоминание, да и то выцвело, стало прозрачным и призрачным: вот они идут рядом с ней и держат ее за руки. Их смеющиеся лица видятся ей как будто издали, они сияют нежностью. «Лети, София, лети!» — восклицают родители, и она вдруг взмывает над землей. И заливается неудержимым смехом, который вплетается в звонкий хохот матери и басовитый голос отца…

И все. Больше от них ничего не осталось.

Вильгельмина — Минна, если коротко, — с Бронсоном были первоклассными исследователями. До рождения дочери они путешествовали на юг, в Пустоши, на север, где изучали Доисторические Снега, добирались даже до Сокровенных империй на востоке. Они планировали в дальнейшем брать с собой Софию, когда она подрастет… Случилось так, что срочное письмо от коллеги, углубившегося в Папские государства, заставило их уехать раньше намеченного срока. Некоторое время они раздумывали, не взять ли с собой дочь…

Именно Шадрак уговорил свою сестру и ее мужа оставить Софию у него. Письмо содержало намеки на непредсказуемые опасности, к которым даже он не мог их подготовить. И если уж сам Шадрак Элли, доктор исторических наук и мастер-картолог, не ручался, что путь окажется безопасным, — ребенку трех лет от роду там определенно нечего было делать. Кто, как не он, понимал, на какой риск шли Минна и Бронсон? И с кем еще оставить малышку, если не с любимым дядюшкой Шадраком?

Они уехали — снедаемые беспокойством, но очень решительные. Уверенные в том, что поездка не слишком затянется…

Родители Софии так и не вернулись. С течением лет все меньше оставалось надежды на то, что когда-нибудь они объявятся живыми. Шадрак знал это; София — чувствовала. Однако по-настоящему поверить отказывалась… А теперь еще это закрытие границ. София места себе не находила, и вовсе не из-за погубления исследовательских перспектив, обрисованных в речи Шадрака. Все дело было в ее родителях. Они покинули Бостон в гораздо более мягкую эпоху, когда поездки без каких-либо документов были обычным делом; поступать таким образом считалось даже мудрым, ведь в опасном путешествии их могли повредить или стащить. Бумаги Минны и Бронсона хранились в письменном столе в их спальне. Если Новый Запад в самом деле закроет границы, как же они попадут назад?..

Предавшись невеселым раздумьям, София откинула голову на спинку сиденья и опустила веки…

Спустя некоторое время она вздрогнула, почувствовав, что кругом сгустилась холодная и странная темнота. Девочка резко открыла глаза, в панике спрашивая себя: «Что, уже ночь наступила?..» Перво-наперво она потянулась за часами, потом быстро огляделась. Оказывается, вагон остановился в тоннеле.

Далеко позади ярко светился входной проем. Значит, день продолжался. София прищурилась, вглядываясь в циферблат. Четырнадцатый час! Она так и ахнула.

— Четыре часа! — вслух вырвалось у нее. — Поверить не могу!

Она поспешила в головную часть трамвая — и увидела вагоновожатого, стоявшего на рельсах в нескольких метрах впереди. Раздался громкий металлический лязг, после чего мужчина, грузно шагая, направился назад.

— Вы еще здесь? — проговорил он дружелюбно. — Вам, должно быть, по душе мой маршрут: вы уже двадцать три раза его проехали. А может, вам нравится, как я трамвайчик веду?

Он был плотный и коренастый, по его подбородку и лбу стекал пот, невзирая на тоннельную прохладу. Мужчина улыбнулся, вытер лицо красным платком и сел на свое место.

— Не уследила за временем, — обеспокоенно проговорила София. — Совсем счет потеряла!

Вагоновожатый вздохнул.

— Да какая разница, — сказал он. — Больно уж скверный сегодня день! Чем быстрее кончится, тем и лучше!

Он отпустил тормоз, и вагон бодро покатился вперед.

— Вы сейчас в город вернетесь? — спросила София.

Вагоновожатый покачал головой:

— Я еду в депо. Вам придется сойти возле гавани и пересесть на трамвай, идущий к центру.

В этой части Бостона София не была уже несколько лет.

— А сесть можно будет на той же остановке? — поинтересовалась она.

— Я вам все покажу, — заверил ее вагоновожатый.

Разогнавшись, трамвай вдруг резко повернул влево. Потом они выбрались из тоннеля, и София прищурилась от яркого света. Почти сразу вагон остановился.

— Остановка «Гавань»! Конечная! Посадки нет!

Толпа пассажиров нетерпеливо уставилась на тоннель, откуда должен был появиться следующий трамвай.

— Вам надо пройти шагов пятьдесят вон в ту сторону, — сказал Софии вагоновожатый, указывая через головы людей. — Там остановка, написано: «В город». Не заблудитесь.

14 часов 3 минуты: в гавани

Новости о закрытии границ успели достичь бостонского порта. Люди метались туда и сюда среди хаоса грузовых тележек, торговых лотков и ящиков с поклажей. Кто-то кричал и распоряжался, шла спешная разгрузка, все готовились к внезапному отъезду. Двое мужчин ссорились над разбитым ящиком, битком набитым живыми омарами; между сломанными досками слабо шевелились клешни. Прямо над головами с криками проносились чайки. Они лениво пикировали, подхватывая случайные куски рыбы и хлеба. Волны горячего воздуха переносили обычные портовые запахи рассола, смолы и несильный, но всепроникающий тухловатый душок.

София очень старалась никому не попасть под ноги, но ее то и дело отпихивали с дороги. Пытаясь найти трамвайную остановку, она ощутила, как накатывает чувство поражения, — так всегда бывает, когда не уследишь за временем. Только бы их экономке, миссис Клэй, от волнения плохо не сделалось. А Шадрак! Он наверняка все ищет ее возле здания палаты и предполагает самое худшее, раз она не появилась…

София спотыкалась на ровном месте и пыталась сдержать слезы горького разочарования.

Ее слишком часто настигало ощущение собственного бессилия, крушения всех надежд. Тем более что у Софии, к огромному ее огорчению, совсем не работали естественные, внутренние часы. Минута для нее порой длилась почти час, а то и день. Девочка могла за секунду пережить столько эмоций, что их хватило бы на целый месяц. Зато месяц иной раз казался секундой. В детстве София без конца попадала из-за этого в неудобное положение. Кто-нибудь задаст ей вопрос, она чуть-чуть призадумается… и вдруг оказывается, что над ней минут пять уже все смеются. Однажды она шесть часов прождала на ступенях Публичной библиотеки подругу, которая так и не явилась… А еще Софии постоянно мерещилось, будто пора спать.

Со временем она научилась справляться с отсутствием внутреннего хронометра. Теперь, тринадцати лет от роду, она почти никогда не теряла нити разговора. Девочка привыкла наблюдать за окружающими людьми и таким образом определять, когда пора есть, уходить из школы или отправляться в кровать. А еще у нее появилась привычка то и дело трогать свои часы и поглядывать на них. В сумочке Софии хранился рисовальный блокнот, где она делала ежедневные четкие зарисовки, — это была своеобразная карта прошлого и будущего, которая вела ее сквозь бездны неизмеримого времени...

Сбои внутренних часов причиняли ей беспокойство и иного рода. София очень гордилась своими познаниями: она не боялась заблудиться в Бостоне и даже за его пределами, потому что по мере взросления она все чаще путешествовала с Шадраком. И в школе она училась с примерным прилежанием, учителя любили ее — в отличие от некоторых одноклассников. Она обладала несомненным талантом все раскладывать по полочкам, чтобы дойти до самой сути. Друзья Шадрака неизменно называли ее «разумной не по годам». Их похвалы очень много значили для нее... хотя и не перекрывали изъяна, из-за которого она сама себе казалась ветреной и рассеянной, словно какая-нибудь глупышка.

А всего хуже было то, что происходила она из семьи, члены которой отличались врожденным чувством времени, равно как и умением безошибочно определять направление. Вот у родителей, во всяком случае, точно имелись не только внутренние часы, но и внутренние компасы, воистину достойные великих исследователей. Шадрак тоже мог, не глядя на стрелки, назвать время с точностью до секунды. И как бы он ни подбадривал Софию, забыть о своей ущербности она не могла. Собственно, так и родилась их совместная придумка — Заводная Кора. Это была шутка по поводу проблемы, над которой София смеялась разве что через силу.

С дядей девочка никогда об этом не заговаривала, но было у нее жуткое подозрение насчет того, каким образом она лишилась врожденного ощущения времени. Она представляла себя совсем крошкой, ждущей родителей возле пыльного окна. Часы маленькой Софии тикали и тикали… сперва терпеливо, потом беспокойно… и наконец — отчаянно, отмеряя секунды непоправимого отсутствия мамы и папы. А потом, когда стало ясно, что ожидание тщетно, часики просто сломались, и вместе с надеждой увидеть дорогих людей девочка утратила и чувство времени.

Как ни любил юную племянницу Шадрак, ежесекундно быть с нею он просто не мог. Увы, на многочисленных студентов-выпускников, которых он постоянно нанимал себе в помощь, чтобы справляться с работой и уходом за ребенком, нельзя было полностью положиться. Маленькая София нередко оставалась в одиночестве, пока дядя с помощниками корпели над составлением карт. Иногда она в самом деле просто ждала маму и папу, прижав к оконному стеклу нос и ладошки. Ее память — возможно, сдобренная воображением — рисовала это ожидание в виде череды долгих и тягостных часов. Солнце вставало и заходило, люди бесконечной вереницей шли мимо окна… а она все мечтала о встрече, все надеялась. Порой ее собственный образ в этих воспоминаниях расплывался, и тогда у окошка оказывалась не трехлетняя малышка, а едва ли не нынешняя София. Дядя вправду не единожды заставал выросшую племянницу у окна. Она стояла в задумчивости, подперев рукой остренький подбородок, карие глаза смотрели куда-то вдаль.

И вот теперь она переминалась с ноги на ногу на запруженном причале, сердито вытирая глаза и пытаясь успокоиться, сосредоточиться. Вдруг среди всеобщей суеты София заметила с дюжину человек, выстроившихся друг за другом. Сделав над собой немалое усилие, девочка отогнала прочь мысли о четырех часах, выпавших из ее жизни.

«Это, должно быть, очередь на трамвай в город!» — подумалось ей.

Она подошла ближе, и сквозь шум пробился голос человека, что-то кричавшего в рупор.

София тронула за плечо женщину, которая стояла впереди.

— Простите, пожалуйста, это очередь на трамвай в центр?

Молодая женщина взволнованно мотнула головой. Она держала в руке флаер и протянула его Софии.

— Какой трамвай? Тут зверей из других эпох привезли! — возбужденно пояснила она. — Посмотрим на них, пока еще можно!

И рука в кружевной перчатке указала на объявление, которое было всего в нескольких шагах.

ЭПОХАЛЬНЫЙ ЦИРК
ЭРЛАХА

РЫЦАРЬ
ИЗ СОКРОВЕННЫХ ИМПЕРИЙ

ЧУДОВИЩА
ИЗ ДОИСТОРИЧЕСКИХ СНЕГОВ

ДИКИЕ ЛЮДИ
ИЗ ПУСТОШЕЙ

И МНОГОЕ, МНОГОЕ ДРУГОЕ!
СПЕШИТЕ ВИДЕТЬ!

ВСЕГО 5 ЦЕНТОВ ЗА ВХОД!

Возле рекламного щита стоял человек с рупором. Он был ниже среднего роста и носил небольшую острую бородку. Голова в очень высоком цилиндре казалась непропорционально маленькой. Человек размахивал тростью с серебряным набалдашником.

— Дикие люди! Чудовища! Твари, поражающие воображение! — выкрикивал он. Его щеки побагровели от усилия и жары. Он изъяснялся с акцентом уроженца Западных Пустошей: гласные в его речи звучали особенно гулко. — Диковины, добытые неустрашимым Симоном Эрлахом и выставленные здесь ради развлечения и просвещения зрителей!

Он тыкал рукой в сторону плотного бархатного занавеса, перекрывавшего вход в пакгауз у него за спиной. Слева от него сидела женщина еще меньше ростом, чем он сам. Она проворно считала деньги, выдавала и компостировала билеты, пропускала посетителей внутрь. Низкий лоб от напряжения пробороздили морщины.

— Постоянная выставка людей и зверей, отражающая все невообразимое разнообразие эпох! — выкрикивал коротышка, от усердия брызгая на слушателей слюной. — Каждый экземпляр выступает живым свидетельством удивительных и завораживающих обычаев своей эпохи! Спешите видеть, и вы забудете, в каком времени сами находитесь! — И кончиком трости он стукнул по большой клетке, стоявшей от него справа. — Вот юный дикарь из Пустошей во всем блеске воинского облачения!.. Купите билет, и вам покажут еще более свирепых обитателей Пустошей! Кентавры, русалки, хвостатые дети! Не упускайте шанса, пока это еще возможно!..

София не отрываясь смотрела на клетку, начисто забыв обо всем прочем. За решеткой стоял мальчишка, по виду чуть старше ее, его наряд с головы до ног состоял из перьев. В пареньке с первого взгляда можно было узнать выходца из иной эпохи. Цветные перья были так искусно вплетены в его волосы, что казалось, росли прямо из головы. Руки и ноги покрывала многоцветная боевая раскраска. На бедрах колыхалась юбочка из перьев, с плеча свисал пустой колчан... Столь экзотический вид, вероятно, когда-то в самом деле производил впечатление, но теперь перья были большей частью поломаны и измяты. Юный воин показался Софии прекрасной птицей, пойманной в воздухе, брошенной наземь и запертой в клетку.

Впрочем, ее внимание привлекла не только его красота. Все дело было в выражении лица. Мальчишку сунули в клетку, выставили на всеобщее обозрение... а он смотрел на толпу так, словно всех этих людей привели сюда для его забавы. Уголки рта кривились в легкой усмешке, безмятежный взгляд превращал клетку в подобие пьедестала. Парень хранил непоколебимое достоинство — и был воистину великолепен. София не могла отвести от него взгляда. Она вновь потеряла счет времени, но... ничего подобного с нею до сих пор не бывало.

— Уверяю вас, леди и джентльмены, — продолжал свое коротышка, — в Эпохальном цирке Эрлаха вы увидите даже битвы этих свирепых существ! И прошу вас учесть, что после сегодняшнего парламентского решения вам осталось наслаждаться чудесами иных эпох всего несколько дней! Используйте свой шанс, пока еще не поздно!

Выкрикнув это, он сунул трость между прутьями клетки и ткнул ею пернатого паренька.

Тот посмотрел на нее — и выхватил с такой легкостью, словно перышко в своем наряде поправлял. Потом швырнул обратно владельцу и, тотчас потеряв к трости интерес, вновь уставился на толпу. Зазывала взахлеб перечислял чудеса Эрлаха... София же заметила устремленный на нее взор пленника. Вот он поднял руки, взялся за прутья... Софии показалось, будто он прочел ее мысли и был готов вот-вот с нею заговорить. Она почувствовала, что краснеет, но взгляда отвести не могла. Она и с места сдвинуться была не в силах — да, собственно, и не хотела.

— Эй, милочка! — с трудом пробился к ней чей-то голос. Ее трясла за плечо та молодая женщина из очереди. — Ты ведь, кажется, спрашивала трамвай в город? Беги, дорогая, вон он идет!

София с трудом оторвала глаза от юного дикаря. Да, трамвай в самом деле подходил к остановке. Если она поторопится, как раз успеет вскочить в вагон. София еще раз покосилась на пленника. Тот продолжал все так же сосредоточенно смотреть на нее...

Она побежала на остановку.

3
Шадрак Элли, картолог

14 июня 1891 года

Кто может знать, позволено ли нам
Растрачивать дар речи благородный?
К каким безвестным ныне берегам
Прибудет наш глагол, к каким народам?
Облагородит ли на Западе миры,
Что в хаос погрузились до поры?

Сэмюел Дэниел. Музофил. 1599 год

София жила у Шадрака в южном районе Бостона, в доме тридцать четыре по улице Ист-Эндинг. Это был крепкий кирпичный особнячок, выстроенный прадедом Софии. Белые ставни, разросшийся плющ и кованая железная сова, не слишком заметная над входной дверью, — дом как дом на тихой улице, ничем особо не выделявшийся среди других. Правда, здесь на красной двери имелась небольшая, хвойно-зеленого цвета вывеска, гласившая: «Шадрак Элли, картолог». Правду сказать, большого смысла в ней не было, ведь всякий, кому мог понадобиться Шадрак, и без того совершенно точно знал, где его искать. Более того, любому заинтересованному лицу было известно, что скромная надпись «картолог» в очень малой степени отражала действительный охват его деятельности. Шадрак был еще и географом, историком, исследователем. Профессором в университете и частным консультантом, работавшим с учеными и правительственными чиновниками. Словом, всякий, кому требовалось мнение эксперта по истории и географии Нового мира, безошибочно находил дорогу к двери Шадрака.

К нему шли просто потому, что он считался лучшим. В то время как бóльшая часть мира была на картах сплошным белым пятном и мало кто имел представление более чем об одной-двух эпохах, Шадрак являлся настоящим кладезем знаний. Несмотря на его молодость, никто не мог с ним равняться ни в научной эрудиции, ни в искусстве составления карт. Он свободно владел историей всех известных материков и разбирался в картах каждой цивилизации, разведанной исследователями Нового Запада, а самое главное — сам превосходно чертил. Поговаривали, что его учитель, великий мастер, расплакался от изумления и восторга, когда юный Шадрак Элли представил свою первую полную карту Нового мира. Точность в его работах сочеталась с художественным изяществом, но этого может добиться и любой ремесленник-рисовальщик; Шадрака же выделяли среди прочих именно его бездонные знания.

Подрастая в окружении блистательных дядиных работ, София не привыкла считать их исключительными и необычными. Картография в ее представлении была благородной, ученой, но в то же время довольно неопрятной профессией. Дом тридцать четыре по улице Ист-Эндинг от подвала до чердака был увешан картами древних, современных и вовсе вымышленных миров — на стенах в буквальном смысле не осталось свободного дюйма. Всюду — перья, компасы и карты, карты, карты, разложенные и свернутые в рулоны. Они уже заполонили гостиную и кабинет и даже на кухне вели наступление из дальних углов, подбираясь к середине. Пергаменты и чертежные принадлежности валялись на столешницах и в ящиках столов. Среди этого рабочего беспорядка София была этаким подвижным островком аккуратности: проходя по дому, она задвигала на место готовые выпасть книги, сворачивала в трубку листы бумаги, собирала рассыпавшиеся перья… В общем хаосе выделялись два места, где царил относительный порядок: комната Софии, куда пробрались лишь несколько избранных карт и книг, и квартирка на четвертом этаже, где обитала их экономка, миссис Клэй.

Сизаль Клэй появилась там много лет назад, когда Софии было всего восемь, и после длительного совещания с Шадраком просто въехала на дотоле необитаемый четвертый этаж. Шадрак, вообще-то, весьма неодобрительно относился к обычаю держать прислугу, не желая таким образом поддерживать систему, при которой дети слуг слишком рано оставляли школу. Даже когда у него на попечении оказалась трехлетняя кроха, он не стал нанимать няньку, полагаясь на небезвозмездную помощь своих учеников. Им ведь не приходилось бросать учебу, чтобы кому-то помогать с домашним хозяйством!

Чтобы сберечь ребенка, искренней любви обычно бывает достаточно. Однако чистое белье и одежда не материализуются из нее сами собой, и еще надо понимать, что маленьким детям иные аспекты взрослой жизни представляются слишком скучными — такие, например, как двухчасовая университетская лекция по теме оледенения Жуткого моря.

Помощники Шадрака старались изо всех сил, но получалось у них неважно, поскольку в вопросах воспитания соображали они не лучше учителя. София смутно помнила их: блестящие умы, изобретательные, с отточенной памятью... и очень скверные няньки. Один склеил ей из лакированной бумаги великолепную лодку. Она даже плавала на ней по Чарльз-ривер — к неослабной зависти всей окрестной ребятни. Другой попытался научить ее латыни и весьма преуспел. В возрасте семи лет она без запинки объяснялась на этом языке, рассуждая об овцах, земледелии и акведуках. Милейшие ребята, что и говорить, только с такими понятиями, как время, когда детей надо кормить или укладывать спать, у них были большие проблемы. София рано выучилась видеть в них не столько рассудительных опекунов, сколько чудесных товарищей по играм, и поступила так, как и следовало разумной личности: стала заботиться о себе самостоятельно.

А потом появилась миссис Клэй. И Шадрак изменил своим принципам, не потрудившись объяснить причину. Миссис Клэй просто поселилась в доме тридцать четыре по улице Ист-Эндинг и стала вести хозяйство. Будь на ее месте какая-нибудь другая особа, жизнь Софии могла бы весьма резко перемениться. Однако вдовая миссис Клэй успела поработать экономкой в картологической академии, где два года учился Шадрак, — а было это в столице Пустошей, Нохтланде. Опять же и особнячок мог бы расцвести под рукой опытной домоправительницы, а высокоинтеллектуальный хаос и атмосфера ученых посиделок, насаждаемые Шадраком, — обрести хотя бы относительные рамки... Однако София, несмотря на свои детские годы, быстро смекнула, что их экономка нуждалась в присмотре едва ли не больше ее самой.

Миссис Клэй была молчаливой и задумчивой женщиной с грустными глазами на широком лице. Она бродила по комнатам особняка точно так же, как ходила по бостонским улицам, — очень тихо и даже робко, словно подыскивая место, где можно спрятаться. Характер ее являл собой смесь из трети меланхолической доброты и двух третей странной тревожности. Девочка любила экономку, чувствуя в то же время, что совсем не знает ее. Спустя время она начала воспринимать присутствие миссис Клэй как должное — и продолжала рассчитывать в основном на себя.

Так она и стала вполне независимой и практичной нынешней Софией.

15 часов 19 минут

Когда София в конце концов вернулась домой, взволнованный Шадрак сидел у кухонного стола в обществе заплаканной экономки. При виде Софии они вскочили. Дядя бросился к ней и крепко обнял ее:

— София! Ну наконец-то...

Какое же счастье было снова очутиться дома, уткнуться носом Шадраку куда-то пониже подбородка, вдохнуть знакомый запах его хвойного мыла... Она просто прижималась к нему и молчала.

— Простите меня, — шепнула она спустя минуту-другую. — Я опять за временем не уследила.

Миссис Клэй положила руку ей на плечо, бормоча горячие хвалы Провидению, Шадрак же с облегчением тряхнул головой и улыбнулся, правда лицо его еще хранило печать недавно пережитых волнений. Он убрал племяннице растрепавшиеся локоны за уши и взял в ладони ее лицо.

— Я уже хотел идти обратно к палате, — сказал он. — В третий раз. Я-то думал, ты меня на галерке ждешь...

— А я и ждала, только не знала, долго ли придется там стоять, а потом стали требовать огня, вот я и...

Шадрак мрачно проговорил:

— Знаю.

— Когда удалось выбраться оттуда, — продолжала София, — я села не в тот трамвай. А потом счет времени потеряла... И в гавани оказалась, — смущенно добавила она.

— Ладно, все кончилось хорошо, — сказал Шадрак, взял ее за руку и подвел к кухонному столу. — Я волновался, конечно, но теперь больше не о чем переживать. Это была не твоя вина.

Он глубоко вздохнул и уселся.

— А с тобой что случилось? — спросила София.

— Мы с Майлзом стали проталкиваться к балкону, но тут он сцепился с каким-то нахалом в галстукебабочке. Пока я их растаскивал, галерка успела опустеть… — Шадрак снова покачал головой. — Ну и денек сегодня! Миссис Клэй, несомненно, слышала новости. Да что там, весь Бостон только о том и говорит…

— Ну во всяком случае, наша София дома и в безопасности, — проговорила экономка.

У нее был резковатый акцент уроженки южных Пустошей, да и одевалась она не как местные жительницы. Например, неизменно вставляла в петлицу если не цветочек, то стебелек клевера или хоть осенний листок; в волосах у нее сегодня красовалась увядшая фиалка. Лицо экономки опухло и покраснело от слез, и София крепко подозревала, что ее долгое отсутствие было тут ни при чем. У миссис Клэй не имелось ни жизнечасов, ни документов.

— Спасибо вам большое. Простите, что заставила поволноваться, — сказала София, садясь с ними за стол. — А Майлз уехал, как собирался?

Шадрак устало провел рукой по волосам.

— Да. Его корабль отчалил в двенадцать. Майлз едва ли предполагал, что сегодняшний день окажется столь судьбоносным, и до смерти рад был поскорее отправиться в плавание.

— Но ведь он вернется?

— Будем на это надеяться, София. Пока парламентарии остановились на том, чтобы закрыть границы и выселить тех жителей иных эпох, у кого не окажется документов. Так называемый Патриотический план, — сухо заметил Шадрак, — щедро дозволяет гражданам Нового Запада путешествовать туда и обратно.

— Значит, мы по-прежнему можем ездить туда-сюда? — обрадовалась София и тут же виновато покосилась на миссис Клэй. — В смысле, те, у кого есть бумаги…

Шадрак кивнул:

— Да, на сегодняшний день это так. Начался шум, и ты, верно, не расслышала, что в конце августа парламент собирается рассмотреть выдвинутую Бартоном защитную поправку. Чего доброго, примут и ее…

— То есть вообще границу закроют? Чтобы никому ни выехать, ни въехать?

— Глупость, конечно, чудовищная, — ответил Шадрак. — Не припоминаю, однако, чтобы это их когда-либо останавливало.

— Не понимаю, почему это должно было случиться именно теперь, — подозрительно дрожащим голосом выговорила миссис Клэй.

— Все проще простого, — сказал Шадрак. — Из-за страха.

— Но мне всегда казалось… хотя я, конечно, в каком-то смысле здесь новенькая… что жители Нового Запада бостонцы, по крайней мере, были очень… неравнодушны, — осторожно выразилась она, — к иным эпохам. А потому и к чужестранцам относятся не враждебно, а скорее с любопытством…

— Правда, — поддержала София. — Ну что за бессмыслица! Люди так интересуются иными эпохами! Там, в гавани, открылся цирк, где можно увидеть создания со всех концов света. Один дядька билеты продавал, а рядом в клетке был его пленник, мальчик, весь в перьях, и он спокойно стоял, ни на кого внимания не обращал, хотя на него все глазели.

Выдав столь многословную и не слишком связную речь, она вдруг поняла, что ничего не сказала ни об удивительных качествах юного воина, ни о впечатлении, которое он на нее произвел.

Шадрак наградил ее задумчивым взглядом.

— Да, — произнес он и вновь провел рукой по волосам. — Полагаю, большинство наших жителей действительно испытывают любопытство к иным эпохам, и весьма сильное. Поэтому одни становятся исследователями, другие оказывают гостеприимство чужеземцам, третьи — пленников в клетках рассматривают... — Он невесело улыбнулся. — Но очень много и тех, кто боится. Причем люди не только опасаются выходцев из чужих эпох, но и, как ни странно это звучит, вообще тревожатся за свою судьбу.

— Вы о налетах и пиратстве? — спросила миссис Клэй.

— Именно. Никто не отрицает, — сказал Шадрак, — что конфликты с иными эпохами случаются повсеместно. Пираты Объединенных Индий недешево обходятся нашей торговле. Верно и то, что разбойники из Пустошей буквально продохнуть не дают жителям наших окраин. Там даже беспокойнее, чем на границе с Индейскими территориями. Однако, — грустно продолжал он, — у проблемы есть и обратная сторона. Из Семинолы ежедневно отплывают корабли под нашими флагами. В открытом море они спускают их и взамен поднимают пиратские. И в Пустошах мы разбойничаем не меньше, чем тамошние жители — у нас. — Шадрак помолчал и добавил: — Думается, таким образом оказался в плену и тот юноша, которого ты, София, видела на набережной в клетке.

— В смысле… его похитили из Пустошей?

— Скорее всего. Если начать спрашивать, то наверняка скажут, что застукали его в пределах Нового Запада и что он так или иначе нарушил закон. Но я поставил бы на то, что его взяли во время налета, а цирк просто купил его у мародеров, чтобы сделать гвоздем своего шоу…

Последние слова он произнес с нескрываемой горечью.

— Ну и мерзавцы! — вырвалось у Софии.

Она все думала о спокойной гордости паренька и о том, как он неожиданно подался к прутьям решетки, словно хотел заговорить с ней.

Шадрак кивнул:

— Вот именно.

Члены их семьи по линии Элли, то есть Шадрак и Минна, были коренными бостонцами. А вот Тимсы имели более сложное происхождение. Прадед и прабабка Софии были рабами. После восстания тысяча девятьсот десятого года они участвовали в основании штата Новый Акан. Их сын, дедушка Софии, переехал в Бостон ради учебы в университете.

— На момент отмены рабства прадедушке Софии было всего семнадцать, — пояснил Шадрак миссис Клэй и вновь повернулся к девочке. — Могу представить, как потряс тебя вид бедного парня в клетке…

— Вот чего я понять не могу, — проговорила экономка. — Ведь гражданам Нового Запада прекрасно известно, что почти все здешние жители когда-то сюда приехали… Все они — потомки иностранцев! Как же так?

— Все верно. Однако то, что мы наблюдали сегодня, — ответил Шадрак, — происходит, когда страх перевешивает доводы разума. В решении парламента нет логики. Спрашивается, какой смысл депортировать наших лучших работников и торговцев? Я уж молчу о разделении семей, об отцах, о матерях, друзьях… Ох, придется государственным мужам об этом пожалеть!

Некоторое время после разговора все трое молча сидели у пустого кухонного стола. Каждый думал о своем. София положила голову на плечо дяде. Мгновением позже он шевельнулся, словно его посетила неожиданная мысль.

— Простите меня, миссис Клэй. Час назад вы явились очень расстроенная, а я был поглощен беспокойством из-за Софии. Давайте обсудим, каким образом добыть для вас документы, ведь получить их через надлежащие каналы мы уже не успеем… — Он тряхнул головой. — Процедура натурализации тянется месяцы, а то и годы. Нам следует прибегнуть к иным средствам.

Она благодарно посмотрела на него:

— Спасибо вам, мистер Элли. Вы так добры… Однако час уже поздний, а ни вы, ни София так и не пообедали. Поговорим попозже… не буду вам мешать…

Она неуверенно поднялась и первым делом пригладила узелок волос на затылке, заправляя на место выбившиеся волоски.

— Чепуха! — сказал Шадрак, ласково отстраняя Софию. — Вы правы, надо нам перекусить. Да и вам тоже. — Он посмотрел на часы. — Я свяжусь с Карлтоном. Сегодня же вечером, если удастся.

Карлтон Хопиш, коллега Шадрака и его университетский приятель, работал в Министерстве сношений с внешними эпохами и был сильно обязан Шадраку. Благодаря дружбе с самым продвинутым и знающим картологом Нового Запада Карлтон неизменно считался наиболее осведомленным человеком в правительстве; Шадраку, в свою очередь, был открыт своевременный доступ к информации «для служебного пользования».

— Перво-наперво, — сказал хозяин дома, — я пошлю ему записочку с просьбой провести для вас документы ускоренным порядком. Попробуем для начала воспользоваться легальными способами… Надеюсь, вы пообедаете с нами? Никому не следует оставаться один на один с плохими известиями… — Увидев, что миссис Клэй колеблется, он добавил: — Пожалуйста.

— Ну что ж… Спасибо, вы так добры, — ответила она.

— София, — немного виновато обратился он к племяннице, — ты не повременишь еще немножко с едой, пока я черкну записку Карлтону и поговорю о делах с миссис Клэй?

— Конечно, — отозвалась она. — Я тоже пока Дороти письмо напишу.

— Ну и хорошо.

После этих слов Шадрак и миссис Клэй ушли в его кабинет, а София направилась вверх по лестнице — в свою комнату.

16 часов 27 минут: в комнате наверху

Поднимаясь по ступенькам, София вздохнула. Она миновала комнату, раньше принадлежавшую родителям; долгие годы там все оставалось почти нетронутым. София тихонько стукнула в дверь. Так она поступала всякий раз, когда шла мимо. В раннем детстве она часто там пряталась среди родительских вещей: их вид ее успокаивал. На ночном столике красовался нарисованный Шадраком парный портрет. Некогда София всерьез верила, что он обладает волшебными качествами. Сейчас ей было ясно, что это просто рисунок, причем довольно среднего уровня, ведь Шадрак был чертежником, а не художником-портретистом. В первые годы после исчезновения родителей София часто брала в руки дядин рисунок, обводила пальчиком чернильные линии… Иногда она в самом деле слышала смех, ощущала чье-то присутствие, будто мать и отец находились здесь, с нею рядом. С течением лет она заглядывала сюда все реже. Комната стала напоминать ей не о папе и маме, а скорее об их утрате. Входя сюда, София думала о том, как она всякий раз переступала этот порог, на что-то надеясь… и комната неизменно оказывалась пуста.

Предметов, вызывавших в памяти образы родителей, и так было предостаточно. Например, серебряные сережки-звездочки, что София носила не снимая; их ей подарили на самый первый день рождения. Цветные ленточки, которыми мама любила закладывать книги. Трубка отца, лежащая в гостиной рядом с трубкой Шадрака. Мелочи — но для Софии это были крохотные якоря, негромкие, но неопровержимые свидетельства, что Минна и Бронсон в самом деле существовали когда-то.

В спальне Софии таких якорьков было меньше. Комнату наполняли вещи, в окружении которых протекала ее собственная жизнь. Крохотная магнолия в горшочке. Акварель с видом Салема, подаренная ей художником — другом Шадрака. Платяной шкаф с опрятно разложенной одеждой. И книжные полки с аккуратно расставленными книгами. На нижней — школьные учебники, на верхней — ее любимые. Популярные новеллы Брайони Мэверилл, стихи Пруденс Лавлейс, работы Эмили Дикинсон, Ральфа Уолдо Эмерсона… и книжки с картинками, которые она до сих пор с большой любовью перечитывала.

Открыв сумочку, София вытащила свой рисовальный блокнот и карандаши. Вместе с ними на стол выпала сложенная бумажка. София улыбнулась, увидев ее. Она заранее знала, что это такое. Не иначе как рисуночек, тайком подсунутый Шадраком в ее сумочку еще утром… Она развернула листок. Так и есть! Небольшой набросок, изображавший Заводную Кору, заставил ее рассмеяться. Девочка-часы сладко спала под занудные речи в парламенте, закинув крохотные ножки кому-то на колени… София спрятала послание в жестяную коробочку и подумала, что нынешний день, к большому несчастью, выдался далеко не таким скучным!

Прежде чем усесться за стол, она открыла окно над кроватью. Облокотилась на подоконник и посмотрела на город. Ее комната находилась на третьем этаже, отсюда в основном видны были крыши. Сбоку открывалась улица Ист-Эндинг; по мостовой не спеша ехал мальчишка на гудиеровском велосипеде. Солнце наконец-то начало клониться к закату. Прохладой еще не веяло, но хоть ветерок поднялся.

Расшнуровав башмачки, София аккуратно устроила их под кроватью и села за стол. Первым долгом она написала письмо своей подруге Дороти, переехавшей после окончания учебного года. Отец Дороти занимал важный пост в индустрии торговли, ему предложили новую работу в Нью-Йорке — и София лишилась общества своей ближайшей и едва ли не единственной подруги. Смешливый нрав Дороти несколько смягчал постоянную серьезность Софии; с отъездом подружки летние каникулы стали воистину долгими и весьма одинокими.

В ответных письмах Дороти тоже жаловалась на одиночество. А еще — на шумную суету Нью-Йорка, так мало напоминавшего цивилизованный Бостон.

Однако теперь у обеих девочек возникли заботы поважнее. Дело в том, что отец Дороти родился в Объединенных Индиях. Удастся ли ему остаться на Новом Западе? Сомнительно… София написала о своем беспокойстве и о том, как отчаянно боролся Шадрак против Патриотического плана, из-за которого вся семья Дороти, чего доброго, окажется в изгнании…

Вздохнув, София сложила письмо, надписала конверт — и взялась за альбом. Вечером она всегда рисовала, отчитываясь таким образом о прожитых часах дня, которые иначе легко и незаметно ускользнут в никуда. Если же доверить впечатления бумаге, все события становятся реальными, осязаемыми, зримыми...

Несколько лет назад она ездила с Шадраком в Вермонт. В тот раз вереница дней буквально испарилась прямо у нее на глазах, пока не остались считаные минуты.

По возвращении Шадрак дал ей блокнот-ежедневник, чтобы тот помогал девочке вести счет времени.

«Память — хитрая штука, дорогая моя, — сказал он. — Она не просто вызывает картины прошлого, она их создает. Если наша поездка запомнилась тебе как несколько коротких минут, она и будет такой. А если ты сделаешь ее иной, она иной и останется...»

Сперва его рассуждения показались Софии странноватыми, но по мере пользования блокнотом она все более убеждалась в дядиной правоте. А поскольку мыслила девочка по большей части зрительными образами, она стала рисовать в квадратиках ежедневника картинки, составляя своеобразную летопись своих свершений за год, будь то путешествия за пределы Бостона или тихие дни у себя в комнате. И — с ума сойти! — время постепенно стало упорядоченным, надежным, послушным.

Теперь квадратики с датами были ей ни к чему. У девочки появился свой метод отлова ускользающих часов, минут и секунд. Она даже придумала особый способ складывать бумагу: теперь ее блокнот раскладывался как гармошка, давая ей возможность видеть всю последовательность страниц, превращавшихся таким образом в хронологическую линейку. Зарисовывая впечатления дня, София тщательно проставляла дату и время. Середину каждой страницы занимали образы, мысли, высказывания, услышанные от людей или почерпнутые из книг. При этом она довольно часто обращалась к прошлому и будущему, что-то подправляя в ходе событий или предвкушая, как произойдет нечто ожидаемое.

То ли под влиянием дяди, то ли следуя собственным наклонностям, София превращала свои зарисовки в подобие карт. Она сама не сразу это заметила, но они уверенно вели ее сквозь туманную равнину времени, которая в ином случае простиралась бы из ниоткуда в никуда. София обводила сплошными линиями свои собственные высказывания, пунктирными — воспоминания, пожелания. Сопутствующие этому мысли обрамлялись штриховыми линиями — так она фиксировала свои умственные упражнения. Теперь София не просто в точности знала, когда произошло то или иное событие, но и что она в тот момент думала.

Действуя мягким грифелем и кончиками пальцев, она принялась заносить на бумагу события четырнадцатого июня. Сразу появился набросок противных усов Руперта Миддлса. София тут же обвела их жирной чертой, с презрением отгораживая от всего остального.

«Только не это!» — сказала она себе, пытаясь отрешиться от мыслей об ужасах сегодняшнего утра. Она начала рисунок заново — и вскорости обнаружила, что рисует мальчишку из цирка. Схватить выражение его лица, так поразившее Софию, оказалось непросто. Пристальный взгляд темных глаз… беззаботная полуулыбка…

— Да он же чуть не смеялся, — вслух пробормотала она. Посмотрела на альбомную страницу и решила: нет, в жизни он был совсем не таким…

София перевернула страницу, чтобы повторить попытку, а потом стала неторопливо листать блокнот назад, ища рисунок, сделанный в последний день школьного года.

Вот он. Прямо на Софию смотрела средних лет женщина с короткими волнистыми волосами и морщинками смеха в уголках глаз. У нее за спиной, словно защищая, стоял чуть сутуловатый мужчина. Он улыбался, как напроказивший мальчишка. Сколько же раз София рисовала родителей! Она пыталась вообразить их такими, какими они, должно быть, стали теперь. Чуточку постаревшими, капельку потяжелевшими… По ходу дела рисунки становились все подробнее, все живее.

«Но я никогда их не нарисую с натуры, если мы так и не встретимся», — подумалось ей.

Она закрыла альбом и с разочарованным вздохом убрала его в стол.

София тут только заметила, что, пока она трудилась, в комнате начало темнеть. Она посмотрела на часы: почти восемнадцать.

«Что-то долго беседует с миссис Клэй Шадрак…»

Спускаясь по лестнице, она услышала из кабинета его голос — ровный, успокаивающий. У открытой двери девочка замерла на месте, внезапно увидев, что экономка плачет и не скрывает слез.

— Ну не могу я вернуться, господин Элли, — говорила она, и в ее всхлипываниях явственно звучал ужас.

— Знаю, миссис Клэй, знаю. Я вам это говорю только затем, чтобы вы поняли: все очень непросто. Будем надеяться, что Карлтон благополучно раздобудет бумаги. К сожалению, жизнечасы правительственного выпуска достать сложнее. Все это…

— Я без конца слышу лакриму. У меня в ушах звенят ее крики… Я лучше тут нелегально останусь, чем возвращаться! Я не могу! Не могу!..

София нерешительно шагнула вперед:

— Мне очень неловко…

— А нам-то как неловко, София! Мы заставили тебя так долго ждать, — сразу отозвался Шадрак. — Ступай на кухню, мы сейчас подойдем.

Смотрел он виновато и вместе с тем твердо. Миссис Клэй высморкалась в платочек, но глаз так и не подняла.

София побрела прочь по коридору, задаваясь жгучим вопросом: «Что еще за лакрима?..»

4
Сквозь библиотечную дверь

15 июня 1891 года, 7 часов 38 минут

Сейчас Новый Запад переживает Великую эпоху исследований. Путешественники достигают самых удаленных уголков планеты на кораблях, лошадях или пешим ходом. Однако исследования — работа опасная. Многие так никогда и не возвращаются, поэтому большая часть мира остается непознанной. Даже пригодные для изучения места оказываются слишком далекими, и добираются туда лишь самые упорные. Почтовое сообщение не слишком надежно, а кое-где и вовсе отсутствует. Торговые связи налаживаются с трудом и зачастую утрачиваются. Поддерживать постоянные сношения с миром — труд не из легких...

Шадрак Элли. История Нового Запада

София не держала от Шадрака секретов. Ему и спрашивать не приходилось, что у нее на уме: она и так все рассказывала. И Шадрак всем делился с Софией. Настал момент, когда он осознал, что его рано повзрослевшая племянница обладает зрелостью суждений и способностями, не соответствующими возрасту. Он знавал студентов-выпускников, гораздо менее успешно справлявшихся с житейскими трудностями. Поэтому он не скрывал от Софии сложности и проблем своей работы ученого-картолога; как результат, во всем Бостоне не найти было тринадцатилетнего подростка, столь же уверенно разбиравшегося в картах. В общем, никаких тайн между этими двоими быть не могло… По крайней мере, так казалось Софии.

На другое утро она застала Шадрака в кабинете. Он что-то писал — яростно и стремительно, так, что трясся стол красного дерева и на нем ходило ходуном пресс-папье. Когда вошла София, Шадрак выпрямился и устало улыбнулся племяннице.

— Миссис Клэй еще здесь? — спросила она.

— Она ушла к себе наверх примерно в час пополуночи.

— Ты, по-моему, совсем не спал…

— Не спал, — коротко отозвался Шадрак. — Кругом все пошло́ не так. Да что там, сама почитай. Всюду новости…

Он взял надорванную газету, валявшуюся на столе, и бросил Софии.

Злобой дня, естественно, было закрытие границ и принятие Патриотического плана Руперта Миддлса. Однако задохнуться Софию заставили совсем другие заголовки.

ПОЖАР В ЗДАНИИ ПАЛАТЫ ОБЩИН
УНОСИТ ТРИ ЖИЗНИ

ЧЛЕН ПАРЛАМЕНТА УБИТ НА ВЫХОДЕ
ИЗ ЗДАНИЯ ПАЛАТЫ ПРЕДСТАВИТЕЛЕЙ

МИНИСТР ВНЕШНИХ СНОШЕНИЙ ПОСТРАДАЛ:
НЕСЧАСТНЫЙ СЛУЧАЙ ИЛИ?..

— Карлтон!.. — ахнула София.

«Министра сношений с внешними эпохами, доктора Карлтона Хопиша, нашли сегодня утром в его доме на Маячном холме в тяжелом состоянии. По-видимому, оно явилось следствием поражения нервной системы. Он был обнаружен своей уборщицей, Самантой Педдлфор, описавшей состояние своего нанимателя на тот момент как „ужасающее“.

Судя по всему, доктор Хопиш лишился важнейших мозговых функций. Врачи в городской больнице Бостона полагают, что судить о том, сможет ли доктор Хопиш говорить, слишком рано. Под большим вопросом и его возвращение к обязанностям министра в обозримом будущем.

Учитывая важнейшую роль доктора Хопиша в исполнении только что принятого Патриотического плана, не следует сбрасывать со счетов возможную связь несчастья, постигшего доктора, с решением парламента. В самом деле, некоторые коллеги доктора Хопиша по министерству, равно как и ряд уважаемых парламентариев, уверенно полагают, что случившееся никак нельзя объяснить несчастным случаем. „Мне представляется несомненным, — сказал мистер Гордон Бродгёрдл, член парламента, — что Хопиш пал жертвой откровенного насилия, развязанного чужеземцами, решившими из соображений мести истребить лидеров нации...“».

— Ужас какой! — вырвалось у Софии.

— Воистину, — проводя рукой по волосам, отозвался Шадрак. — Как ни ужасна трагедия Карлтона сама по себе, только представь, как она усилит позиции сторонников Патриотического плана! Наверняка они уже выставили приезжих виновниками всех трех несчастий. — И он покачал головой. — Ну что за кошмарные сутки выдались.

Некоторое время оба молчали. Потом София тихо спросила:

— Но у нас все будет хорошо, правда ведь?

Шадрак вздохнул и протянул ей руку. София взяла ее. Дядя выглядел очень усталым, но явно хотел подбодрить ее.

— Непременно все обойдется, — сказал он. — Хотя, конечно, надо ждать перемен.

— Каких перемен?

— Не буду врать тебе, София. Настали трудные времена, и кончатся они еще не скоро после того, как уляжется первый взрыв негодования. Знаешь, больше всего меня беспокоят события, предстоящие в конце августа. Как я уже говорил вчера, не удивлюсь, если при всей чудовищности защитной поправки она будет все-таки принята и границу в самом деле закроют. Даже для нас.

София трудно сглотнула:

— Но если... если они это сделают, нам же будет не выехать!

— Именно, — кивнул Шадрак.

— И... и люди с Нового Запада, которые сейчас находятся в иных эпохах, обратно въехать не смогут?

— Вот ты к чему клонишь, — помолчав, сказал он.

— Бумаги у нас, — продолжала София. — Если мои родители решат вернуться, им будет не пересечь границу! Закончится август, и мы их встретить не сможем! Потому что нас к ним тоже не выпустят...

И она повесила голову, избегая дядиного взгляда.

Он поднялся и обнял ее за плечи:

— Ты же всегда надеялась на лучшее, милая...

— Я знаю, — пробормотала она. — Все это глупости.

Шадрак обнял ее еще крепче.

— И никакие это не глупости, — выговорил он негромко, но с нажимом. — Не отказываться от надежды, желать того, что многим кажется невозможным, — я назвал бы подобное мужеством, а не глупостью! Такого человека непросто согнуть, София, и ты как раз из этой породы.

— Ну... наверное...

— Тебе, София, — продолжал дядя, — хочется прямо сейчас что-нибудь сделать. Тебе необходимо действовать. Совершить нечто, требующее всего твоего терпения и упорства.

— Но как я могу хоть на что-нибудь повлиять?..

— Все верно, София. — Шадрак выпрямился и разомкнул руки. — Знаешь, я хотел выждать еще несколько лет, но теперь вижу — не получится. Время настало! — И он прямо посмотрел ей в глаза. — София, ты должна кое-что мне пообещать.

Она удивилась и ответила:

— Хорошо.

— То, что я собираюсь тебе рассказать, известно в нашей эпохе лишь горстке людей.

София уставилась на него, предвкушая нечто необыкновенное.

— Не буду требовать со всей строгостью, чтобы ты держала рот на замке: я полагаюсь на здравость твоих суждений и верю, что ты обмолвишься об этом только при необходимости. Ты должна... — Шадрак смотрел в пол, — должна пообещать мне кое-что иное. Поклянись, что ты никогда... никогда не решишь... даже мысли не допустишь, — поправился он, — отправиться на поиски родителей без меня. — Он снова посмотрел ей в глаза, его взгляд был очень серьезен. — Обещаешь?

Софии потребовалось несколько мгновений на размышление. Она была растеряна и встревожена, но мерещился ей и проблеск надежды.

— Обещаю, — прошептала она.

— Ну вот и хорошо. — Шадрак улыбнулся, но улыбка получилась не очень веселой. — Полагаю, долгое ожидание сделало свое благое дело — научило тебя осмотрительности.

Он подошел к одному из книжных шкафов, снял с полки толстый фолиант, переплетенный в черную кожу. Запустил руку вглубь, будто бы повернул что-то... И огромный шкаф, высившийся от пола до потолка, медленно повернулся. За широким дверным проемом обнаружилась лестница, уводившая вниз.

София молча таращила глаза, не в силах вымолвить ни слова от изумления. Шадрак шагнул через порог и зажег вереницу дуговых ламп. Выражение лица девочки заставило его улыбнуться.

— Ну? — спросил он. — Хочешь посмотреть, где я карты рисую?

София только и сумела выговорить:

— Этот ход... он что, всегда здесь был?

— Конечно. Там я занимаюсь самой важной работой.

— А я думала, если у тебя дверь закрыта, значит ты в кабинете работаешь.

— Иногда и в кабинете, — сказал Шадрак. — Но большей частью внизу. Ну, пошли!

И он повел ее по ступеням. Два оборота по лестнице, и перед Софией открылся подвал, о существовании которого она до сего дня даже не подозревала.

Помещение занимало ту же площадь, что и весь первый этаж дома. На стенах и столах сияли целые созвездия электрических ламп. Софии показалось, что она вошла в библиотеку, только более величественную и упорядоченную, чем верхняя. Во всяком случае, кругом были сплошные книжные стеллажи, а два крепких деревянных стола посередине выглядели так, словно за ними постоянно работали. Пахло старой бумагой, полированным деревом и электрическими разрядами. Толстый ковер, постеленный на полу, скрадывал звук шагов. В одном уголке было устроено что-то вроде гостиной: там стояли диван и два кресла. Большая часть помещения, однако, представляла собой нечто среднее между картографической мастерской и музеем. У задней стены была установлена длинная стеклянная горка, заполненная диковинными предметами. Ближе находились четыре большущие дубовые конторки, каждая — с десятками невысоких выдвижных ящиков.

А что самое странное и удивительное — помещение содержалось в чистоте и порядке. Каждая вещь — на своем месте.

София остолбенела у порога и только крутила головой. Она все не могла поверить, что потайная комната существует наяву.

— И давно это здесь? — наконец выговорила девочка, и в ее голосе звучало потрясение. — А почему тут все так аккуратно?

Шадрак рассмеялся:

— Дай-ка я тебе кое-что расскажу из фамильной истории… Такое, чего ты не знаешь. Твой дедушка, мой отец, был смотрителем музея при университете. А также исследователем…

София кивнула. Это ей было известно.

— Отец посвящал свое время не только присмотру за музеем, он также ездил в экспедиции по разным эпохам, добывая всякую всячину для университетского собрания…

София снова кивнула. Пока ничего нового Шадрак ей не сообщил.

— Так вот, из поездок он, как ты понимаешь, привозил кое-что и для себя. Отец был неистовым коллекционером, и этим все сказано. Опять же во время посещения различных эпох ему дарили подарки. Когда он возвращался, купленные для музея вещи отправлялись по назначению, а личные приобретения — сюда. Постепенно у отца оформился свой частный музей.

— А зачем секретная дверь? — спросила София.

— А ее сначала и не было. Сперва ему требовалось прохладное помещение, куда не попадал бы прямой солнечный свет, чтобы ничто не повредило собранию. Позже о его коллекции пошла слава, люди стали приезжать со всего Нового Запада… И каждый хотел что-нибудь купить. Надо ли говорить, что у отца и в мыслях не было что-либо продавать, но другие собиратели, да и обычные торговцы становились все назойливее. В конце концов отец, безопасности ради, распустил ложный слух, что-де пожертвовал коллекцию музею… а тем временем соорудил наверху книжный шкаф, перегородив вход. Это, конечно, потребовало времени, но настырные покупатели понемногу отстали.

— И все прямо так и забыли, что собрание существовало?

— Ну почти все. Когда я, — продолжал свой рассказ Шадрак, — начал изучать картологию, отец предложил мне держать самые ценные карты и инструменты здесь, в подвале. И при этом потребовал от меня исполнения целого списка правил… — Шадрак невольно скривился. — Одно из них касалось порядка. Со временем у меня появлялись все новые карты и приспособления, которые хотелось спрятать подальше от посторонних глаз… После кончины отца я переоборудовал подвал, превратив музей в картографическую мастерскую. Так эта комната и приобрела свой нынешний вид. И конечно, для посторонних ее существование — тайна, что объясняется характером моей работы. Большей частью она секретная, поэтому я вынужден скрывать свою деятельность — даже от тех, с кем делю кров.

Последние слова он произнес извиняющимся тоном.

— А кто еще знает? — спросила София.

На его лице неожиданно промелькнуло что-то подозрительно похожее на боль, взгляд темных глаз стал отрешенным. Продолжалось это, однако, лишь мгновение.

— Из ныне живущих — очень немногие. Мои ученики и даже коллеги по университету понятия не имеют о моей работе. И миссис Клэй не знает. Другое дело Майлз. И твои родители, конечно. Сколько замечательных часов мы здесь провели, планируя их экспедиции!

Значит, вот на этих самых стульях некогда сидели с Шадраком ее папа и мама... София воочию увидела, как они склоняются над столами, рассматривая карты иных эпох, как с живостью обсуждают дороги, припасы и тонкости чужеземных обычаев...

— Какой беспорядок воцарялся здесь перед каждой поездкой! — улыбнулся Шадрак. — Вот здесь... — Он подвел девочку к большой потрепанной карте, приколотой к стене над спинками кресел. — Здесь обыкновенно все начиналось.

Это была карта мира, усеянная булавками с головками разных цветов.

— Когда они уехали, оставив тебя на мое попечение, — тихо продолжал Шадрак, — я как мог отслеживал их передвижение. Вот это — намеченный путь…

Он показал ей цепочку синих булавок, протянувшуюся через Атлантику и далее через Папские государства в глубину Срединных путей. Причина спешного отъезда родителей была Софии отлично известна, но все видится по-иному, когда смотришь на карту.

— Записка от нашего друга Касаветти содержала намек на то, что, изучая неведомую эпоху вот здесь, в Папских государствах, он угодил в плен. — Шадрак указал соответствующую булавку. — Касаветти знал те места как свои пять пальцев, но, похоже, натолкнулся на что-то неведомое — и явно опасное. Твои родители поспешили на выручку Касаветти, чтобы освободить его и вернуться… Мне, впрочем, плохо верится, что они сумели добраться до места назначения. Видишь зеленые булавки? Они отмечают места, где, согласно сообщениям, побывали твои папа и мама.

Зеленые головки были разбросаны по всему миру. В Северных Снегах, в Пустошах, в Россиях и даже в Австралии.

— Знакомые путешественники годами передавали мне новости. Немногие из них утверждали, будто видели твоих родителей своими глазами. Так — слухи, толки, отрывочные сведения… Я, как ты понимаешь, не пренебрегал ни полсловом, пытаясь отследить их маршрут и осмыслить его. Но, сама понимаешь, это оказалось невозможно… — Он указал на россыпь зеленых точек, которая говорила сама за себя. — А потом и слухи прекратились.

Некоторое время они стояли в молчании, разглядывая утыканную булавками карту.

— Но ты должна знать, София, — снова заговорил Шадрак, — что, несмотря на это, я не утратил надежды. Но мне не хотелось ехать на поиски без тебя, а брать с собой маленького ребенка было немыслимо. И пока ты подрастала, я изучил все, что только мог, о местах их пребывания. Я терпеливо ждал, пока ты достаточно повзрослеешь, чтобы поделиться с тобой этими знаниями. И отправиться искать их — вместе…

София ошеломленно взирала на зеленые точки, раскиданные по всему миру.

— Искать их?.. — повторила она.

— Повторюсь, я, по возможности, собирался выждать еще несколько лет, — продолжал Шадрак. — Обстоятельства, однако, распорядились иначе. Нам с тобой нужно планировать путешествие прямо сейчас, чтобы успеть выехать прежде, чем границу наглухо перекроют извне и снаружи. У нас несколько недель осталось на все дела. Эту комнату с собой не возьмешь, поэтому надо будет уложить необходимое вот сюда…

И он постучал себя пальцем по виску.

София обвела взглядом комнату, а потом вновь уставилась на дядино лицо, светившееся решимостью и надеждой. Она в восторге спросила:

— С чего мне начать?

Шадрак улыбнулся в ответ, в глазах появилось выражение, очень похожее на гордость.

— Я так и знал, София: ты готова! — Широкая ладонь бережно опустилась на ее плечо. — Для начала тебе придется призвать на помощь свое замечательное терпение. Первые шаги к тому, чтобы стать картологом и исследователем, даются не скоро и не легко…

— Я смогу, — горячо заверила она. — Я умею быть усидчивой.

Шадрак рассмеялся:

— Тогда я начну урок прямо сейчас! Перво-наперво — небольшой экскурс по комнате. — Он подошел к деревянным столам. — Вот здесь я составляю карты…

Мимоходом София отметила про себя, что обитая кожей столешница была сплошь в царапинах и проколах.

— А здесь, на полках, — книги, слишком ценные либо опасные, чтобы держать их наверху… — Шадрак показал Софии несколько томов странной формы и необычного размера, потом подвел ее к одной из конторок. — Эти фолианты потом посмотрим. Сейчас взгляни-ка сюда. Здесь, в горке, хранятся поистине прекрасные вещи… Это сокровища, доставленные из других эпох. Некоторые привезены мне твоими родителями.

Он наставил палец на высокий металлический цилиндр, усеянный крохотными самоцветами.

— Это устройство для чтения карт, такими пользуются в Патагонии, — пояснил он с гордостью.

Подле цилиндра красовалось нечто, напоминавшее обычную морскую раковину.

— Вот поисковая раковина из южных морей. А это… — за стеклом лежало что-то плоское, блестевшее, как воск, и покрытое яркими картинками, — это лесная карта из Папских государств.

София сразу представила себе лесную карту, лежащую на аналое в скудно освещенном чертоге, который полон ароматного дыма от ладана и свечей. А сколько еще удивительного и непонятного хранилось здесь за стеклом!

— Так это все карты?.. — потрясенно спросила она.

Глаза Шадрака блеснули.

— В том-то и суть! Нам с тобой они представляются непременно рисунками на бумаге. Всякие там линии, символы, надписи. — (София кивнула.) — В действительности же карты какими только не бывают! Экземпляры, созданные в иных эпохах, нисколько не похожи на наши. И знаешь что? Я осмелюсь предположить, что твои родители сбились с дороги, потому что не сумели прочесть карт эпохи, в которую угодили. Кое-что им, конечно, было известно, но они слишком понадеялись, что обычные бумажные карты укажут им правильный путь… — Он вздрогнул, как от боли. — И я тоже полагал, что старый, испытанный способ ориентирования на местности не подведет… Так вот, если мое предположение верно, на свете есть места, которые просто невозможно пройти без карт местного изготовления, а это требует очень нетривиальных познаний. Картологического мастерства здесь недостаточно. Нужно приспособить свое мышление к совершенно иной картографической системе, весьма отличной от той, к которой мы привыкли...

София смотрела на него, не в силах понять.

— Значит... надо самому научиться их делать? Другие карты?

— Ради этого моя комната и существует, — ответил он. — На Новом Западе в ходу бумажные карты, а ведь использовать можно все, что угодно. Камень, дерево, песок, металл, ткань, кожу, стекло... да хоть кусок мыла или лопух покрупнее. Каждый составитель карт работает по-своему, в зависимости от того, где он живет и в какой эпохе родился. Кое-кто, подобно мне, старается постичь картологию иных эпох.

— Мои родители этого не сделали, — тихо проговорила София.

— Отчего же, кое-что о других системах они знали. Только этого оказалось слишком мало. Быть может, они очутились где-то вдалеке от эпох, где пользуются бумажными картами, и у них под рукой была только песчаная. Что, если они не смогли в ней разобраться? — Шадрак решительно тряхнул головой. — Это больше не повторится! Мы с тобой постигнем все мыслимые системы и будем готовы к любому повороту событий!

София взволнованно спросила:

— А какие ты знаешь иные системы?

Шадрак подвел ее к обширным дубовым конторкам.

— Помимо бумаги, на которой зиждется вся картология нашей эпохи, я изучил творение карт из четырех основных материалов: металла, стекла, ткани и глины.

При этих словах он выдвинул один из ящиков ближайшей конторки и, бережно придерживая за края, вытащил блестящую прямоугольную металлическую пластину размером не более обычного бумажного листа. На уголке было выбито: «Бостон, 1831, февраль» — и рядом крохотный значок: горная цепь, воздвигнутая на измерительную линейку. Остальная площадь пластины выглядела совершенно пустой.

— Пускай чуть-чуть полежит, — сказал Шадрак, укладывая пластинку на кожаную столешницу.

Он открыл ящик другой конторки и достал плоский кусок стекла примерно такого же размера. Он тоже был совершенно чистым, если не считать отметки места и времени — «Бостон, 1831, февраль» — и уже знакомого символа, выгравированного в уголке.

— Но ведь там и там ничего нет, — удивилась София.

— Немножко терпения! — отозвался Шадрак, роясь в ящиках третьей и четвертой конторки.

Скоро в руках у него появились тонкая глиняная табличка и квадрат льняной ткани. На вид они отличались лишь тем, что на глине угловая отметка была выдавлена, а на ткани — вышита.

Все четыре предмета Шадрак разложил на столе и не без гордости оглядел.

— Вот, — сказал он. — Четыре разные карты одного и того же местовремяположения.

София напряженно сдвинула брови:

— Местовремяположения?..

— Одного и того же сочетания места и времени.

— Так это карты? А почему на них ничего не видно? Это же просто чистые прямоугольники!

Шадрак шагнул к одному из книжных шкафов и провел пальцем по корешкам. Нашел нужную книгу, снял ее с полки и начал листать.

— Смотри! Тебе примерно такое представляется?

Раскрытая книга легла на стол. София вгляделась и увидела карту, озаглавленную «Город Бостон». Она сразу узнала знакомые очертания города с ближайшими окрестностями, водными артериями и главнейшими дорогами, обычными и железными.

— Да, — кивнула она. — Это карта.

— А что бы ты сказала, начни я тебя уверять, будто каждый из этих, по твоему выражению, «чистых прямоугольников» содержит в сто раз больше сведений, чем бумажная карта из книги? Ибо они отражают не только земное пространство, но и время, имеющее отношение к Бостону в феврале тридцать первого года!

София наморщила лоб:

— Ты имеешь в виду мою манеру «картографирования» в рисовальном альбоме?

— Да, это в самом деле очень похоже на твой остроумный способ улавливать время с помощью слов и рисунков на бумаге. Только в этих предметах — не наброски и даже не образы мира, а живые картины происходившего в том месте, в то время. Тебе покажется, что ты действительно там оказалась!

София так и ахнула от изумления:

— Как такое возможно?

— Твердо обещаю, — улыбнулся Шадрак, — попрактиковавшись, ты сумеешь не только прочесть любую карту, хранящуюся в этих конторках, но и свои научишься создавать. Садись. — Он пододвинул племяннице стул. — Ну-ка, попробуй.

София уселась и с деятельным нетерпением уставилась на лежавшие перед нею четыре прямоугольника.

— Как по-твоему, что надо сделать сначала?

— Разве ты не будешь мне подсказывать? — Она удивленно вскинула брови.

— Подсказки свели бы на нет весь мой замысел, — снова улыбнулся Шадрак. — Помнишь, я говорил, что умения здесь недостаточно? Нужно настроиться на иной образ мышления. Если я тебе объясню, что к чему, ты просто запомнишь, как это делается. А если сообразишь сама, научишься применять принцип. Когда прибудем в другую эпоху, нам обоим понадобится вся изобретательность, на какую мы способны. Зубрить здесь без толку.

— Но я же понятия не имею, как…

— А я, — сказал Шадрак, — тебя и не тороплю. У тебя развитое воображение, значит догадаешься. Я лишь поясню тебе, с чего начать. В этом вся суть нашего первого урока, посвященного бумаге. — И он сел на соседний стул. — Бумажные карты недаром ценятся во многих эпохах. Они долговечны, неизменны — и понятны любому, взявшему их в руки. Это, конечно, весьма полезные свойства. Карты же иного рода более трудны для чтения и зачастую крайне уязвимы, зато куда лучше работают и надежнее сохраняют секреты.

Качества, как ты понимаешь, взаимосвязанные. Бумажная карта всегда к твоим услугам, другие же большую часть времени, скажем так, находятся в спящем состоянии. Иногда, представь себе, их нужно будить, и только тогда они могут быть прочитаны!

София тряхнула головой. Сколько всего нового — и чем дальше, тем непонятнее!

— Поверь, тебе это пригодится… — сказал Шадрак, поднимаясь, и направился к двери. — Пойду доканчивать письма, касающиеся документов миссис Клэй… Надо их отправить с утренней почтой. И еще нужно справиться, как там Карлтон. — Он подмигнул. — Вернусь — проверю, что у тебя получилось!

Оставшись одна, София набрала полную грудь воздуха и еще раз обвела взглядом предметы, разложенные перед ней на столе. Книгу она трогать не стала, сосредоточив свое внимание на четырех «чистых прямоугольниках». «Бостон, 1831, февраль», — гласила надпись на каждом, в уголке справа внизу. Что говорил Шадрак о том, что некоторые карты нужно сперва разбудить? И каким образом карты отображали не только место, но и время? Возможно ли такое вообще?..

София нерешительно потянулась к металлической пластине, взяла ее в руки. Она холодила ладонь, но казалась на удивление легкой. Девочка увидела на буровато-желтой полировке собственное отражение… Но это было все, что ей удалось разглядеть, сколько она ни напрягала глаза.

Отложив пластину, София взялась за глиняную табличку. Ее обратная сторона была такой же чистой, как и лицевая. А вот стеклянная пластинка оказалась не настолько прозрачной, как ей показалось сначала. Но и тут оставалось только пялиться в молочно-мутную толщу, наблюдая, как проступают в ней собственные смутные черты… В самую последнюю очередь София взяла льняную ткань и поднесла к лицу, держа за уголки.

— Что у тебя внутри, платочек? — пробормотала она. — Скажи что-нибудь, что молчишь? Проснись, слышишь? Ну-ка, проснись…

Ответа не последовало. У Софии вырвался разочарованный вздох. Клочок льна затрепетал от дыхания, а когда она положила его на стол — кое-что произошло.

Поверхность лоскута стала меняться. На ней начали сами собой медленно возникать линии. У Софии округлились глаза. Края «платочка» украсились завитками, а посередине обнаружилась карта…

5
Учимся читать

15 июня 1891 года, 9 часов 22 минуты

После Разделения минули целые десятилетия, прежде чем картология утвердилась на Новом Западе как важнейшее из научных направлений. Зато, вобрав в себя сферу истории и став неотъемлемой частью государственной программы исследований, она прочно заняла место в авангарде науки. При этом изучение практической картологии иных эпох оставалось дисциплиной узкоспециальной и даже периферийной...

Шадрак Элли. История картологии

София уронила лоскут на стол и помчалась к лестнице.

— Дядя Шадрак, посмотри! — закричала она. — Там такое!..

— Иду, — отозвался он сверху. — Ну-ка, ну-ка...

Она побежала обратно к столу, желая убедиться, что карта никуда не делась. Рисунок был по-прежнему на своем месте. Вот они, тонкие, цветные, словно перышком вычерченные линии. Легенда была представлена двумя бледно-голубыми циферблатами справа. На первом были цифры от одного до двадцати восьми, на втором — самые обыкновенные часовые деления. Посередине куска ткани вилась тонкая и сложная сеть зеленых и коричневых линий, сплетавшихся в знакомые очертания Бостона. Карту обрамлял узор, выполненный золотом. Завитки, таинственные символы…

— Ну и как ты это обнаружила? — спросил Шадрак, подсаживаясь к племяннице.

Он принес с собой стакан воды, который поставил на почтительном удалении от карт.

— Я… я не уверена. Кажется, я на него подышала…

— Что ж, неплохо для начала. — Дядя улыбнулся и потер подбородок. — Мы многое случайным образом открываем… Матерчатые карты реагируют на воздух, будь то ветерок, буря или дыхание. Причина же в том, что они являются погодными картами. То есть на ткани можно изобразить что угодно, но наилучшим образом она будет показывать изменения погоды. Эта, например, отражает метеоусловия в Бостоне в феврале тридцать первого года…

— А выглядит как обыкновенная карта, — сказала София. — Вон те линии — они обозначают погоду?

— Это невозможно прочесть, пока не назначены день и час, — ответил Шадрак.

И он указал на циферблаты легенды. Между прочим, стрелок на них не было.

— Так это дни и часы? — догадалась София.

— Верно. Выбери что-нибудь.

— А как?

— Самым традиционным образом — пальцами. Можно, однако, использовать любые предметы — бусы, булавки… да что угодно. Мне, к примеру, нравится вот это…

Он потянулся к ящику конторки и вынул небольшую кожаную коробочку. Внутри лежали ничем не примечательные голыши. Не больше ноготка величиной, гладкие.

— Ясно! — обрадованно воскликнула София и положила один камешек на цифру «восемь» дневных делений, а другой — на девятку почасового циферблата.

Ничего не произошло.

— Девять утра восьмого февраля тысяча девятьсот тридцать первого года, — пробормотал Шадрак и отпил воды.

София прищурилась, изучая карту.

— Ничего не происходит!

Шадрак наградил ее пристальным взглядом:

— Прежде чем ты увидишь погоду, которая стояла восьмого февраля, дай-ка я объясню тебе принципиальную разницу между этими картами и теми, к которым ты привыкла. Это карты памяти. В них запечатлено не только мнение о данном месте и времени одного отдельно взятого картолога — они хранят совокупные воспоминания реальных людей, то есть историю. Просто одни карты отражают впечатления одного человека, а другие — то, что могли бы рассказать многие. В этой, например, заключены реминисценции сотен людей, проживавших в Бостоне в феврале тридцать первого года.

— И как такое получается? — выдохнула София.

— Это ты постигнешь, когда будешь учиться сама карты делать. Заранее скажу лишь, что исследовательской работы здесь хватает. Сейчас постарайся понять вот что: чтение подобной карты — все равно что приобретение воспоминаний. Ты будешь переживать жизненный опыт тех людей, которые были очевидцами событий.

У Софии округлились глаза.

— А можно попробовать прямо сейчас?

Шадрак нагнулся над картой, не снимая рук со стола.

— Можешь показать мне Бостонские общественные земли? Видишь их на карте?

София даже фыркнула:

— Проще простого!

И прижала пальцем зеленый пятиугольник в правой части лоскута.

Стоило коснуться ткани, как в памяти буквально сверкнуло. Воспоминание было таким ярким и красочным, словно принадлежало ей самой. Она увидела общественный луг при свете раннего утра, над головой летели облака. Пейзаж кругом выглядел несколько нечетким, размытым, зато откуда-то всплыли ощущения резких ударов холодного ветра и сырости, витавшей в воздухе. По спине даже озноб пробежал. София ахнула и оторвала палец от карты. Картинка сразу начала меркнуть.

— Ух ты! — вырвалось у нее.— Все как наяву. Я как будто в самом деле вспомнила.

Шадрак с довольным видом откинулся на спинку стула.

— Да, — сказал он. — Это соответствует замыслу. Так эти карты и работают.

— Но чьи же это воспоминания? И кто их туда заложил? Ты?

— Как тебе сказать… И да и нет. Я разузнал, кто был в тот день в том месте и что именно запомнил, ведь карта заключает в себе лишь сведения, известные ее составителю. Это же не всевидящий глаз какой-нибудь... А воспоминания исходят от реальных людей, живших в то время, когда я делал карту. Ну и письменные мемуары в ход пошли...

— Все равно не пойму, как же они в карте-то оказались?

Шадрак помолчал, потом ответил:

— А помнишь рисунок в комнате твоих родителей? День свадьбы Минны и Бронсона?

София подняла на него глаза:

— А я и не знала, что их в день свадьбы нарисовали...

— И тем не менее. Тебе никогда не казалось, что этот портрет несколько отличается от остальных? Выглядит... более живым, что ли.

— Казалось, — медленно проговорила София. — Но я думала, все дело в моем воображении. Я, когда была маленькой, рассматривала этот рисунок и так ясно их вспоминала.

— Не просто рассматривала — трогала, — поправил Шадрак. — Во время рисования я, видишь ли, использовал техники, которые применяю при составлении карт... Естественно, отчасти. Статичный портрет обладает лишь долей могущества, присущего карте. Тем не менее принцип тот же.

София тряхнула головой, по-прежнему ничего не понимая.

— Все равно неясно, каким образом в рисунок память вплетается! Как ты это делаешь?

— Если в самых общих чертах... Я посетил каждого человека, зафиксировавшего в памяти нужный момент, и попросил уложить соответствующие воспоминания во вместилище. Вернувшись домой, я погрузился в них, а их были сотни… Потом применил свои знания о ветрах, температуре воздуха и солнечном свете. Это помогло мне рассортировать информацию, расставив все по надлежащим местам во времени и пространстве.

— Во вместилище? В коробочку, что ли?..

— Нет, конечно. Вместилищем была сама ткань. Ты сегодня прочла карту благодаря прикосновению — она и была создана с его помощью. Воспоминания принадлежали людям, касавшимся материи, я же занимался приведением их в осмысленный порядок. Картолог ведь и должен превращать попавшие к нему данные в понятный, пригодный для чтения документ. — Шадрак улыбнулся. — Когда перейдем к практике, все сразу станет гораздо понятнее. Сосредоточься пока на чтении!

— Тогда выберу еще какое-нибудь время, — сказала София.

Она передвинула камешки на восемь пополудни двенадцатого числа. Вновь опасливо притронулась пальцем к знакомому пятиугольнику… и немедля «вспомнила» то, чего никогда не происходило в реальной жизни: она стояла посреди общественного луга, была середина вечера, в воздухе густо кружились снежинки… В небе серебрились облака, стояла стужа. Снег плыл над землей колышущимися пеленами, словно развеваемыми чьим-то дыханием.

— Чудеса, да и только! — отнимая палец, произнесла София. — Поверить не могу!

— В самом деле, неплохая карта получилась. — В голосе Шадрака прозвучали едва заметные нотки гордости. — Еле собрал данные по последним дням месяца: очень немногие, как оказалось, помнили тогдашнюю погоду… — И он указал рукой на три оставшиеся карты. — А с этими что-нибудь получилось?

— Нет пока.

— Ладно, давай вместе разбираться.

Шадрак собрал камешки, поднял клочок ткани и бережно перевернул. Когда он вновь положил его лицевой стороной кверху, тот был чист, как прежде, — сохранилась лишь пометка, вышитая в углу.

— Как дела с глиняной табличкой?

София с некоторым сомнением взяла ее в руки. Осторожно подула… Никакого эффекта.

— Ну, даже не знаю, — проговорила она, хмурясь.

— Информацию на ткани проявило твое дыхание, — сказал Шадрак. — Оно было ключом к карте: создало движение, побуждающую силу, послужило катализатором. В общем, разблокировало ее. Как, по-твоему, следует воздействовать на глину — кусок земли?

София молчала целую минуту, погрузившись в напряженные размышления. Потом ее осенило.

— Я поняла!

Шадрак поднял брови:

— И чем же?

— Дай мне свой стакан!

Он передвинул его по столу. София обмакнула палец в прохладную жидкость, занесла его над глиняной табличкой и уронила на нее всего одну каплю. Поверхность начала незамедлительно меняться. На ней стало возникать тонкое плетение линий: проявлялась карта.

— Угадала! Угадала!

— Молодец, — похвалил Шадрак. — Земля отзывается на присутствие воды. Что ж, выбирай дату и время!

В левой стороне карты имелась легенда вроде той, что и на льне. София обозначила камешками десять часов пятнадцатого числа, то есть полдень пятнадцатого февраля. И стала рассматривать карту. Паутина линий гуще всего опутывала городской центр, а на окраинах становилась реже и постепенно исчезала.

— Глиняные карты — топографические, — раздался голос Шадрака. — Они показывают земную поверхность: холмы, поля, леса, реки. В данном случае, полагаю, зрелище городского центра может немного сбить с толку. Попробуй сельскую местность.

Он указывал на западную окраину Бостона, где расстилались зеленые пространства и почти не было линий.

Предвкушение заставило Софию задержать дыхание. Она коснулась карты… В памяти тут же всплыло зрелище холмов, мягкими волнами катящихся вдаль. Поодаль блестел небольшой пруд, дальше виднелся фруктовый сад с облетевшей листвой. София убрала палец, притушив яркость воспоминаний.

— А что будет, если я стану двигаться?

— Попробуй — увидишь.

Она осторожно повела пальцем по карте. Картины сменяли одна другую. Перед мысленным взором возникли сосновые леса и земля внизу, густо усыпанная опавшими иглами. Появилась длинная дорога, обсаженная голыми кленами. Берег замерзшего ручья, кучи сухих листьев…

— Красота! — сказала София. — Столько разных мест, да так подробно!

— Глиняные карты обычно не сопряжены с быстрыми скачками во времени, — заметил Шадрак. — В данном конкретном случае местность в течение месяца менялась не сильно. Соответственно, у меня было больше времени поработать над деталями пейзажа.

— Как хочется скорее другие посмотреть! — улыбнулась София. Убрав голыши, она бережно перевернула глиняную карту лицевой стороной вниз и взялась за металлическую пластинку. — Кажется, здесь пригодились бы спички... — И вопросительно посмотрела на Шадрака: — Правильно?

Тот молча сунул руку в карман и вытащил коробок.

София чиркнула спичкой и поднесла ее к пластине. Оранжевый огонек вытянулся вверх и разбежался по отливающей медью поверхности. София бросила спичку в стакан с водой, глядя, как в центре пластины проявляются четкие серебристые линии. Эта карта выглядела не нарисованной, а скорее выгравированной на металле, каждая черточка блестела ручейком ртути. Немного полюбовавшись делом своих рук, София стала нетерпеливо раскладывать камешки на циферблатах.

— Тут я порекомендовал бы кое-что поточнее, — поднимаясь из-за стола, сказал Шадрак. Направился к той же конторке, где хранились камешки, и вернулся с длинным пером. — Вот, кажется, это достаточно остро заточено. С очень подробными картами бывает трудновато управляться лишь кончиком пальца. Попробуй отметить пером точку поменьше!

— А общественные луга еще раз можно проверить? — нерешительно спросила она.

— Конечно. Давай!

София нацелилась перышком в уголок Бостонского земельного надела… и тут же «вспомнила», как стояла на пересечении Чарльз-стрит и Маячной, между лугом и садом. Окружающий пейзаж снова показался ей немного размытым, зато кирпичные дома вдоль Маячной улицы проявлялись в мельчайших деталях. Домов в городском центре было меньше теперешнего. София со всей ясностью увидела улицу на всем ее протяжении, церковь на Парковой и здание палаты представителей на вершине холма. Она повела пером вдоль Маячной, направившись к западу. Дорога разворачивалась перед умственным взором, дома мелькали один за другим, возникая словно из тумана. Мимо Софии проплывали шпили церквей, особняки центра и кирпичные домики поскромнее, постепенно сменившиеся маленькими фермами на бостонских окраинах. Вот с удивительной четкостью прорисовалась красная стена таверны, низкая деревянная дверь…

София отняла перо.

— Красота! Просто красота, дядя Шадрак! Неужели это правда ты сотворил?

— А не найти ли тебе улицу Ист-Эндинг? — ответил он.

Перо в руке девочки зависло над южным районом города…

— Вот она! — воскликнула София. — Вот наша улица!

Острие снова коснулось карты. Тут же наплыли чужие воспоминания: кое-каких домов недоставало, а иные было трудно узнать. Там и сям — свежая кладка и двери, окрашенные по-другому... Потом впереди замаячило что-то очень знакомое, и София поняла, что стоит перед родным домом. Он выглядел почти таким же, как и теперь. Крепким, полным достоинства, с белыми ставнями и железной совой, пристроившейся над ярко-красной дверью. Не хватало лишь овального знака да плюща, заполонившего стены.

— Наш дом! — вскрикнула София.

Шадрак негромко рассмеялся.

Некоторое время София вглядывалась в чьи-то воспоминания о своем доме, потом стала исследовать другие места. Вот школа, вот любимый уголок у реки... Несколько минут она увлеченно возилась с картой, затем отложила перо.

— Значит, матерчатая карта показывает погоду, — медленно проговорила она. — Глиняная — землю, а металлическая — дома...

— Искусственные постройки, — уточнил Шадрак. — Не только дома, но и дороги, железные и обычные, мосты и тому подобное. Все, что возведено человеческими руками.

— Человеческими руками, — повторила София. — Понятно. А что нанесено на стеклянную карту?

Шадрак поднял брови:

— Вот ты мне и скажи. Чего недостает в воспоминаниях, которые ты видела?

София сосредоточенно уставилась на стеклянную пластинку. Взяла в руки и стала рассматривать, но, как и прежде, увидела лишь свое смутное отражение. Потом ее осенило. Но догадка была столь чудесной, что девочку одолели сомнения.

— Наверное… людей?

— Попробуй и убедись, — сказал Шадрак.

— Только что-то я не пойму, как разбудить карту.

— Правильно, эта из числа самых непростых. И в подвале с ней тяжеловато поладить. — Он поднялся. — В других местах, как правило, имеется окошко с дневным освещением, а карту держат завернутой. Поднеси ее к лампе!

— Ух ты! — воскликнула София. — Свет!..

Она взяла стекляшку и подошла с нею к дяде, стоявшему возле кресел в углу. Пластинку озарили яркие лучи — и по гладкой поверхности тотчас разбежались тонкие белые линии, напоминавшие морозный узор на окне.

Шадрак взял карту у Софии и поднял повыше.

— Стеклянные карты, — сообщил он, — отображают человеческие деяния, человеческую историю. Первое знакомство может произвести странное впечатление… Ты «вспомнишь» людей, которых никогда не видела, разговоры, которых не вела… Нужно четко отличать свои собственные воспоминания от посторонних. Со временем ты научишься и этому. Что ж, я знаю наверняка, что эта карта ничего пугающего не содержит. Ты можешь безбоязненно наслаждаться ее памятью.

Он вернулся к рабочему столу и уложил пластину лицевой стороной вверх. Потом разместил камешки на обоих циферблатах легенды, выбрав цифру десять.

— Ну, бери перышко! — подбодрил он Софию.

Девочка наморщила лоб. Погружаться в глубины именно этих воспоминаний ей странным образом не хотелось.

— Давай, давай, — сказал Шадрак. — К примеру, вот здесь, возле рынка…

София подвела перышко к рынку Квинси и коснулась стекла. Тотчас же неудержимым потоком хлынули впечатления. Повсюду кругом — людской говор, смех, громкие возгласы, шушуканье вполголоса… Женщина, стоявшая рядом, тщательно пересчитывала деньги. Мимо прошел мальчишка с полной коробкой оранжерейных цветов, София тут же почувствовала их густой запах. Она увидела, как дыхание вырывается изо рта облачками белого пара. Вот мелькнуло сонное лицо фермера, приехавшего с телегой картошки откуда-то издалека. Все было таким ярким, словно она в самом деле там когда-то была. Правда, картинки имели отношение только к людям. Городская обстановка и даже земля под ногами оставались нечеткими.

София оторвала перо от стекла и сморгнула.

— Странно как-то, — проговорила она. — Людей я вроде помню… и больше ничего. Даже не пойму, где это происходит!

— Знаю, — отозвался Шадрак. — Непривычно видеть себя вне окружающей среды. — И он отодвинул стеклянную пластинку подальше. — Теперь я покажу тебе, ради чего вообще возился. Право же, оно того стоило.

Взяв карту-лоскуток, он подул на нее и уложил на стол, будто для чтения. Кончиком пальца сбрызнул водой глиняную табличку и поместил на ткань край в край. На глину легла металлическая пластинка — там еще просматривался рисунок. И поверх всего Шадрак водрузил стекло, где камешки по-прежнему отмечали десятое число и десять часов.

— Попробуй, — предложил он племяннице.

София взяла перо и стала смотреть сквозь стекло. Внизу были хорошо видны серебристые линии металлической карты. Вздохнув поглубже, девочка навела перо на перекресток Чарльз-стрит и Маячной.

И перед ней во всей полноте предстал мир, каким он был десятого февраля тысяча восемьсот тридцать первого года. Люди торопливо шли по дорожкам общественного луга, притопывая от стужи, голые ветви деревьев покачивались на фоне серого неба. На льду замерзшего пруда вычерчивали фигуры конькобежцы. Прохожие спешили туда-сюда с корзинами для покупок, некоторые ехали на велосипедах; резиновые колеса вращались совершенно беззвучно. В окнах домов двигались силуэты: кто-то ел, кто-то болтал, работал, валялся в постели…

София как будто нырнула в иной мир — свой собственный, но все равно незнакомый. Она понимала, что в ее голове проносятся чужие воспоминания, но по жизненности они нисколько не уступали ее собственным. Она вздохнула и убрала перо.

— Мне бы такую ясную память, — сказала она. — Я все помню какими-то обрывками… А здесь совершенная картина.

— Это у всех так, — пояснил дядя. — Поэтому полезно строить карты послойно. Мы не можем все удержать в голове. Скажу тебе даже больше: человеческая память схватывает на удивление мало подробностей. Однако, когда начинаешь совмещать воспоминания разных людей об одном и том же предмете, мозаика складывается и оживает.

Тогда София высказала вслух то, что было у нее на уме с первого же момента, когда она поняла назначение стеклянной карты.

— А как ты думаешь, дядя… возможно ли, что мама с папой где-нибудь оставили свои воспоминания, заключив их в подобную карту?

Шадрак провел рукой по волосам.

— Вероятность есть, — проговорил он медленно. — На момент отъезда из Бостона твои родители не умели составлять карты памяти. Но кто сказал, что они не могли научиться?

София добавила:

— Или кто-то другой мог сделать карту, в которой их можно увидеть.

— Отличная мысль, София! Даже мимолетное воспоминание, запечатлевшее их, оказало бы нам бесценную помощь… Ты поймешь, о чем я говорю, если посмотришь сейчас на эту улицу и наш дом.

София немедленно прижала перышко к стеклу. Перед нею снова предстал серый день; холодный сырой ветер гнал низкие облака. Улица казалась пустынной. В окошках, несмотря на полдень, виднелись слабенькие огоньки свечей — непогожее небо давало слишком мало света. Красная дверь, так хорошо знакомая девочке, была закрыта. Она пригляделась к окнам верхнего этажа и увидела за стеклом юношу. Он что-то увлеченно читал, сидя за столом и подперев рукой подбородок... Неожиданно воспоминание стало еще ярче, словно кто-то отдернул вуаль. Юноша в окне оторвался от книги. Повернулся и посмотрел прямо на нее. На Софию. Улыбнулся...

Девочка ахнула и подняла перо.

— Он посмотрел на меня! — взволнованно поделилась она с Шадраком. — Тот... за окном! Кто это был?

— Значит, ты его видела! — Дядя взял у нее перо, сам приложил к той же точке — и заулыбался воспоминанию. — Подумай хорошенько, и ты сообразишь, кто это был.

— Неужели дедушка?

— Да, твой дедушка. Мой отец.

— А почему он мне улыбнулся?

— Потому, что воспоминание принадлежало твоей прабабушке и моей бабушке Лиззи. Это она стояла на улице, а он улыбался ей из окна. — Шадрак отложил перо и вздохнул, отчасти тоскливо. — Чудесное мгновение, правда?

София испытала настоящее благоговение: она только что увидела мир глазами своей прабабки, женщины, которую она не застала на этом свете. Однако присутствовало и ощущение тревоги, неловкости, словно она невзначай подсмотрела что-то очень личное и ей вовсе не предназначенное.

— Чудесное мгновение, — медленно повторила она. — Только не мое. Это вправду хорошо — чужими глазами на все глядеть?

Взор Шадрака стал задумчивым.

— Ты задалась важным вопросом, София. Помнишь, о чем я только что тебе говорил? Важно знать, где кончаются твои собственные воспоминания и начинаются чужие. Учти такую вещь: люди не утрачивают впечатлений, которыми поделились с картой. Поделились, понимаешь? И это выводит нас на следующую проблему. Дело в том, что ничья память не совершенна. Делая эту работу, я постарался разузнать все, что только можно, о том месяце в Бостоне, от тогдашней манеры одеваться до строительства кораблей. Потом присовокупил добытые воспоминания к известным сведениям. Нельзя забывать, что карты, в том числе карты памяти, не являются идеально точными и представляют собой лишь более или менее подробные приближения. Рассматривай их как книги по истории: автор старается следовать истине, насколько это возможно, но зачастую опирается на разрозненные свидетельства, поэтому факты переплетаются с домыслами. Так, на самой лучшей карте отображается не стопроцентно объективная реальность, а скорее ее интерпретация, выполненная составителем, его, скажем так, авторская рука. А ведь любое толкование — не единственное…

— Дядя, — помолчав, сказала София, — означает ли это, что кто-нибудь может сотворить карту, которая вместо истинных событий показывает искаженные? То есть… лживую карту?

— Еще как может, — очень серьезным тоном ответил Шадрак. — Поступать таким образом — большое преступление. Поэтому все добросовестные картографы дают клятву работать честно. На картах памяти ты найдешь соответствующую отметку… — И он ткнул пальцем в изображение горного хребта на линейке, соседствовавшее с печатью места и времени в уголке каждой пластины. — Это Знак доверия, он ставится на тех картах, о достоверности которых может свидетельствовать их создатель… Впрочем, даже самый порядочный мастер не свободен от неточностей и ошибок. К примеру, — сознался он, — некоторые улицы на этой карте никто не мог вспомнить, скажем, в два-три часа пополуночи того или иного числа. И кто поручится, что там в это время не произошло события, которое я обязан был бы зафиксировать? В этом смысле и моя карта является до некоторой степени ложной.

— Все равно, — сказала София. — Она просто невероятна. В жизни ничего прекраснее не видела.

Шадрак покачал головой.

— Мои карты — всего лишь труд новичка. Я видел экземпляры, по сравнению с которыми мои кажутся детскими каракулями. Скоро и ты познакомишься с великими образцами. Знаешь, мне доводилось читать карты памяти, в которых и затеряться недолго! Некоторые из них так велики, что в этой комнате не поместятся. Карты, созданные настоящими мастерами, воистину потрясают!

София от восторга так и подпрыгивала на стуле.

— Я их все прочитаю! Обязательно прочитаю!

Шадрак рассмеялся.

— Непременно прочитаешь — в свой срок. Однако тебе еще очень многому следует научиться, а времени у нас в обрез. Давай-ка я тебе покажу, как не путать секунды.

6
След из перьев

15–21 июня 1891 года

Нестрогие законы Нового Запада долгое время позволяли чужеземцам постоянно проживать в стране, игнорируя процедуру оформления гражданства. Прошения подавали только те из приезжих, кто собирался голосовать, завести свое дело или учредить акционерное общество. Четвертого июля миграционное законодательство изменится. От всех чужестранцев в обязательном порядке потребуют натурализации. Если вы приезжий и желаете жить и работать на Новом Западе, вам придется заполнить анкету и обратиться за получением документов и жизнечасов иммигранта. После четвертого июля все не имеющие нужных бумаг и часов будут подлежать немедленной депортации.

Из Приложения к Патриотическому плану «О гражданстве»

Весь остаток дня София изучала карты Бостона на февраль 1831 года. Шадрак объяснял ей тонкости и сложности всех четырех слоев. Девочка научилась использовать перья разной толщины в зависимости от желательной степени точности. Постигла, как выйти на определенную минуту и даже секунду. Постепенно начала привыкать к восприятию потока чужих воспоминаний…

Стеклянная карта заставляла ее поеживаться. София чувствовала себя несколько сбитой с толку, когда перед ее мысленным взором представали люди, которых она никогда не встречала; ей приходилось будто бы просыпаться в чужом теле. Однако, попрактиковавшись, она научилась отделять свои воспоминания от продиктованных картой. Последние были гораздо яснее и четче ее собственных.

А один аспект оказался для нее настолько естественным, что трудиться над ним почти не пришлось. Часы, минуты и секунды, заключенные в карте, могли течь быстрее или медленнее — в зависимости от того, в каком темпе она читала. Вот когда пригодилась ее способность то сокращать, то растягивать время! Обнаружив это свойство карт памяти, София очень обрадовалась и в своих воображаемых путешествиях чувствовала себя как дома даже в незнакомых местах.

На другой день Шадрак приступил к самому, на его взгляд, важному — начал преподавать Софии азы картологии иных эпох. Перво-наперво он объяснил ей, что эти образцы требовали особенного ухода: чтобы сберечь, их следовало содержать в чистоте и порядке. «Составление карт, — говорил Шадрак, — есть научное искусство, практикуемое во всех эпохах и в каждом уголке мира...» В частности, динамические, то есть дающие живые изображения, карты памяти были изобретены то ли в Пустошах, то ли в пределах Срединных путей. Никто не знал наверняка, но Шадрак полагал: породить их могло только перекрестье разных эпох, где настоящее, прошлое и будущее переплетались самым удивительным образом.

Сам Шадрак выучился составлять карты памяти в академии Нохтланда, благо гильдия картографов была там очень сильна. Изготовление и обращение карт подчинялись весьма строгим правилам. Каждый экземпляр, выпущенный в Нохтланде, в обязательном порядке снабжался значком, подтверждавшим его подлинность: в углу красовались горный кряж и линейка.

Обследовав дядино собрание карт памяти, София получила первое представление о чудесах картологии за пределами Нового Запада. Перед ней открылись уголки света, где она и не надеялась когда-либо побывать. Карты обладали весьма разным охватом. Одни включали всего несколько комнат, другие — целые города. В некоторых образцах могли содержаться воспоминания продолжительностью всего час или даже минуту, но встречались и годовые циклы. Например, Софии попалась одна карта, запечатлевшая двадцать четыре часа в Альгамбре, что в Гранаде. Вторая зафиксировала год в столице Россий. Третья показывала четыре важнейших месяца восстания, повлекшего возникновение Нового Акана.

Изучая карты, София пришла к выводу, что при работе над ними имели значение лишь размеры и мастерство составителя. На третий день учебы она обратилась к Шадраку:

— Как ты думаешь, дядя… а карту памяти всего мира можно сделать?

Он странно посмотрел на нее и наконец ответил:

— Теоретически можно, но труд потребуется неимоверный… Впрочем, ходят темные слухи, что где-то сокрыта Карта Всех Карт, вобравшая память мира от изначальных времен и до настоящего дня.

— Вот это да!

Шадрак напряженно свел брови:

— Многие исследователи посвятили свои жизни поискам Карты. Некоторые так и пропали, их следы затерялись.

— Но она существует?

— По всей вероятности, нет, — быстро ответил Шадрак. — Я всегда утверждал, что это всего лишь нигилизмийский миф. Безосновательный, но отвечающий конкретным целям.

— Нигилизмийский? Как же так?

Последователей этого учения в Бостоне, вообще-то, хватало, но София была с ним знакома лишь в рамках школьной программы. Между тем нигилизмийство являлось религиозной сектой — из тех, что во множестве расплодились после Великого Разделения. Жители Нового Запада в основном придерживались исконных религий, но все большее число людей поклонялось новым богиням — Судьбам. Повсюду возникали их храмы, украшенные надвратными образами трех небожительниц: каждая держала нить и на ней — глобус.

Другим течением был западный нумизм, утверждавший, что все сущее, как материальное, так и бесплотное, — своего рода валюта, которую можно покупать, продавать, обменивать и закладывать, торгуясь с высшими силами. Софии как-то раз попался на глаза гроссбух нумиста — а все благодаря неустрашимой Дороти, стащившей из стола одного учителя в школе личную Книгу деяний и долгов. Она сплошь состояла из расчетов — очень точных и, по мнению Софии, довольно жутких. Одна запись часто ей вспоминалась в минуты задумчивости. «Грезы о прошлогодней поездке к морю с А. — двадцать одна минута. Оплатить двадцатью одной минутой работы по дому…»

Как считали некоторые, образ жизни нумистов был исключительно продуктивным. Софию он приводил в ужас.

Нигилизмийцы же полагали, что истинный мир погиб во время Разделения, а людям подсунули пустышку. С ума сойти! Были, оказывается, те, кому исчезнувшая вселенная казалась реальнее существующей!

— Нигилизмийцы уверены: когда Карта Всех Карт покажет настоящее положение вещей, это будет совсем не тот мир, в котором мы живем, — сказал Шадрак. — Лично у меня в голове такое не укладывается.

София задумалась над его словами, Шадрак же безоговорочным тоном вынес окончательный вердикт:

— Опасно такие мифы на веру принимать.

По мере того как продвигалась ее учеба, София время от времени подходила к стенной карте с россыпью синих и зеленых булавок. Вот путь, который ее родители так и не прошли. А вот места, где их якобы видели… Дядя рассказал ей все, что ему было известно. Один исследователь из Вермонта утверждал, будто продавал им съестное где-то в глуши Доисторических Снегов. Путешественник из Филадельфии беседовал в Папских государствах с уличным продавцом, который своими глазами видел чету молодых искателей приключений, и они были одеты по-западному. А университетский картолог разговаривал с моряком, будто бы плававшим с ними по Объединенным Индиям на одном корабле. Сплошь короткие встречи, случайные, ничего не значившие, без начала и конца... Шадрак тем не менее пометил все до единой.

Когда София задумывалась о конечной цели своих занятий, ее начинало снедать жуткое нетерпение. Душа рвалась на части. Хотелось немедленно в путь — отслеживать цепочку зеленых булавочных головок, куда бы та ни вела. Приходилось строго напоминать себе, что приобретение запаса знаний, необходимого для поездки, было сейчас самой значимой и важной задачей. Любое мгновение любого урока могло впоследствии оказаться решающим.

«Шаг за шагом! — указывая на стенную карту, подбадривал племянницу Шадрак. — Я сам был бы рад попридержать наши усилия, София, только времени остается все меньше».

Пока она училась уверенно работать с картами, Шадрак разрывался между подвальной комнатой и своим кабинетом на первом этаже. Он успешно добыл для миссис Клэй поддельные документы и жизнечасы, но эта победа оказалась каплей в море. Со всех концов Нового Запада в дом тридцать четыре по улице Ист-Эндинг прибывали отчаявшиеся люди, друзья Шадрака, и каждому требовались карты и путеводители по иным эпохам. Путешественники, напуганные решением парламента, перелетными стаями устремлялись за границу. Шадрак был до того занят, что времени отвечать еще и на вопросы Софии у него попросту не оставалось.

Она, со своей стороны, так увлеклась новым занятием, что не замечала мелькания дней. Какие там часы или минуты! Чтение карт целиком поглотило девочку, да и что могло оторвать ее от дела? Да, стояло лето; все нормальные школьники купались, бездельничали и гуляли с друзьями. Однако после отъезда Дороти в Нью-Йорк некому было стучать в дверь и вытаскивать Софию из дому.

Под конец недели Шадрак спустился в подвал после долгого собеседования с путешественником, отбывавшим в России. Вид племянницы, горбившейся над кожаной столешницей, вызвал у него озабоченность. Ее светло-русые волосы, против обыкновения, были растрепаны, летнее платье помялось, лицо побледнело от недосыпания. Не ребенок, а заработавшийся офисный клерк!

София между тем даже не заметила пристального взгляда Шадрака. Она трудилась над загадкой, которую подкинуло ей сравнение двух карт. Обе отображали один и тот же остров: та же форма, то же расположение. Однако на одной карте значилось «Объединенные Индии», на другой — «Терра инкогнита». Различались и эпохи.

На первой девочка обнаружила мощеный дворик, где слышался звук колокола; сквозь чужое воспоминание, негромко беседуя, прошествовали две монахини; в воздухе витал запах моря. На второй кругом были только камни и снег — и никаких признаков жизни. Единственная зацепка состояла в том, что карта «Терра инкогнита» была сделана позже. Через десять лет после «Индий».

«Что произошло? — раздумывала девочка. — Каким образом за такое короткое время все могло настолько сильно измениться?»

Она подробнейшим образом изучала «Терру», ища хоть какие-нибудь намеки на событие, превратившее остров в ледяную пустыню.

— София! — раздался голос Шадрака.

— Да?.. — София вздрогнула и подняла голову.

— Ты тут, в подвале, решила поселиться, — сказал он. — Совсем бледная стала. Я знаю, дел у нас невпроворот, но ты себя просто заживо похоронила. От такой жизни у тебя и руки, и ноги ослабнут!

— Ну и пускай, — ответила она безразлично. — Дядя Шадрак, а на востоке Объединенных Индий ничего в последнее время не происходило? Тут что-то непонятное. Вот две карты, место вроде одно, только на более ранней — монастырь, а на другой…

— Я решил, что кто-то спутал обозначения, — безапелляционно заявил Шадрак. — Вернемся к этому позже, а сейчас поди-ка погуляй. Проветри головку.

— И вовсе ничего тут не спутано, — уперлась София. — Место одно, а на деле — ничего общего. Я знаешь о чем подумала? Письмо, что прислал Касаветти, еще у тебя? Может быть, там…

— София! — Шадрак подошел и с силой отодвинул ее стул от стола. — Твой энтузиазм достоин всяческих похвал, но куда мы сможем добраться, если ты рюкзак поднять не сумеешь и вообще свалишься через десять шагов? Вот что, давай-ка договоримся! Шесть дней в неделю ты у нас будешь картологом-полевиком и один день — кабинетным ученым!

— На улице такая жара… — заворчала София.

— Ты-то почем знаешь? Ты сегодня даже не выходила! Послушай-ка, что скажу. Я сам в четырех стенах сижу как проклятый, пытаюсь все дела переделать! В итоге, когда придет наш день, мы уедем совершенно неподготовленными. Я тебе список дам, чтобы ты пока припасы для нас собирала.

В такой перспективе путешествие вдруг стало казаться чем-то вполне реальным. У Софии сердце застучало быстрее.

— Отличная идея, — сказала она.

— Рад, что ты одобряешь, — хмыкнул Шадрак. — Ладно, думаю, закупки стоит делать в магазине Хардинга на территории порта. Недалеко от того места, куда ты однажды случайно заехала…

— Я знаю, где это, — кивнула София.

— Тогда к делу. Мой старый рюкзак еще послужит мне, а у тебя рюкзака нет. Только не покупай слишком большой — пусть подберут тебе по размеру. Также необходимы тубусы для карт. Мои походные развалились, я так долго ими не пользовался… Возьмешь два. И обязательно присмотри водонепроницаемый чехольчик для жизнечасов. — Он задумался и кивнул. — Для начала достаточно. В магазине у меня есть кредит, пусть запишут… Все понятно?

— Рюкзак, тубусы, футлярчик, — повторила София. — Запомнила.

Покинув потайную комнату, она поднялась по лестнице. Ей бросилось в глаза, что за несколько дней, которые она безвылазно просидела в подвале, всюду воцарился полнейший беспорядок. Миссис

Клэй старалась вовсю, но где ей было угнаться за энергичной деятельностью Шадрака! У себя в спальне София присела переобуться и вдруг заметила рисованный ежедневник.

Некая мысль заставила ее пролистнуть страницы назад, возвращаясь к четырнадцатому июня. Это было накануне ухода в подвал — в тот день она слушала прения в парламенте. Вот и рисунок, изображающий юного воина в клетке…

«Что-то с ним теперь стало, — подумала девочка, разглядывая нарисованные прутья. — Может, так там и торчит. Вдруг я его снова увижу…»

Она обрадовалась непонятно чему, но следом явилась отрезвляющая мысль: «А его когда-нибудь выпускают из этой ужасной клетки? Неужели он в ней и ест, и спит… и вообще… Нечего ему там делать! — сделала закономерный вывод София и очень воодушевилась. — Ни единой секундочки!»

Почему-то разволновавшись, она завязала шнурки и побежала вниз. Дело шло к обеду. София завернула в салфетку кусок хлеба с маслом и сунула в карман передничка.

— Пока, дядя! — крикнула она в сторону кабинета и выскочила на улицу.

21 июня 1891 года, 11 часов 57 минут: за припасами

Жара немного спала, температура опустилась до девяноста с чем-то по Фаренгейту. Будь это обычное лето, весь город сейчас прохлаждался бы на песчаных пляжах Кейп-Кода. Однако ввиду сроков, установленных парламентом для Нового Запада, в Бостоне царила лихорадочная деловая активность. Газеты каждый день разражались филиппиками, направленными против чужестранцев. В ответ сыпались яростные протесты.

Пересекая город в вагоне трамвая, София то и дело замечала группы людей, двигавшихся к зданию парламента. Когда трамвай подъехал поближе, у Софии округлились глаза. Тучи полицейских, сотенная толпа, крики, плакаты… Шадрак предупреждал ее о круглосуточных полицейских патрулях, проверявших документы у каждого встречного; всех нарушителей порядка препровождали на выезд за пределы Нового Запада.

Трамвай ненадолго остановился у общественных лугов, на некотором удалении от парламентского здания, и покатил прочь, чтобы вскоре нырнуть в тоннель, выходивший в район порта. София все больше нервничала, думая о том, что вот-вот снова увидит мальчика в перьях. «Может, мне сначала в магазин зайти за покупками? Но как я клетку открою, увешанная тубусами и рюкзаком? Нет уж, сперва к цирку…»

Трамвай выехал из тоннеля, вагоновожатый объявил остановку «Порт». София вышла, подрагивая от возбуждения, и завертела головой в поисках пакгауза, где прежде располагался цирк.

Суета на причалах была такая, что демонстрация у парламента по сравнению с ней выглядела жалко. Толпы народа — целеустремленные путешественники, суетливые торговцы, заплаканные изгнанники — тянулись мощеными улицами к стоящим на погрузке судам. Туда и сюда с бдительным видом прохаживались полицейские. Они держали наготове дубинки, заглядывали в бумаги, следили за очередностью. А какое количество кораблей скопилось у причалов и на рейде! Все, что могло плавать в море и возить пассажиров, было пригнано сюда в надежде на заработок. София испытала настоящий ужас, услышав, как некий шкипер торговался с исследователем, заламывая несусветную цену за проезд в Сокровенные империи.

Увидев наконец облезлый пакгауз, София кое-как выбралась из толпы и поспешила в ту сторону. Ну конечно же, вывеска Эпохального цирка Эрлаха никуда со своего места не делась. Однако кое-что изменилось. Двери пакгауза были закрыты, очередь перед ними не стояла. Ни коротышки, ни билетерши, ни паренька в клетке.

Некоторое время София в сомнении переминалась с ноги на ногу, задумчиво разглядывая прохожих. Потом подошла к двери и наудачу подергала ее. Похоже, та была чем-то подперта с другой стороны. София толкнула сильнее, и дверь подалась.

— Ох, только не это, — вырвалось у девочки.

Обширный пакгауз был пуст. Совершенно. Куча сена, какие-то обломки, сети на земляном полу... София стояла у входа, всматриваясь в полутьму, и опять вспоминала пернатого паренька. Его спокойное достоинство и ту легкость, с которой он отбил трость коротышки... Куда он делся? Может, сейчас его перевозили куда-то в другое место и он все сидел в своей клетке, навсегда в нее заточенный, лишь поблекло надменное лицо да глаза утратили живость...

София вышла наружу и прикрыла за собой дверь.

— Простите, пожалуйста, — обратилась она к пожилому мужчине, тащившему увесистый чемодан. — А что, цирк уехал?

— Так точно, мисс, — ответил тот, воспользовавшись случаем перевести дух. — Как раз нынче утром паковали вещи.

— А я думала, они до четвертого июля здесь будут.

— Опять в точку, мисс. Только Эрлах захотел провести оставшиеся недели в Нью-Йорке: там, дескать, люди делом занимаются, вместо того чтобы вокруг парламента бушевать!

— Ясно, — сказала София. — Значит, не повезло.

— Всем нам здорово не повезло, — ответил старик, взваливая на плечо чемодан. — Уж простите, мисс.

София осталась стоять на месте, разглядывая вывеску и пытаясь отделаться от накатившего разочарования.

«Надо было раньше додуматься, — укоряла она себя. — Я и не заметила, как дни пролетели...»

Ее в который раз охватило знакомое чувство беспомощности, но следовало признать, что в данном случае поломка внутреннего хронометра была ни при чем. София проявила самое банальное легкомыслие. Она просто на неделю забыла про паренька. А в итоге шанс помочь ему оказался упущен.

Глянув на часы, София обнаружила, что впустую растратила целый час, и сурово напомнила себе о невыполненном задании дяди. Повернулась и целеустремленно зашагала к магазину Хардинга. Тот был расположен поблизости и работал вовсю: распашные двери попросту не закрывались — отъезжающие заскакивали туда, в последний момент покупая в дорогу необходимое. Стараясь нагнать упущенное время, София торопливо пробежалась по отделам, прицениваясь к непромокаемым рюкзакам, снегоступам, складным шляпам и шелковым простыням, умещавшимся в карманного размера сумочки, флягам для питья и полевым биноклям.

Вскоре она вышла из магазина с рюкзачком из плотной красно-коричневой ткани, двумя водонепроницаемыми тубусами для карт и чехольчиком для часов, сшитым из промасленной кожи.

15 часов 09 минут: прибытие домой

Домой София направилась в четвертом часу пополудни. Летнее солнце еще высоко светило в небе. Сворачивая на свою улицу, девочка вдруг подумала, что неплохо бы выкроить время для решения задачки, над которой она билась утром. Вряд ли дядя Шадрак будет возражать, ведь она выполнила его приказ — выбралась из подвала, начала делать покупки…

Тут она с удивлением увидела, что боковая дверь их дома распахнута настежь. Приблизившись, девочка заметила нечто еще более странное: перо. Длинное и зеленое. София подобрала его и начала рассматривать.

— Вот это да, — пробормотала она.

На пороге дома ей стало ясно: случилось что-то из ряда вон выходящее.

Внутри все было вверх дном. Здесь явно потрудилась какая-то разрушительная сила. На кухонном полу раскиданная еда смешалась с осколками посуды. Ковры в коридоре собраны мятой гармошкой, в плите — горелая бумага, оставшаяся от документов и карт. Прежде во всех комнатах в рамах под стеклом висели карты; кто-то сбил их, оставив голые стены. Некоторые половицы были выломаны и стояли дыбом. А с внутренней стороны порога лежало еще одно длинное перо. Красное. София замерла на месте, оглядывая разгром и постепенно леденея от ужаса. Потом выронила зеленое перо, стряхнула с плеча новенький рюкзачок и бросилась в кабинет, крича на весь дом:

— Дядя Шадрак! Дядя Шадрак!..

Но в кабинете его не было. Лишь карты валялись повсюду — большей частью разорванные. На полу — беспорядочные кучи книг, сброшенных с полок. София поискала глазами потайную дверь и окончательно поняла: все пропало. Она была широко раскрыта.

— Дядя Шадрак!.. — срывающимся голосом крикнула девочка еще раз.

Ответа не последовало. София стала медленно спускаться по лестнице. Деревянные ступени поскрипывали под ногами.

Она вошла в комнату, и перед нею предстал полнейший хаос.

Стеклянную горку разбили вдребезги, ее содержимое бесследно исчезло. Вывернутые ящики конторок были пусты. И вновь — груды книг, выброшенных из шкафов. Ящики, где прежде хранились бумажные карты, тоже зияли пустотой. София молча оглядывалась. Она больше не звала дядю. Каждый предмет в комнате, имевший отношение к картам, то есть, по сути, все, что в ней находилось, было либо уничтожено, либо украдено. Под ногой хрустнули осколки стеклянной карты Шадрака. София непонимающе уставилась на них. Кожаную столешницу украшал неровный длинный порез. София тронула его рукой, словно не веря своим глазам. И, подняв наконец голову, посмотрела на дальнюю стену, где прежде висела карта последней экспедиции родителей. Ее разорвали пополам — ровно надвое, от угла до угла. Цветные булавки валялись на креслах и ковре. София тупо смотрела на них, а в голове билась только одна мысль: «Где он? Где Шадрак? Что с ним случилось?..»

Потом из противоположного конца комнаты послышался звук. София вздрогнула, но не закричала, не бросилась прочь, даже не сдвинулась с места, лишь сердце бешено заколотилось в груди. Она заставила себя медленно-медленно повернуться в сторону лестницы.

Нигде ничего. Это был всего лишь шорох, но он ей не померещился. Она даже поняла, откуда он исходил. Из добротного платяного шкафа под ступенями.

София на цыпочках прошла по ковру, обходя осколки, и подхватила по дороге увесистую ножку сломанного стула. Стиснув свое орудие обеими руками, девочка приблизилась к лестнице. У ее подножия она остановилась и прислушалась, но различила лишь биение крови в ушах. Молча постояла перед шкафом… Потянулась к латунной ручке и одним движением распахнула дверцу.

«Перья!» — пронеслось у нее в голове за миг до того, как рванувшееся наружу существо сбило ее с ног.

В следующее мгновение София лежала на полу, разглядывая потолок. Потом на его фоне возникло лицо. Довольно странное лицо, обрамленное перьями, словно росшими прямо из кожи.

На нее смотрел мальчишка из Эпохального цирка Эрлаха.

7
Между страниц

21 июня 1891 года, 15 часов 52 минуты

Задумаемся: нам доподлинно не известно, случилось ли Великое Разделение вследствие деятельности человечества и какая эпоха в данном случае несет за это ответственность. Слишком многие периоды истории плохо исследованы: они не обозначены на картах, с ними нет связи. Что касается эпох более или менее разведанных, все они в первые годы после Разделения были ввергнуты в хаос. Всюду царили непонимание происходящего, чувство внезапной обособленности и, конечно, насилие. Спросим себя: кто добровольно пошел бы на такое?

Шадрак Элли. История Нового мира

— Эй! — подал голос мальчишка. — С тобой все в порядке?

София моргнула.

— Прости, что сшиб, — сказал он. — Так ты цела? Скажи что-нибудь!

София приподнялась на локте.

— Ага, — пробормотала она. — Все хорошо. — Она смотрела на паренька, сидевшего против нее на ковре. — Ты зачем в шкаф залез?

— Я там спрятался. А ты-то где была?

— Вот только пришла. По делам ходила...

Теперь, когда напряжение начало отпускать, страх накрыл ее волной холодного озноба. Мальчишка протянул руку, желая помочь, но София отшатнулась.

— Да ладно. Я тебя не трону. — Он говорил тихо, глотая окончания слов, что выдавало в нем уроженца северо-западных Пустошей. — И вообще все это не я натворил…

— А кто тогда? — София поднялась на ноги. — Что здесь вообще произошло? И где Шадрак?

Мальчик как-то странно посмотрел на нее:

— Он твой отец?

София покачала головой. Челюсть прыгала так, что зубы стучали.

— Он мой дядя. Где он? — спросила она и вновь оглядела комнату. — Надо наверху поискать…

— Нет. Погоди, — произнес парнишка, вытянул руку, загораживая ей путь, и тихо добавил: — Не ходи, не надо. Там его все равно нет.

— Но куда он подевался?

— Не знаю. Не знаю, где он сейчас.

— Но ты видел его?

— Да, видел. — Он медленно кивнул и посмотрел на Софию изучающим взглядом, соображая, что ей сказать. — Ты здесь живешь? В смысле, у Шадрака Элли?

Дядино имя странно звучало в его устах… София нетерпеливо кивнула:

— Да, да, я здесь живу! Говорю же — я его племянница! Может, объяснишь наконец, что стряслось?

Парнишка помедлил.

— Жаль, но придется тебе рассказать… Твой дядя пропал.

У Софии разом подевался куда-то весь воздух из легких, она задохнулась. Услышанное потрясло ее… и в то же время показалось давно известным. Она вдруг поняла, что помимо воли постоянно ждала этого, — люди, которых она любила больше всего, были обречены исчезать один за другим.

— Я пришел сюда, чтобы найти его, — продолжал парнишка. — Смотрю, дверь открыта, внутри слышен гвалт, а что именно происходит, поди пойми… — Он помолчал. — Я залез в кусты и стал ждать. Спустя примерно полчаса какие-то типы вывели твоего дядю из дома… — Рассказывая, он внимательно следил за реакцией Софии. — Их было пятеро. Они запихнули твоего дядю в экипаж, погрузили какие-то ящики и уехали. Тогда я забрался внутрь. Потом услышал, как ты кричишь наверху, и спрятался. Решил, это они вернулись… — И добавил, отводя взгляд: — Мне очень жаль, правда.

— А эти типы, — спросила София, — кто они? Ну, на кого похожи?

— Да кто их разберет. Обыкновенные. Жулики, наверное… — Он нахмурился. — Разве что у некоторых были такие… — он коснулся пальцем лица, — вроде как шрамы.

София проглотила застрявший в горле комок.

— Он… как он выглядел? — сделав над собой усилие, проговорила она. — Дядя Шадрак? Они ничего с ним не сделали?

— Был жив и здоров, — ответил паренек. — Отбивался и что-то говорил им. Он был здорово зол, но раненым не казался.

София поняла, что вот-вот разревется, и отвернулась.

— Мне надо побыть одной, — прошептала она.

— Правда жаль, что все так получилось, — сказал парнишка. — Ладно, я наверху подожду.

Его шаги прошуршали по лестнице. Дверь закрылась, и София перестала думать о нем. Все мысли были только о Шадраке и о его таинственном исчезновении. Горло стиснула мучительная судорога, постепенно разрешившаяся слезами.

Она не могла взять в толк, что же произошло. Как мог Шадрак просто так взять и исчезнуть? Еще утром она сидела рядом с ним в этой самой комнате, изучала карту… и вот кто-то разнес комнату вдребезги, Шадрак пропал неизвестно куда, и София осталась одна. Совершенно одна…

Она плакала, пока у нее не заболела голова. Потом неподвижно сидела на ковре, лишившись сил и обмякнув. В висках стучало, хотелось пить, а в душе воцарилась жуткая пустота.

«Я опять не уследила за временем, — думала она. — Если бы на причале я не замешкалась, то вернулась бы раньше. Мы теперь были бы вместе. Ни он, ни я не страдали бы поодиночке».

Минуло всего несколько минут, но время кругом Софии простиралось в пустынную бесконечность.

«Где он теперь? Где угодно. Может, его ранили или побили…»

Эта мысль билась и металась у нее в голове, причиняя новую боль.

Потом тишину нарушил звук наверху, и София с горем пополам вернулась к реальности. Утеревшись, она перевела дух и встала с ковра. Смотреть, во что превратилась недавно прекрасная комната, было невозможно. Старательно глядя под ноги, София поднялась по лестнице. Очутившись наконец в библиотеке, девочка закрыла за собой дверь.

Паренек сидел на корточках и рылся в обрывках карт на полу. При виде Софии он оставил свое занятие и поднял глаза.

— Привет, — сказал он. — Так ты в порядке?

— Да. Спасибо, что спросил.

Он кивнул и посмотрел туда же, куда и она, — на раскиданные бумаги.

— Я тут карту искал. Думал, может, карта Нового Запада попадется. Не знаешь, у твоего дяди такая была? Здесь столько всего…

— Была, — ответила София, а мысли еле ворочались у нее в голове. — Я тебе помогу найти. Только не сейчас… попозже…

— Ладно, — кивнул он.

Паренек встал и зачем-то принялся поправлять мятые перья вокруг пояса. Несколько мгновений они с Софией молча смотрели друг на дружку. Наконец он сказал:

— Меня Тео зовут.

— А я София, — ответила она.

— София… Вообще-то, я пришел к твоему дяде, надеясь, что он сумеет мне помочь. В гавани о нем говорили. Живет, мол, в Бостоне такой знаменитый картолог. Я и решил — вдруг он поможет мне добраться домой? Я ведь родом издалека.

— Знаю, — негромко произнесла она. — Ты дикий мальчик из Пустошей.

Некоторое время Тео изумленно молчал. Потом уголок его рта пополз вверх.

— Точно, — сказал он. — Смотри-ка, запомнила!

— Еще бы, не запомнить такого расфуфыренного…

— Да, — рассмеялся Тео. — Пожалуй. — Оглядел себя, потом поднял глаза. — Я удрал нынче утром. Когда цирк уезжал.

— Удрал?

— Ну да.

София не знала, что еще сказать ему. Голова решительно отказывалась работать. Сбежал, ну и что? Какое это имело значение?

— София, — сказал Тео, — нам обоим надо сообразить, что делать дальше. Мне бы… Знаешь, мне бы переодеться…

— Погоди, значит, ты обычно такое не носишь? — моргнула она.

Тео помолчал.

— Нет, конечно, — буркнул он наконец. — Это Эрлах, идиот, ради шоу меня так нарядил.

— С ума сойти, — пробормотала София.

— Я бы вымылся, если можно, — попросил Тео. — С мылом. А растворителя какого-нибудь не найдется? Эти перья приклеены медом и смолой — повеситься легче, чем отскрести. Ну и одежку бы мне…

— Я поищу, — кивнула София.

Лучше уж думать о нужных вещах, чем о пропавшем Шадраке. Заодно и в доме хоть немного прибраться… Растворитель хранился в кладовке при кухне, там же нашлась и чистая ветошь. София ходила по разоренным комнатам, перешагивая через осколки битой посуды, клочья рваной бумаги, переломанную мебель. Дом казался чужим. Думать о нем таким образом было почему-то легче.

— Можешь воспользоваться ванной Шадрака, — поднимаясь по лестнице, сказала она.

Тео шел следом, из его наряда сыпались перья.

Как ни странно, третий этаж выглядел нетронутым. Либо те жулики нашли, что искали, либо решили, что в спальнях наверху не могло быть ничего ценного.

— Думается, кое-что из дядиной одежды может тебе подойти, — рассуждала София. — Разве что будет великовато.

В гардеробе Шадрака в самом деле нашлись рубашка, брюки, ремень. С обувью оказалось сложнее: башмаки были безнадежно велики Тео. София отдала ему одежду, тряпки и растворитель и указала, где ванная.

— Спасибо, — поблагодарил он и вдруг остановился на месте. — Ты же никуда не уйдешь?

София непонимающе смотрела на него.

— Я к тому, — пояснил он, — что не помешало бы мне найти спокойное местечко… всего на одну ночь…

Девочка наконец поняла, о чем он говорил.

— Оставайся, — кивнула она.

— Спасибо. Я тебе премного обязан! — И он, привычным движением щелкнув пальцами, изобразил наставленный пистолет. — Если бы еще карту… ну, раз можно… я прямо завтра ушел бы восвояси и не надоедал тебе больше.

Дверь за ним закрылась. Вскоре в ванной зашумела вода.

София стояла в спальне Шадрака. Здесь все было по-прежнему, и горе накатило с новой силой. Кожаное кресло, книги на столике, груды карт… дядя будто только что вышел и должен был вот-вот возвратиться. На голубом ковре — вытоптанная дорожка от двери к секретеру красного дерева… Он, кстати, был отперт, дверцы открыты. София подошла, чувствуя странное волнение. Шадрак, помнится, никогда его нараспашку не оставлял…

Чернильная клякса на промокашке, раскрытый дневник. Никакого сомнения: Шадрака захватили врасплох, когда он сидел здесь и писал. София заметила на странице свое имя.

Никак не могу решить, что рассказывать Софии, а о чем лучше промолчать. Она должна вполне представлять себе опасности, с которыми мы можем столкнуться, но грань между трезвым пониманием и излишним запугиванием достаточно тонкая. Отправив ее за покупками в дорогу, я посетил Карлтона в госпитале. Его состояние ужаснуло меня… Газетчики не упомянули о жутких ранах на его теле и лице. По всей вероятности, их попросили об этом в интересах полицейского расследования. Мой бедный друг не узнал меня. Он никого не узнает, и я сомневаюсь, что эта способность когда-либо вернется к нему. Сейчас Карлтон беспомощен, как дитя. Он лишь время от времени издает бессвязные звуки, и, по-видимому, перевязки причиняют ему боль, но во всех прочих смыслах окружающий мир для него как будто не существует. Лично мне представляется маловероятным, чтобы подобное явилось следствием обыкновенного нападения. Начинаю подозревать, что кто-то...

На этом запись обрывалась. София так и отшатнулась, потрясенная картиной, которая рисовалась за строками дневника. Что заподозрил Шадрак? Мог он там, в больнице у Карлтона, увидеть то, что ввергло в опасность его самого?..

Исписанные страницы не содержали никакого обращения к ней (а она-то надеялась!), никакого намека — лишь зловещую загадку, напугавшую девочку больше прежнего. Глаза вновь наполнились слезами. Понадобилось несколько глубоких вдохов и выдохов, чтобы успокоиться.

Кресло Шадрака, где он обычно час-другой читал перед сном, еще хранило отпечаток его тела. София подошла и забралась в кожаные подушки. Пахло кедром, сосной, бумагой. Запах Шадрака… Что, если она больше не увидит своего дядю читающим в этом кресле?..

Помимо воли София представила себе эту комнату через год, через пять лет, через десять… Наверное, она будет выглядеть примерно так же, как родительская спальня дальше по коридору: обои на стенах поблекнут, книги покоробятся от влажного летнего воздуха, одежда и обувь будто съежатся от старости.

Как ни гнала она эту мысль, воображение упорно рисовало кабинет Шадрака во всей мерзости запустения. Время вновь потекло медленно-медленно, София успела обдумать долгое будущее без дяди… без родителей… совершенно одинокое.

Спасаясь от беспросветности, девочка свернулась в кресле клубком, обхватила руками колени…

И тут что-то твердое уперлось ей в бок. Сначала она не обращала на это внимания, но предмет, торчавший из-под подушки, болезненно врезался в ребра. София сунула туда руку и вытащила один из своих старых альбомов для рисования.

«Как он здесь оказался? В дядином кресле?..» — туповато удивилась она. Потом ей показалось странным, что альбом слишком увесист. Она распутала кожаные завязки, стягивавшие углы. Он раскрылся, и девочка увидела что-то вроде записки. Она была очень короткой, но почерк Шадрака сомнению не подлежал.

София, найди Верессу. Возьми мой атлас. Люблю тебя. Ш. Э.

Под листком была карта. Стеклянная.

София недоуменно разглядывала то и другое. Стало быть, Шадрак все-таки оставил ей послание! И здорово придумал, куда спрятать его! Между толстых страниц ее собственного альбома! И не сломается, и не найдут... София с нежностью коснулась пальцами строк, написанных рукой дяди. При всей безотлагательности распоряжения от него не веяло отчаянием или страхом. Шадрак не приказывал ей ни прятаться, ни убегать. София ощутила не то чтобы облегчение — скорее вернувшуюся решимость. Ей вспомнилось сказанное Шадраком при совсем иных обстоятельствах: «Тебе, София, необходимо действовать...»

Ну так вот оно, настоящее дело. Надо взять атлас Шадрака и разыскать эту самую Верессу. Где — София понятия не имела. Но как знать — быть может, если отыщется Вересса, объявится и сам Шадрак!

София вскочила на ноги. Сперва нужно прочесть стеклянную карту. Гаснущий дневной свет за окном был плохим помощником. Она поспешила к ближайшей лампе и поднесла к ней пластину. Никакого эффекта. А еще на ней не было маркировки, да и выглядела она совершенно прозрачной. София даже спросила себя, не простая ли это стекляшка, и решила: нет, невозможно! Стал бы Шадрак оставлять ей стеклянную пластинку, не будь она картой! Она поднесла ее ближе к свету и вгляделась внимательнее. Ну конечно — в нижнем левом углу красовался знакомый значок: горный хребет на линейке. Вот только карта упорно отказывалась просыпаться. Прикусив губу, София бережно убрала пластину на место, спрятав между страницами альбома. Ничего, пускай подождет. Еще дядин атлас надо найти.

17 часов 45 минут: поиски атласа

Схватив альбом, София бросилась обратно в библиотеку. Перевела дух, положила альбом на диван, опустилась на колени. Она хорошо знала, как выглядел атлас. Такой большой и широкий, что ни с каким другим томом не перепутаешь. Сгорая от нетерпения, София принялась рыться в кучах раскиданных книг, высматривая переплет винно-красного цвета... Потом ей пришло в голову, что искать станет проще, если водворить сброшенные книги обратно на полки.

Этим она и занялась, начав с ближайшего шкафа. Из-под завала постепенно стал появляться знакомый серо-белый узор ковра. Полки заполнялись одна за другой, но атласа нигде не было видно. Книги валялись там и сям, иные были разорваны... София старалась работать быстро, но аккуратно. Она трудилась уже над пятой полкой, когда раздались шаги. Девочка подняла глаза: в дверях стоял Тео.

Правду сказать, она его еле узнала. Без наряда из перьев он выглядел таким... обыкновенным. Темно-русые, отросшие чуть ниже ушей волосы, подбородок с ямочкой... Одежда Шадрака придавала ему взрослый вид. Прежде София думала, что парню лет четырнадцать, но теперь засомневалась. Пожалуй, пятнадцать, а то и вовсе шестнадцать! У него даже осанка изменилась. София обратила внимание на его руку, которой он держался за косяк, — в глубоких шрамах, словно от ранений многолетней давности. Однако и помимо перьев было кое-что, отличавшее его от сверстников Нового Запада.

Ребята-школьники ее возраста бывали милыми и вежливыми, безобидными, а то и непредсказуемо жестокими — смотря у кого какой характер. Особо выдающихся, а значит интересных среди них не было. Мальчишки постарше, которых она встречала в театре или на спортивных мероприятиях, обладали примерно теми же качествами, только в более развитом виде. Вежливость, безобидность или жестокость у них были намеренными. Вот тут Тео от них разительно отличался. Ему сопутствовала спокойная властность, подмеченная Софией еще в цирке.

Девочка покраснела, сообразив, что снова потеряла счет времени. Как знать, долго ли она пялилась на него?

Карие глаза заискрились весельем.

— Уборку затеяла?

София покраснела гуще:

— Нет, не уборку. Мне просто надо кое-что найти… я и подумала, что так будет проще всего. — Она поднялась на ноги. — Смотри-ка, что я отыскала!

К своим тринадцати годам она еще не успела уяснить, что чужие люди, вместе угодившие в отчаянный переплет, удивительным образом сближаются. Потрясение, общая опасность — и незнакомец превращается в союзника. Да и какой он после этого чужак? Просто человек, пытающийся отвести угрозу и выжить. Еще немного — и он начинает нравиться, становится интересен… В общем, входит в твою жизнь и занимает в ней место, словно так и надо.

Для Софии, лишенной внутреннего хронометра, это было справедливо вдвойне: краткость времени, проведенного вместе, для нее значения не имела. Тео перестал быть для нее чужим, она видела в нем друга, нежданного, но тем более интересного. Спроси ее кто-нибудь прямо сейчас, с какой стати она прониклась к нему подобным доверием, София затруднилась бы с ответом. Впрочем, такой вопрос ей и в голову не приходил. Тео ей просто понравился — и вообще девочке требовался кто-то, кому можно довериться. Этого было достаточно.

Открыв блокнот, она показала ему записку и стекло:

— Это…

— Карта, — сказал Тео и осторожно поднял пластину покрытой шрамами правой рукой. — Так я и думал!

И повернул стекло к свету, в точности как делала София прежде него.

Она с недоумением следила за его действиями.

— Как ты догадался?

Тео бережно положил карту на место, словно не услышав вопроса. Потом сосредоточенно нахмурился, рассматривая записку.

— Так это, наверное, карта дороги в Верессу?

— Я тоже так решила. А еще Вересса может быть в атласе…

— Значит, ты о ней никогда раньше не слышала?

— Нет. А ты?

Тео покачал головой и окинул взглядом комнату:

— Как выглядел этот атлас?

— Большой… вот такой примерно. Толстый, темно-красного цвета.

— Ладно, давай искать, — сказал Тео и улыбнулся. — Когда отыщем, найдешь мне карту Нового Запада, хорошо?

Он устроился возле ближайшей груды книг и вместе с Софией принялся расставлять их по полкам. Сообща они разобрали кучу примерно до половины, и вдруг София бросилась в сторону, воскликнув:

— Так вот же он!

Она не узнала атлас с первого взгляда, потому что он валялся раскрытый, корешком вниз.

— Вот он, — взволнованно повторила она. — Атлас дяди Шадрака! — И принялась быстро листать. — Все в порядке, все цело.

И показала Тео обложку, на которой золотыми буквами значилось: «Атлас Нового мира, аннотированный и иллюстрированный, охватывающий доисторические эпохи и неизученные земли. Составлен Шадраком Элли».

— Ух ты! Так он сам его сделал! — произнес Тео. Заглавие явно произвело на него впечатление.

— Ну да, — сказала София. — Самый лучший атлас, в остальных даже половины этой информации не найдешь! — Она уже открыла его на алфавитном указателе. — Вересса, Вересса… — Ее палец добрался до самого конца колонки на букву В, но безуспешно. — Вот странно, — вырвалось у нее. — Тут перечислено все, что есть в атласе.

— Ты смотришь список населенных пунктов, — заметил Тео, указывая на оглавление. — Может, это озеро, или пустыня, или лес, или еще что-нибудь такое…

— Может быть, — пробормотала София. Она заново взялась просматривать указатель, когда раздался неожиданный шум, от которого у нее сердце так и подпрыгнуло.

Кто-то стучал в боковую дверь дома — ту, что София прикрыла за собой. Они с Тео переглянулись. Несколько мгновений оба молча ждали, не двигаясь с места. Потом услышали, как дверь начала открываться.

8
Изгнание

21 июня 1891 года, 18 часов 07 минут

Граница Нового Запада с необитаемыми Доисторическими Снегами, носящими также наименование Северных, не вполне определена и никак не ограждается. Южная и западная границы, напротив, все чаще становятся предметом споров между народами Пустошей, Нового Запада и его Индейских территорий. Хотя в полной мере обустроить эти границы возможным не представляется, это ничуть не мешает местным жителям всемерно отстаивать рубежи, проведенные согласно их собственным представлениям.

Шадрак Элли. История Нового Запада

София нырнула под увесистый дубовый стол и утянула с собой Тео. Боковая дверь из библиотеки не просматривалась, но, когда пришелец появится в коридоре, они смогут увидеть его через дверной проем.

Долго ждать не пришлось.

— Спаси нас Судьбы! — воскликнул женский голос. — Мистер Элли! София!..

— Это наша экономка, — пояснила София, выползая из-под стола. — Миссис Клэй, я тут, в библиотеке!

Миссис Клэй вбежала в комнату и замерла на пороге. Глаза у нее были круглыми от ужаса.

— Что случилось? — спросила она. — Где мистер Элли?

Выражение ее лица в полной мере отражало весь масштаб увиденных разрушений.

Ответил Тео, поскольку София не нашла слов.

— Что случилось, нам неизвестно. И мистера Элли здесь нет.

Тут миссис Клэй повернулась к нему, запоздало осознавая присутствие незнакомца.

— О чем это ты? Ты вообще кто такой?

— Мистера Элли отсюда забрали несколько часов назад, — сказал Тео и обвел рукой картину разгрома. — Увели силой. — Миссис Клэй смотрела непонимающе, и он представился: — Теодор Константин Теккари. Коротко — Тео.

— Кто? — спросила она. — Кто это его силой увел?..

— Какие-то люди. Я их не очень хорошо рассмотрел. У них экипаж был. Такой... ну...

— Какой? — София повернулась к нему.

— Я только запомнил, что там сбоку нарисовано... Песочные часы, вот!

— Тоже мне, зацепка, — разочарованно протянула София.

Миссис Клэй, напротив, при упоминании о людях с экипажем испытала, казалось, странное облегчение. Она потянулась к Софии и обняла ее. Первоначального ужаса как не бывало.

— Жалость-то какая, София. Жалость какая... Как мне тебе помочь?

— Дядя Шадрак записку оставил, — сказала девочка.

— Записку!.. — воскликнула миссис Клэй. — О, это добрый знак! Что в ней говорилось?

— Он велел взять его атлас и разыскивать Вeрессу. — София опустила голову, глядя на книгу, которую по-прежнему прижимала к груди. — Когда вы пришли, мы как раз пытались эту Верессу в атласе найти.

На лице экономки появилось странноватое выражение.

— Как-как? Ты уверена? Он вправду написал «Вересса»?

— Ну да.

— Покажи мне, — охрипшим голосом потребовала миссис Клэй.

София положила атлас и проворно вытащила записку из альбома.

— Вот: «... найди Верессу». — И девочка с надеждой посмотрела на экономку. — Вы знаете, где это? Как, по-вашему, дядя может там оказаться?

Миссис Клэй глубоко вздохнула, словно собираясь сделать решительный шаг.

— София, все случилось настолько неожиданно, — проговорила она. — Думается, надо кое о чем тебе рассказать... — И снова огляделась кругом. — У нас что, весь дом в таком виде?

— Нет, — ответила София. — Наверх они не полезли.

— Тогда пойдем ко мне, деточка, хватит смотреть на весь этот ужас. Нам надо перекусить, и я расскажу тебе, что мне известно. Надеюсь, это поможет.

На Софию при этих словах навалилась ужасная усталость. Когда зашла речь о еде, девочка вспомнила: последнее, что она ела, — это кусочек хлеба, захваченный с собой, по пути в магазин Хардинга. Стало быть, ее трясло еще и от голода.

— Спасибо, миссис Клэй, — пробормотала она.

Было больно оставлять библиотеку в таком беспорядке, но София понимала: сейчас здесь больше ничего не исправить. Она аккуратно связала шнурки альбома и прижала его к груди вместе с дядиным атласом.

Квартирка домоправительницы на четвертом этаже всегда составляла разительный контраст с остальной частью дома. Комнаты были обставлены очень миленько и притом необычайно опрятно; хозяйка старалась впустить в незашторенные окна как можно больше света. Бледно-голубой диван в белый цветочек, собрание пустых птичьих клеток, кофейный столик, хрупкий и белый, — вот и вся обстановка гостиной. На каждой подходящей плоскости — растения в горшках, многие в цвету: фиалки, комнатные пальмы, множество разных папоротников. Пахло здесь почти как в теплице: зеленью и нагретой землей.

Но больше всего Софию поражали здешние звуки. Казалось, тут все время подавали голоса сотни крохотных колоколов. С потолка, буквально через каждый дюйм, свисали миниатюрные фигурки. Они были свиты из нитей, унизанных хрустальными, металлическими, глиняными бусинами. Маленькие шарики, колокольчики, зеркальца, цилиндры и тьма-тьмущая прочих безделушек колыхались от малейшего движения воздуха, стукались друг о друга и производили нежный звон. Фигурки выглядели почти живыми, как если бы на стропила целой стаей уселись сонные бабочки. Тео вывернул шею, завороженно разглядывая потолок.

— Не люблю тишины, — пояснила экономка. — Надеюсь, этот шум никого не беспокоит... — И жестом пригласила подростков в гостиную. — Присаживайтесь, а я кофе сварю.

София выбрала стул, уселась и принялась отгонять мысли о том, что ждало ее внизу. Скоро колокольчики возымели на нее успокаивающее действие, ради которого миссис Клэй наверняка и завела их. Пока экономка шарила в буфете и ставила на плиту кофейник, София и Тео рассматривали колеблющиеся фигурки.

— Жаль, что Шадрак не сможет помочь тебе, Тео, — наконец сказала София.

— Нет так нет... — Он пожал плечами. — Что тут поделаешь...

— А Эрлах никого не пошлет тебя разыскивать?

— Нет, — произнес Тео и слегка усмехнулся. — Ему сейчас не до того. Раньше бы, наверно, послал, а теперь он мечтает только о том, чтобы в Нью-Йорке последнее представление закатить. Говорят, нет худа без добра, ну так вот: если границы закроют, это будет плохо, зато цирк Эрлаха погорит. А как иначе, если будет что ни номер, то нелегальщина? — Он задумался, и его улыбка погасла. — А вообще-то, нет, не погорит. Просто уедет куда-нибудь в другие места. Людям нравятся такие развлечения...

Вошла миссис Клэй и поставила на низенький деревянный столик поднос: чашки, тарелочки, темный хлеб с изюмом, масло, варенье.

— Сейчас вернусь, — сказала она.

Принесла кофейник, налила им по чашечке и наконец села. Потерла пальцами виски, поправила на затылке узел волос… Тео и София налегали на угощение. София намазала хлеб маслом и джемом и жадно откусила. Запила горячим кофе из синей фарфоровой чашки — и сразу почувствовала себя лучше.

— Боюсь, София, я должна поведать тебе кое-что не слишком приятное, — начала экономка. Она пристально смотрела в свою чашку, но что она там видела, только ей и было известно. — Мне очень больно ворошить эти воспоминания… Но Шадрак велел тебе отыскать Верессу, значит я должна рассказать тебе, почему возвращение в Пустоши для меня невозможно…

— Так вы из Пустошей? — Тео подался вперед.

Миссис Клэй посмотрела ему прямо в глаза:

— Да.

— И я тоже!

— Я так и предположила. Поэтому, думается, выслушав мою историю, ты поймешь, в каком затруднительном положении я оказалась. Однако Софии придется разъяснить все как следует. Дело в том, что здешним жителям трудновато понять, каково это — жить по ту сторону, в другой эпохе…

София забралась с ногами на бархатное кресло. Голос миссис Клэй, высокий и дрожащий, заставлял позванивать фигурки под потолком.

— К тому же мне неизвестно, много ли тебе рассказывал твой дядя, — продолжала экономка, — о том, как мы с ним познакомились посреди Пустошей.

— Он мне про академию говорил, — сообщила София. — Про то, как учился в ней год или два… давным-давно. А вы там работали. Вот, собственно, и все.

— Это правда. — Миссис Клэй вздохнула. — Много лет назад он был студентом Королевской картологической академии Нохтланда — столицы Пустошей и крупнейшего города Тройственных эпох. Ты не бывала в Пустошах, София. Не знаю даже, как объяснить тебе, на что похожа эта страна. Ты, вероятно, про нее читала и от дяди слышала.

София кивнула.

— Там много областей, и каждая состоит из нескольких эпох прошлого. Нохтланд, где я родилась, — прекраснейший город. Я так по нему порой скучаю… Какие там сады! А уж если идет дождь, то настоящий ливень, не морось какая-нибудь. Жизнь там намного спокойнее и размереннее здешней… — Миссис Клэй снова вздохнула. — И в то же время это место ужасно. Там может произойти что угодно, нет ничего неизменного… — Она покачала головой, словно добиваясь ясности в мыслях. — Позволь, однако, рассказать эту историю с самого начала.

Я впервые встретилась с Шадраком более пятнадцати лет назад. Он приехал в картологическую академию Нохтланда совсем молодым человеком, чуть за двадцать. А я там хозяйство вела. Дом, знаешь ли, был в центре города, большой, каменный, старинный, с чудесными внутренними двориками и крытыми переходами. У меня было десять человек под началом, я всем заведовала — готовкой, стиркой, уборкой. В академии постоянно проживало человек пятьдесят — преподавателей и студентов. Не хвастаясь скажу, что со своими обязанностями я справлялась неплохо.

Миссис Клэй ностальгически улыбнулась. София улыбнулась в ответ, хотя, правду сказать, с трудом представляла себе эту робкую и немного рассеянную женщину начальницей. Да ей не совладать с одним подчиненным, не то что с десятью!

— Я уже несколько лет работала в академии, когда прибыл Шадрак, — продолжала домоправительница. — Мы, служащие, сразу поняли, что этот юноша преуспеет. Видишь ли, студенты с Нового Запада не так уж часто приезжают в Нохтланд. Преподаватели, конечно, собираются со всего мира, но учатся большей частью уроженцы Пустошей. Мы даже не были уверены, что на Новом Западе знают о нашем существовании. А вот Шадрак разведал про нашу академию и решил прослушать у нас курс… невзирая, уж ты прости меня, на некоторую отсталость своей родной эпохи.

За два года в Нохтланде он особенно сблизился с одной из студенток своей группы, молодой женщиной из Пустошей. Она обещала стать очень даровитым картологом. По завершении первого года, определившись со специализацией и начав индивидуальное обучение, они стали попросту неразлучны. Мы все были уверены, что они поженятся и уедут вместе. Либо к нему на север, либо на юг, в Кселу, где жила ее семья.

Однако все сложилось иначе… Шадрак первым завершил учебу, и к тому времени между ними как будто пробежал холодок. Никто не знал, что произошло. Ему нужно было всего-то месяцок подождать, пока у нее закончится практика, но он просто распрощался и отбыл. Знаешь, мне казалось, будто вместе с ним исчезла часть ее души... Она очень нравилась мне, я за нее беспокоилась... — Миссис Клэй помолчала и произнесла: — Это ее звали Верессой.

— Что? — София выпрямилась в кресле. — Так Вересса — человек?

Миссис Клэй кивнула:

— Некоторое время они с твоим дядей были лучшими друзьями.

— Но он мне никогда не говорил о ней, — нахмурилась София.

— Видимо, дело в том, что они из-за чего-то поссорились перед самым отъездом Шадрака. Мне известно лишь, что в дальнейшем они не разговаривали и не общались. Неудивительно, что он ни разу не произнес при тебе ее имени: верно, воспоминания были слишком болезненными.

София тряхнула головой:

— Он об этом не рассказывал.

— Скорее всего, причина имелась, — негромко ответила миссис Клэй. — Вы с Шадраком очень близки, ближе просто не бывает. — И она наморщила лоб. — Позволь мне продолжить.

Она налила себе еще кофе и сделала несколько глотков. Похоже, ей требовалось не только привести в порядок мысли, но и как следует собраться с силами.

19 часов ровно: миссис Клэй рассказывает о лакриме

— После отъезда Шадрака, — начала она, — Вересса затянула окончание практики. В то время она приболела — правду сказать, превратилась в тень. Думается, она твоего дядю очень любила... Когда наконец занятия завершились, она заглянула в мою комнату попрощаться, но меня на месте не оказалось. Она мне оставила коробочку засахаренных цветов... — Миссис Клэй улыбнулась. — Пережитое расставание не лишило ее доброты. Что ж... с тех пор я ее не видала. Время от времени слышала, как о ней говорили преподаватели, но Нохтланд — город не маленький. Можно всю жизнь прожить в нем, а с большинством горожан так и не познакомиться.

Потом несколько лет все было тихо. Студенты приезжали и уезжали, преподаватели давали уроки и занимались исследованиями. Для меня это были самые счастливые годы. А потом, лет семь назад, начались сплошные несчастья.

Миссис Клэй помешала кофе в чашечке и вздохнула:

— Ты прочла много книг, София, но кое-чего не узнаешь, пока сама не увидишь. В Пустошах, например, водятся твари, о которых здесь и не слыхивали. Да, да, тут то и дело поднимается шумиха из-за налетов на приграничье, ходят слухи о людях с крыльями, хвостами и чем-то там еще... Только у них все равно человеческий облик. А есть существа, которых видели очень немногие и никто не способен понять. Случилось так, что я, на свою беду, с одним из них встретилась.

Помнится, я впервые его услышала в погожее октябрьское воскресенье. Большинство учащихся проводили свой выходной, отдыхая в садах или посещая увеселительные заведения в городе. Я развесила на заднем дворе простыни, а потом присела на солнышке и стала смотреть, как ветерок шевелит белую ткань. Все мои работники разошлись, ведь было воскресенье, так что я осталась одна. В то время меня, не в пример нынешнему, тишина не пугала, скорее успокаивала. Вот и просидела я там почти полчаса, наслаждаясь солнцем и тишью. А потом... потом я это услышала. Решила сперва, что звук доносится с улицы, но он раздавался слишком близко. Он был очень негромкий, но я сразу поняла: кто-то плакал.

Я сразу забеспокоилась. Плач, повторяю, звучал совсем тихо, но проникал в самую душу. В нем такое горе звучало! Я вскочила, подумав: верно, кто-то из моих работниц спрятался поблизости, чтобы в одиночестве отреветься. Стала смотреть... И краем глаза увидела среди колышущихся простыней — кто-то бежит прочь. Я бросилась следом, но разве догонишь!

Потом плач послышался снова, уже из комнат, но из какой именно — я определить не смогла. Зато на меня саму такая грусть накатила, что слезы сами собой из глаз полились. Разом все горести вспомнились... Собрала я высохшее белье и стою себе одна посреди дворика, стараюсь понять, кто же это плачет и где... Там-то меня и нашли две девушки с кухни — стою, значит, одинешенька, и реву. Как только они подошли — и плач прекратился, и отчаяние мое сразу делось куда-то. Я их спрашиваю: «Вы слышали?..» А они только головами мотают и глядят на меня в изумлении: что такое?

А на другой день я снова это услышала. Только проснулась утром, а оно тут как тут. И опять на меня горе вселенское навалилось... Выскочила я в чем была в коридор и ну стучать в двери справа и слева!

Никто ничего понять не может — у всех все хорошо, да и откуда звук идет, не разобрать. Ну и что прикажете думать? Раз слышится плач, значит кто-то прячется по углам и слезы льет. Так я решила.

А плач день ото дня стал раздаваться все чаще. Донимал меня постоянно, повсюду, даже когда другие работники рядом были. Мало-помалу и они стали его слышать…

Куда бы я ни шла, чем бы ни занималась, все время эти всхлипы. Я только и делала, что грустила, и это стало сказываться на мне. Я понимала, что рационального объяснения здесь быть не может, но поделать ничего не могла: горюю, и все тут! Плач — чтобы тебе было ясно — сердце мне надрывал. Иногда — тихий и горестный. И тут же — чуть ли не вопли, как будто существу этому муки невозможные причиняют! Вот тогда-то и пришлось мне наконец признать очевидное: меня преследовала лакрима.

Тео удивленно переспросил:

— Лакрима? Настоящая?..

София же поневоле вспомнила разговор миссис Клэй с ее дядей в день принятия законопроекта о границах. И задала вопрос, тогда же повисший у нее на кончике языка:

— Что еще за лакрима?

— Я-то ни одной не видал, — сказал Тео. — Жуткие они, говорят.

— Вот уж правда святая… — грустно кивнула домоправительница. — Кто такие лакримы и откуда они взялись, никому доподлинно не известно. Одни утверждают, что это духи. Другие считают их созданиями ужасной грядущей эпохи. Историй про них столько, что правду ото лжи не отличить. Я-то знаю только то, что сама слышала. И видела.

— Так вы ее видели? — задохнулся Тео.

— Несколько недель, — продолжала миссис Клэй, — преподаватели академии великодушно мирились с происходящим и не усматривали моей вины в том, что у нас завелась лакрима. Но факт оставался фактом: положение дел становилось невыносимым. Только попробуйте представить, что в ушах у вас постоянно звучит плач. Попытайтесь-ка при этом уснуть! И это горе, необъяснимое и безутешное, от которого вы гнетесь к земле... Решив избавить от лакримы остальных, я затворилась у себя. Думаю, может, надо лишь выждать и ей попросту наскучит меня изводить?

Тогда-то, в одну из ночей, я ее и увидела. Промучившись без сна несколько суток, я наконец погрузилась в тяжкое забытье. Но лишь для того, чтобы в самый глухой час пробудиться от ужасающих криков. Вообразите, как страшно может кричать напуганное животное, — примерно это я и услышала. Я вскинулась на постели, сердце чуть наружу не выскочило... Смотрю, а прямо у моей кровати лакрима скорчилась!

— И как она выглядела? — жадно спросил Тео.

— Примерно так, как их обычно описывают... только гораздо, гораздо страшнее. Высокая, тоненькая, в белых одеждах, ниспадающих на пол... Темные длинные волосы, лицо закрыто ладонями... И вся такая... ну, потрепанная, что ли, словно годами отсиживалась в грязном закутке и только теперь вылезла. А потом, когда она руки-то от лица отняла... — Миссис Клэй содрогнулась. — Я такого ужаса и вообразить-то себе не могла. Лицо, спрашиваете? Да его попросту не было. Сплошная белая кожа, обтягивающая глазницы, рот, скулы. Кто-то словно взял и все черты стер.

Я от ужаса так и замерла... А потом спрыгнула с постели и дала стрекача! Удрала на другой конец здания, а горькие стоны и туда проникали. Я вернулась в комнату лишь на рассвете, и там, конечно, давно было пусто, только плач все равно у меня в ушах стоял. Тогда я поняла: уезжать надо. Тем же утром собрала вещи и доложила директору: так, мол, и так. Он не стал меня удерживать...

Я отчасти надеялась, что после отъезда лакрима отстанет. Как бы не так!.. Несколько месяцев я пыталась от нее убежать. Сперва в Нохтланде с места на место перебиралась, потом по ближним городкам... Но лакрима неотступно следовала за мной, и повсюду, где я появлялась, воцарялись отчаяние и ужас. Устав от этой гонки, я устремилась к границе. Мне было уже все равно, где жить и чем заниматься, — лишь бы прекратился этот плач! Я пыталась вспомнить, как прежде жила, пока все это не началось, — и не могла... В те дни я еще не уверовала в Судьбы; жители Пустошей придерживаются иных религий. Но теперь, поклоняясь этим переменчивым, милосердным, жестоким и таинственным силам, я понимаю, что таким образом они целенаправленно наставляли меня на путь истинный. Они загнали меня в жуткие сети — и тем самым вынудили двигаться вперед.

И вот наконец в ноябре, через год с лишним после первого появления лакримы, я оказалась на севере Пустошей, у Нового Акана. На ту сторону как раз ехала семья торговца; эти люди пожалели меня и взяли с собой. Мы пересекли границу Нового Запада в ночи, помню, как я лежала в открытом фургоне, слушая непрестанный плач и разглядывая звезды над головой... Потом я заснула.

А когда проснулась, стояло утро. Рядом со мной молодая мать утешала плачущего малыша. Тот сунул в рот пальчик и замолчал... и наступила такая тишина! Я слышала, как топали копыта упряжных коней, как поскрипывали колеса, как гулил сонный младенец... Плач лакримы наконец прекратился.

На Новом Западе у меня был всего один знакомый — твой дядя, София. Я и решила его отыскать. По счастью, он успел стать весьма известным человеком, так что мне без труда удалось раздобыть его адрес. Я села на поезд... Приехала в Бостон и попросила Шадрака о помощи. Уж тебе-то, София, незачем рассказывать о его доброте! В этом вы с ним схожи: ты тоже была ко мне неизменно добра. Вот только... со временем выяснилось: может, я и отделалась от лакримы, но прежней не стала. Тишина с тех пор нагоняет на меня страх. К тому же обнаружилось, что я больше не могу сосредоточиться, как раньше. — Миссис Клэй печально покачала головой. — Мой разум пошатнулся. Ну что ж... Жить памятью о лакриме — все-таки лучше, чем с нею самой. Теперь понимаешь, деточка, почему я никогда не вернусь туда?

9
Отъезд

22 июня 1891 года, 0 часов 54 минуты

Граждане Нового Запада, желающие путешествовать за пределы страны, отныне должны иметь при себе удостоверение личности и жизнечасы, выданные при рождении, равно как и официальное свидетельство о рождении. Серийный номер, выгравированный на часах, должен соответствовать идентификационному номеру, указанному в свидетельстве. В случае гибели оригиналов следует пользоваться нотариально заверенными копиями.

Парламентская директива от 14 июня 1891 года

Тео снедало неуемное любопытство по поводу облика лакримы, София же хотела разузнать как можно больше о Вeрессе. Миссис Клэй добросовестно отвечала на вопросы. Когда они наконец иссякли, час был уже очень поздний.

Домоправительница убедила обоих остаться на ночь у нее в гостиной, на случай если в дом явится кто-то еще. Утром предстояло решить, как быть дальше.

Софии долго не удавалось заснуть. Под потолком мелодично перезванивались колокольчики, в голову лезли неотвязные мысли о судьбе дяди. Она все представляла, как его силком вытаскивают из дома. Потом наплывал образ безликого существа, обезумевшего от горя. В какой-то момент София открыла глаза, чтобы отогнать назойливое видение. В комнате было темновато, но она все равно разглядела, что Тео, которому постелили на ковре, тоже не спит.

— Бедная миссис Клэй, — шепнула София. — А я и не знала, что она такой ужас пережила!

Тео прошептал в ответ:

— Вот бы увидеть эту лакриму!

— Ты спятил? Смотри, что она с миссис Клэй сделала!

— Я слышал — если подобраться почти вплотную, сквозь кожу становится кое-что видно. Говорят, лица у них все-таки есть, только скрытые, а близко их рассматривали очень немногие. Что до меня, я бы рискнул!

— Дело твое. Но если нам придется ехать в Пустоши, я бы не хотела ни видеть, ни слышать никаких лакрим.

Она почувствовала, как он насторожился.

— Значит, ты в Пустоши едешь?

— А куда деваться? — ответила девочка. — Шадрак велел Верессу найти, а она, скорее всего, там. Думаю, надо отправиться в Нохтланд и в академии о ней расспросить.

Некоторое время они молча лежали в темноте.

— Я вот что решил… — произнес наконец Тео. — Поскольку у меня бумаг нет, с тобой мне гораздо проще будет добраться до Пустошей, чем одному. Если провезешь меня до границы, я тебе помогу оттуда в Нохтланд попасть!

София задумалась над его словами. Она знала, что не сможет просить миссис Клэй сопровождать ее. Что до Майлза и других исследователей, с которыми водил дружбу Шадрак, — все они давно разъехались, спеша покинуть страну до окончательного закрытия границ. Что ж, сесть на поезд до Нового Орлеана, ближайшего к Нохтланду города по эту сторону границы, было несложно. А вот через Пустоши в одиночку… София, впрочем, полагала, что не оплошает и там. Не зря же она была, так сказать, потомственной путешественницей. Однако мало ли что может случиться в дороге? Пренебрегать помощью не годится.

— Договорились, — сказала она. Подумала еще и добавила: — Спасибо.

— Не за что, — отозвался Тео. — Все по-честному: ты — мне, я — тебе.

И девочка услышала, как он повернулся на другой бок, чтобы заснуть.

София тоже закрыла глаза, чувствуя некоторое облегчение: впереди начала вырисовываться хоть какая-то перспектива. Во всяком случае, у нее были указания от Шадрака — и вроде бы намечался способ их выполнить. Мысли о расписании поездов и сборах в дорогу благополучно отодвинули и образ страдающего Шадрака, и призрак лакримы. София начала составлять список необходимых вещей…

Некий звук, прорезавшийся сквозь перезвон колокольцев, вторгся в ее размышления. София лежала с закрытыми глазами, слушая, как Тео встает со своего тюфячка и выходит из комнаты. Ну вышел и вышел, что такого?.. Однако потом открылась дверь, ведущая вниз.

Вот тут ее ресницы взлетели. Она еще чуть-чуть полежала без движения, вслушиваясь в его шаги на лестнице. Потом поднялась.

Тео продолжал спускаться. Вот он остановился на третьем этаже. София даже разглядела желтоватый свет ламп, включившихся в коридоре. Девочка нахмурилась, ей стало не по себе.

«Что он там забыл?..»

Ступая очень тихо, София тоже направилась на третий этаж...

Особые отношения со временем позволяли Софии двигаться так медленно, что никакого шума она не производила. Несколькими минутами позже она стояла в дверях комнаты Шадрака, глядя, как Тео открывает и закрывает дверцы дядиного платяного шкафа.

— Ты что делаешь? — требовательно спросила она.

Тео так и подпрыгнул от неожиданности. Потом увидел на пороге Софию, мотнул головой и хихикнул:

— А ты ловкая... Как ты сумела так тихо подкрасться?

— Что ты делаешь в дядиной комнате?

— Погоди ругаться, — миролюбиво отозвался Тео. — Мне тут кое-что в голову пришло...

— И что же? — спросила София.

Вдруг Тео вспомнил нечто важное? Знак, зацепку, способную привести их к Шадраку...

Мальчик сказал:

— Я просто подумал: верно, твоему дяде недосуг было документы и жизнечасы по карманам рассовывать...

Время для Софии замедлило ход, силясь вместить беспредельное ощущение предательства.

— И ты решил поживиться? — прошептала она. — Хотел его документы украсть?..

— Да нет же! — отмахнулся Тео. — Не собирался я их красть!

— Тогда что...

— Но ведь путешествовать будет легче, если я их... позаимствую.

В голосе Софии прорезалась жесткая нотка:

— Ты хотел взять бумаги Шадрака и уехать один!

— Нет. — Тео закатил глаза. — Я собирался ими воспользоваться, чтобы в дороге было попроще. А в Пустошах отдал бы их тебе.

— Хватит врать, — сказала София. — Если бы у тебя были документы, — и с горечью поправилась: — ... краденые документы, на что тебе тогда ехать со мной?

— Потому что я слово дал! — рассердился вслед за ней Тео. — Потому что мы с тобой договорились!

— Тогда почему было просто не дождаться утра и не сказать мне? Уж кому, как не мне, знать, где Шадрак бумаги свои держит! — ответила София.

Ее голос дрожал.

— Ладно, не хочешь верить — не верь, — огрызнулся Тео. — Ну уехал бы я один, тебе-то что?

— Я...

— Твоему дяде, должно быть, новые документы в любой момент выдадут. — Тео тяжело перевел дух. — Я-то привык сам о себе заботиться, а значит и думать в первую голову о себе, не о других. Думаешь, я переживал, что станется с Эрлахом без «дикого мальчика» в клетке? Да ничуть! Там, откуда я родом, не выживешь, если будешь о других печься! У нас каждый сам за себя!

— Понятно, — обиженно отозвалась София. — Значит, и я тебе вроде Эрлаха, и Шадрак тоже. Каждый за себя! Вот, значит, как ты рассуждал, наблюдая из кустов, как уводят моего дядю?

Тео зло расхаживал по комнате.

— Да! — ответил он. — Именно так я и думал. Пацан, обклеенный перьями, против пятерых мужиков! Как по-твоему, не многовато ли для меня одного? Если бы я бросился на помощь, был бы теперь там же, где и твой дядя. Вот здорово было бы! Вместо этого я проследил за ними, отсиделся в тихом месте и рассказал тебе, что случилось. Да еще и через Пустоши провести подрядился…

— А ради чего ты стал бы помогать мне? — спросила София. — Тебе же плевать, что будет с Шадраком. Тебе только его бумаги нужны.

Для уверенности она стиснула кулаки.

Тео безнадежно вздохнул:

— Что за дурацкие у тебя мысли. Ну да, я предпочитаю пробиваться в одиночку. Я так привык. И прощения за это просить не намерен. Но я, по крайней мере, держу данное слово! Мы договорились друг дружке помочь, и я от этого не отступлюсь. Можешь говорить что хочешь, только бумаги твоего дяди красть я не собирался. Просто пытался что-то придумать, чтобы в дороге было полегче.

София внимательно разглядывала Тео… Сощуренные карие глаза, сжатые кулаки… Ей вдруг пришло в голову, что она совершенно не знает этого парня. Ощущение нежданной близости, чувство доверия, уверенность в том, что он способен стать другом, — все это испарилось неизвестно куда.

— Знаешь, лучше тебе, наверное, в самом деле ехать одному, — громко проговорила она, щеки ее горели. — Я и без тебя обойдусь.

— Не глупи, — примирительным тоном пробурчал Тео. — Самое разумное сейчас — помочь друг другу. Сама подумай! Ты хоть представляешь, как от границы в Нохтланд попасть?

София некоторое время молчала. Сказанное почему-то внушило ей ужас.

— Ну ладно, — тихо отозвалась она.

— Вот и отлично, — кивнул Тео. — Значит, договор в силе.

Он улыбался, выражение злости сошло с его лица.

София при виде его улыбки ощутила лишь негодование и скривилась в ответ.

— Шадрак держит свои документы в кожаном кошельке, а кошелек — в кармане жилетки, — тихо пояснила она. — А жизнечасы — на цепочке, пристегнутой к карману. Думаю, то и другое сейчас при нем!

Она повернулась, не дожидаясь ответа, только волосы метнулись по плечам, — и ушла обратно в гостиную миссис Клэй.

Тео вскоре присоединился к ней и опять растянулся на ковре возле дивана. София была еще сердита на него. Она слышала, как стучит в висках кровь.

Ее охватило волнение. Вряд ли стоило всерьез рассчитывать на Тео, оказавшегося таким непредсказуемым и, в общем-то, ненадежным. Однако других вариантов попросту не было. Поэтому София разглядывала колокольчики, колебавшиеся над головой, и старалась по возможности успокоиться. Блестящие фигурки отражали слабый свет из окна, бросая чуть заметные отблески на стены и потолок. Несколькими минутами позже дыхание Тео стало размеренным и глубоким; София поняла, что он уснул. Она покосилась на него и с горечью сказала себе: «Каждый за себя! Вот так, значит. Ну и философия у него! С такой системой ценностей парня из клетки уж точно выручать не пойдешь… И дернуло же меня ему помогать!»

8 часов 35 минут: пробуждение у миссис Клэй

София проснулась, когда солнце стояло уже высоко. Прежде всего она посмотрела на часы: начало девятого. Тео спал на ковре, отвернувшись к стене. В воздухе витали запахи омлета и свежезаваренного кофе. Она вышла на кухню, где обнаружила миссис Клэй у плиты. Домоправительница что-то напевала себе под нос. Она выглядела вполне бодрой и отдохнувшей: волосы зачесаны в обычный узелок на затылке, поверх платья — белый фартучек с вышивкой…

— Доброе утро, миссис Клэй, — сказала София.

— Доброе утро, София, — обернулась экономка. — Садись завтракать! — И вдруг добавила: — А знаешь, я думаю, все будет хорошо. — Она сняла с плиты сковородку с омлетом и положила Софии щедрую порцию. — Есть у меня твердая уверенность, что Судьбы не оставят тебя!

— Вы правда так думаете? — усаживаясь, взволнованно спросила девочка.

Шадрак полагал, что Судьбы в лучшем случае были удобной фигурой речи, но в худшем — являли собой опасное заблуждение. София рада была бы последовать дядиному примеру и фыркать по поводу разных там суеверий. Однако порой она все же склонялась к мысли, что несправедливо постигшая ее разлука с родителями некоторым образом подтверждала существование этих жестоких и самовластных существ; Судьбы, похоже, пряли горести и несчастья с той же легкостью, с какой другие наматывали нитки на веретено. Чем больше миссис Клэй о них распространялась, тем более София убеждала себя, что Судьбы реальны. Конечно, именно они распоряжались всеми событиями в мире, сплетая их в узор, понятный лишь им.

— Я взяла на себя смелость, — наливая Софии кофе, сказала экономка, — побеседовать о тебе с Судьбами. — Она покачала головой. — Совершенно невозможные существа! Одна другой бессердечнее! Не добилась от них даже намека на то, что сталось с Шадраком. Зато к твоему намерению добраться к Верессе они вроде бы отнеслись благосклонно. И прямо-таки настояли, чтобы я вручила тебе вот это… — Домоправительница вынула из серванта коробочку с рукоделием, и на ладони у Софии оказалась катушка серебристых ниток. — Каким образом она может тебе пригодиться, не знаю, — вздохнула миссис Клэй. — В добром настроении Судьбы переменчивы, в дурном — очень жестоки... Однако я на своем опыте убедилась: лучше следовать их советам. Особенно когда они в такие подробности начинают входить...

— Спасибо, — искренне поблагодарила София и убрала катушку в карман. — Может, правда помогут в пути!

— Будем надеяться. Это самое малое, деточка, что я могу для тебя сделать... раз уж поехать с тобой мне не суждено. — И миссис Клэй добавила: — Утро доброе, Тео.

София обернулась, увидела на пороге заспанного Тео и раздраженно уткнулась в свою тарелку.

— Доброе, — отозвался парень.

— Надеюсь, ты хорошо отдохнул.

— Превосходно, — сказал Тео, присаживаясь к столу. — Ковер такой удобный и мягкий... А вы, значит, планы на путешествие обсуждаете?

— Даже не начинали пока. Омлет будешь? — спросила миссис Клэй, возвращаясь к плите.

— С удовольствием, миссис Клэй, — самым почтительным тоном ответил Тео, меж тем как София смотрела в свою чашку. — А мы, знаете, вчера вечером поболтали немного, — как ни в чем не бывало продолжал он, — и уговорились вместе прокатиться до Нохтланда. Так ведь, София?

И он ей улыбнулся.

Та глядела на него серьезно.

— Да, — сказала она. — Таков был уговор.

Домоправительница вручила Тео полную тарелку и неуверенно предложила:

— Я могла бы до границы вас проводить...

— Вы очень великодушны, миссис Клэй, — заявила София. — Но думаю, до Нового Орлеана мы доберемся без труда. Как я понимаю, нас ждет всего одна пересадка.

Девочка не стала добавлять, что вторая половина поездки беспокоила ее куда больше; там, где миссис Клэй действительно пригодилась бы, она помочь не могла.

«Чего доброго, на границе Тео тут же исчезнет...» — думалось ей.

— В поезде будут проверять документы, — предупредила экономка. — Говорят, иностранцев заставляют садиться в отдельные вагоны.

— Да, но у меня-то бумаги в порядке, а к Тео они не станут цепляться, если он будет со мной, — ровным голосом проговорила София. — Четвертое июля еще не настало.

— Тео, а ты никого не хочешь известить о своих планах? Путешествие в Нохтланд тебя задержит на несколько недель...

Он беззаботно ответил:

— Моя семья не ждет, чтобы я скоро вернулся.

— И ты обещаешь позаботиться о Софии в Пустошах?

— Конечно. Я той дорогой столько раз ездил! Все будет хорошо!

— Путь неблизкий, а вы будете совсем одни, — сказала миссис Клэй. Поправила волосы и вздохнула. — Жаль, я ни с кем не знакома в приграничье...

— Вы окажете неоценимую помощь, если останетесь здесь на случай возвращения Шадрака, — возразила София. — А то мы можем разминуться.

— Благодаря ему у меня теперь есть документы и жизнечасы, — ответила экономка. — Если в течение двадцати часов что-нибудь произойдет, я пошлю письмо экспресс-почтой на ближайшую крупную станцию по пути вашего следования.

Разложив на столе железнодорожное расписание, принесенное из кабинета Шадрака, они решили ехать южным поездом до Чарльстона, что в Южной Каролине, а там пересесть на состав, идущий на запад, в Новый Акан. Путешествие должно было занять несколько дней. Железная дорога шла лишь до Нового Орлеана; оттуда в Пустоши придется трястись на лошадях или идти пешком.

София хмуро разглядывала на карте белое пятно, охватывавшее Новый Акан с юга и запада. Потом неторопливо сложила бумажный лист.

— Надо собирать вещи, — сказала она. — Может, успеем на полуденный поезд до Чарльстона.

9 часов 03 минуты: отбытие в Чарльстон

Рюкзачок, купленный в магазине Хардинга, так и валялся у входной двери, где накануне бросила его София. Кто мог знать, что он понадобится так скоро!.. Вытащив из платяного шкафа в своей комнате небольшой кожаный чемодан, София стала укладывать одежду, мыло, щетку для волос, пару одеял… Башмачки, которые она постоянно носила, были вполне удобными, но она решила захватить еще и кожаные, на шнуровке, предназначенные для спортивных состязаний в школе. Пусть что-то пойдет не так — она, по крайней мере, будет удирать во все лопатки, не спотыкаясь!

Тео смотрел на нее, стоя в дверях.

— Можешь взять рубашки Шадрака, какие подойдут, — не поднимая головы, буркнула она. — И носки. Они в нижнем ящике его шкафа. Впрочем, ты их там, наверное, уже видел…

— Ты сама доброта, — улыбнулся Тео, и его колкость не осталась незамеченной. — Еще сердишься?

— Все в порядке, — запихивая в чемодан одеяла, бросила София.

— Ну ладно, как скажешь. Сейчас вернусь, только ботинки себе раздобуду.

Захлопнув чемодан, София занялась рюкзаком. Он был сшит из прочного непромокаемого брезента и снабжен многочисленными карманами внутри и снаружи. Девочка рассовала по ним свои карандаши и резинки, не забыв и линейку. Вытащив из шкафа чистую наволочку, завернула стеклянную карту и вновь вложила в альбом, где хранилась и записка Шадрака. Все прекрасно поместилось — и альбом, и атлас. Собравшись с духом, София отправилась в комнату Шадрака и открыла ящик конторки, где он держал наличность. Она спрятала банкноты в свой кошелек с документами и жизнечасами. Закрыла конторку… Задвинула ящики, где рылся Тео, пригладила постель… В последний раз оглядела комнату, накинула на плечи лямки рюкзака и пошла вниз — отобрать карты, необходимые для путешествия в Нохтланд.

Вернулся Тео, на нем были отличные коричневые ботинки, выглядевшие не вполне новыми, но очень ухоженными. Вид у парня был самодовольный.

— Где взял? — подозрительно спросила София.

— Неплохие, верно? Обошел я, значит, квартал, увидел мастерскую сапожника, захожу и говорю: так, мол, и так, я тут у вас месяца три назад оставлял пару ботинок десятого размера, да вот беда — чек потерял. Он давай рыться — и приносит вот эти самые из подсобки. Дескать, еще немного, и вовсе выбросил бы!

— Что ж, надеюсь, никто тебя не остановит на улице и не потребует их вернуть, — коротко ответила София. Она сворачивала на столе карты и раскладывала по тубусам. — У меня полно карт для путешествия по железной дороге, нашлась и карта Нохтланда... А вот что касается границы, ничего подробного нет. И кусок Пустошей между границей и Нохтландом нигде не описан...

— Я же говорил, что те места знаю, — повторил Тео. — Обойдемся и без карты.

На лестнице раздались шаги. Вошла миссис Клэй.

— Я вам поесть с собой собрала, — сказала она и вручила Тео битком набитую корзину. — Увы, я больше ничего не могу для вас сделать... — Ее глаза наполнились слезами. — Мне так жаль, София, деточка... Столько всего сразу навалилось... — Она нервно откашлялась. — Ты все нужное взяла?

— Мы готовы в путь, — ответила София.

— Ты уж поосторожнее там, деточка... — Домоправительница тепло обняла ее. — Обо мне не беспокойся и о доме не переживай, я тут за всем присмотрю. Главное — себя побереги. Ваше расписание у меня есть, так что, если Шадрак вдруг появится, я все ему расскажу.

— Спасибо большое, миссис Клэй.

Экономка пожала руку Тео.

— Заботьтесь друг о друге, — сказала она. — И да помогут вам Судьбы!

ЧАСТЬ II
Поиски

10
Белая церковь

21 июня 1891 года: Шадрак в плену (день 1-й)

Большинство полагает, что «Хроники Великого Разделения» были созданы шарлатаном, ложным пророком; этот человек, взявший имя Амитто, решил извлечь корысть из всеобщей паники, воцарившейся после Разделения. «Хроники» не слишком содержательны и не изобилуют подробностями, читатель найдет в них лишь туманные упоминания о войнах, людской гибели и чудесах. Впрочем, в некоторых кругах «Хроники» целиком приняты на веру. Последователи Амитто, в особенности члены нигилизмийской секты, утверждают, что «Хроники» не просто рассказывают истинную историю Великого Разделения — эта книга является еще и пророческой...

Шадрак Элли. История Нового мира

На самом севере Нового Запада, на высоком холме, в окружении сосен стоял большой, выбеленный солнцем каменный дом. Яркий свет отражался в окнах особняка, на острых щипцах поблескивали серебряные флюгеры. Среди деревьев была проложена грунтовая дорога, а вдоль нее шел рельсовый путь, завершавшийся кольцом возле входа. Сейчас там не было никакого движения. Несколько ворон, лениво хлопая крыльями, прилетели со стороны леса к каменному кресту на самом верху крыши. У боковой стены здания виднелась часовня, соединенная с ним узким арочным переходом. Вороны покружились, каркая, и наконец расселись на кресте. Как только они унялись, воцарились тишина и спокойствие. Солнечный, мирный пейзаж: свет, льющийся с неба, белесая кладка… Идиллия, да и только.

Внутри особняка, в обширном сводчатом помещении, напротив, разворачивалась бурная деятельность.

Шадрак сидел в одиночестве: его руки были стянуты за спиной, лодыжки — привязаны к ножкам стула. Он смотрел в потолок, откинувшись затылком к прохладной каменной стене позади. Церковные скамьи, стоявшие здесь когда-то, были давно убраны; храм больше походил не на место для молитвы, а на мастерскую. По стенам — полки с тысячами томов, посередине — длинные столы, загроможденные кипами бумаг, раскрытыми книгами, бутылками чернил… На месте алтаря высилась закопченная печь. Сейчас в ней не горел огонь, но рядом виднелись мехи, щипцы, пара обожженных кожаных рукавиц… Инструменты и материалы, в беспорядке раскиданные у печи, выдавали ее назначение: она служила для плавки стекла.

То, что вышло из горнила, беззвучно кружило под купольным потолком, высоко над головой Шадрака. Сотни крупных стеклянных шаров собирались переменчивыми созвездиями; их движением управляло устройство, укрепленное в полу посреди помещения. Металлические шестерни, сцепленные одна с другой, на неискушенный взгляд Шадрака, чем-то напоминали часовой механизм. Похоже, они были хорошо смазаны, поскольку не издавали ни единого звука. Шадрак следил за плавным и бесконечным вращением шаров уже много часов.

Сферические поверхности, кстати, будто бы жили особой внутренней жизнью: они подрагивали, менялись, переливались. Свет, падавший сверху сквозь цветные витражи, отражался от них, по каменным стенам и потолку скользили блики. Высота была такая, что Шадрак не мог рассмотреть всех подробностей, но трепетное мерцание делало зрелище лишь прекраснее. В шарах, спускавшихся пониже, порой мелькали неясные образы. Шадраку казалось — если наблюдать за ними достаточно долго, удастся разгадать закономерности непрерывного движения сфер.

А еще он изо всех сил старался не заснуть. С тех пор как его увели из дому, он так и не сомкнул глаз. Отчасти потому, что силился вычислить, кто же его похитители. Одно было очевидно: все они являлись нигилизмийцами. Об этом говорили амулеты, висевшие на шее у каждого, — крупные или помельче, металлические, деревянные, вырезанные из камня изображения раскрытой ладони. Правда, этим ограничивалось сходство незнакомцев с последователями Амитто, давно известными Шадраку. Он даже сделал предварительный вывод: они принадлежали к тайной воинствующей секте, тем более что все до единого, помимо амулетов, носили при себе железные крючья. Это было оружие, и то, как они с ним управлялись, свидетельствовало о большой практике. А еще молчаливые парни могли похвастаться почти одинаковыми шрамами, притом весьма примечательными. Они тянулись от уголков рта по щекам до самых ушей. Что-то вроде уродливых и вечных улыбок, врезанных в неизменно угрюмые лица.

Стоило Шадраку их убедить, что искомое было найдено, как они прекратили разносить его дом и закрыли рты на замок. Потом картолога запихнули в экипаж и повезли куда-то далеко за пределы Бостона. Он пытался мысленно составить маршрут, но не слишком успешно. Попробуй что-нибудь сообрази, когда тебе завязывают глаза и сажают в железнодорожный вагон! Лишь внутренний компас подсказывал картологу, что они несколько часов двигались на север, а порыв холодного ветра, похоже, свидетельствовал о непосредственной близости Доисторических Снегов.

Путешествие длилось весь день, так что гнев, охвативший его в момент похищения, мало-помалу унялся, сменившись напряженным вниманием. Когда они выбрались из вагона, ночной воздух показался Шадраку прохладным, но все равно летним. Пахло мхом и сосновой смолой. Покрытые шрамами нигилизмийцы сразу повели его сюда, привязали к стулу, сняли с глаз повязку... и ушли.

Глядя на кружение стеклянных сфер, Шадрак окончательно успокоился. Теперь он ощущал лишь жгучее любопытство: кто? куда? почему?..

Ярость пленника улеглась, в нем опять проснулся исследователь.

Его отвлек от созерцания скрип двери, открывшейся где-то у бывшего алтаря. Шадрак повернул голову. Вошли двое мужчин и с ними — женщина в сливочного цвета платье с рукавами, глухо застегнутыми на пуговицы. Черты ее скрывала светлая льняная вуаль. Она приближалась, шагая быстро и легко. Лицо Шадрак рассмотреть не мог, оставалось обращать внимание на манеру двигаться, на осанку…

Женщина остановилась в нескольких шагах от него.

— Очень долгие поиски вывели меня на вас, Шадрак Элли, — произнесла она. — Итак, вы здесь, но я не нашла Поисковую Лупу. Где она?

Едва услышав эти слова, Шадрак перестал воспринимать значение сказанного. Голос был прекрасен и казался знакомым. Негромкий, ласковый, ровный, приправленный неведомым акцентом… Женщина говорила вполне бесстрастно, но сам звук ее речи порождал бурю бессвязных воспоминаний. Шадрак слышал его прежде. Он знал эту особу. Как и она его. Зачем тогда ей прятать лицо за светло-желтой вуалью? Однако чувство узнавания оставалось расплывчатым. Он никак не мог вспомнить, кто же это такая.

Шадрак мысленно встряхнулся, пытаясь отделаться от наваждения. Надо было сосредоточиться… и своим ответом ничего ей не выдать.

— Простите, если что не так, — сказал он. — Я отдал вашим людям то, о чем они меня спрашивали… Не понимаю, о какой лупе вы говорите?

— Все вы прекрасно понимаете, Шадрак, — по-прежнему негромко промолвила женщина. — Мы с вами на одной стороне. Скажите, где Лупа, и я обещаю исправить ситуацию.

На какой-то миг он готов был ей поверить. Потребовалось колоссальное усилие, чтобы вслушиваться в смысл ее слов, не отвлекаясь на завораживающий голос.

— Если мы с вами на одной стороне, — ответил он, — зачем держать меня привязанным к стулу? Более того, с какой стати вашим нигилизмийским громилам понадобилось силой вытаскивать меня из дому! — Говоря это, он ощущал, как чары, навеянные ее голосом, мало-помалу рассеивались. — Почему бы меня просто не отпустить? Я и сам могу все исправить...

Вуаль заколыхалась: женщина покачала головой.

— Прежде чем я предприму какие-либо действия, вы должны мне сказать, где находится Лупа. Я всячески на этом настаиваю! — Рука в перчатке мимолетно коснулась его плеча. — Моих големов вы обманули, но меня вам не провести... — И она шепнула: — Где Поисковая Лупа?

Шадрак напряженно вглядывался в вуаль, но даже вблизи ничего не мог различить.

— У меня множество стеклянных карт, — сказал он. — В смысле — было, пока их не перебили ваши, как вы их называете, големы. Велите перебрать осколки, быть может, один из них вам подойдет?

Женщина еле слышно вздохнула и отступила на шаг.

— А я думала, мы договоримся, Шадрак... И все равно — хорошо, что вы здесь.

В ее голосе почти не чувствовалось эмоций. Она словно с подругой обсуждала какую-то мелкую заботу, а не осыпала угрозами связанного человека. Палец в перчатке указал на шары, плавающие под потолком.

— Вы вполне можете считаться величайшим картологом, известным Новому Западу, а то и всему миру, — проговорила она. — Но я, уж простите, величайшая из неизвестных! — Она вскинула голову, словно разговаривала не с Шадраком, а с вращающимися шарами. — В прежние времена я извлекла бы из общения с вами немалую пользу. Долгие годы работы… Пробы и ошибки… Сколько их было! — Ее взгляд снова обратился на пленника. — Вы хоть представляете, насколько сложно создать сферическую стеклянную карту? Чего стоит один навык выдувания стекла! Я его годами оттачивала. Зато работа с шарами выводит картографирование, не побоюсь этого слова, на новый уровень… И тем не менее, — совсем тихо добавила она, — результат вполне стоит затраченного труда. Вам так не кажется?

Шадрак ответил:

— Мне трудно судить об их качестве, пока я сам их не прочитаю.

Женщина резко повернулась.

— Да, — произнесла она. — Почему бы и нет? Я очень долго именно этого и хотела… — Она сделала знак двоим мужчинам, неподвижно стоявшим поодаль, и указала рукой: — Вон тот стол!

Те, не развязывая Шадрака, подцепили крючьями его стул и перетащили к увесистому столу чуть в стороне. Там на металлической подставке виднелся стеклянный шар.

Женщина освободила пленнику руки. Тот бросил пристальный взгляд на свою похитительницу, а затем перевел его на сферу. Она была величиной примерно с человеческую голову и выглядела мутной, словно внутри плавал туман. Подставка из металла, сходного с медью, поражала замысловатой работой, стекло было идеально гладким. Внутри мерцала та же непонятная жизнь, которую Шадрак уже подметил у шаров наверху. Несколько мгновений он просто вглядывался в глубину стекла, потом сообразил, что впечатление внутреннего движения создавалось крупинками песка. Неведомая сила заставляла их плясать и вихриться. Опадая вниз, они касались дна шара и снова взмывали. Вот песок осыпался в очередной раз, но не как попало — он сложился во вполне осмысленный узор. На Шадрака смотрело безошибочно узнаваемое человеческое лицо.

Он так и отшатнулся.

— Это не карта земной поверхности, — вырвалось у него. — Это карта человеческого разума!

Голова, окутанная вуалью, согласно наклонилась.

— Тепло, — сказала женщина. — Почти горячо.

До сих пор Шадрак к шару не прикасался. Сейчас он не без робости тронул гладкую поверхность кончиками пальцев… Чужие воспоминания хлынули мощным потоком, такого он еще не испытывал. В ноздри ударил запах жимолости, в ушах зазвенели отголоски смеха; его бросили в цветущий куст, он пытался выпутаться и чувствовал, как листья мнутся в руках. Вот он поднялся, побежал через влажную лужайку — и, споткнувшись, плашмя рухнул в траву. Мокрые травинки защекотали лицо, он обонял близкий запах земли…

Это были чьи-то воспоминания детства.

Ахнув, Шадрак отнял руки от стекла и вновь уставился в туманную сферу.

— Удивительная работа! — Он покачал головой. В его голосе звучало неприкрытое восхищение. — Я прежде не сталкивался с такой остротой передачи звуков, запахов, зрительных восприятий! Должен признаться, меня снедает любопытство: как вам удалось запечатлеть столь яркие воспоминания?

Женщина наклонилась и пальцем в перчатке погладила стеклянный шар.

— Вы сами делали карты памяти, а значит обязаны понимать: как ни старайся, люди вам рассказывают не все. Каждый хоть что-нибудь да утаит. Воспоминания ведь, как ни крути, принадлежат им. Картологу достается лишь невнятное эхо…

Шадрак передернул плечами:

— Лучше уж смутные образы, чем вообще никаких. Все карты таковы. Они показывают лишь общую картину, служат проводниками к богатствам реального мира.

— Верно, но общая картина мне была не нужна. Мне требовались воспоминания во всей их полноте.

Он вновь попытался проникнуть взглядом сквозь густую вуаль.

— Это невозможно, — сказал он. И добавил с оттенком предостережения: — А кроме того, каждый обладает своими собственными воспоминаниями.

Женщина ответила не сразу. Снова потрогала сферу перчаткой. Помедлила, отодвинулась прочь и заговорила, словно не услышав последних слов Шадрака:

— Это перестало быть невозможным. Мне удался эксперимент.

— Что вы имеете в виду?

— Воспоминания такие яркие именно из-за своей абсолютной полноты. Они от начала и до конца заключены в песчинках.

Она словно описывала что-то невероятно красивое.

Шадрак почти с ужасом рассматривал сферу.

— А… что с человеком, которому они принадлежали? Тот мальчик… или мужчина, который помнил…

— У него больше нет этих воспоминаний.

— Так вы их похитили?

Женщина повела плечиком — мол, собеседник выразился неуклюже, но суть уловил.

— Поверить не могу, — сказал Шадрак. Некоторое время смотрел на безликую вуаль и наконец спросил: — Как вам удалось?

У женщины вырвался удовлетворенный вздох.

— Я так и знала, что вас это заинтересует. Когда-нибудь вы увидите весь процесс… Пока лишь скажу, что он включает погружение субъекта в песок, который затем и используется для изготовления сферы. Очень изящный метод… А результаты попросту восхитительны. Видите ли, шар, в который вы смотрите, не является картой. Она вон там, — указала она на созвездия, вращавшиеся под потолком. — Карта, которая привела меня к вам.

— Тогда прочтите ее мне, — ядовито проговорил Шадрак. — Ибо я никакой карты не наблюдаю, всего лишь коллекцию краденых воспоминаний.

— В самом деле? — Женщина будто бы слегка удивилась. — А вы присмотритесь. Видите, что происходит? Шары скользят, уплывают, неожиданно выдвигаются на передний план… И все они связаны.

Кто-то с кем-то повстречался на улице. Один человек заметил другого в окне… Кто-то подобрал забытую книгу и еще кому-то ее передал. Вот некоему господину попался старый ящик, набитый стеклянными пластинами. Другой их продал на рынке, а кто-то купил и сделал из них горку. Потом появился некто и украл ее… Знакомо? Все это могло случиться еще до вас. Там, наверху, — подробный рассказ. Своего рода история. Карта, если хотите… И она-то привела меня к вам. Я забрала множество воспоминаний, чтобы разыскать Поисковую Лупу и вместе с ней — вас.

Некоторое время Шадрак просто не находил слов.

— В таком случае, — вымолвил он наконец, — вы зря потратили время.

— Нет, — спокойно ответила она. — Я очень многому научилась. Узнала гораздо больше, чем рассчитывала… Видите ли, людские воспоминания куда богаче, чем представляется их обладателям. Они отставляют в сторону то, что кажется им малозначительным, но вот эти образы попадаются на глаза опытному чтецу, и выясняется, что смысла в них полным-полно… — Она приподняла шар, слегка повернула и вновь поставила на стол перед Шадраком. — Последнее воспоминание оказалось ключевым. Прочтите его снова!

Поколебавшись, Шадрак коснулся пальцами сферы… и тут же вспомнил кабинет, загроможденный кучами книг. Накатил запах старой бумаги, пролился тусклый свет из окна… Шадрак мгновенно сообразил, кому все это принадлежало — и комната, и воспоминания.

Будто для того, чтобы развеять последнюю тень сомнения, память высветила гравированную табличку на раскрытой двери.

КАРЛТОН ХОПИШ

Картолог

Министр сношений с внешними эпохами

Рядом с табличкой возникло лицо — очень знакомое и странным образом искаженное. Шадрак узнал самого себя.

Он хотел отстраниться от шара и от заключенного в нем ужаса, но не мог. Ему вспомнился тот разговор, только теперь он воспринимал его через сознание Карлтона. Вот его друг здоровается с Шадраком Элли: «Проходи, присаживайся...» Шадрак сморщился. Понятно, к чему все идет. Он внезапно с пугающей ясностью осознал, почему эта женщина в вуали устроила его похищение.

Карлтон сказал:

— Сольбери уезжает в следующем месяце. Сначала он не хотел говорить, но я все-таки его расколол... — Он наклонился вперед и с торжеством похлопал Шадрака по колену. — Воображает, будто наконец-то нащупал внятные указания на то, где может находиться Карта Всех Карт!

Шадрак нахмурился и проворчал:

— За призраками гоняется...

— И ты туда же! — возмутился Карлтон. — Ты, один из немногих, умеющих читать и составлять водные карты!

— Кривотолки, — сказал Шадрак. — Досужие вымыслы.

— Вымыслы? Да как у тебя язык поворачивается? Я-то думал, ты с ним поехать захочешь! — обиженно проговорил Карлтон. — Как-то на тебя непохоже — ты упускаешь шанс сделать великое открытие! Найти живую карту всего мира, содержащую каждое мгновение прошлого, настоящего, будущего, способную показать момент Разделения...

— Никакого открытия не будет.

Карлтон помолчал, разглядывая напряженное и замкнутое лицо друга.

— А как ты мог бы помочь! В особенности, — протянул он с ноткой коварства, — если у тебя есть Многоязычная Поисковая Лупа...

— Где ты о ней услышал? — Шадрак метнул в него острый взгляд.

— Так это правда! Она у тебя! — обрадовался Карлтон и добавил: — Все бы отдал, лишь бы взглянуть...

— Да, она у меня, — буркнул Шадрак и отвернулся. — И поверь, работа с нею ни малейшего удовольствия не доставляет...

Карлтон перешел на шепот:

— Но ты мог бы использовать ее для поисков Карты Всех Карт! Ты оказал бы колоссальную услугу своей стране, друг мой!

— Я сказал — нет. И обсуждать больше ничего не хочу.

— Да ладно тебе, Шадрак, не сердись, — примирительным тоном сказал Карлтон. — Откуда я мог знать, что у тебя это больное место!

Шадрак отдернул пальцы от шара, словно обжегшись. Память рисовала ему образ Карлтона на больничной койке, беспомощного, умалишенного... Пустая оболочка, оставшаяся от умного и деятельного человека.

— Что вы с ним сделали? — вырвалось у него. — Это вы оставили его... в таком состоянии?

— Его воспоминания будут храниться в моей сокровищнице, — ответила женщина. Похоже, она улыбалась. — Вечно. Потому что они помогли мне найти вас.

— Вы напрасно его уничтожили. — Голос Шадрака звенел ледяной яростью. — Если вы охотитесь за Картой Всех Карт, знайте: вы только зря тратите время.

Вуаль слегка шевельнулась.

— Какой накал страсти вместо простого отказа, — проговорила она. — Просто диву даюсь... А вы, похоже, верите, что Карта действительно существует! Вы же слышать спокойно не можете, как о ней кто-либо упоминает. Смахивает на старую рану, так до конца и не зажившую... Подумать только, — легкомысленным тоном продолжала она, — какое знание хранится в этом хрупком панцире из кожи и костей!

И она приложила пальцы ко лбу пленника.

— Зря стараетесь! — сердито повторил Шадрак, сбрасывая ее руку.

Понимание, что эта женщина запросто может превратить его в подобие несчастного Карлтона — безнадежно опустошенного, уничтоженного, — потрясло его до глубины души. Шадраку потребовалось усилие, чтобы сдержать ярость.

Женщина между тем спросила его:

— Доводилось вам читать последний раздел «Хроник Великого Разделения»?

Шадрак смотрел на стол, чтобы не видеть шара с песком. На глаза ему попались ножницы.

— Естественно, я знаком с этими текстами. Однако «хроники» Амитто — несомненный апокриф. Лично я считаю их примером вымысла, успешно манипулирующего сознанием.

Говоря так, он постарался незаметно накрыть ножницы локтем.

— О нет, — прошептала женщина. — Они истинны. Все сказанное в «Хрониках» либо уже сбылось, либо сбудется со временем. Вспомните строки в самом конце, датированные двадцать седьмым декабря: «Осознайте наш жизненный срок как живую карту — карту, созданную из воды; в смешении, переменах, в постоянном течении...»

— Припоминаю, — кивнул Шадрак, тихонько заталкивая ножницы внутрь рукава. — Но какой тут глубокий смысл? Это поэзия, но поэзия пустопорожняя, как все прочее в ваших «Хрониках».

Женщина обошла стол и встала напротив Шадрака.

— А как вам понравится, если я предъявлю доказательство? Вон оно, вращается над головой. Карта Всех Карт реальна. Живая карта мира, созданная из воды, действительно существует. Более того, искусный картограф может ее не только прочесть... — Она помолчала и докончила: — Не только прочесть, но и внести изменения! Изменить Карту, а вместе с нею — и мир!

— Карту Всех Карт никто даже в глаза не видал, — отрывисто проговорил Шадрак. — Не преждевременно ли с такой определенностью судить о ее свойствах?

— Вы плохо слушаете. — Она нагнулась к нему. — У меня есть доказательство. Повторяю: Карта Всех Карт — не вымысел. И в ней не просто заключены прошлое и настоящее нашего мира. Она показывает все возможные миры. Если картолог вашего уровня внесет поправки в Карту, настоящее изменится. И даже прошлое может быть придумано заново. Переписать историю… Вы понимаете, о чем я говорю? Весь мир может быть заново вычерчен. А Великое Разделение — отменено!

— Оно не может быть отменено, — возразил Шадрак. — Любой картолог, ученый, космограф скажет вам то же самое. Разделение произойдет все равно, только будет другим. Мир таков, каков есть, его история идет своим чередом. Попытка изменить эпохи заново разорвет его. И какова будет цена подобной попытки, нельзя ни подсчитать, ни даже вообразить… Единственный способ теперь восстановить единство мира — через его всемерное исследование, установление связей, союзов, прокладывание торговых путей… Так что я в принципе возражал бы против изменений, о которых вы заявляете. Впрочем, мои слова никакого значения не имеют, ибо поставленная вами задача является по определению нерешаемой. — Шадрак говорил спокойно и жестко. — Если вы придерживаетесь иного мнения, это самообман.

— Это вы заблуждаетесь, — отмахнулась она. — Стало быть, иные эпохи вызывают у вас любопытство? Всякие там морские путешествия, походы через горные перевалы… Чего вы такими жалкими усилиями предполагаете достичь? Что все ваши исследования по сравнению с надеждой на синхронизацию, на достижение гармонии? На то, чтобы попытаться восстановить мир в его истинном виде?

— Поверьте мне, это недостижимо. У меня есть опыт работы с водными картами, а у вас, судя по всему, нет. Иначе меня бы не притащили сюда… То, о чем вы говорили здесь, — невозможно.

Непроницаемая вуаль дрогнула.

— Вы еще не видели Карту Всех Карт. Тогда ваше мнение изменится.

Шадрак мотнул головой и сгорбился над столом. Это позволило ему опустить правую руку и дотянуться ножницами до веревки на правой лодыжке. Женщина по-прежнему стояла по ту сторону стола, изуродованные шрамами нигилизмийцы переминались у остывшей печи, руки с крючьями безвольно свисали. Шадрак бросил быстрый взгляд в другой угол и увидел распашные двери, несомненно выходившие наружу. Он потянулся к стеклянному шару, словно стараясь подробнее его рассмотреть.

— Ваша работа впечатляет, — сказал он. — Я искренне восхищен вашей картологической интуицией. Однако, увы, ничем помочь вам не могу. Да и не стал бы делать этого в любом случае.

Он уже освободил правую ногу и склонился еще ниже, стараясь добраться до левой.

— Я бесполезен для вас, — продолжал он, — поскольку не верю ни в истинность «Хроник», ни в существование Карты Всех Карт. И у меня нет желания вам помогать, ибо я совсем не хочу повторения Великого Разделения на своем веку. Не говоря уже об участии в этом проекте. Утешает лишь то, что вы поставили перед собой задачу, совершенно неразрешимую.

Управившись с веревкой на левой ноге, Шадрак проворно спрятал ножницы обратно в рукав и выпрямился на стуле.

— Вот как! — сказала женщина и обошла стол, чтобы встать рядом с пленником. — А не испытать ли в таком случае ваши убеждения на прочность? Если вы правда не верите в существование Карты Всех Карт, сообщите мне, где находится Поисковая Лупа. Таким образом вы мне докажете, что «Хроники» — не более чем пустая поэзия.

Шадрак сидел молча, на его лице ничего нельзя было прочесть.

— Я думаю, — произнесла женщина, — что, если нужной мне стеклянной карты здесь нет, она может находиться только в одном месте. А именно — у вашей племянницы, Софии.

— Говорю же вам, все мои стеклянные карты лежат в виде осколков на полу мастерской, — ответил он.

Пальцы в перчатке накрыли руку Шадрака. Ту, где в рукаве таились ножницы.

— Я не представилась вам… Можете звать меня Бланкой. Чистый лист, страница без номера… незаполненная карта... белый песок. Белая кожа без отметин...

Шадрак поднял глаза, но ничего не ответил. Потом покосился на двоих големов. Казалось, они в глубокой задумчивости следили за танцем шаров над головами.

— Карта у Софии? — спросила Бланка. — Значит, все, что мне требуется, — это убедить ее отдать Лупу.

Шадрак резким движением отшвырнул стул, сбросив заодно и руку Бланки со своей руки. Ножницы, вылетев из рукава, описали высокую дугу; один из стеклянных шаров разлетелся вдребезги. Вниз посыпались осколки, перемешанные с песком, но Шадрак уже мчался к дальнему концу помещения, к широким дверям, сулившим свободу. За спиной раздался яростный крик Бланки, возмущенной гибелью шара, послышались торопливые шаги преследователей...

Двери перед Шадраком неожиданно распахнулись, в церковь вошла еще четверка големов. Уворачиваясь от них, он рванул влево, пытаясь достичь одного из окон. Если вскочить на стол, он, пожалуй, сумеет допрыгнуть до подоконника, а если инерции хватит — и витраж разобьет...

Что-то без предупреждения впилось ему в ногу.

В следующий миг картолога прижали к полу, он больно ударился грудью о каменные плиты. Казалось, големы насели на него все сообща. Когда они рывком подняли его и заломили за спину руки, во рту стоял привкус крови. Крюк разорвал ему штанину, оставив на бедре две длинные борозды. Лишь случай помешал остриям глубоко войти в мышцы.

Големы оттащили сопротивляющегося Шадрака на прежнее место и водворили на стул.

— Левую руку привяжите покрепче, — негромко приказала Бланка. — Правую держите, но не привязывайте.

У Шадрака заболели плечи: его с силой прижали к спинке стула, и левую руку охватила веревка.

— А теперь шапочку, — распорядилась Бланка. — Хватит повязки: хочу, чтобы он не закрывал глаз.

Стоявший перед Шадраком верзила держал в руках деревянный брусок размером с кусок мыла, весь простеганный тонкими проволочными витками. Шадрак стиснул зубы и как можно плотнее прижал подбородок к груди. Это не помогло: кто-то сзади с силой запрокинул ему голову и вдобавок ударил прямо по горлу. Не очень сильно, но так, что пленник поневоле закашлялся. Не успел он открыть рот, как деревяшка оказалась у него в зубах, а к щекам прижались тонкие проволочки. Их сразу же туго связали у него на затылке.

Проволока больно врезалась в углы рта. Вот, значит, каким образом големы-нигилизмийцы заработали свои шрамы…

— Не будете сопротивляться — меньше порежетесь, — ласково посоветовала Бланка. — Сейчас я попрошу вас написать письмо. — Она подвинула ему бумагу и чернила и наклонилась вплотную. — Пишите.

Шадрак взял перо. Рука дрожала. Бланка выпрямилась, но недостаточно быстро: он все-таки разглядел лицо под вуалью.

11
В ДОРОГЕ

22 июня 1891 года, 11 часов 36 минут

Первоначально железная дорога была государственным предприятием. Вскоре, однако, частные вкладчики начали зарабатывать состояния, прокладывая пути по всему Новому Западу. От идеи национальных железных дорог постепенно отказались, и к середине столетия как рельсы, так и подвижной состав перешли в распоряжение двух или трех коммерческих компаний, а «железнодорожные» миллионеры стали самыми могущественными людьми Нового Запада.

Шадрак Элли. История Нового Запада

София путешествовала с Шадраком каждое лето, но южнее Нью-Йорка, равно как и западнее Беркширов, ни разу не бывала. И даже тщательное изучение карт железных дорог не подготовило ее к волнениям и восторгу поездки в поезде дальнего следования, да еще и на электрической тяге.

Когда Приморский экспресс на полном ходу вылетел из Бостона, София ощутила в голове странную легкость. У них с Тео было выкуплено купе целиком до самого Нового Орлеана. Там были длинное кожаное сиденье и две откидные полки по стенам, обе — с накрахмаленными простынями. Тео забрался наверх и блаженно заснул. София тоже старалась задремать, но ей не то что не спалось — даже не сиделось спокойно. Она долго расхаживала по крохотному, облицованному деревом помещению от двери к окну и обратно, намеренно пытаясь утратить ощущение времени. Нащупав в кармане юбки катушку серебряных ниток, она крепко стиснула ее в кулаке, словно это могло призвать к ней милость Судеб и заставить поезд еще наддать ходу. Потом, не в силах отвлечься, София принялась мысленно перебирать взятые с собой вещи, вспоминать расписание состава и даже рассчитывать, сколько времени займет путешествие от границы до Нохтланда…

Когда экспресс прибыл в Провиденс, что в Род-Айленде, София открыла окно и стала смотреть на перрон. Город показался ей кирпичным лабиринтом, монотонность которого нарушали вздымавшиеся тут и там белые шпили. Между кирпичных зданий темной лентой вился Блэкстонский канал. Пыльная зелень деревьев окаймляла город и вокзал, бросая кое-какую тень на деревянную платформу, запруженную народом. Пахло опилками и водой из канала. Полицейские и станционные служащие бдительно проверяли билеты и документы, направляя пассажиров в разные вагоны. Семьи иностранцев, путешествующие все вместе, изгнанники-одиночки, придавленные переполненными чемоданами и отчаянием… как отличались они от обычных вояжеров, взиравших на них с любопытством, сочувствием или безразличием.

Та же картина час спустя повторилась среди зеленых пастбищ Кингстона, где стада коров прятались от солнца в случайной тени. Всюду ощущалось то же беспокойство.

Покинув пределы южного Род-Айленда, поезд покатил через Коннектикут.

Окна в вагоне были распахнуты настежь ради свежего воздуха. София высунулась, чтобы проветриться. Экспресс приближался к побережью, чувствовалось соленое дыхание океана. София разглядела крохотные белые паруса, скользившие в синеве. Ей стало казаться, будто время совсем замедлило бег, и это было невыносимо. София вздохнула. «Надо как-то его скоротать, — подумала она с отчаянием. — Иначе это не кончится никогда!»

Она отставила мысли о покинутом доме на улице Ист-Эндинг и даже о Тео, с которым они со времени посадки едва ли обменялись словечком, и уставилась на горизонт.

Пейзаж за окнами вагона постепенно менялся. Рельсовый путь вновь отдалялся от берега океана. По сторонам замелькали стройные клены, долетел пыльный запах листьев, день-деньской гревшихся на солнце. Вот экспресс замедлил ход, приближаясь к последней станции на территории Коннектикута. Поредели деревья, и девочка увидела небольшой вокзал. Здесь ожидала поезда всего лишь горстка людей. При виде озабоченных лиц все тревоги и горести Софии разом хлынули на нее. А если Шадрак вернется домой, когда она уже будет посреди Пустошей и миссис Клэй не сможет с нею связаться?.. От таких мыслей даже в животе заурчало. София все равно ничего не могла сделать. Если Шадрак окажется в Бостоне, придется ему волей-неволей следовать за нею на юг…

Размышляя об этом, София обратила внимание на двоих мужчин, разговаривавших у вокзального здания с проводником. Она видела только их спины, но поняла, что служащий был напуган. Тощий, слабогрудый, он жался к стене, пытаясь как можно дальше отступить от своих собеседников, то теребил усы, то нервно поправлял фуражку... Один из мужчин неожиданно обернулся, окидывая взглядом платформу. Его напарник проделал то же. София так и ахнула про себя. Ее поразили их лица: с виду люди как люди, в обычной одежде, но на щеках у обоих красовались длинные полумесяцы шрамов.

— Тео! — позвала она. — Иди сюда, взгляни на тех двоих!

Проводник дунул в свисток.

Тео, успевший проснуться, слез с верхней полки и присоединился к Софии возле окна. Однако к тому времени парни со шрамами успели исчезнуть. София разочарованно вздохнула.

— Наверное, в поезд сели, — сказала она. — У них рубцы были на щеках. Вот такие! — И она провела пальцами от углов рта до ушей. — Помнится, ты говорил, что у жуликов, вломившихся к нам в дом, похожие были...

Тео устроился рядом с ней.

— Ну, если они в поезде, мы, скорее всего, их встретим. Разве что они в Нью-Йорке сойдут. И вообще, это может быть простым совпадением. Мало ли на свете мужиков со шрамами на рожах!

— И то правда, — согласилась она. Хотя на самом деле особой уверенности не испытывала.

Вытащив свой альбом, София попыталась отвлечься, рисуя путевые заметки. Однако любимое занятие, неизменно успокаивавшее девочку, на сей раз лишь разволновало ее. На каждой странице мерещился образ Шадрака. Припомнились обычные моменты их жизни вдвоем — поздние ужины, когда он засиживался за работой, походы в бостонские музеи, обсуждение покупок в книжном магазине «Атлас», мятые листки с приключениями Заводной Коры... Все это внезапно предстало чуть ли не памятником безвозвратно утраченной идиллии. Всюду будто были разбросаны цитаты из его работ, София прямо-таки слышала спокойный голос Шадрака, рассуждавшего о том, как развивался этот мир и каким он, по идее, должен был стать...

Отложив альбом, она достала дядин атлас и принялась рассеянно листать его. София, конечно, успела хорошо его изучить, но в нынешних обстоятельствах книга приобрела новую значимость. Теперь это было что-то вроде путеводителя по местам, которые ей действительно предстояло посетить. Обширная статья о Нью-Йорке подробно описывала его порт, парки и большие крытые рынки. Иллюстрации, впрочем, не передавали ни колесного грохота экипажей, ни запаха рыбы, запечатленного картами памяти.

София нашла раздел, посвященный Пустошам. Эта страна до сих пор сохранила название, данное ей первопроходцами территорий, которые простирались к югу от Нового Запада. Тамошние жители говорили на диалектах испанского; «пустые земли» означали целинные или просто заброшенные участки. Первооткрывателям было не до тонкостей; с их подачи громадную страну стали именовать Пустошами, что, конечно, совсем не соответствовало действительности. Однако название прижилось.

Главных городов было три: Нохтланд, приморский Веракрус и Ксела на юге. По мнению историков, в каждом из них во время Великого Разделения смешались выходцы из трех основных эпох. Семнадцатый век (по старому счету) сошелся здесь с двумя периодами: на тысячу лет более ранним и на тысячу — более поздним. Существовали и небольшие анклавы иных столетий, но из-за численного перевеса населения города́ получили общее именование Тройственных эпох. Тамошний народ придерживался традиционной религии, основанной на цикличности времени. Каждый цикл был узелком поклажи на спине у одного из божеств, совершавших вековечное странствие. Эти боги были уживчивыми. Они принимали жертвы и поклонение — и по возможности миловали своих приверженцев.

Государство, за исключением Тройственных эпох, нельзя было назвать сплоченным. Человек, провозгласивший Пустоши империей, — император Леопольдо Кануто — весьма мало интересовался завоевательской и исследовательской деятельностью. Вместо этого он посвятил все первые годы после Разделения устройству в Нохтланде блистательного двора. Деньги тратились без счета, но в итоге суматошный город превратился в роскошную столицу. Сын Леопольдо, император Юлиан, последовал примеру отца. Он жил обособленно, довольствуясь кругом придворных, и редко покидал пределы столицы. В годы их правления основная часть Пустошей оставалась, по сути, никем не управляемой. Между тем на обширных пространствах страны сталкивались эпохи, несопоставимые по уровню развития; одни области благоденствовали и процветали, в других воцарялось беззаконие. Из-за этих-то глухих углов за Пустошами и закрепилась репутация диковатого и в целом опасного места. И в самом деле, обнаглевшие разбойные шайки порой прибирали к рукам целые города.

Себастьян, сын Юлиана, оказался полной противоположностью отцу. Исследования как таковые его тоже не интересовали, но вот что касается завоеваний… Когда скончалась его молодая жена, оставив Себастьяна с дочерью на руках, он принял решение стать настоящим владыкой страны. С тех пор он уже двадцать лет рассылал солдат по всем уголкам Пустошей, искореняя тех, кто столь долго сопротивлялся власти закона. Правда, это было не так легко, как рассчитывал Себастьян. Стоило разделаться с одной бандой грабителей, как ее место занимала другая… Пока он воевал, бразды правления держала его дочь Юста. Статья в атласе Шадрака указывала, что правящая фамилия Нохтланда была отмечена Знаком лозы, а вовсе не Знаком железа. Ни о том ни о другом София ни разу прежде не слышала.

— Ты видел когда-нибудь принцессу Юсту? — спросила она у Тео.

— Нет, никогда. Этим немногие могут похвастаться, — с усмешкой ответил он.

— А что такое Знак лозы?

Тео отвернулся к окну:

— Так принято говорить о семейной родословной.

— Что-то вроде герба?

— Ну… похоже.

— В атласе сказано, что в Нохтланде садов больше, чем зданий, — заметила София. — Это правда?

— Может, и так… — Тео пожал плечами.

— Ты ведь много раз в Нохтланде бывал? — не без колкости осведомилась она.

— Ну конечно. Просто не жил там подолгу.

— Раз ты не из Нохтланда… Откуда ты родом?

Тео сцепил руки:

— Я с севера Пустошей. Бывал, правда, повсюду.

София не сводила с него пристального взгляда.

— А родители твои где? Так в северных Пустошах и живут? — И добавила, помолчав: — Они ведь волнуются за тебя, как тебе кажется?

— Однако я проголодался, — перебил Тео и стал раскупоривать корзину, собранную в дорогу миссис Клэй. — Хочешь что-нибудь пожевать?

София прищурилась. Парень явно уходил от ответа, и это лишь придало ей решимости докопаться до истины.

— Разве никого не волнует, что тебя забрали циркачи и сунули в клетку? — спросила она. — Может, никто об этом даже не знает?

Тео смотрел на нее с таким видом, словно собирался отрезать: «Не твое дело!» — но вместо этого вдруг спросил:

— Ты вон того мужика видела на платформе?

София повернулась на скамье. Сквозь дверное окошко просматривался коридор. Там стоял мужчина с двумя длинными шрамами у рта.

— Его, — прошептала она.

Он как раз ссорился с грузным господином примерно такого же роста: тот загородил ему проход. Пока София и Тео наблюдали за ними, спор делался все горячее, кое-что было отчетливо слышно через тонкую дверь купе.

— Я несколько лет назад билет забронировал! — возмущался толстяк. — Какое мне дело, что проводник вам наобещал? Купе мое, и точка!

Человек со шрамами что-то ответил ровным голосом. Его слов Тео и София разобрать не смогли.

— Вот уж не собираюсь я сходить в Нью-Йорке и другого поезда дожидаться! Я что, деньги считать не умею? Я полную цену за купе заплатил!

Вновь прозвучал ответ, короткий и невнятный.

Некоторое время толстяк молча смотрел на своего противника, постепенно наливаясь краской от негодования.

— Когда остановимся в Нью-Йорке, — медленно проговорил он затем, — я о вас доложу первому же офицеру полиции, который мне встретится. Вы представляете опасность для остальных пассажиров поезда!

Повернулся на каблуке — и гневно удалился. Мужчина с изуродованным лицом несколько мгновений провожал его взглядом. Потом злобно покосился в окошко купе, где сидели ребята. София так и шарахнулась прочь, вжавшись в сиденье, но человек прошел мимо.

Некоторое время оба молчали.

— И правда он, — наконец сказала София. — Это один из тех, что напали на дом?

— Не думаю, — покачал головой Тео. — Шрамы похожи, а вот физиономия другая.

«Совпадение, — подумалось ей. — Это всего лишь совпадение».

Убедить себя, впрочем, не удавалось.

Несколькими часами позже экспресс остановился в Нью-Йорке. Вначале здешний вокзал показался Софии лишь увеличенной копией других станций. Полицейские направляли пассажиров в нужную сторону и указывали, в какой поезд садиться; между очередями протискивались мелкие торговцы с передвижными лотками. Платформа была усеяна рваными листами газет. Между параллельными путями стояли большие часы со сломанной секундной стрелкой.

И тут у Софии перехватило дыхание.

— Тео… Иди сюда. Глянь…

Они увидели, как пассажира, отстаивавшего свое купе, уводили прочь от поезда двое людей со шрамами на щеках. София только ахнула им вслед.

— Неужели это…

Она не договорила. Ей бросился в глаза резкий блеск металлического предмета, приставленного к ребрам толстяка. На его лице застыло выражение ужаса, который он тщетно пытался подавить.

— Он у них под ножом. Или под пистолетом, — тихонько присвистнул Тео. — Видать, то купе было им позарез нужно…

София со страхом смотрела, как жертву ведут мимо нескольких полицейских, занимавшихся распределением пассажиров. Один из офицеров коротко кивнул.

— Тео! Ты видел? Полисмены их пропустили спокойно!

Тео покачал головой:

— Значит, правда то, что о здешней полиции говорят…

— А нам-то что теперь делать? — спросила София. — Может, сказать надо кому-нибудь?

— Ни в коем случае! — решительно заявил Тео. — Если уж полиция не хочет мужика выручить, кто за него вступится? Ладно, хоть из поезда убрались, и на том спасибо!

София зябко обхватила себя руками.

— Да уж, — сказала она. — Спасибо…

15 часов 49 минут: поездом на юг

Приморский экспресс покинул Нью-Йорк незадолго до шестнадцати часов. Уже под вечер София наконец заставила себя развернуть один из сэндвичей миссис Клэй и кое-как проглотила хлеб с сыром. Потом заглянул проводник — удостовериться, все ли в порядке у них с постельным бельем. Тео вновь залез на верхнюю полку, выпросив у Софии несколько карт для изучения. Сама она тоже разложила свою полку и заново углубилась было в атлас, но никак не могла выкинуть из головы перепуганного пассажира, которого уводили парни со шрамами. Чуть позже ее мысли снова обратились к Шадраку, и чувство близкой беды стало еще острее. Перспективы найти дядю и днем-то казались донельзя туманными и расплывчатыми — в сгустившихся сумерках вера в успех окончательно пошатнулась. София пыталась читать, но не могла. Воображение трудилось без устали, нагромождая всевозможные ужасы.

В итоге София сдалась, со вздохом закрыла атлас и обняла его, прижав к груди…

Ее сморил сон, но некоторое время спустя девочка пробудилась оттого, что угол книги врезался ей в щеку. Сердце колотилось: ей приснился кошмар. Что-то неясное, но очень жуткое. Она поднялась и подошла к окну.

С верхней полки свесился Тео.

— Не спишь? — шепнул он.

— Пыталась. Что-то не хочется, — отозвалась она и посмотрела на циферблат. Было почти двадцать часов. За окном, над мелькающими макушками деревьев, висела полная луна. — Как думаешь, где мы сейчас?

— Понятия не имею, — сказал Тео. — На последних нескольких станциях было слишком темно, я даже названий не разобрал.

— Надо размяться. — София потерла глаза. — А то весь день сиднем просидела.

Тео приподнялся на полке и немедленно стукнулся макушкой о потолок.

— Ой, — вырвалось у него. — Я с тобой!

— Пошли, — кивнула София. Постоянное волнение, короткий сон и полночное пробуждение посреди неведомого перегона рассеяли ее настороженность по отношению к Тео. Она слишком устала, а в голове громоздилось слишком много других страхов, чтобы опасаться еще и единственного спутника. Девочка сунула атлас в рюкзачок и продела руки в лямки.

Они шли по направлению к вагону-ресторану, мимо дверей притихших на ночь купе. Из окон в коридоры задувал прохладный ветерок. Казалось, в поезде спали все, кроме двоих подростков. Вагон-ресторан тоже оказался совсем пуст, здесь пахло начищенным серебром да вареной картошкой. Яркий лунный свет позволял обходиться без электрического освещения. Обеденный зал с его белыми скатертями и кожаными, в медных шляпках гвоздей, сиденьями так и купался в серебристом сиянии.

— Я раньше не ездила так далеко на поезде, — сказала София, присаживаясь к одному из столиков и глядя в окно на бегущие рельсы.

Тео уселся напротив.

— Я тоже, в общем-то, — произнес он. — Если уж на то пошло… На самом деле я первый раз в поезде еду.

— Правда? — София удивленно на него посмотрела.

Тео криво улыбнулся:

— То есть железную дорогу я, конечно, видел, но ездить не ездил… И на Новом Западе я впервые. Вот уж угораздило — как раз границы взялись закрывать…

София улыбнулась в ответ.

— Из-за тебя все и началось, — сказала она. — Ты для них последней соломинкой стал.

— Наверное. Только я им не по зубам.

Тео щелкнул пальцами, наставил на Софию воображаемый ствол и подмигнул. Некоторое время оба молчали, глядя на луну и темные очертания леса.

— А беспокоиться обо мне некому, — вдруг выпалил Тео.

София повернулась к нему. Он все так же смотрел в окно.

— Что?.. — изумилась она.

— О том, что Эрлах меня заполучил, знали очень немногие. Но они не особенно волновались.

— Это почему?

Тео улыбнулся, но темные глаза, устремленные на луну, глядели серьезно.

— Потому, что каждый — сам за себя. Все так, как я тебе говорил. Родителей у меня нет… или есть, только мне ничего о них не известно. Я жил на западной границе, в поселке разбойников, а им нет особой разницы, где я — дома, в цирке или среди снегов. Никому от этого ни жарко ни холодно!

В слабом свете трудно было рассмотреть лицо Тео, однако Софии парень показался скорее задумчивым, нежели грустным.

— Что случилось с твоими родителями? — спросила она.

— Понятия не имею, — сказал Тео. — Я их в глаза никогда не видал. Сколько себя помню, мы с ребятами жили то при одной шайке, то при другой.

София попыталась представить такую жизнь. Ничего не получилось.

— Кто же заботился о тебе?

— Большей частью — ребятня постарше. Меня нашла одна девчонка, Сью. Заглянула в пустую бочку возле какой-то забегаловки — а там я лежу, маленький...

— Забегаловка? Что это?

— Салун. Таверна... — Тео отвернулся от окна и посмотрел ей в глаза. — Она раздобыла мне одежду, стала кормить. Имя придумала... Сью годами заботилась обо мне. А потом я пошел своей дорогой. Так было проще. Люди приходят и уходят, вот и я отчалил. Так ты ни о ком не волнуешься, ни тебе забот, ни хлопот.

Карие глаза глядели твердо и прямо. София почувствовала, как дает трещины и рассыпается вроде бы сложившееся представление об этом парне. Как это вообще — жить одному? Совсем-совсем одному?

— Почему ты раньше не рассказал? — проговорила она. — Миссис Клэй ведь спрашивала.

— А потому, что расскажешь — и тебя жалеть начинают, — тряхнул головой Тео. — Особенно люди постарше... Ну да ты знаешь.

София в самом деле знала, как это бывает.

— А Эрлах где тебя подцепил?

— Мы торговали на границе... Продавали лошадей одному типу из Нового Акана. В приграничных городках купля-продажа всегда бойко идет... Эрлах вел себя как самый обычный деляга: подешевле взять, подороже отдать. Он купил лошадь у Астона... Астон — это бандитский вожак, у которого мы с ребятами тогда жили. Так вот, Эрлах попросил меня отвести коня к его шатру. Астон и говорит: ступай, отведи. Вхожу я в палатку — и тут как тут целая орава с ножами наголо! Ну а я тогда уже имел представление, каково это — одному на ножах против толпы... — Он показал разрисованную шрамами правую руку. — Я и в тот раз был готов попытаться. Сейчас, думаю, вскочу на лошадку — и поминай как звали... Ага, так они мне и позволили. А потом уехали прежде, чем Астон всполошиться успел... — Тео усмехнулся. — Если он вообще про меня вспомнил.

Тео рассказывал об этом, словно о веселом приключении детства. Выговор уроженца северных Пустошей только усиливал впечатление... И все равно от Софии не укрылась глубоко запрятанная боль. Словно куски битого стекла под тонким ковром. Девочка испытала странное чувство, некую смесь грусти и восхищения. Тео держался так, словно был выше всех горестей, опасностей и унижений... Но за это была заплачена дорогая цена.

— Думается, — сказала она, — ты по этому Астону тоже не слишком скучаешь.

— А то! — Тео широко улыбнулся.

Настал черед Софии отвести взгляд. Она уставилась на луну и проговорила:

— Я тоже совсем не помню родителей, но очень много знаю про них. Мне с этим повезло... У меня был дядя Шадрак, который про них все время рассказывал. Они уехали, когда я была маленькая. В исследовательскую экспедицию... А потом пропали, не вернулись домой. Шадрак хотел отправиться на поиски, но у него на руках была я...

София сказала это и сама удивилась. Кажется, ей впервые пришло в голову, что ее присутствие помешало дяде немедленно броситься на выручку Минне и Бронсону. Да, она потеряла родителей, но ведь и Шадрак лишился сестры... Он ни разу ни полсловом не намекнул Софии, что из-за нее остался дома.

С минуту они сидели молча, глядя, как мерцает на скатерти свет луны, то и дело пропадающей между деревьев.

— Шадрак учил меня читать карты, — продолжала София, — чтобы однажды вместе отправиться искать маму и папу. Но, по сути, когда мы встретимся... они будут для меня совсем чужими людьми. А дядя Шадрак... Он был мне и матерью, и отцом.

— Как бы, — поправил Тео. — Мы его выручим. Так ты разобралась, как ту стеклянную карту читать?

— А ты откуда узнал, что это карта? — София потянулась за рюкзачком. — Большинство людей считают, что карты бывают только бумажными!

— Они, — сказал Тео, — не такие уж редкие, как тебе кажется.

София развернула наволочку и бережно положила стеклянную пластинку на стол между Тео и собой. Оба вгляделись в гладкую поверхность — и тут произошло кое-что необычное. Луна очередной раз вынырнула из-за деревьев и ярко озарила пластинку. Тотчас же на поверхности возникло изображение. Карта проснулась.

12
Путешествие при лунном свете

22 июня 1891 года, 19 часов ровно

Среди карт, оказавшихся в музейных собраниях и университетских библиотеках, есть и такие изображения Нового мира, которые картологи Нового Запада еще не научились расшифровывать. Либо ввиду древности создавших их цивилизаций, либо оттого, что они содержат не открытые нами знания, — в любом случае, невзирая на усилия наших ведущих специалистов, эти карты попросту нечитаемы...

Шадрак Элли. История Нового Запада

— Лунный свет!.. — выдохнула София и склонилась над картой. — Я должна была догадаться!

— О чем? — Тео придвинулся ближе к ней.

— Стеклянная карта отзывается на свет, — пояснила она. — Обычно это лучи лампы либо солнца. Мне и в голову не приходило, что некоторые карты могут быть настроены на луну...

Она не сводила глаз с пластинки, стараясь понять, что за линии разворачиваются на стеклянной поверхности.

Пока было ясно одно: эта карта сильно отличалась от тех, что находились в мастерской у Шадрака. У края виднелась отметка картографа... и все. Ни циферблатов, ни какой-либо легенды. Светящиеся серебристые нити покрывали карту от края до края. И… почти ничего понять было нельзя. Ближе к середине обнаружилось несколько фраз на различных языках с использованием латиницы. Английский вариант гласил: «Увидишь с моей помощью».

София еще помнила рожки и ножки от латыни, которую ей добросовестно преподавал один из дядиных учеников; этого оказалось довольно, чтобы понять: латинская надпись несколькими строчками ниже дублировала английскую.

— Не уверена, карта ли это. — Она покачала головой. — Я ничего подобного прежде не видела… Но если это все-таки карта памяти, ее можно читать… Пусть даже мы и не поймем, что здесь написано!

— Но должна же она что-то означать, — сказал Тео.

София оглядывала карту, раздумывая, куда приложить палец.

— А давай вместе, — предложила она затем.

И они одновременно коснулись карты в разных местах.

Такого вихря эмоций при чтении карт София не испытывала. Еще не успев ничего разглядеть, она окунулась в водоворот отчаяния и страха. Сердце бешено заколотилось. Она крутила головой туда и сюда, но ничего определенного различить не могла — лишь накатывал панический ужас. Такой, что подробности кругом утрачивали смысл, смазывались, терялись…

Она чувствовала рядом присутствие людей, которых не могла четко рассмотреть. Они стояли по левую руку от нее, будто выстроившись вдоль стены длинного коридора. Стоило ей там появиться — и все они поспешили заговорить с ней. Голоса перебивали и заглушали друг дружку, София не разобрала ни слова. Пытаясь избавиться от растущей тревоги, она устремилась вверх по какой-то лестнице, не видя под ногами ступенек. Она проталкивалась все выше, ища укромного места. Какое отчаяние!.. Умом она понимала, что воспоминание принадлежит кому-то другому, но оно полностью овладело ею, словно это София изо всех сил отталкивала с дороги нечто тяжелое. Вот оно поддалось… покатилось… и внезапно упало.

Некоторое время София стояла неподвижно, ожидая чего-то с таким напряжением, что все нервы ее натянулись, как струны. А потом… невидимое здание вокруг нее содрогнулось и заходило ходуном. Стало ясно: очень скоро все начнет рушиться.

Пригнувшись, она бросилась обратно, в заполненный людьми коридор. Сердце рвалось из груди. Она бежала по закрученному спиралью проходу, пол под ногами колебался, она падала, вскакивала и неслась дальше. На пути возникали какие-то люди, они говорили, но она не слышала слов — не хотела их слышать. Они попросту не имели значения. Она отчаянно спешила и все прибавляла ходу. Там, где-то впереди, была невидимая пока дверь. София не успела добраться до нее, когда стены по сторонам начали рассыпаться. Ужас заслонил собой все. Перед ней зияла пустота — там должна быть дверь… где же она?

Ступени уже уходили из-под ног…

А потом она неожиданно выскочила за порог. Дверь все-таки нашлась, но мелькнула смазанным пятном. Впереди, за проемом выхода, София не увидела никого и ничего. Мир был пуст. Лишь далеко впереди что-то едва различимо мелькало. Кто-то бежал ей навстречу...

И на этом воспоминание померкло.

София резким движением отстранилась от карты и увидела, что Тео поступил так же.

— А тебе что вспомнилось? — спросила она.

— Я был в каком-то месте, полном народа... — запинаясь, ответил Тео. — Что-то толкал... А потом все стало рушиться, и я бросился вон.

Чувствовалось, что он испытал потрясение.

— Я то же самое видела, — сказала София.

Она никак не могла отдышаться. Они с Тео посмотрели друг на дружку, и София поняла, что он был точно так же взволнован и силился хоть что-то понять.

— По-твоему, что там случилось?

— Ну... не знаю, — протянул Тео. — Похоже, кто-то все уничтожил. Я только не разобрал, где это вообще происходило. И зачем было рушить...

— Думается, тот, кто сделал это, и оказался единственным выжившим, — предположила София. — А карта — воспоминание о катастрофе.

— Но где это могло случиться? И когда?

— Не знаю. Трудно сказать. Карта показывает только людей, мы не видим ни здания, ни местности кругом. Нужны другие слои, только тогда мы поймем подробности. — Она тряхнула головой. — И все-таки должна быть причина, по которой дядя мне эту карту оставил. Может, и не предполагалось, что я ее смогу прочесть. Вероятно, я ее просто сберечь должна.

Тео хмуро добавил:

— Мало удовольствия в ней разбираться.

— Да, там жуть попросту, — согласилась София.

Взяла пластину и перевернула. Она уже упаковывала ее в наволочку, когда краем глаза подметила какое-то движение. Вскинув голову, девочка посмотрела на застекленную дверь в дальнем конце вагона-ресторана. Оттуда за ними кто-то наблюдал.

София вздрогнула и замерла. На нее в упор уставился человек, который спорил с толстяком из-за купе. Несколько мгновений он с угрозой глядел ей прямо в глаза, потом отвернулся.

— Пошли-ка отсюда, — шепнула София, убирая карту в рюкзак.

— А что такое? — Тео оглянулся через плечо.

— Он здесь! Тот, со шрамами! Он не сошел в Нью-Йорке...

Тео быстро встал и направился к двери.

— Не надо! Не ходи! — София побежала за ним.

Тео, прищурясь, изучал коридор за окошком.

— Он ушел.

София вскинула на плечи рюкзачок, и они поспешили в противоположный конец вагона.

— Он видел, как мы карту читали, — взволнованно говорила она, пока они с Тео шли к своему купе.

— Ну и что? Откуда ему знать, что это такое.

— Ой, не верю я в совпадения... — София мотнула головой.

Очутившись наконец в своем вагоне, Тео открыл дверь купе... и София налетела на него сзади — так резко он остановился. На потолке моргала единственная лампочка, бросавшая резкие тени на стены и полки. По кожаной скамье были в беспорядке разбросаны очень странные вещи. Пара револьверов, несколько ножей… и тяжелый абордажный крюк с отточенными концами. София ахнула.

Тео стремительно развернулся и вытолкнул ее за дверь. Вновь оказавшись в коридоре, они бросились в свое купе, находившееся по соседству. И долго стояли в лунном свете, силясь перевести дух.

— Это он… это он там поселился, — наконец кое-как выговорила София. Воздуха в легких едва хватало для связной речи.

— Надо проводнику сказать, — предложил Тео. — Пусть нас переселит…

— Нельзя! — отчаянно зашептала София. — С проводником он уже говорил, помнишь? Такого страху на него нагнал, что дальше некуда! Он ведь и купе таким манером получил…

Тео подумал о чем-то и спросил:

— Как по-твоему, долго еще до Чарльстона?

— Понятия не имею, — дрожащим голосом отозвалась София. — Я… я опять за временем не уследила…

— Ладно, все в порядке, — успокаивающим тоном произнес Тео. Он неверно понял причину ее волнения и даже за плечо взял, чтобы утешить. — Слушай, если бы этот тип хотел нам причинить зло, он бы уже давно вломился сюда. Он бы и в вагоне-ресторане легко дверь высадил… А раз он этого не делает, значит мы ему не нужны.

София кивнула и сделала глубокий вдох.

— Не будем больше высовываться из купе, — сказала она. — До самого Чарльстона!

23 июня 1891 года, 9 часов 51 минута

Когда София открыла глаза, купе заливал солнечный свет. Она, оказывается, спала — вот удивительно! Помнится, они с Тео от каждого шороха подскакивали: еще бы, ведь прямо за стеной таился вооруженный до зубов преследователь! Они и сидели без сна, пока не занялось утро. То болтали, то просто смотрели на дверь, как бдительные ястребы на добычу… В итоге Тео крепко спал на скамье, скрючившись в очень неудобной позе. А сама София… Посмотрев на часы, она с изумлением увидела, что было уже почти десять часов.

Стоило ей подняться, как проснулся и Тео. Потер кулаками глаза и сонно прищурился на бьющее из окна солнце.

— Где едем?

Большая часть неба была затянута облаками, за окном мелькала густая листва.

— Не знаю точно, — сказала София.

Тео застонал и, потягиваясь, встал на ноги. Одежда, позаимствованная у Шадрака, вся помялась, карие глаза были затуманены сном.

— Ну ладно, — вздохнул он. — Живы, и то хорошо.

София косо на него посмотрела. Вытащила корзину с едой и стала искать что-нибудь на завтрак.

— Вечером придется идти в вагон-ресторан — купить что-нибудь к ужину, — прокомментировал Тео.

— Никуда мы не пойдем, — сказала София. — Мы как раз примерно к ужину уже в Чарльстон прибудем. Если, конечно, поезд не запоздает.

Тео кивнул, задумчиво жуя кусок булки с изюмом. София последовала его примеру, съела сколько смогла и запила сухую булку водой.

— Пойду умоюсь. — Тео поднялся.

— Деваться некуда, — согласилась София. — Иди, а я потом. Ты только поосторожнее там!

Оставшись одна, София стала смотреть на деревья, пролетавшие за окном. Если бы поезд подошел к станции, она сразу определила бы, где они находятся. А еще девочка пыталась вспомнить, о чем она думала, когда засыпала. Какая-то мысль плавала совсем рядом, но ухватить ее не удавалось. Вытащив рисовальный альбом, София бесцельно исчиркала целую страницу, надеясь, что в памяти прояснится. Между тем поезд начал замедлять ход. Показался перрон, София прочитала название и с облегчением убедилась, что состав шел точно по расписанию.

Деревья возле путей покачивались на ветру. Мимо окна пронесся воробей и, вернувшись, уселся на раму. Птичка вертела головой так и этак, словно разглядывая купе. София медленно-медленно потянулась к альбому. Плавно раскрыла его, взяла карандаш и стала делать зарисовку. Время снова перестало существовать — лишь рука быстро двигалась по бумаге. Воробей продолжал рассматривать ее. Потом вдруг взмахнул крылышками и слетел на сиденье подле Софии. Схватил хлебную крошку — и снова упорхнул на окно. Тишину разорвал свисток локомотива, поезд, дернувшись, тихо тронулся. Воробей взмыл и исчез. С сожалением проводив птичку взглядом, София перевела его на рисунок... И мысль, таившаяся до поры в закоулках сознания, внезапно явилась на свет.

Когда вернулся Тео, девочка сидела на верхней полке, рассматривая атлас. Ее спутник вошел в купе не один — и не по своей воле. С ним было четверо мужчин. Тот, что напугал их вечером в вагоне-ресторане, и еще трое. Из них двое были отмечены шрамами. София сразу обратила внимание на амулеты, висевшие у каждого на шее. Два — деревянные на кожаных шнурках, а третий — из бронзы и надет на бронзовую же цепочку. Знаки нигилизмийской веры, которые их обладатели носили совершенно открыто. А еще у этих троих на поясах были крюки с привязанными к ним и аккуратно смотанными веревками. Четвертый — высокий, хорошо одетый — рубцов на щеках не имел, а также не носил ни крюка, ни амулета. Тонкие усы, спокойная улыбка... и серый костюм, какой увидишь скорее летом на свадьбе, чем при ограблении в поезде.

Бледно-голубые глаза сразу обратились на Софию.

Тео и трое громил со шрамами теснились у откинутой портьеры. Их лица хранили каменное выражение. Высокий прошел вперед и уселся, глядя на Софию с легкой насмешкой.

Купе внезапно стало казаться очень маленьким, словно все присутствующие втиснулись в платяной шкаф.

— Итак! — сказал незнакомец, одаряя Софию тонкой улыбкой. — Стало быть, вы затворились от мира, точно принцесса в башне...

София холодно смотрела на него.

— Я не принцесса, — произнесла она. По счастью, голос прозвучал вполне спокойно, хотя на самом деле живот сводило от страха.

Мужчина рассмеялся, словно очень забавной шутке.

— Нет, мисс Тимс. Конечно, вы не принцесса.

— Вы знаете мое имя. А сами вы кто?

— Зовите меня Монтень. — Он уселся поудобнее и сложил руки на груди. — Итак, вы, может, и не принцесса, мисс Тимс… Однако сокровище, достойное особы королевской крови, у вас есть.

— Вот уж сомневаюсь, — ответила она по-прежнему ровным голосом.

— Да ладно, мисс Тимс. — Монтень склонил голову к плечу. — Вы сами отлично знаете, что это далеко не простая стекляшка. Усмиряй видел, как она работает. — Он указал на ближайшего к нему верзилу. — Лунный свет, значит? Весьма умно… — И он подмигнул. — Я вполне представляю себе ее ценность и поэтому готов заплатить. Назовите цену.

София покачала головой:

— Она не продается.

Монтень поднял брови.

— На Новом Западе все продается, нужно только уточнить сумму, — сказал он и вытащил из кармана длинный кожаный кошелек. — Мисс Тимс, ваша цена?

— Говорите что хотите, а только я все равно ее не отдам, — возразила София.

Улыбка Монтеня начала меркнуть. Он встал и прижал руку ко лбу, словно в глубоком раздумье.

— Совсем забыл упомянуть, — вздохнул он. — У нас тут на четверых, знаете ли, шесть револьверов. То есть по три ствола на каждого из вас. Вам не кажется, что это очень щедрое предложение? Вдобавок, как я понимаю, вы совершенно не знакомы с повадками големов. И поверьте, в ваших интересах оставаться в неведении на сей счет... Видите ли, от рыболовных крючков в их руках не увернется ни одна рыбка, даже самая маленькая и скользкая. — Он похлопал себя по щеке указательным пальцем. — На ваше счастье, мне претит забирать что бы то ни было силой. Так поступают дешевки. Это, знаете ли, дурной вкус. — Его палец приподнял ближайший изогнутый крюк. — И к тому же очень нечистоплотно...

Он подошел к полке, так что его лицо оказалось вровень с коленями Софии. Девочка невольно подалась назад.

— Это я к тому, — продолжал Монтень, — что заключение взаимовыгодных сделок мне куда более по душе. Вы не хотите наличных? Возможно, вас больше устроит обмен? Как насчет бартера?

— Смотря на что менять, — сказала София.

— Да на что угодно. — Монтень снова заулыбался. — Чего бы вам хотелось?

— Мне нужен Шадрак, — выпалила она. — Я отдам вам стекло, если вы вернете его.

Улыбка Монтеня стала еще шире.

— И как я догадался, что примерно это вы мне и скажете?.. Здорово, что я пришел не с пустыми руками! — Он опять вытащил длинный бумажник и извлек оттуда маленькую записку. — Боюсь, — сказал он, — мистера Элли от нас отделяют в буквальном смысле эпохи. Кроме того, я его не стал бы обменивать. Но может быть, вас заинтересует вот это...

Не давая Софии увидеть текст, Монтень аккуратно разорвал листок пополам. И протянул ей верхнюю половинку.

Она жадно схватила клочок и прочла:

дорогая софия...

Девочка сразу узнала почерк Шадрака, ошибки быть не могло.

— Дайте остальное! — вырвалось у нее.

— Погодите, погодите, — поднял руку Монтень. — Мы, кажется, договаривались об обмене. Получите вторую часть, когда отдадите мне Поисковую Лупу.

София молча смотрела на него, чувствуя, как замедляет ход поезд. Значит, скоро станция. Вот вагон тряхнуло на стрелке... София взглянула на оборванную бумажку в руке. Нужно прочесть письмо целиком. Она была готова на что угодно, лишь бы своими глазами убедиться: Шадрак жив и здоров!

— Хорошо, — сказала она.

— София! Не отдавай! — тут же закричал Тео. — Заставь его самого взять карту, если он так хочет!

Она покосилась на него и мотнула головой. Монтень кивал ей, улыбаясь.

— Умница. Хорошая девочка...

— Дайте письмо.

— Я предпочел бы сначала получить стекло.

София подняла рюкзак и вынула наволочку. Извлекла стеклянную пластинку и протянула ему. Монтень взял ее затянутой в перчатку рукой и вгляделся в прозрачную поверхность.

— Лунный свет, стало быть, — пробормотал он снова. — Умно, умно... — И повернулся к остальным. — Порядок! С этими все.

— А письмо? — София подползла к краю полки.

— Да ладно, мисс Тимс, я свое слово всегда держу, — весело проговорил Монтень и бросил вторую половину листка на постель.

София подхватила его, и в эту минуту поезд остановился. Громилы со шрамами и Монтень двинулись к выходу.

Девочка торопливо прочла кривые строчки:

милАя, они позволили мне наКоРябать только твое ИМя.
шадрАк

— Погодите! — закричала София. — И это все? — Она спрыгнула с полки. — Вы заставили его это написать! Тут же ничего нет!

Монтень снова ей подмигнул:

— А я и не обещал, что там окажется что-нибудь стоящее. Ни о чем таком мы не договаривались.

София схватила его за руку.

— Где он? — срывающимся голосом спросила она. — Скажите мне, что с ним все хорошо!

Монтень преспокойно отцепил ее пальцы от своего рукава.

— Что с ним — больше не твоего ума дело, малышка, — холодно процедил он. С его лица начисто стерлось выражение веселья. — Хорошенько это запомни!

И он закрыл за собой дверь.

13
На запад

23 июня 1891 года, 11 часов 36 минут

Новый Акан вошел в состав Нового Запада в 1810 году. После Разделения на территориях, где практиковалось рабовладение, начались восстания; первым вспыхнул Гаити. Повстанческие движения в бывших южных колониях Британии вылились в новую революцию. Восемь лет гражданской войны, шедшей с переменным успехом, привели к отмене рабства и создали предпосылки для образования обширного южного штата, названного лидерами восстания Новым Аканом.

Шадрак Элли. Атлас Нового мира

София бросилась к окошку. Как она и ожидала, Монтень с приспешниками шли прочь по перрону. То, за чем они приходили, было у них.

— Это он, София, — сказал Тео. — Монтень. Я видел его у вашего дома.

София его точно не услышала.

— Мы примерно к ужину должны быть в Чарльстоне. Наверное, к моменту отправления уже темно будет?

Тео смотрел на нее как на полоумную.

— Надо уточнить, — пробормотала она и нагнулась за сложенным расписанием, валявшимся на постели. — Так, мы должны пересесть на вечерний поезд в Новый Акан, он отходит в семнадцать… У нас будет около часа. — Она села с разочарованным видом. — Как мало!

— Слушай, не то чтобы мне этого очень хотелось… — медленно проговорил Тео, — но тебе не кажется, что стоит погнаться за ними? Мы еще успеем сойти. Может, они нас к дяде твоему приведут. Или карту удастся вернуть…

София покачала головой:

— Нет. Ни за что не хочу оказаться рядом, когда стемнеет!

Раздался сигнал, поезд тронулся.

— Поехали, — сказал Тео. — Попрощайся с шансом проследить за ними…

Он посмотрел в открытое окно — и вдруг резко наклонился вперед.

— Какого… — вырвалось у него.

Он закрывал и открывал форточку. Она была небольшой, величиной с лист бумаги, и запиралась на маленькую задвижку. Так вот, рама оказалась пуста. Стекло кто-то вынул.

— София… — Тео начал догадываться. — Ты им что, форточку подсунула?

Она кивнула:

— Мне это пришло в голову, когда ты умывался. Я вытащила стекло и завернула в наволочку, а карту в альбом спрятала… — Она закусила губу. — Но, когда станет темно и они вынесут стекляшку на лунный свет, все станет ясно!

Тео поднял брови и плюхнулся на сиденье подле нее.

— Ну ты даешь, — выпалил он.

— Может, к тому времени они в другую сторону от Чарльстона успеют отъехать, — продолжала София. — Раз уж они тут вышли, то либо останутся, либо на север отправятся. В Чарльстоне, получается, им делать нечего. Значит, небольшой запас времени у нас есть. В зависимости от того, где они окажутся к восходу луны…

Тео смотрел на нее с неприкрытым восхищением.

— Здорово ты ему нос натянула!

— Ну, вроде того, — отозвалась она, впрочем, без особого энтузиазма.

Теперь, когда Монтень с големами убрались, София сполна ощутила всю тяжесть содеянного. Пришлось крепко сжать кулаки: руки так и дрожали.

— Ох и взбеленятся они, когда все поймут…

— Еще бы, — сказал Тео, откидываясь к спинке сиденья. — Ладно, до приезда в Чарльстон все равно сделать ничего нельзя. Хорошо хоть поезд теперь в нашем полном распоряжении!

София кивнула. Облегчения она не чувствовала. Ей все мерещились крючья на поясах у големов. Каким образом они пускали их в ход, лучше было не представлять. Ее и без того трясло…

16 часов 02 минуты: Чарльстон

Весь день они трепетали при мысли о том, что принесет им вечер. Поезд к тому же прибыл в Чарльстон с некоторым опозданием, остановившись у платформы в две минуты пятого. Они выгрузили свои чемоданы и еле успели заскочить в многолюдное здание вокзала, чтобы наскоро перекусить хлебом, сыром и ветчиной: вскоре началась посадка на поезд, следовавший в Новый Акан.

Еще в экспрессе София написала письмо миссис Клэй и теперь на бегу сунула его в почтовый ящик. Последние лучи солнца светили в высокие вокзальные окна. Под куполом вились голуби. Резкие свистки поездов заглушали их тихое воркование.

Ни Монтеня, ни големов не было видно. Взгляд выхватывал из толпы то бизнесменов, путешествующих в одиночку, то большие семьи переселенцев. В уголке терпеливо дожидалась отправления стайка монахинь. Все билеты на новоаканский поезд были раскуплены, и, уже стоя на платформе, София и Тео поняли причину. Длинная цепочка полисменов отгораживала целую толпу неграждан. Депортируемые тоже ехали этим рейсом.

Софию поразили безнадежные взгляды большинства этих странников поневоле. Некоторые открыто негодовали, но в основном люди казались попросту обездоленными. Девочка увидела супружескую пару: муж и жена стояли с отрешенными лицами, маленький мальчик, уцепившийся за подол пожилой женщины, плакал негромко и беспрерывно. Он всхлипывал и повторял: «Не уезжай, бабушка! Не уезжай!» Та гладила его по головке и тоже лила слезы.

Глядя на них, София напрочь забыла о надвигающейся ночи и об опасности, таящейся в темноте.

— Прошу на посадку! — объявил проводник.

Пассажиры начали выстраиваться в очередь. София следом за Тео направилась к последнему вагону, таща чемодан.

Они нашли свое купе. Уложив вещи, девочка снова стала смотреть на перрон. Местный поезд, на котором им предстояло ехать, был более старым, чем экспресс: кожаное сиденье казалось неровным, лампочки в купе — тусклыми. Посадка заняла несколько минут. Ровно в семнадцать проводник дунул в свисток. Состав плавно тронулся и покатил в густеющую темноту.

София с облегчением перевела дух.

— Хорошо, что сейчас лето! — сказала она. — Солнце поздно садится!

В небе бледным пятном висела луна.

Устроившись, она раскрыла рюкзачок, вытащила карту и повернула к окошку, но та не проснулась: лунный свет еще не набрал силу. Пряча карту обратно в матерчатое гнездо, София заметила рядом половинки записки, переданной Монтенем.

«Ну и что за радость оттого, что я его провела? — подумала она. — Он ведь меня тоже надул...»

Ясное дело — они заставили Шадрака «накорябать» эту записку ровно затем, чтобы ввести ее в заблуждение...

Однако чем дольше София рассматривала клочок бумаги, тем очевиднее становились некоторые странности в хорошо знакомом ей дядином почерке. Он писал разборчиво и уверенно, как всегда, но... откуда эти заглавные буквы посреди слов?

дорогая софия,
милАя, они позволили мне наКоРябать только
твое ИМя.
шадрАк

Подумав, она выписала неправильные заглавные одну за другой на страницу альбома. Ахнула и позвала:

— Тео!

Он прочел, и его лицо озарилось.

— Лакрима!.. Дай-ка взгляну... — Он перечитал записку. — С чего это он вдруг лакриму помянул?

— Не знаю, — сказала София.

— Может, он тебя предупредить хотел?

— Возможно. — София нахмурилась. — Хотя... Странно. Зачем предупреждать о том, чего и так все боятся?

— Но он же не знал, что тебе о лакримах известно.

— Верно. Правда, я слышала, как миссис Клэй при дяде вспоминала, что с ней произошло... Поразительно! — Она тоже уставилась на записку. — Тео, расскажи о них все, что знаешь.

— Разве только с чужих слов, — начал он, и его голос потеплел. Лакримы явно были его коньком. — Я лично ни одной не видал. Говорят, их полным-полно у границы, только они прячутся. Стараются держаться подальше от людей...

— А как по-твоему, почему их там много?

— Не знаю.

— Может, с границами что-нибудь связано? — предположила София. — Что-то притягивает их туда?

— Наверное, — ответил Тео, но в его голосе не было убежденности.

— А ты слышал их?

— Трудно сказать. Иногда кто-нибудь плачет, а люди сразу говорят: «Это лакрима!» — оттого, что боятся: вдруг это вправду она. Я, конечно, всякие рыдания слыхал, но лакримы вроде бы издают совсем другие звуки… гораздо страшнее. И такие, что нипочем не выбросишь из головы…

— Бедная миссис Клэй, — пробормотала София.

— Я как-то встретил торговца, который утверждал, будто застукал одну такую в собственном доме, — с энтузиазмом продолжал Тео. — Он уехал на неделю, потом вернулся, а там… Он услышал лакриму за дверью. Потихоньку переступил порог — и вот она, высоченная, с длинными-длинными волосами, носится по всему дому как ураган, все крушит, вещи срывает со стен… Потом вдруг останавливается и поворачивает к нему свою безликую рожу. В общем, торговец говорил, что вылетел за порог пулей и больше никогда не возвращался туда.

— Шадрак, наверное, что-то о них знал, — промолвила София. «Лакримы… стеклянная карта… Монтень, нигилизмийцы, — думалось ей, — как это все связано?» — Кстати, Монтень называл мою лунную карту как-то иначе, — продолжала она вслух. — Лупой какой-то. Ах да — поисковой. Почему, интересно?

— Может, стеклянные карты — это еще и лупы?

— Не исключено, — сказала София и попробовала зайти с другой стороны: — А про людей, которых он големами величал, ты что-нибудь знаешь?

— Вообще первый раз слышу, — покачал головой Тео.

— Они на самом деле нигилизмийцы.

— С чего ты взяла?

— Ты амулеты-то видел? — удивилась София. — Раскрытую пятерню?

Тео передернул плечами.

— Про нигилизмийцев, — сказал он, — поговаривали, мол, есть такие. Только сам я прежде ни одного не встречал. В Пустошах их не особенно много.

— А у нас, на Новом Западе, они повсюду. Им кажется, что наш мир нереален, а «Хроники Великого Разделения» — тому доказательство. Настоящий мир якобы исчез в Разделении, а наш — то, чему быть не положено. Раскрытая рука — символ их пророка Амитто, написавшего «Хроники». Это значит «отпускать»...

— И ты ни разу не слышала, чтобы их называли големами?

— Никогда. Эти, должно быть, особенные. Но вот чем они отличаются...

Она не договорила, вновь задумавшись о том, как сложить кусочки мозаики. Шадрак ей недавно рассказывал про нигилизмийцев, но вот что?.. Вспомнить бы... А ведь это было нечто важное, причем связанное с картами. «Может, я в блокноте пометила?..» Но и там ничего осмысленного не оказалось.

Поезд стремительно катил на запад. Небо потемнело, ярче разгорелась луна. Желтая, круглая, она низко висела над макушками деревьев. Тео залез к себе наверх и задремал, а София все смотрела на залитый лунным светом пейзаж, проносившийся за окном. Спать совсем не хотелось. Холмы, увенчанные сосновым лесом, сменились равнинами, там и сям пестрели фермерские домики. Всякий раз, когда поезд останавливался у какой-нибудь маленькой сельской станции, София со страхом ждала, что в вагоне вот-вот объявится Монтень со своей бандой. Однако люди, ждавшие под фонарями, все до одного были невыспавшимися путешественниками, державшими путь на запад.

Так что на ближайшее время София и Тео оторвались от погони…

24 июня 1891 года, 1 час 18 минут

Границу между Южной Каролиной и Джорджией состав пересек в начале второго пополуночи. София вытащила рисовальный альбом. Люди со шрамами… горестно скорчившееся существо с длинными разметанными волосами… воробышек на окне — все это стало оживать на бумаге. В уголке листа уселась Заводная Кора, нахмурила лобик и принялась размышлять над проблемой. София долго рассматривала изрисованную страницу. Она понимала: здесь заключалась загадка, которую предстояло разрешить. Взяв карандаш, девочка обвела лакриму линией, обозначая границу. Наброски с их неведомым смыслом тяжеловесно вращались у нее в голове, подобно вагонным колесам.

Перевернув страницу, София обратилась к задаче попроще.

«Где Т. выучился читать? — написала она. — Где он еще, помимо Пустошей, побывал?»

Девочка покосилась на верхнюю полку. Тео спал — крепко и безмятежно.

«Почему Сью перестала за ним присматривать?»

Загадка по имени Тео выглядела куда проще и приземленнее главной, но София и с ней справиться не сумела. Вздохнув, она закрыла альбом.

Размеренно постукивая колесами, поезд пересекал Джорджию. Громкие свистки в ночной тишине отмечали череду станций. В пять утра состав въехал в Новый Акан. Солнце только-только начало подсвечивать горизонт, в небе еще было полно звезд. Ровные поля расстилались по обе стороны путей, точно притихшее море. На первой же остановке в пределах Нового Акана София высунулась из окна. Влажный воздух был полон запаха земли. Рядом со станционным смотрителем на перроне стояла лишь женщина с двумя маленькими детьми. Трое пассажиров сели в вагон, и некоторое время все было тихо. Двое билетных контролеров вышли на платформу размять ноги. Они пожали руки станционному служащему.

— Привет, Билл, какими судьбами? Тебя разве комары живьем не съели?

— Пусть только сядут: тут же и утонут в поту, — утирая лоб, отозвался смотритель. — Такого влажного июня на моей памяти еще не бывало!

— А я вроде только чистую рубашку надел — и как будто дня два из нее не вылезал, — сказал один из контролеров, обмахиваясь полами форменного пиджака.

Тут подал голос свисток, и контролеры поспешили в вагон. Поезд тронулся. София увидела за платформой розовое зарево рассвета.

Еще примерно полчаса они ехали через Новый Акан. Небо уже начинало наливаться светом, когда поезд неожиданно затормозил и остановился. София выглянула в окно. Никакой станции здесь не было: поезд стоял в чистом поле — как говорят, неизвестно где. Она посмотрела вперед. Возле локомотива топтались лошади. София с любопытством перегнулась наружу, навалившись животом на край окна. В сероватом свете ей удалось разобрать, что кони были запряжены в экипаж. Из него как раз выбирались пассажиры и садились в первый вагон. Один, второй… третий и четвертый.

Големы их все-таки догнали.

— Тео! — София нырнула обратно в купе. — Просыпайся! Они здесь! В поезд садятся! Вставай! Да просыпайся же!..

— Что?.. — сонно пробормотал он, поворачиваясь на полке.

— Просыпайся, говорю! — София почти кричала. — Надо выбираться! Немедленно!

Она уже запихнула альбом в рюкзачок и вскинула его на плечи, надежно застегнув на поясе нижние лямки. Пока она шнуровала ботинки, поезд тронулся.

— Только не это! — вырвалось у нее. — Опоздали!

Тео, помятый со сна, но вполне бодрый, тоже возился со шнурками.

— Где мы?

— Где-то в Новом Акане. Тут даже станции нет. Четверо только что сели…

Сердце у Софии бешено колотилось, но соображала она на удивление здраво. Наверное, оттого, что всю ночь невольно готовилась к подобной ситуации. И теперь, когда гроза разразилась, испытала едва ли не облегчение. Открыв дверь, девочка высунулась в коридор. Ни души.

— Думаешь, спрятаться надо? — шепнул Тео.

— Думаю, надо прыгать, — сказала она и первой побежала в хвост вагона.

Распахнув дверь, София выскочила на маленькую огороженную площадку. Рельсы убегали вдаль, теряясь у рассветного горизонта. Поезд постепенно набирал ход. Площадку овевал ветер, постукивали колеса, их стаккато делалось все быстрее.

— Ты точно уверена? — перекрывая шум, прокричал Тео прямо в ухо Софии. — Я в поездах плохо разбираюсь, но, по-моему, он идет слишком быстро…

— Если не прыгнем, нас найдут, — сказала она. — Надо уносить ноги, пока нас не хватились!

И девочка решительно подошла к краю площадки. Тео вдруг схватил ее за руку.

— Погоди! — заорал он, указывая на узкую лесенку, что вела на крышу вагона. — Может, просто залезем и отсидимся? Пусть думают, что мы спрыгнули! А мы сверху проследим, где они сойдут!

София заколебалась. Посмотрела вниз, где гравий между рельсами сливался в серо-бурые полосы. Оглянулась на лесенку…

— Уговорил, — крикнула она в ответ. — Чур, я первая!

Ловко вспрыгнула на перекладину и схватилась за перила. Ветер с силой толкал ее, но она крепко держалась и быстро карабкалась наверх. Выбравшись на крышу, она растянулась плашмя, прижимаясь к металлической поверхности.

Почти сразу к ней присоединился Тео. Они осторожно переползли на четвереньках к середине вагона и там залегли. Гладкая крыша под ними подрагивала и качалась.

— Вот так-то! — сквозь шум ветра прокричал Тео. — Теперь только набраться терпения!

«Помогите нам, Судьбы, — мысленно воззвала София. — Пусть они нас не найдут...»

Несколько минут они молчали, слушая посвист ветра и стук колес по рельсам внизу. На твердой металлической крыше было очень неудобно лежать. К тому же здесь было почти не за что уцепиться. София отчетливо сознавала: если поезд хорошенько тряхнет, к примеру на крутом повороте, — она полетит кувырком, точно хлебная крошка, сброшенная с рукава.

А потом раздался звук, которого она все это время с ужасом ожидала. Кто-то с лязгом захлопнул вагонную дверь. На площадке загрохотали шаги по железу... И наконец долетел крик:

— Они наверху!..

Тео вскинулся на локтях.

— Надо уносить ноги! — Вскочив, он переступил через Софию и протянул руку. — Бежим!

Она поднялась, силясь удержать равновесие. Тео выпустил ее пальцы и устремился к соседнему вагону.

София сделала несколько шагов, потом неуверенно побежала. Оглянувшись через плечо, она едва не споткнулась: на крышу уже влезал Усмиряй.

— Беги! — крикнула она Тео. — Не останавливайся!

Тео достиг края и легко перескочил промежуток между вагонами. Он составлял всего несколько футов, но от мысли, что можно свалиться туда, в самую середину грохочущей пустоты, у Софии подогнулись коленки. Она вновь обернулась. Усмиряй уже одолел половину крыши. Без труда балансируя на движущейся опоре, он отстегивал от пояса свой страшный крюк на веревке. София пригнулась. Ноги дрожали. Она прыгнула.

«Лети, София! Лети!..» — пробились к ней далекие голоса из детского воспоминания. Родители держали ее, помогая воспарить над землей… И девочка пролетела, проплыла по воздуху, зависла, подхваченная ветром. Она даже посмотрела вниз и увидела рельсы — две размытые черные полосы на сером холсте… И вот ее ступни коснулись крыши другого вагона. Добрые руки, протянувшиеся из небытия, вновь благополучно поставили ее на ноги — и отпустили.

Спотыкаясь, София из конца в конец пробежала по крыше. Поезд дергался, каждый шаг грозил опасным падением. Расставив руки пошире, она едва сохраняла равновесие. Усмиряй тем временем неотступно следовал за ней и быстро сокращал расстояние. Он уже отстегнул крюк и привычно заносил его правой рукой, готовясь метнуть.

Тео и София, друг за дружкой, перепрыгнули на следующий вагон, он был третий от хвоста поезда. Сзади с силой громыхнуло железо — это страшный коготь ударился в кромку крыши. Усмиряй подтягивал его обратно к себе, точно рыбак леску.

— Придется соскочить, — прокричал Тео.

— Погоди, — ответила София. — Смотри!

Впереди был разъезд. На встречных путях стоял поезд, уступавший дорогу их составу. Очень скоро две вереницы вагонов окажутся бок о бок.

Тео все понял без слов.

— Отлично! — крикнул он. — Бежим к первому вагону!

И тут же сорвался с места.

Теперь София мчалась во все лопатки, размахивая руками и больше не осторожничая. Она смотрела в голову поезда. Еще вагон, еще и еще…

Встречный состав, ожидавший на параллельных путях, неотвратимо приближался.

— Пора!.. — завопил Тео. — Давай!..

Мелькнул локомотив. Вагон тряхнуло порывом ветра. Тео устоял, разбежался — и прыгнул. София оглянулась… В запасе у нее было лишь несколько секунд. Усмиряй, стоя на соседней крыше, замахнулся крюком. Бросок! Метательный снаряд взвился медленно-медленно, сверкнув на рассветном солнце… Серебряная точка стала расти, приближаясь к Софии, она видела, как мелькало, вращаясь, грозное острие…

Полсекунды спустя для нее восстановился обычный ход времени.

«Еще не хватало выпасть из реальности прямо сейчас!» — подумала она.

София во всю прыть кинулась вперед и прыгнула.

Твердый металл ринулся ей в лицо, она ударилась коленями, спиной… и покатилась, точно мраморный шарик по столу. Уцепиться было не за что, она увидела перед собой край… И тут что-то рухнуло ей на ноги, и движение прекратилось. София открыла глаза. Ее голова свисала с крыши вагона, однако девочка осталась цела и невредима. Это Тео бросился на нее всем телом и удержал.

София приподнялась и почувствовала, что состав тронулся с места. Теперь они ехали на восток. Их прежний поезд уже скрывался вдали.

— Где он? — вырвалось у девочки. — Прыгнул за нами?

— Нет, — сказал Тео. — Не успел.

Колеса стучали все громче, им обоим снова приходилось повышать голос. София посмотрела на Тео и увидела у него на лице улыбку неприкрытого восхищения.

— А ты молоток, — похвалил он. — Вот это, я понимаю, выдержка!

— Что?..

— А кто ждал до последней секунды, чтобы этот тип не смог за тобой прыгнуть?

И Тео указал на противоположный край крыши. Там развевался на ветру длинный веревочный хвост: на вагонной лесенке висел крюк, брошенный Усмиряем. Поезд постепенно разгонялся.

— Да уж, — сказала София. — Надо нам сойти…

— На ближайшей станции, — прокричал в ответ Тео.

Они снова лежали на плоской крыше, прижимаясь к металлу. Поезд пересекал равнины. Солнечный свет золотил бескрайние поля, от влажной земли поднимался туман. Жесткое ложе пинало Софию в ребра.

Путь до станции занял целую вечность, но наконец состав замедлил ход. Здесь они уже останавливались перед рассветом. Над дверью маленького вокзала покачивалась деревянная вывеска: «Раундхилл». София и Тео переползли в хвостовой конец вагона и спустились по лесенке.

14
Передовая эпоха

23 июня 1891 года: Шадрак в плену (день 3-й)

Среди хаоса, воцарившегося после Разделения в политической жизни общества, партия Защиты проявила едва ли не наибольшую стойкость. Основанная на философии, изложенной Мэри Уоллстонкрафт в ее знаменитой работе «В защиту прав женщин», эта партия бескомпромиссно и весьма успешно отстаивала права прекрасного пола. Вероятно, не случись Разделения, усилия партии Защиты столкнулись бы с большим сопротивлением. Однако во всеобщей сумятице ей удалось завоевать позиции, которые в дальнейшем так и не были оспорены. Право голоса положило начало продвижению женщин во всех областях жизни: вскоре деятельные дамы добились места в парламенте, возглавили крупные предприятия, ректораты университетов и заняли прочие руководящие посты.

Шадрак Элли. История Нового Запада

Со времени своего похищения Шадрак очень мало спал по ночам. Ему давали воду и немного еды, но он не чувствовал никакого вкуса — во рту постоянно ощущался тот деревянный брусок. Сырая древесина, пропитанная чужим страхом, оставила такое жуткое послевкусие, что его ничем нельзя было уничтожить. Проволочки не порезали ему лицо, но во второй раз испытывать свою удачу Шадраку не хотелось. Что-то подсказывало: в особняке Бланки и помимо «шапочки» всяких ужасов хватало…

Из помещения бывшей церкви его перевели в высокую башенку. Комнатка с низким потолком, по всей вероятности, служила раньше кладовкой. Вся обстановка ограничивалась умывальником и ободранным одеялом. Узенькое, только руку высунуть, окошечко выходило на подъездной круг у крыльца. Шадрак пытался следить за ходом времени, силясь отделаться от давящего чувства, вызванного окружением каменных стен, и воспоминаний о разговоре с Бланкой.

Стало быть, это она уничтожила Карлтона, оставив от него лишь пустую оболочку. Каким образом — Шадрак пока еще не понял. Зато было ясно: угрызения совести эту женщину нисколько не обременяли. Если она захочет, то с легкостью учинит то же самое и над ним. При этом Шадрак был убежден, что помогать ей в поиске Карты Всех Карт ни под каким видом нельзя. Усилием воли он отодвигал скорбь по бедному Карлтону в закоулки сознания, заставляя себя сосредоточиться на насущных вещах.

Он должен был любым способом помешать Бланке добиться успеха.

Потому-то он плохо спал по ночам: все думал, как остановить эту женщину. К сожалению, сконцентрироваться не удавалось. Особняк наполняли очень странные звуки. Временами Шадрак слышал некий воркующий плач, далекий и бестелесный, который раздавался на фоне резкого скрежета: что-то непрерывно и визгливо скрипело, точно шкив или плохо смазанное колесо. Казалось, в воздухе сплетается тонкая, едкая паутина звуков, мешающая и размышлять, и спать. Она никуда не девалась даже после того, как все замолкало: Шадрак и в тишине продолжал слышать и скрип, и плач.

На вторую ночь плена дверь комнаты открыл один из големов. Он поставил на пол чашку воды, положил горбушку черствого хлеба.

— Не подскажете, что это за звук? — осведомился Шадрак.

Он сидел на дощатом полу, прислонившись к стене и вытянув пострадавшую ногу, покрытую синяками.

— Какой звук? — удивился вошедший.

— Скрипит что-то, — пояснил Шадрак.

Голем постоял молча, осмысливая вопрос. На рассеченном шрамами лице отражалась работа неповоротливого ума. Потом наконец в глазах блеснул тусклый огонек понимания.

— Тачка, — произнес он.

— Тачка? А что на ней возят?

— Песок, — как о чем-то вполне очевидном, ответил голем.

— А песок для чего? — решил уточнить Шадрак.

— Для песочных часов.

Глаза голема погасли, словно упоминание о песочных часах оборвало его умственную деятельность. Он шагнул прочь и захлопнул дверь прежде, чем Шадрак успел спросить о чем-то еще. Скрип снаружи продолжился — пилой по натянутым нервам пленника.

Занялось третье утро, прохладное и серое. Шадрак смотрел в узкое оконце, наблюдая за суетой, в которой угадывалась подготовка к поездке. Шадрака доставили сюда на особом поезде, шедшем явно вне расписания; это наводило на мысли о могущественных связях Бланки в одной из железнодорожных компаний. В самом деле, персональная ветка, на рельсах — частные вагоны с эмблемой песочных часов… Големы-нигилизмийцы несколько часов подряд таскали какие-то грузы. Приближался полдень, когда двое из них открыли дверь и вывели Шадрака из комнаты.

Он не сопротивлялся. У него едва хватало сил держаться на ногах. Сперва он решил, что его поведут к поезду, но големы направились длинными каменными коридорами куда-то вглубь здания.

Глазам Шадрака впервые предстали предметы искусства и исторические реликвии, которыми, оказывается, битком набит был особняк. Картины, тканые шпалеры, статуи, всевозможные культурные артефакты — Бостонский музей не шел ни в какое сравнение.

— Тинторетто… — простонал пленный картолог, уже не зная, что хуже: боль в ноге или зрелище шедевра, спрятанного от мира.

Что до големов, они не обращали на баснословные сокровища никакого внимания: знай себе тащили Шадрака с одной лестницы на другую, все время вниз, и наконец достигли сводчатого коридора, который и вывел их прямо за алтарь бывшей церкви.

В центре помещения ждала Бланка.

— Шадрак, — негромко проговорила она, словно не замечая его растерзанной одежды и бледного, осунувшегося лица, — скоро мы с вами отправимся в путь. Предстоит очень срочное дело… вы даже не представляете, насколько срочное… А время на исходе. Однако куда именно мы поедем, зависит целиком и полностью от вас. — Она помедлила, словно в нерешительности. — Я знаю, с каким неодобрением вы на данный момент относитесь к моему плану, и вполне понимаю: вам требуется побудительный стимул, чтобы помочь мне в поисках Карты Всех Карт.

— Мягко сказано: с неодобрением, — отозвался Шадрак.

Бланка приблизилась. Она была в шелковом сером платье, шуршавшем при каждом движении. Рукой в перчатке она легонько тронула картолога за плечо.

— Сейчас я все объясню, и вы измените свое мнение, — словно не услышав сказанного им, проговорила она.

И указала ему на большую карту Нового мира из телячьей кожи, пришпиленную к деревянной столешнице. На ней замысловатым узором были выложены кучки песка — черного, орехово-коричневого и белого. В южной части континента россыпь белого песка покрывала до сих пор не разведанные территории, по старой памяти называемые картологами Огненной Землей. Белое пятно вытягивалось к северу и граничило с Поздней Патагонией.

— Известно ли вам, — спросила Бланка, — какая эпоха сейчас царит здесь, на окраине полушария?

Шадрак устало покачал головой:

— Сюда еще не удалось добраться ни одной экспедиции.

— Там ледниковый период. Как на севере, в Доисторических Снегах, только другой.

— С чего вы взяли? — мгновенно насторожился Шадрак.

— Я там побывала.

— Каким образом? — спросил он недоверчиво. — Я знаю немало исследователей, которые снова и снова пытаются пробиться от Кселы на юг, но раз за разом вынуждены отступать.

— Технические подробности сейчас не столь важны, — сказала она. — Просто поверьте: там льды. Актуальнее другое: Великое Разделение произошло совсем не так, как вам представляется. Вы полагаете, что земля как материальная сущность отъединилась от времени, после чего как бы вновь срослась с ним, случайным образом разграничив эпохи.

— Ну... в общих чертах — да.

— Что ж, начало процесса было именно таково, — подтвердила Бланка, пальцем в перчатке обводя карту. — Однако завершилось Разделение совершенно иначе. Несколько десятилетий линии разграничения — зажившие шрамы — оставались неизменными. Сейчас они опять пришли в движение.

Шадрак смотрел на нее, не пытаясь скрыть ни изумления, ни скепсиса. Потом сказал:

— Поясните, пожалуйста.

— Все очень просто. Границы эпох начинают меняться, — ответила она, и ее палец указал в сторону Нового Запада. — Вероятно, вы редко выбираетесь далеко на север, поэтому и не знаете, что в некоторых местах Доисторические Снега начали стаивать: туда распространяется Новый Запад. Именно так, — проговорила Бланка с нажимом, отметая возможные возражения. — Земельный надел, где стоит этот дом, некогда был покрыт слоем льда. Потом ледник отступил, воздух прогрелся, выросли деревья… Появились люди, рожденные в вашей эпохе. Сейчас процесс идет решительно и неуклонно. Снег исчезает, уступая место новым штатам, современным Новому Западу…

Шадрак смотрел на песочный узор, пытаясь осмыслить услышанное. Потом в голове пронесся целый рой образов, похожий на разрозненные кадры с карты памяти. Вот только карта была ни при чем — это нахлынули его собственные воспоминания. Всплыли строки из письма, присланного много лет назад землепроходцем Касаветти, которому его сестра и зять отправились на подмогу: «Здесь, в этом месте, которое я, как мне казалось, очень хорошо знал, обнаружилась новая эпоха…» И эта эпоха оказалась враждебной. Там он угодил в плен, и Минна с Бронсоном устремились ему на выручку через полмира…

Потом перед мысленным взором Шадрака предстала София. С ума сойти, ведь всего несколько дней минуло с тех пор, как она рассматривала две карты Индий и спрашивала его, каким образом остров с монастырем лет за десять успел превратиться в безжизненную пустыню. А он, слепец, не распознал всей важности открытия, сделанного племянницей! Какова же цена его знаниям, опыту и интуиции, если он такое проморгал?..

Некоторое время Шадрак ошеломленно молчал. Потом спросил:

— И что, все границы смещаются?

Бланка покачала головой.

— Нет, не все. Но многие меняют положение, — проговорила она, явно довольная ужасом и потрясением картолога. — Причем с разной скоростью. Наиболее быстро движущаяся граница находится вот здесь. — Бланка вновь указала в район Огненной Земли, что на самом юге Западного полушария. — Она известна под названием Южные Снега. Вот уже год она неравномерно, но неуклонно смещается на север, захватывая Позднюю Патагонию и миля за милей приближаясь к Пустошам. Эпоха за эпохой соприкасаются с нею и уходят под лед, — сообщила Бланка и добавила по-прежнему ровным голосом: — Кстати, ваша племянница отправилась на юг.

Шадрак почувствовал, как в висках застучала кровь. Он-то думал, будто посылает Софию в безопаснейшее место на свете, а оказалось — навстречу страшной опасности.

— Но тогда, — начал он медленно, — люди, которые находятся там сейчас…

— Тоже исчезнут, — докончила за него Бланка. — Впрочем, следует выразиться точнее. Смещение границы сопровождается, знаете ли, разрушениями. Ледники не то чтобы растут себе потихоньку. Они движутся — и сметают все на своем пути.

— Но тамошние жители должны быть осведомлены о происходящем, — схватился за соломинку Шадрак. — Наверняка они заблаговременно покидают опасные места!

— Да, — ответила Бланка. — Им уже сообщили, что на север надвигается некая неодолимая сила.

Увы, они полагают, что это всего лишь смерчи или иная погодная катастрофа.

Некоторое время Шадрак непонимающе смотрел на нее.

— Думаю, — сказал он затем, — именно вы и внушили им эту веру!

Бланка пожала плечами:

— А я должна была сделать так, чтобы миллионные толпы обитателей Пустошей ринулись на север, точно мигрирующие муравьи?.. Принцесса Юста Кануто, с которой, кстати, я хорошо знакома, — типичная монархиня: она желает высшего блага лично для себя, а вовсе не для своего королевства. Я без труда убедила ее, что Нохтланд легко выстоит против любого урагана. Опять-таки, ударятся люди в бегство или будут сидеть по домам — особой разницы нет…

Шадрак требовательно спросил:

— И насколько быстро надвигаются Южные Снега?

— Их смещение началось медленно, однако похоже, что скорость увеличивается по экспоненте, — пояснила Бланка. — Сперва наступление ледников измерялось дюймами, теперь речь идет о милях.

— Все-таки должен быть способ остановить их, — не сдавался Шадрак. — Что вообще вызвало этот процесс?

— Полагаю, мы и вызвали, — ответила Бланка.

— Каким образом? — Шадрак напряженно уставился на нее.

— Изначальная причина остается неизвестной. Вы, с вашей склонностью к эмпирическим заключениям, наверняка оспорите мою теорию, посчитав ее слишком умозрительной... Так вот, я уверена: человечество навлекло на себя беду своей неспособностью жить согласно единому времени. Известно вам, например, сколько систем отсчета времени существует сейчас? Две с лишним тысячи! Мир не может вмещать столь несопоставимые эпохи. Время в буквальном смысле рвется на части, и мы тому свидетели... — Бланка помолчала, по всей вероятности оценивая, как подействовали на Шадрака ее слова. — Я же говорила, что сумею вас переубедить, — проронила она после паузы. — Надеюсь, теперь вы понимаете: если мы в ближайшем будущем не предпримем решительных мер, Южные Снега поглотят всю планету!

— И какой части света предстоит пасть первой?

Бланка бессильно оглянулась на карту:

— Честно признаться, Шадрак, я не знаю. Это вы должны мне сказать. Необходимо добраться до Карты Всех Карт прежде, чем она скроется подо льдом. А когда мы ее найдем, вы, единственный картолог современности, обладающий умением создавать водные карты, исправите ее. Вы воссоздадите мир, каким он был до Разделения!

— Но старый мир бесповоротно исчез! Его больше нет! — возмутился Шадрак. — Вы и ваши нигилизмийцы одержимы иллюзиями! Нельзя возвратить ушедшее прошлое. Даже если предположить, что Карта действительно существует и нам удастся ее найти, как я стану определять должный возраст земного шара? Мы ведь даже не знаем, в какую эпоху случилось Разделение. В наше время или позже лет на четыреста... В какое столетие я должен буду вернуть мир?..

Когда Бланка снова заговорила, Шадрак понял по голосу, что она улыбалась.

— В мое, — сказала она.

— Что за высокомерие! — раздраженно вырвалось у него. — Откуда нам знать, что именно наша эпоха...

— Не ваша. Моя, — перебила она.

— Ваша? О чем это вы?

— О том, что мы с вами — из разных эпох, — произнесла она. — И моя эпоха относится к вашей примерно так же, как ваша собственная — к пещерному веку. — Она чуть помедлила. — Вообразите себе время, когда во всех уголках света воцарился мир. Когда были в полной мере изучены явления материального порядка, а человечество достигло пика свершений... Вот откуда я родом, Шадрак. Вы о моей эпохе даже не слышали, а ведь она называется Передовой!

Шадрака удивило благоговение, звучавшее в ее голосе.

— Покорнейше прошу меня простить, если я впечатлен не так сильно, как следовало бы, — сказал он. — Однако если Великое Разделение чему-то нас и научило, так это тому, что совершенных эпох нет. Как и неприкосновенных.

Бланка погрузила в песок кончики пальцев, обтянутых перчатками.

— Я и не рассчитывала, что вы поймете, Шадрак, насколько Передовая эпоха во всех отношениях превосходит остальные... — Она тряхнула головой, а когда заговорила снова, в ее голосе зазвучала боль. — Вы имеете хоть приблизительное понятие, сколько ошибок наделало человечество на протяжении своей истории? Жуткие разрушения, упущенные возможности, немыслимые жестокости… Передовая эпоха все это преодолела. Только представьте мир, в котором нет места злу и насилию! Передовая эпоха оставила просчеты человечества в прошлом. В наше время они исчезнут, словно песчинки, поглощенные морем. Так, словно их и не было никогда! — Бланка сделала паузу и удовлетворенно вздохнула. — Итак, вы скорректируете водную карту, Шадрак. Точно так же, как исправляете бумажные. Осторожно сотрете линию за линией — и нарисуете на их месте новую карту. Мы с вами воссоздадим Передовую эпоху, целую и невредимую, чтобы она охватила весь мир.

Шадрак затряс головой.

— Безумие! — вырвалось у него.

— В самом деле? — негромко поинтересовалась Бланка. — Вы же ученый. И знаете, что течение времени меняет земную поверхность. Века минуют один за другим. Неужели вы не желаете наступления эпохи, отмеченной познанием, изобилием и спокойствием? По-моему, вы просто боитесь потерять привычное окружение!

— Вы потрясающе самоуверенны, — враждебно бросил Шадрак. — В жизни не встречал такой слепой веры!

Бланка вновь покачала головой под вуалью.

— Это как раз ваша черта, — не повышая голоса, проговорила она. — Подумайте о том, какой ценой вы ограждаете первобытные эпохи, за которые вам угодно цепляться. Идя на поводу у своих сантиментов, вы готовы терпеть мелких тиранов, бесконечные войны и повальное невежество! Уж вам-то, приверженцу науки, полагалось бы приветствовать окончание теперешних темных веков с их заблуждениями и ложными знаниями!

— Без наших «ошибок и заблуждений» ваша благополучная эпоха никогда не настала бы, — резким тоном перебил Шадрак. — Каждый последующий век во многом обязан веку минувшему!

— И вынужден расхлебывать заваренную им кашу, — сказала Бланка. — Вы даже не представляете, насколько губительна ваша слепота.

— Вы мне льстите, — ядовито заметил Шадрак. — Я ведь, по-вашему, песчинка из прошлого, место которой — на морском дне.

— А я этого и не отрицаю. Просто вы оказались очень важной песчинкой.

— Если таким образом вы пытаетесь склонить меня на свою сторону… — Он с горечью рассмеялся.

Бланка посмотрела на карту. Потом взяла из ближайшей кучки горсть белого песка и тщательно рассеяла его, припудрив всю сушу. Остались только океаны и лед.

— Как бы то ни было, — сказала она, — ваши темные века обречены. Не забывайте, Шадрак: Южные Снега движутся к северу. Мы с вами можем спорить о чем угодно, но эта истина объективна.

Шадрак пристально глядел на складки вуали. Сердце бешено колотилось. Картина, обрисованная Бланкой, внушала ему ужас и отвращение, разум упорно отказывался полностью принять это на веру. Но было и нечто такое, чем он никак не мог рисковать. Если в Пустошах вправду вот-вот начнется ледниковый период, следовало отыскать Софию, пока не стало слишком поздно. Он был готов сам себе оторвать голову за то, что отправил девочку в Нохтланд…

Потом самообладание вернулось к нему.

— Так что вы планируете сделать?

Бланка помолчала немного.

— Я в затруднительном положении, — молвила она наконец. — Где находится Карта Всех Карт, мне неизвестно. А вы отказываетесь о ней говорить.

— Потому что тоже не знаю, — коротко ответил Шадрак.

— Тогда, может, расскажете мне, куда София везет Поисковую Лупу? — Шадрак не ответил, и Бланка передернула плечами. — Значит, заключу ваши воспоминания в шар и сама выведаю…

Она сделала паузу, ожидая его яростной вспышки. Шадрак же опустил глаза, заставляя себя принять непроницаемый вид.

— С другой стороны, — протянула Бланка, — если я так поступлю, то не смогу воспользоваться вашими навыками картолога. — Она подошла к нему вплотную, и пальцы в перчатках сомкнулись на его запястье. — Чтобы переделать Карту Всех Карт, одних воспоминаний мне мало. Мне и руки ваши нужны… Когда согласитесь помогать мне, я вам еще кое-что расскажу.

Шадрак стоял молча.

— Подумайте, — серьезно проговорила Бланка, слегка пожала ему руку и отпустила. — Учтите: ледниковый период близок. Южные Снега наступают здесь, здесь и здесь… — Ее палец скользил над россыпями белого песка в Поздней Патагонии. — Речь идет даже не о неделях, Шадрак: граница эпох придвинется к Нохтланду уже через несколько дней. — Палец оставил неглубокую вмятину там, где подразумевалась столица Пустошей. — Ну же! — подбодрила она пленника. — Скажите, куда вы отправили Поисковую Лупу?

Шадрак повернулся к Бланке спиной, пытаясь не показать овладевшего им беспомощного отчаяния. Ему доводилось, хотя и нечасто, попадать в безвыходное положение, и воспоминания были не из приятных. Бланка, похоже, проведала, что София направляется на юг. И приложит все усилия, чтобы завладеть Лупой — с его помощью или без. Так вот, если он возьмется помогать Бланке, та перехватит Лупу почти наверняка… а о безопасности девочки заботиться не станет. Экая важность!

Похоже, у него оставался только один путь. По дороге на юг надо будет удрать и разыскать Софию самостоятельно. Только так удастся уберечь и ее, и Поисковую Лупу.

Он развернулся и взглянул на Бланку.

— Я сделаю, — сказал он, — все от меня зависящее, чтобы вы не только никогда не коснулись Лупы, но и вообще ее не увидели.

Она некоторое время молчала.

— Вот как, — произнесла она затем. — Знаете, кое в чем я все-таки убедилась. Вы тоже верите в существование Карты Всех Карт. Иначе вы не стали бы так злостно мне противиться.

Шадрак стиснул зубы, стараясь смотреть твердо.

— Вам следует передумать, — сказала Бланка. — В ближайшие несколько дней девочка все равно будет у нас.

— А я рискну, — хрипло выговорил Шадрак.

— Если вы пойдете мне навстречу, обещаю, что при поимке и после этого с ней будут очень бережно обращаться. У меня, знаете ли, полсотни людей на всех станциях этого направления. Без моего ведома девочка не сможет ни сесть в поезд, ни сойти с него. — Бланка повела плечом. — Вот одна из выгод владения железнодорожной компанией, которая является второй по значимости на Новом Западе…

Шадрак недоуменно моргнул. Женщина рассмеялась:

— Так вы не пришли к должным выводам, прокатившись в частном поезде по личной ветке, ведущей сюда?.. Тогда, быть может, вы оцените иронию судеб: первый шаг к тому, чтобы сколотить состояние, я сделала за игорными столами Нью-Йорка — там расплачивались временем в парламенте. Следующий шаг был прост до смешного: я купила табачную плантацию. Ах, табак, это повсеместное зло Нового Запада!.. — Она покачала окутанной вуалью головой. — Одна плантация, потом десять… Это тоже было несложно. Когда у тебя имеется десяток вложений, можно делать рискованные инвестиции. Например, в стальную промышленность. А какой у нас крупнейший заказчик металлоконструкций? Правильно, железные дороги. Рельсы и все такое прочее. Табак марки «Белый дымок»... Сталелитейные заводы фирмы «Белая наковальня»... И наконец — железнодорожная компания «Белая линия». Неплохо, верно? И названия все такие благородные...

Ее голос звенел торжеством.

Шадрак слушал, плотно сжав губы.

Бланка еле слышно вздохнула и повернулась к неподвижно ожидавшим големам.

— Отправление через час. Сложите все привезенное из Бостона в чемодан... или в несколько, если потребуется, — сказала она и добавила: — Да присматривайте за ним, чтобы он опять какие-нибудь ножницы не стащил!

15
Тихая гавань

24 июня 1891 года, 8 часов ровно

Станция Раундхилл. Выстроена в 1864 году железнодорожной компанией «Белая линия». Расположена всего в полумиле к северу от Си-Со, где в 1809 году произошла известная битва.

Из надписи на станционном знаке

В погоне по вагонным крышам и во время прыжка с поезда на поезд стеклянная карта чудесным образом не пострадала. София благополучно сберегла рюкзачок, где хранилось все самое необходимое: дядин атлас, сложенные карты для путешествия, рисовальный блокнот и карандаши с ластиками. Уцелел и кошелек, предусмотрительно подвязанный к поясу: без денег, как известно, далеко не уедешь. А кроме того, без жизнечасов и удостоверения личности.

Все купе в поезде были заняты, так что Софии пришлось купить билеты до Нового Орлеана в сидячем вагоне. После этого они с Тео уселись на край платформы и стали ждать следующего поезда на запад. Он должен был подойти через несколько часов.

Нервное возбуждение, благодаря которому София продержалась с вечера до утра, теперь уходило, как воздух из проколотой шины. Колени и подбородок у нее были сплошь в синяках, она отбила всю спину во время падения на крышу вагона… а вдобавок ей до смерти хотелось спать.

«Уж тут-то, — думалось ей, — нам нечего беспокоиться, что нагрянут големы…»

Сунув руки в карманы юбки, девочка нащупала два талисмана, неизменно ее утешавшие, — гладкий диск карманных часов и катушку серебряных ниток. Эти предметы как бы говорили ей: у тебя все благополучно в отношениях со временем и Судьбы присматривают за тобой!

Утро длилось нескончаемо, влажный воздух окутывал, словно влажное покрывало. На платформе начали появляться люди. Пыльные башмаки топали и шуршали по дощатому настилу. София прислонилась спиной к оставленному кем-то чемодану. Тео невозмутимо смотрел на убегавшие вдаль рельсы. Девочка опустила ресницы… Ей казалось — она только прикрыла глаза, и вдруг ее разбудил прозвучавший поблизости крик.

Вскинув голову, София увидела шедшую к ним женщину очень необычного вида. Люди, стоявшие на перроне, при виде ее расступались и отходили в сторонку. Она выделялась высоким ростом и довольно экстравагантной одеждой: на ней было просторное платье из темно-серого шелка, отороченное кружевом, и черная шляпа с перьями, почти скрывавшая лицо. Узкую талию перетягивал пояс, на котором висел серебряный револьвер в кобуре. Уперев в бедра руки в белых перчатках, она остановилась прямо перед Софией; девочка уловила аромат цветов апельсина.

— Прямо из-под носа у меня стырить надумала? — поинтересовалась она. В ее улыбке не было и намека на дружелюбие.

София снизу вверх смотрела ей в лицо. Женщина показалась ей очень красивой. Темные волосы до пояса, блестящие черные глаза… София внезапно запаниковала.

«Усмиряй укатил на запад, значит Монтень кого-то еще подослал…»

Она вскочила на ноги, и за ней — Тео. Носом к носу с такой внушительной дамой София вдруг почувствовала себя маленьким ребенком. Ладони и коленки у нее были ободраны о вагонную крышу, юбка — и так-то простенькая, из полосатой хлопковой ткани, — вся порвалась. А сменная одежда, увы, уехала вместе с чемоданом. София стиснула кулачки и как могла изобразила оскорбленное достоинство.

— И вовсе оно не ваше! — заявила она. Голос прозвучал жалко.

Женщина в ответ рассмеялась:

— Вот как? Может, еще перечислишь, что внутри лежит?

София уже обдумывала, не пуститься ли наутек. Глянула на револьвер, подумала о Шадраке… Сглотнула и дрожащим голоском выговорила:

— Куда вы дели моего дядю?

Выражение лица красавицы неожиданно изменилось. Теперь она смотрела несколько озадаченно.

— Ты не глупи, — сказала она. — Я, конечно, пиратка, но похищением людей не занимаюсь. И на чемоданы их не меняю.

— Чемоданы?.. — туповато переспросила София.

Женщина наградила ее долгим внимательным взглядом. Потом широко улыбнулась обоим — ей и Тео.

— Похоже, — произнесла она, — я тоже сглупила. Речь шла вон о том чемодане. А ты, как я понимаю, говорила совсем о другом.

— Да забирайте вы свой баул, — сказал Тео.

— Он просто тут стоял, — пояснила София.

Фразы прозвучали одновременно.

— Ладно, милочка, прими мои извинения, — усмехнулась женщина. — Однако должна признаться, мне стало любопытно! Твоего дядю что, пираты забрали?

Ее интерес казался искренним, в голосе звучало сочувствие.

— Нет, — сказала София прежде, чем Тео успел открыть рот.

— Тайны, стало быть? — Женщина подняла брови. — Ну, я-то могила, так что не беспокойтесь. Меня Каликстой зовут.

— Я София, — представилась девочка. — А он Тео.

— Рада знакомству, — кивнула Каликста. — Приношу извинения за то, что так себя повела, причем без должного повода. Позвольте мне загладить невольную вину! — Она смотрела куда-то вдаль, мимо Софии. — Не разделите со мной купе?

София повернула голову в ту сторону и увидела движущуюся точку на горизонте: к станции подходил поезд.

— Спасибо большое, — поблагодарила она. — Мы уже в общий вагон билеты купили.

Каликста отмахнулась затянутой в перчатку рукой:

— Вот еще, пачкаться! У меня — самое большое купе в голове поезда, места в нем хватит на десять таких худышек, как я. Носильщик!..

Из станционного домика поспешно выскочили двое мужчин.

— Бездельники, — бросила дама в сторону. — Ну кто, спрашивается, оставляет чемодан без присмотра на платформе?.. Что ж, подыграем… Эх, станция маловата, да еще в глуши… — И добавила уже во весь голос: — Прошу вас, принесите остальные мои чемоданы!

Они кинулись исполнять приказ.

Вскоре остановился поезд, раскрылись двери, появились проводники. Каликста, сопровождаемая носильщиками, уверенно направилась к голове состава и села в первый вагон.

— Может, правда с ней поехать? — тихо спросила София.

Тео пожал плечами:

— Почему бы и нет?

— Но она же пиратка!

— Безобидная, — сказал Тео. — Разве что немного экстравагантная.

— Ну не знаю, — вздохнула София.

И они протянули билеты проводнику.

Сидячий вагон был набит битком. Женщина с пятью детьми, трое из которых вопили во всю силу легких, пыталась втиснуть свой выводок на одно сиденье. У окна какой-то здоровяк силовым порядком занял сразу два места. На одном сидел сам, на другое задрал ноги, сняв грязные башмаки. Народ вокруг, вынужденный нюхать его носки, только морщился.

С первого взгляда было ясно, что поспать не удастся.

— Ладно, — сказала София. — Пошли к ней. Только ни слова про карту и про Шадрака, хорошо?

Они миновали шумный общий вагон, потом еще два и добрались наконец до головного. Купе по левую руку было открыто, Каликста внутри присматривала за тем, как раскладывали ее чемоданы.

— Отлично. Спасибо большое, — поблагодарила она носильщиков и вручила каждому по мелкой монетке из кошелька. — Уф! — Она села, и просторное платье так и вздулось кругом. — Скорее бы выбраться из здешних болот и взойти на корабль! Ну как здесь можно жить? Воздух пахнет землей, всюду пылища, а люди!.. У меня что-то с носом или они в самом деле никогда не моются?.. — Женщина похлопала по дивану рядом с собой. — Садись, София, в ногах правды нет.

София прикрыла дверь купе и чопорно уселась рядом с Каликстой. Тео устроился напротив. Казалось, на него напало неожиданное косноязычие.

— Вы... отплываете из Нового Орлеана? — коекак выговорил он наконец.

— Да! — сказала Каликста. — Наконец-то! «Лебедь» будет ждать у причала, мой брат о том позаботится… И сразу — в море! — Она стала снимать шляпу и обратилась к Софии: — Милочка, не поможешь?

София вытащила последнюю шпильку. Каликста пристроила шляпу на полке поверх чемоданов, пригладила волосы и снова села.

— Ну и денек нынче! А ведь еще утро — что-то дальше будет! — воскликнула она и принялась стягивать перчатки. — Проголодались, наверное? — И, не прерывая своего занятия, выглянула в коридор. — Эй! Человек!..

Прозвучал свисток, поезд начал движение.

София и Тео молча переглянулись. Каликста вернулась в купе и притворила дверь. Поезд разогнался вовсю, в распахнутое окно врывался ветер.

— Все в порядке, — сказала она. — Сейчас завтрак на троих принесут. А пока… Пока я не буду расспрашивать ни о твоем замечательном дяде, ни о вещах, которые мне, по твоим словам, не принадлежат… Быть может, позволишь хотя бы узнать, куда вы направляетесь?

— Ну… — заколебалась София, — Тео нужно вернуться в Пустоши, а я хочу попасть в Нохтланд.

— Значит, — кивнула Каликста, — тоже морем из Нового Орлеана?

— Мы, — вставил Тео, — решили добраться от границы до Нохтланда на лошадях…

— Нет уж, только не это! — решительно заявила Каликста. — Ехать будете до скончания века… если лошадей не украдут, а такое там каждый день происходит. Лучше всего сесть в Новом Орлеане на корабль, идущий до Веракруса. — И продолжала, закатив глаза: — Я, конечно, не навязываю своего мнения, но на вашем месте я бы ни секунды лишней не оставалась на суше!

София попыталась изобразить вежливый интерес:

— Тогда как вы здесь оказались?

— Да вот, пришлось ехать для обсуждения нового контракта с одним торговцем. Последний шанс перед закрытием границ и всякое такое. Хотела послать сюда своего брата Барра, я ведь как-никак капитан, а он всего лишь баталер, но он утверждает, что у меня лучше получается вести переговоры. Что правда, то правда, — вздохнула она. — Мой братец, конечно, душечка, но по числу выгодных контрактов я действительно дам ему фору! — Она заливисто рассмеялась. — Знала бы я заранее, что в этой поездке придется отбиваться сразу от трех предложений руки и сердца, вообще бы в поезд не села, и к черту контракты!.. Представьте: сначала познакомилась с банкиром, который был готов немедленно соглашаться с каждым моим словом. Очаровашка, но когда он болтал с набитым ртом... — Каликста брезгливо сморщила носик. — И с чего он вбил себе в голову, что, женившись на мне, преумножит свое состояние?.. Потом появился адвокат, тихий такой... и уже трижды вдовец. Несколько подозрительно, вы не находите? И последним был сынок того самого торговца, ему, без сомнения, хотелось только папашу позлить. Вот тут он вполне преуспел!.. Мужчины, по моим наблюдениям, раздражают женщин исключительно по неуклюжести и случайно, но вот друг дружку выводят из себя очень даже намеренно... —

Каликста вновь весело рассмеялась, обмахиваясь перчатками. — Честно вам сказать, — заметила она не без гордости, — дело со мной иметь — сплошные убытки.

София неудержимо заулыбалась.

— Вот уж не думаю, — проговорила она. — Спасибо вам большое, что пригласили к себе!

Прозвучало до невозможности официально, она сама это почувствовала.

— Не за что благодарить, милочка, — улыбнулась в ответ Каликста. — Пожалуйста!

В дверь постучали.

— Входите! — отозвалась Каликста.

Официант из вагона-ресторана вкатил в купе сервировочный столик.

— Три омлета, мэм.

— Что ж, и правда яйцами пахнет, — сказала Каликста. — Благодарю.

И потянулась за монеткой.

Выпроводив официанта, они позавтракали. После горячей еды под ровный стук колес Софию начало клонить в сон.

— Укладывайся, поспи, — предложила Каликста.

— Да я так посижу, — пробормотала София.

— Что за чушь! У тебя глаза закрываются. Ложись, а мы с Тео постережем.

София кивнула, даже не спросив, по какой такой причине понадобилось ее стеречь. Она забралась на верхнюю полку, сунула рюкзачок под подушку — и, едва опустив на нее голову, провалилась в сон без сновидений.

12 часов 05 минут

Поездка от пограничного с Джорджией городка до Нового Орлеана заняла несколько часов. Большую часть этого времени София проспала. Несколько раз она слышала сквозь сон приглушенный смех Каликсты, и ставшее привычным чувство тревоги сразу рассеивалось.

«Спасибо вам, Судьбы, — думала она. — Послали нам благодетельницу... Да еще такую смешливую...»

Веселье пиратки оказалось весьма заразительным. Тео и сам умел очаровывать людей, но до Каликсты ему было далеко. С ней он быстро сбросил маску наглоdefault самоуверенности и уже с готовностью отвечал на вопросы:

— Я в стайке беспризорников вырос... Ни родителей, ни родни. Меня воспитывали ребята постарше, и я в свою очередь за малышами присматривал. Так вот и растили друг дружку, понимаете?

— Как мило, — отозвалась Каликста. — Прямо готовый пиратский экипаж!

— Вот именно, — рассмеялся Тео.

София перевернулась на спину и потихоньку вытащила часы. Было пять минут первого — уже хорошо за полдень. Если она ничего не напутала с расписанием, скоро Новый Орлеан.

— Стало быть, ты из приюта, — проговорила Каликста.

— Ага, — сказал Тео. — Его монашки содержали. Но мы в основном сами себе были предоставлены.

София сунула часы в кармашек. Что-то насторожило ее.

«А ведь он врет!» — подумалось ей, и мышцы живота сразу свел спазм.

— Значит, родители подбросили тебя туда совсем маленьким?

— Нет. — По голосу Тео нельзя было заподозрить вранье. — Они занимались торговлей. Мне было шесть лет, когда наш дом снесло ураганом и их обоих убило. Я тоже чуть не погиб.

— Очень печальная история, — с чувством вздохнула Каликста. — Ты и руку тогда же повредил? В шесть лет?

— Угу... После этого меня монашки и подобрали. А детвора дала мне прозвище Везунчик Тео, потому что наш дом разнесло в щепы, а я выжил.

— Без сомнения, это благодаря монашкам ты таким ангелочком стал, — коварно проговорила Каликста. — Ведь жизнью рискуешь, помогая девочке, которую полюбил. Какая прелесть! Наверное, и в огонь и в воду за нее!

У Тео вырвался натянутый смешок.

— Все не так. Мы с Софией просто... встретились.

— Ну, меня-то ты, Везунчик, не проведешь, — медовым голосом сказала Каликста.

«Не хочу этого слышать!» — подумала София. Напряжение в животе сменилось тупой тяжестью.

— Все начинается с того, что кто-то кого-то встретил, — продолжала Каликста. — И вот пожалуйста, ты уже помогаешь ей дядю спасать.

— Еще чего! — фыркнул Тео. — Больно надо. Делать мне больше нечего!

Тяжесть заполонила все тело, сделав его неспособным к движению.

«А может, и не врет, — засомневалась София. — Или он обманывал меня? Он просто говорит людям то, что им хочется слышать. Поэтому все и верят ему... — Софию окатило волной стыда, она почувствовала, как в щеки жарко бросилась кровь. — Я же говорила себе, что нельзя ему доверять... и все равно доверяла. Ну и дура же я...»

— Вот как, — с легким удивлением протянула Каликста. — А мне-то показалось, будто вы в Пустоши едете на выручку к ее дяде. Вроде все на это указывало...

София понимала, что должна сесть и положить конец этому разговору. Однако не могла заставить себя пошевелиться.

— Вы все неправильно поняли, — сказал Тео. — Ее дядюшка несколько дней назад сбежал с актрисой из Нохтланда. Даже записочку ей черкнул: прекрасная подруга похитила, мол, его сердце, так что он уезжает и никогда не вернется. — И добавил тоном знатока: — Ясное дело, София вас приняла за красавицу-актрису.

Каликста хихикнула, должным образом оценив комплимент.

— Вот, значит, как было, — произнесла она. — Теперь понятно.

— Если хотите знать мое мнение, — без устали продолжал врать Тео, — жестоко он с ней поступил. Бросил племянницу, у которой, кроме него, на свете никого нет. Променял на актрису!

У Софии щеки горели огнем, живот разболелся.

— Да что с него возьмешь, такой уж он человек, — вздохнул Тео. — Вся эта поездка в Нохтланд — затея, конечно, безнадежная. София дядю там ни за что не найдет. А если и найдет, он ее попросту отправит домой. Что до меня, — добавил он мрачно, — я не собираюсь за ней таскаться и наблюдать, как дядя даст ей от ворот поворот.

София почувствовала на щеках горячие слезы — и от его вранья, и от правды. Она сердито смахнула их, а поезд тем временем стал замедлять ход.

— Лучше разбудить бедную девочку… Подъезжаем!

Голова Тео появилась над краем полки.

— Я не сплю, — придушенным голосом отозвалась София.

— Тогда вставай. Прибыли, — расплылся он в невинной улыбке.

Состав уже подтягивался к вокзалу. Каликста открыла дверь купе и позвала носильщика. София с рюкзачком на плече спустилась вниз. Появился носильщик и стал таскать чемоданы.

— Я сейчас возьму экипаж и поеду в гавань, — надевая шляпку, сказала пиратка. — Хотите, отвезу вас на конную станцию, где можно договориться насчет лошадей… Если только вы вправду не передумали!

Тео хотел выйти следом за ней, но София перехватила его:

— Я все слышала, что ты наговорил про Шадрака!

— А ловко я, верно? — заулыбался он.

— Ловко?.. — У Софии снова вскипели в глазах слезы, как она ни крепилась. — Да как ты мог?! Актриса!..

К ее вящему негодованию, Тео расхохотался.

— Не смешно!..

— Да ладно тебе, хватит дуться, — сказал он. — Ты ко всему относишься больно серьезно!

София опять почувствовала, что неудержимо краснеет.

— Правильно, серьезно! Так и дело серьезное! А еще я слышала, как ты не собирался таскаться за мной! Никто тебя, кстати, и не просил! Катись на все четыре стороны хоть сейчас, я и одна справлюсь!

— Эй, полегче на поворотах, — промолвил Тео и тронул ее за плечо. — Я же просто языком болтал. Ты велела никому не рассказывать про Шадрака, вот я и наплел чушь, чтобы она отвязалась.

— Значит, ты врал всю дорогу?

— Конечно. Ты же сама сказала...

— Врать я тебе не велела! Просто просила, чтобы ты ей не рассказывал! Как я теперь разберу, когда ты правду говоришь, а когда нет?

— София... то, что я молол ерунду, никакого значения не имеет. Уж ты мне поверь.

Она коротко рассмеялась и отвела взгляд.

— Да уж. Верить тебе... — Тут София заметила, что в поезд уже начали садиться новые пассажиры. — Пошли, — коротко бросила она, повернулась на каблуке и шагнула в коридор.

Тео покачал головой и двинулся следом.

Они вышли на перрон, и в его дальнем конце София высмотрела Каликсту. Пиратка распоряжалась носильщиками — те привязывали ее багаж к верху крытого экипажа. София направилась к ней, и вдруг сзади закричали. Девочка обернулась... Навстречу бежали трое — нет, четверо! — личностей с одинаковыми шрамами на физиономиях. Сперва София приросла к месту. Потом схватила рюкзачок и понеслась во всю прыть, топоча по деревянному настилу.

Тео вскоре догнал ее и тут же вырвался вперед. Каликсте, чьи чемоданы уже были благополучно погружены, понадобилось мгновение, чтобы осознать происходящее. После чего она одним движением распахнула дверцу, и в ее руке блеснул револьвер.

— Сюда! — крикнула она. — Живо!

Тео первым нырнул внутрь, за ним юркнула София. Каликста вскочила на подножку, вцепилась свободной рукой в багажник наверху и заорала кучеру:

— Гони!..

Кони рванули с места. Каликста грациозно перегнулась наружу и сделала по платформе один-единственный выстрел. София увидела, как заметался народ, кто-то ринулся к веренице ожидающих экипажей, лошади, напуганные выстрелом, вставали на дыбы и брыкались. Каликста забралась внутрь и захлопнула дверцу.

— Милочка, можно попросить тебя еще раз мне со шляпкой помочь? — произнесла она.

София отложила рюкзачок и трясущимися руками стала вытаскивать шпильки. Экипаж бешено летел вперед, подпрыгивая на мостовой.

— Готово, — сказала девочка, заворачивая шпильки в ленту.

Каликста тряхнула распущенными волосами и выглянула в окно.

— Кучер! — окликнула она. — Плачу втрое, если живо доставишь нас на дальний причал! Там корабль с красно-белыми парусами! — И откинулась на сиденье. — Те тоже наверняка в экипаж сели...

Мимо мелькали улицы Нового Орлеана. Кучер выбрал путь по окраинам города, но даже здесь движение было изрядным. Люди с криком бросались в разные стороны, уворачиваясь от колес. София успела заметить, как повалился наземь лоток с фруктами, позади с лаем мчались собаки...

— Почти приехали, — глянув наружу, сказала Каликста. — Как остановимся, сразу бегите к кораблю с красно-белыми парусами.

Тео кивнул.

— А ты, милочка, сбереги мою шляпку, — обратилась пиратка к Софии. — Выше нос, маленькая! Я отлично стреляю!

У въезда в порт случилась неожиданная задержка.

— С дороги!.. — заорал кучер.

Лошади рванули в сторону, объезжая перевернутую телегу и груду рассыпавшихся ящиков.

Тут что-то с резким треском взорвалось внутри кареты, как раз между головой Софии и плечом Каликсты.

— А вот и они, — пробормотала Каликста. — Ну-ка, пригнитесь!

Высунувшись в окошко, она тщательно прицелилась и дважды спустила курок.

Кучер осадил коней, застучали колеса, экипаж остановился. Каликста дернула дверцу.

— Бегом марш! — приказала она. — Красные и белые паруса, помните? Скажите Барру, чтобы пошевеливался, потому что свое барахло я уж точно не брошу!

Она уверенно расставила ноги, приготовила револьвер и стала ждать преследователей.

София выскочила наружу, прижимая к себе шляпку Каликсты, и принялась судорожно высматривать нужные паруса. Где же они? И куда подевался Тео?.. Его нигде не было видно. Повсюду громоздились ящики, суетились моряки, лошадь под блестящим черным седлом взволнованно дергала повод, рядом, вывалив языки, лаяли две собаки… Где же Тео, может, спрятался? София юркнула за кучу деревянных ящиков. Под ногами шуршали опилки, валялась наполовину сгрызенная рыбешка… В воздухе почему-то пахло ромом — ни дать ни взять в порту прошел ромовый дождь. София вновь вскинула глаза. Красно-белые паруса… Они все были красными и белыми. А еще кругом пестрели синие, зеленые, желтые…

Потом она увидела матросов, бежавших к Каликсте. Верно, это были люди с ее корабля! Сзади раздался выстрел, потом другой. София высунулась из-за ящиков. Пиратка стояла все так же спокойно. Она метко отстреливалась, не подпуская преследователей, а матросы отвязывали чемоданы. София поднялась на ноги, готовясь бежать следом за моряками.

Тут поодаль она заметила Тео. Одной рукой он яростно махал ей, в другой держал пистолет. Тео двигался спиной вперед, паля направо и налево, а рядом с ним шел здоровяк-матрос с чемоданом.

«Так Тео и стрелять умеет?..»

Она оглянулась. Каликста, стоявшая у экипажа, исчезла. София с ужасом сообразила, что причал почти опустел. Потом наконец высмотрела пиратку на палубе корабля. До него было рукой подать, он стоял на якоре со свернутыми и увязанными красно-белыми парусами. Теперь они полоскались в воздухе, постепенно наполняясь ветром, — судно готовилось к отплытию. Тео взбежал на палубу и что-то говорил Каликсте, указывая рукой на Софию… А между нею и трапом уже появились големы.

София с отчаянием поняла, что в очередной раз не уследила за временем. А что еще хуже — она лишилась рюкзачка и не могла понять, каким образом. Она по-прежнему держала в руках шляпку Каликсты, но вот рюкзачок, драгоценный рюкзачок, бесследно пропал.

«Неужели я его в карете оставила?..» — мелькнула отчаянная мысль.

Големы начали стрелять по кораблю; Софию они еще не заметили. Девочка натянула шляпку на голову, чтобы не потерять и ее, и на четвереньках поползла назад, к экипажу. Тео, Каликста и другие пираты вовсю отстреливались от големов. Один из нигилизмийцев размахивал абордажным крюком…

Тут София, к своему немалому облегчению, увидела рюкзачок за плечами у какого-то пирата.

«Значит, Каликста его нашла! Теперь только добраться до корабля…»

Трап был совсем близко. Пять быстрых прыжков — и она взбежит по нему.

Вскочив, София опрометью рванулась вперед… и тут же рухнула врастяжку, налетев на высокого худого мужчину. В одной руке он держал револьвер, в другой — длинную саблю. Незнакомец поправил дулом съехавшую шляпу, которая была еще шире, чем у Каликсты, и София увидела красивое бородатое лицо, расплывшееся в широкой улыбке. Он окинул Софию оценивающим взглядом.

— Когда, — сказал он, — сестренка тебя попросила приберечь ее шляпку, ты ее слова восприняла как приказ…

— Я… я… — заикаясь, промямлила София. — Простите, пожалуйста…

— Исключительно разумный поступок, — жизнерадостно ответил пират.

Он сунул саблю в ножны, схватил девочку за руку и помчался с ней к трапу на палубу корабля под красно-белыми парусами.

Големы заметили их и бросились наперерез. София слышала, как за спиной грохотали по доскам их башмаки. Треск выстрелов, летящие щепки… Мгновение тишины… и крики со всех сторон — брошенный крюк впился в дерево как раз у ее ноги. София перевалилась через планширь и оказалась на палубе.

Корабль уже отходил от причала. София посмотрела на берег. Ее глазам предстало странное зрелище. На пирсе никого не было — лишь четверо големов, увязших в чем-то черном и липком, словно мухи в варенье. София сощурилась, ничего не в силах понять…

Потом ее окатила волна дурноты. Девочка потянулась к фальшборту, чтобы опереться, но не смогла нащупать его. Ослабев, она поникла и встала на колени. Прижалась щекой к чистым и гладким палубным доскам…

И весь мир неудержимо завалился на сторону.

16
Морская болезнь

24 июня 1891 года, 16 часов 46 минут

В то время как суша Нового мира по большей части еще не исследована, моря попросту остаются неведомыми науке. Философы Нового Запада задаются следующим вопросом: если некая часть океана изначально принадлежала, скажем, тридцатому веку, возможно ли будет понять это во время плавания в соответствующих водах? Говоря языком практики, надежного метода, чтобы определить, к какой эпохе относится тот или иной район океана, не существует.

Шадрак Элли. История Нового мира

Когда приступ головокружения, пригвоздивший Софию к палубе, миновал, она приподнялась на локтях и мутными глазами стала следить за тем, как набирал ход корабль. Матросы Каликсты обтягивали паруса, что-то кричали друг дружке... Мимолетное облачко закрыло солнце, и вдруг сделался ощутим запах океана. София всей грудью вдохнула его. Когда она смогла заговорить, то первым долгом попросила прощения за то, что потеряла счет времени и едва не задержала отбытие судна.

Но никто, как выяснилось, ее не винил.

— Благодари вот этого паренька: он заметил тебя, — сказал Барр, обнимая Тео за плечи. — Я-то уже ему спасибо сказал: таких стрелков поискать! А хитер!.. Это ж надо додуматься: патоку! Бочки четыре разворотил, не меньше! Те мерзавцы теперь ко всему прилипать будут, пока не отмоются. Ты у нас, парень, настоящий пират!

Тео так и сиял. Видно было, что похвала Барра его в какой-то мере смущала.

Может, София и доставила пиратам некоторые неудобства, но они меркли перед лицом настоящей трагедии: один из чемоданов Каликсты прибыл на борт с двумя пулевыми отверстиями в боку. Дама-капитан сполна всыпала матросу, притащившему его, а заодно и брату — за то, что не принес сам. Пока выходили из гавани, Барр расхаживал по палубе, время от времени выкрикивая команды матросам и отмахиваясь от ругани, которой осыпала его Каликста.

— Может, Персика расстреляешь — и тогда тебе полегчает? — спросил он наконец. — Валяй!

И жизнерадостно указал ей на несчастного Персика, средних лет матроса, горестно теребившего обтрепанные рукава.

— А надо бы! — взревела Каликста. — Ты хоть представляешь, легко ли раздобыть нижние юбки по росту?

Персик безутешно покачал головой:

— Нет мне прощения, капитан Моррис…

— Душа моя, — сказал Барр. — Чем стращать нас своими нижними юбками, может, лучше оценишь ущерб?

Каликста окинула обоих яростным взглядом и открыла чемодан. Придирчиво осмотрела одежду. Персик стоял по стойке смирно, не смея пошевелиться, но наконец пиратка подняла голову, немного смягчившись.

— Похоже, пули застряли в моей пудренице, Персик, — ледяным тоном проговорила она. — С тебя причитается новая, а то уже пудру некуда положить!

— Всенепременно, капитан! В ближайшем порту! — с огромным облегчением ответил матрос.

Чемоданы понесли прочь, Каликста скрылась в каюте. Пираты, пересмеиваясь, с удивительной ловкостью лазили по снастям. София пыталась следить за их действиями, но твердо держать голову она не могла. Морская болезнь насылала на девочку дурноту, волна за волной.

Пираты оказались совершенно не такими, какими она их себе представляла. Они гораздо больше походили на состоятельных отпускников. Та же беспечность, те же наряды безо всякого уважения к приличиям. Все эти люди изъяснялись точными, хотя и не слишком привычными выражениями, характерными для диалекта Индий. И даже распоследние палубные матросы больше напоминали Софии разодетых ливрейных лакеев, чем разбойных морских волков.

Тео, показавший себя отменным стрелком, успел стать всеобщим любимцем. Матросы окружили его и не хотели отпускать. Кое-как отделавшись от них, он подошел к Софии:

— Как ты?

Ей не хотелось с ним разговаривать. Девочка понимала, что ведет себя глупо, но все равно была слишком сердита. Она отвернулась, притворившись совсем больной. Тео пожал плечами и зашагал прочь.

София же, поразмыслив, решила, что на пиратов надежды больше, чем на него. Каликста спасла ее рюкзачок, а Барр — ее жизнь. Не бросили на произвол судьбы, хотя так было бы проще всего.

«Попрошу их помочь мне добраться до Нохтланда...»

Беспокойство снедало девочку, усиливая головокружение от качки. Каков, собственно, шанс разыскать в Нохтланде Верессу? И вместе с нею выручить Шадрака, пока с ним чего-нибудь ужасного не случилось?..

Морская болезнь не отступила даже через несколько часов плавания. София так и сидела обмякнув, созерцала горизонт и боролась с дурнотой. Ближе к вечеру судно попало в полосу затишья: повеяло прохладой, а качка почти прекратилась.

— Милочка! — окликнула с того конца палубы Каликста. — Милости прошу отужинать в моей каюте!

— Я... лучше тут посижу, — ответила София. — Мне еще хуже стало. И есть совсем не хочется, правда...

— Ах ты, бедненькая! Ну ничего, поправляйся.

И она скрылась за дверью. София попыталась подняться, чтобы хоть на закат посмотреть. Над головой уже зажигались звезды, небо, сине-фиолетовое в зените, розовело у горизонта. София вглядывалась в эту розовую полоску, чувствуя, как морская болезнь наконец отступает.

За спиной раздались шаги. София оглянулась на подходившего к ней человека.

— Меня прислали составить тебе компанию, деточка, — прозвучал старческий голос.

Женщина была ростом примерно с Софию и почти такая же худенькая. Она прямо держала спину и говорила отчетливо, но возраст чувствовался все равно. Таких старых людей София, пожалуй, никогда прежде не видела. Седые волосы были заплетены в косу и высоко заколоты, лиловое платье топорщилось бесчисленными заутюженными складками на подоле и рукавах.

— Я Бабуля Перл, — сказала она, накрывая морщинистой рукой пальцы Софии. — Так меня называют, хотя на самом деле я никому тут бабушкой не довожусь. — Она улыбнулась, держа в ладонях руку Софии. — Тебя, говорят, бедненькую, качка замучила?

— Да, укачало, — выдавила София. — И не проходит никак.

По жестам, по манере держать голову она вдруг догадалась, что Бабуля Перл была слепой.

— Вот как, — отозвалась женщина. Зубы у нее были мелкими и белыми, и вправду будто жемчуг. — И я, кажется, понимаю причину. Я это по твоей руке чувствую.

— В самом деле? — София моргнула.

— Ну конечно, маленькая. Всякий, кто возьмет тебя за руку, не может не ощутить, что ты отъединена от времени. Ты, наверное, слышала всякие разные объяснения, и от этого делалось только хуже. Внутренние часики поломались — ведь так тебе говорили? Чувство времени хромает?

София покраснела.

— Да, я действительно... то и дело о времени забываю, — сказала она и смущенно буркнула: — Было бы чем гордиться!

— А стыдиться и подавно нечего, девочка моя, — улыбнулась Бабуля Перл. — Отъединенность от времени — дар очень редкий. Только подумай! Ты вольна парить, плыть, словно кораблик, не удерживаемый тяжелыми якорями!

София посмотрела на сморщенные руки, обхватившие ее кисть.

— Иногда, — вздохнула она, — якорь не помешал бы…

Старушка подвела ее к выставленным на палубу креслам.

— А он у тебя есть, — сказала она. — Или ты не носишь с собой часы? Неужели люди постоянно не напоминают тебе о времени? Разве на каждом углу не движутся стрелки по циферблатам, сообщая тебе, который час? Тебе и всем нам?

— Наверное, вы правы, — согласилась София.

— Тогда какая тебе нужда во внутренних часиках? Уж поверь мне, маленькая, я-то знаю: порой без них лучше. Мне девяносто три года, и за всю жизнь я встретила только троих людей, не привязанных ко времени. Все они были выдающимися личностями.

София восприняла услышанное с некоторым сомнением. Они сели в кресла, и она спросила:

— А морская болезнь тут при чем?

— А при том, — ответила женщина, — что в плавании мы попадаем в дикую смесь эпох. Воды из разных столетий после Разделения перемешались. Зачерпни ведро из-за борта — в каждом по дюжине веков!

Ни один исследователь из числа друзей дяди Шадрака о подобном даже не упоминал. София подставила лицо соленому ветерку, словно проверяя истинность этого утверждения.

— Неужели правда…

— Я прожила на кораблях бо́льшую часть жизни, — сказала старушка. — И видела таинственные явления, которые только так и можно истолковать.

— Какие явления?

— Странные города прямо на поверхности волн: они то показываются, то пропадают. Русалочьи народы, пытающиеся отгородить кусочек моря и удержать его в одной эпохе… А что делается под водой! Течения переносят с места на место осколки разных веков…

София слушала с напряженным вниманием.

— Значит, прежде у вас было зрение?

— Верно. Хотя оно мешало мне подобно якорям, о которых мы говорили. Как ты не нуждаешься во внутренних часах, так и мне оказалось проще без зрения… Понимаю, как странно это звучит, но, лишь ослепнув, я начала как следует понимать окружающий мир.

— О чем вы?

— Возьмем, к примеру, твою ладонь. В юности я могла бы точно так же коснуться ее. Но, желая узнать тебя, больше смотрела бы на твое лицо, на улыбку, а на руку внимания не обратила бы. Ослепнув же, я стала подмечать то, что раньше проходило мимо меня. Зрение отвлекало от главного.

— Кажется, я начинаю понимать, — сказала София.

Ей вдруг стало ясно, насколько важен для нее облик Бабули Перл: пытаясь составить впечатление о ней, София присматривалась к ее волосам, опрятному платью, глубоким морщинкам у глаз.

— Значит, — медленно проговорила она, — раз уж я забываю о времени, надо лучше прислушиваться к своим ощущениям…

— Все правильно, моя дорогая, — молвила ее собеседница. — Что все упускают из виду из-за своей вовлеченности в ход времени? Тебя не сковывают подобные условности, поэтому ты просто обязана замечать то, что ускользает от остальных. — Она помедлила, давая Софии подумать. Потом добавила со смешком: — Учти, ты можешь далеко не сразу это понять.

София улыбнулась в ответ:

— Вы правы. — Она продолжала рассматривать старческие руки Бабули Перл. — Раз вам девяносто три, значит… значит вы пережили Великое Разделение!

— Так и есть, деточка. Правда, я ничего не запомнила: я тогда была младенцем в кроватке. Знаю об этом по маминым рассказам… Для Объединенных Индий, где всеобщее благосостояние напрямую зависит от поездок через Атлантику, это было ужасающее потрясение. Прежние европейские порты исчезли. Колонии в Америках разительно изменились. В Пустошах разразилась война, воцарились всеобщее смятение и хаос… Только представь: сотни тысяч людей просыпаются поутру — а мир-то, оказывается, весь всмятку! Каждый сам по себе, каждый чувствует себя изгнанником с более не существующей родины… Целый континент словно с ума сошел! Мама, помнится, об этом так говорила: всему миру приснился сон. Глубокий и долгий… Она, кстати, хорошо умела сны толковать. Кому, как не ей, было знать, насколько зыбка граница между бодрствованием и сновидением!

— Ваша матушка… — София замялась, не зная, как спросить. — Она тоже… пираткой была?

— О да, деточка, только пиратство с тех пор изменилось. Опасная работа была, к тому же низкооплачиваемая. Не чета нынешней! Мама, к примеру, всю жизнь провела на кораблях — и даже пары ботинок себе не купила, бедняжка. Она зарабатывала деньги, предсказывая погоду и толкуя сны. Нелегкая судьба… А теперь что! Теперь, можно сказать, золотой век пиратства!

Слушая ее, София подумала, что если уж кто и переживал золотой век, так это землепроходцы. Однако вместо того, чтобы возразить, она сказала:

— Я и смотрю, корабль капитана Моррис обеспечен всем необходимым.

— Это потому, что капитан хороший. Она справедливо обращается с нами и в срок отпускает на выходные. Барр с Каликстой очень неплохо зарабатывают, что и говорить, но не жадничают: от их доходов и нам сытно живется. Грех жаловаться! Однако по сравнению с другими пиратскими кораблями наш «Лебедь» — сущая скромница. — Бабуля Перл покачала головой. — Иные суда богаче целого острова… из тех, что помельче, конечно. Крупные острова — совсем другое дело. Ты бывала в Гаване, деточка? Вот где денег куры не клюют!

— В Объединенных Индиях я никогда не бывала, — призналась София. — И в Пустошах тоже ни разу. Если уж на то пошло, я первый раз заехала южнее Нью-Йорка!

Бабуля Перл рассмеялась и похлопала ее по руке:

— Ну тогда жди чудес! В Пустошах у тебя глаза разбегутся и дыхание перехватит. Так со всеми в первый приезд.

— Я слышала об этом, — кивнула София.

— Помнишь, что я тебе говорила о ведре воды из-за борта? Примерно то же творится и в Пустошах, только там не море, а суша. Бесчисленные эпохи мгновенно перемешались одна с другой.

— Пытаюсь вообразить, — сказала София и даже слегка нахмурилась. — Ничего не выходит.

— Всю картину сразу трудно увидеть, — пояснила старая женщина. — Должно быть, непосредственно после Разделения можно было различить границы эпох: одна улица — в таком-то столетии, следующая — в другом… Теперь, через девяносто с лишним лет, все утряслось. Например, в Тройственных эпохах три эры слились в одну. Уже и не разберешь, какое здание явилось из прошлого, какое из будущего. Животные минувших времен кормятся рядом с более поздними видами… Вот такая там теперь жизнь: единая эпоха, соткавшаяся из трех!

София с напряженным вниманием подалась вперед.

— Не расскажете про зверей? Я слышала, они очень странные!

— Там вправду водятся удивительные создания, — кивнула старушка. — Однако в Пустошах тебе следует очень осторожно употреблять такие слова, как «твари» или «животные».

— Вот как! Почему?

— Это из-за Знака лозы и Знака железа. — Бабуля Перл вслушалась в молчание Софии. — Слышала ты о таких?

— Читала… — Софии пришло на ум мимолетное упоминание в дядином атласе. — Правда, не особенно поняла. Что это такое?

Старая женщина поудобнее устроилась в кресле.

— Что ж, неудивительно. Люди говорить об этом не любят. Особенно жители Пустошей. Однако невозможно понять эту страну, не учитывая Знаки. Они существовали всегда… то есть со времени Разделения — наверняка, но лишь позже возник жестокий способ их наблюдения. Хочешь послушать, с чего все это началось?

— Еще как хочу!

— Эта история была изложена в стихах Ван Морингом, уроженцем Пустошей, который стал моряком…

И Бабуля запела. Песня была медленной и печальной. Голос старой женщины тонкой нитью вился над палубой…

У крепких кованых ворот
Толпился страждущий народ:
Вдали дворец — богат, хорош,
Да мимо стражи не пройдешь.

В садах сверкали купола
И окна ясного стекла…
Но люд не мог наверняка
Увидеть большего — пока

Тот человек из дальних чащ,
В широкий завернувшись плащ,
Не подошел, впустить моля:
«Я кровный родич короля!»

Его в тычки погнали вон.
Упал на плечи капюшон.
Рванулся он из цепких рук
И над землею взвился вдруг!

Крыл изумрудных разворот
Всем доказал, что он не врет.
Прозрачней, чем у стрекозы,
Они явили Знак лозы.

Но стража виснет на ногах
И летуна ввергает в прах.
Немилосердная земля
Ломает гордость короля!

Железный Знак, сомненьям чужд,
Не снизойдет до наших нужд,
Но сам воспримет кару, чтоб
Покрепче морщил медный лоб!

Голос затих, но перед умственным взором Софии продолжали плавать яркие образы, навеянные песней.

— Медный лоб… — наконец выговорила она. — Что это значит?

Бабуля Перл наклонила голову.

— Милый, — сказала она, — почему бы тебе не рассказать ей о Знаке железа?

София глянула поверх спинки ее кресла и, к своему удивлению, обнаружила там Тео, который незаметно появился из темноты. Судя по всему, он слышал их разговор. София же успела забыть и о морской болезни, и о том, что была на него сердита.

Помедлив немного, Тео подошел к ним и сел рядом.

— Для Знака железа, — тихо промолвил он, — достаточно любой кости, выполненной из металла. Чаще всего это чей-нибудь зуб. Такие зубы прочны и остроконечны, они предназначены рвать…

— Так они тому человеку зубами крылья порвали? — поежилась невольно София.

— Они охраняли ворота. Они выполняют лишь то, что от них требуется.

— Все верно, — кивнула Бабуля Перл. — Стражники так и говорили, отстаивая свою правоту: мы охраняли ворота. Им, мол, неоткуда было знать, что перед ними — королевский племянник, который вернулся в Нохтланд после нескольких лет, проведенных на северной границе. Тем не менее король заявил, что Знак лозы должен был послужить необходимым и достаточным доказательством их родства.

— А что дальше было с этим племянником? — спросила ее София.

— Стражники в клочья изорвали ему крылья, но со временем те отросли заново, подобно новой листве.

— Зато стражников, — добавил Тео, — приговорили к смерти.

Бабуля Перл повернулась к нему:

— Да, таков был вердикт, и это лишь усугубило исконную вражду между двумя Знаками. Прежде того случая речь шла лишь о неприязни, о взаимной подозрительности, но после казни дворцовой стражи между ними разверзлась пропасть. Знак лозы считается символом привилегированной аристократии. У членов правящего дома он нередко проявляется в виде крыльев. У людей попроще — пятнышком на коже, прядью волос, окраской пальцев... Даже самая блеклая отметина, если повезло с ней родиться, вводит ребенка из низов в число избранных. Носящие Знак занимают в Пустошах особое положение. А те, у кого его нет, — обычные люди вроде нас с тобой — иной раз идут на подделки... Что касается Знака железа, его считают символом варварской неотесанности. В наши дни отмеченные Знаком железа вовсе не дерзают появляться в столице, поскольку оттуда их изгоняют. Раньше этот Знак презирали, теперь обладание им — почти преступление.

— На севере страны все не так, — вставил Тео.

— И это тоже верно, — согласилась Бабуля Перл. — Тамошние налетчики с гордостью показывают железные зубы и отнюдь не стыдятся скалиться в лицо всему миру. Таких можно встретить и в Веракрусе, и на объездных дорогах... А вот Нохтланда они избегают. Я ничего не напутала?

Тео смотрел вдаль, на воду.

— Истинно так, — сказал он наконец. — Люди, носящие Знак железа, сами собой оказываются по ту сторону закона... даже если ничего противозаконного не натворили.

— Некоторые, — подтвердила старушка, — склонны считать людей железного Знака дикарями, если не хуже. Самые оголтелые даже употребляют по отношению к ним такие слова, как «животные» или «твари»... Вот об этом-то я и хотела тебя предупредить.

София удивленно спросила:

— Неужели они, эти люди со Знаком железа... в самом деле такие ужасные?

— Нет, конечно, — фыркнул Тео. — Разбойники, с которыми я успел познакомиться, были люди как люди, ничуть не страшнее других. Самые обыкновенные! Кто-то злой, кто-то добрый...

— Как видишь, — сказала Бабуля Перл, — это жестокое предубеждение раскололо народ Пустошей много десятилетий назад.

Между тем заря погасла, на небе высыпали звезды, а над горизонтом зависла луна.

— Так вот, — протянула девочка, — что люди имеют в виду, когда рассуждают о «странных созданиях»...

— Ну, не только, — заметила Бабуля. — Есть настоящие животные, и очень странные! Одни — из иных эпох, другие — неизвестно откуда...

— Лакримы, к примеру, — вставил Тео.

София, пользуясь темнотой, закатила глаза.

Бабуля Перл некоторое время молчала.

— Да, к примеру, лакримы, — произнесла она после паузы. И понизила голос: — Вообще-то, я весьма далека от суеверий, но кое-кто на борту не обрадуется, если вы будете всуе их поминать... Люди говорят: о лакриме речь, а она встречь!

— Кто бы мог подумать, — ухмыльнулся Тео. Его хмурое настроение улетучилось без следа. — Чтобы пираты — и чего-то боялись!

— Страх страху рознь, — сказала старушка. — Пушечная пальба нам нипочем, а вот привидения или лакримы — совсем другая материя.

Тео жадно спросил:

— А вы когда-нибудь слышали хоть одну?

— Слышала, — серьезным тоном ответила Бабуля. — Первый раз — очень давно, еще в Пустошах… А всего несколько лет назад, когда мы стояли в Гаване, одна из них не давала житья кораблю, называвшемуся «Розалина».

— Значит, они не только в Пустошах водятся? — спросила София.

— Там они вправду встречаются чаще всего, но услышать их можно где угодно. Та, о которой я говорю, досаждала команде «Розалины» неделями. Несчастные моряки чуть с ума не сходили. Причалив в Гаване, они в полном составе сбежали на берег, и капитану не удалось уговорить их вернуться. Кончилось тем, что кто-то, может даже сам капитан, перерезал швартовы и судно унесло в океан, — на борту не было ни души, если не считать лакримы. С тех пор оно либо потонуло, либо так и плавает по белу свету с одинокой пассажиркой… В любом случае эта посудина когда-нибудь развалится и пойдет ко дну. Пустой корабль в пустом море… Исчезнет и лакрима — время рассеет ее.

— Ага! Так со временем они пропадают, — сделала вывод София, которой вспомнилась история миссис Клэй: лакрима и вправду куда-то делась при пересечении границы. — Как же это происходит? И почему?

— Трудно сказать. Но, как полагают, именно поэтому перед одними людьми они предстают чудовищами, другим кажутся привидениями, а третьи лишь слышат дальние отголоски... Кстати, жители Ксёлы в основном встречают именно третью их ипостась, существует даже местное название: el llanto del espanto — «жалоба призрака». Как именно они исчезают — никому в точности не известно. Если уж на то пошло, никто вообще толком не понимает, что они, бедняжки, собой представляют. Я нутром чую — они предугадывают свою судьбу. Знают, что обречены, и ужасаются этому. Да и кто бы не ужасался? — Бабуля Перл поднялась на ноги. — Итак, теперь я вас, пожалуй, оставлю... Ну так что, милочка, отвлекла я тебя от морской болезни?

— Еще как! — серьезно поблагодарила София. — Я о ней и думать забыла!

— Ну и отлично. Завтра поболтаем о чем-нибудь повеселее! — Она коснулась ладошкой лба девочки, потом ее рука проплыла в воздухе и нашла голову Тео. — Спокойной ночи, детишки.

— Спокойной ночи, Бабуля Перл, — отозвался парень. Взял ее руку и ласково поцеловал.

— Ах! — сказала она и ответным жестом коснулась его запястья. Ее пальцы почти нежно пробежались по его шрамам. — Так вот почему ты мне все левую подставлял... — И она улыбнулась. — Ничего постыдного нет в том, что у тебя такая рука. Если эти рубцы о чем-то и говорят, то только о силе.

Он рассмеялся, но несколько вымученно. И ничего не ответил.

— Сила, — повторила слепая и похлопала его по руке. — Что ж, спокойной ночи и сладких снов вам обоим.

17
«Лебедь» в заливе

25 июня 1891 года, 17 часов 41 минута

После 1850 года, когда между Новым Западом и Объединенными Индиями установилась торговля ромом и сахаром, пиратство в Карибском бассейне сделалось очень выгодным занятием. Плантаторы Индий оказались перед выбором: либо постоянные грабежи по дороге, либо дорогостоящее сотрудничество. Большинство склонилось ко второму варианту, и с течением времени пиратство начало обретать статус законного бизнеса по охране и поддержанию торговых путей. Это привело к решительному отъединению традиционных пиратов-грабителей от их более состоятельных собратьев, заключивших контракты с землевладельцами.

Шадрак Элли. История Нового мира

Каликста и Бартон Моррис были наследниками старинного пиратского рода. Их родители, деды с бабками и так далее бороздили опасные карибские воды еще в те времена, когда любой корабль вне зависимости от флага почти наверняка был вражеским. Люди, впервые встречавшие Каликсту и Барра (так он себя называл), отмечали про себя их непринужденные манеры — и понятия не имели о трагедии, разыгравшейся в их прошлом. Хотя именно память об этой драме помогала им обоим сполна радоваться жизни:

брат и сестра слишком хорошо знали, что в любой миг могут всего лишиться.

Они родились в семье, в которой, кроме них, двойняшек, было еще пятеро братьев и сестер. Вместе с матерью, дочерью пиратского капитана, и отцом, старшим помощником на недоброй памяти «Тайфуне», они плавали долгие годы, пока в один прекрасный день командир, жаждавший поддержать грозную славу своего корабля, не вздумал напасть на столь же честолюбивого соперника.

Битва была жестокой и долгой. Когда она завершилась, от обоих судов остались лишь выгоревшие обломки.

Каликста и Барр, которым на тот момент не сравнялось и года, вместе лежали в колыбельке, пока обугленный остов «Тайфуна» не прибило к берегу. Малыши выжили благодаря Бабуле Перл — она была членом команды и одной из немногих, кто уцелел. Пожар лишил ее зрения, но она не бросила малышей.

Именно Бабуля их впоследствии и вырастила. Да еще и привела своих питомцев на «Лебедь», ходивший в то время под началом старого добряка капитана Маслины. Тот гордо именовал себя пиратом, однако старость придала ему осторожности — он предпочитал торговые пути, не грозившие особыми опасностями. В основном Маслина возил сырую резину, которую добывали на юге Пустошей, на заводы Гудиера на Новом Западе и в Объединенных Индиях. Там из нее делали велосипедные шины, сапоги и еще множество полезных вещей. «Плачущее дерево», растущее по окраинам Тройственных эпох, обогатило многих людей, в том числе и капитана Маслину.

Что говорить, гибель семьи очень тяжело переживалась двойняшками, но Бабуля Перл и команда «Лебедя» пытались утешить Каликсту и Барра как только могли. Когда Маслина отошел от дел и передал корабль брату с сестрой, они поклялись, что «Лебедь» никогда и ни за что не уподобится «Тайфуну». Они не стремились к величию и боевой славе, им хотелось достатка. Поэтому «Лебедь» не нападал, пока его не вынуждали. Моррисы от души хохотали, когда пираты с других кораблей поддевали их, называя «учтивыми».

«Лучше быть учтивым, чем мертвым! — отвечал в таких случаях Барр. — Зачем искать драки, если мне предлагают лучшие схватки?»

Каликста же занималась тем, что отслеживала перемещение чужих пиратских судов и при необходимости меняла курс «Лебедя», избегая ненужных противостояний…

На второй вечер путешествия Софии представился случай ознакомиться с морскими корабельными картами. Возможность подвернулась поистине долгожданная! К тому времени девочка уже решилась просить Барра и капитана Каликсту о помощи, понимая, что без них ей до Нохтланда не добраться. Выбора попросту не было. Да и при любом раскладе стоило к ним обратиться. Ведь Барр спас ее на новоорлеанском причале, а Каликста сохранила рюкзачок, хотя могла легко бросить его или присвоить. Сыграла свою роль и доброта Бабули Перл… Пираты явно не имели никакого отношения к Монтеню и големам. Поэтому София собиралась рассказать им о Шадраке. Вреда не будет, рассудила она, а пользы можно дождаться!

Она сидела на палубе, при свете нескольких фонарей изучая карты и диаграммы погоды, что принес из своей каюты Барр. В нескольких шагах от нее шла схватка — Барр и его сестра пытались научить Тео простейшим приемам сабельного фехтования. Бабуля Перл слушала и улыбалась.

— Патока! Да не стой же ты столбом! — бранился Барр. — Уворачивайся!

— Эта сабля пуд весит, — оправдывался Тео, пятясь прочь и держа оружие обеими руками. — Я лучше револьвер схвачу и…

— Да ты еще и лентяй! — сказал Барр, переходя в наступление и косясь на сестру. — Каликста в два раза меньше тебя, а с саблей управляется, как со шляпной булавкой!

— В два раза? — возмутилась Каликста. Накинулась на брата и мигом обезоружила его с помощью деревянной палки. — Я что тебе, рыбешка какая?

— Рыбешки лишены тщеславия в отличие от тебя, радость моя, — ответствовал Барр, уклоняясь от палки. Перекатившись по палубе, он проворно завладел своей саблей. — Ну и нижних юбок не носят… тем более таких очаровательных… — И вновь обратился к Тео: — Пусти в ход вторую руку! Ту, которая у тебя вместо мишени для дартса!

Тео скривился, но саблю в порезанную руку все-таки переложил.

— Я к тому, — сказал он, — что револьвер надежнее…

Барр ловким движением размотал бухту веревки. Тео запоздало вскинул глаза — его накрыла брошенная рыболовная сеть. Он невнятно зарычал, бросил саблю и попытался выбраться из ловушки.

— Ну что, много толку сейчас было бы от револьвера?

— Мы эту сеть всего месяц как купили, — запротестовала Каликста.

— А что с ней сделается? — засмеялся Барр, наблюдая за отчаянными метаниями Тео, желающего освободиться. — Попалась рыбка!

София, полностью поглощенная изучением карт, ничего не замечала кругом.

— Ух ты! — вдруг вырвалось у нее. Она подхватила с палубы бумажный лист. — Карта Шадрака!

— Ты о чем, милая? — спросила Бабуля Перл.

К Софии постепенно вернулось самообладание.

— Эту карту, — сказала она, — нарисовал Шадрак Элли. Мой дядя.

— В самом деле? — с интересом переспросил Барр. Они с Каликстой уже заглядывали Софии через плечо. — Ах да! Великолепная карта, кстати. Вот этот остров, например, — он указал пальцем, — находится так далеко, что большинство людей о нем и не слыхали. Туда наведываются разве что пираты. А господин Элли его изобразил, да как точно! Каждая речушка видна, каждая скала. Исключительная работа.

— Да, карта замечательная, — разглядывая линии, начертанные знакомой дядиной рукой, согласилась София.

— Как это у него так здорово получается? Бьюсь об заклад, он там даже не бывал.

— Понятия не имею, честно говоря, — призналась София.

Шадрак, конечно, был выдающимся картологом, и она кое-что знала о его методах работы, но, видимо, не все.

— Он, наверное, с исследователями говорил, — нашлась девочка. — Дядя многие карты так составляет.

— С подобной степенью точности?

— Мастерство! — сказала София. — Ему что-нибудь опишут, и у него тут же карта готова!

Каликста покачала головой:

— Но люди не всегда до конца понимают увиденное. А потом часто забывают даже то, в чем были уверены... У твоего дяди все работы такие?

София выдержала паузу.

— Ну... У него всевозможных карт полон дом, — проговорила она затем. Помедлила... и запустила руку в рюкзачок. — Правду сказать, карта, которую он мне дал, совершенно иная... Я еще не разобралась, что к чему. — София вытащила стеклянную пластину, оставшуюся в пробужденном состоянии. Гравированные линии чуть заметно мерцали. — Знаете... дядя Шадрак ведь не с актрисой сбежал. Он ничего такого не делал, — заявила София, бросая на Тео, выпутавшегося наконец из сети, испепеляющий взгляд. — Его похитили, вот. Мне передали записку, в которой он просил меня найти его знакомую в Нохтланде... и еще вот это. Те люди в Новом Орлеане... големы... Они за этой картой охотились.

Барр пристально смотрел на нее. Каликста присела рядом.

— Это стеклянная карта, — продолжала София. — Вам попадались такие?

Брат и сестра покачали головами.

— Откуда, — подал голос Тео. — Эти карты распространены в Пустошах, а больше нигде их нет.

— Посмотреть можно? — Барр вскинул брови.

София кивнула. Барр и Каликста подсели ближе.

— Опишите ее мне, — шепотом попросила Бабуля Перл.

— Это стеклянная пластинка, — пояснила София. — Если выставить ее на лунный свет, проявляются надписи. Большей частью на других языках.

— Вот тут по-английски: «Увидишь с моей помощью», — сказал Барр.

— Но это же просто надпись, — пожала плечами София.

— Что ты имеешь в виду, говоря «просто надпись»? — не отрывая взгляда от стекла, спросил Барр.

— Это карта памяти. — Софии очень не хотелось погружаться в воспоминания, заключенные, как она уже знала, в этой пластинке. — Мы с Тео уже пытались ее читать. Там, по-моему, куда палец ни приложи, всюду одно и то же.

— И что будет, если палец приложить? — заинтересовалась Каликста.

— Вы увидите воспоминания, использованные для карты.

Некоторое время пираты недоуменно смотрели на девочку. Потом Каликста подалась вперед:

— Чур, я первая!

Она нетерпеливо ткнула пальцем в стекло… и выражение ее лица тотчас же изменилось. Она закрыла глаза и застыла в задумчивости. Потом убрала руку и содрогнулась.

— Святые небеса! — сказал Барр. — Что там было, Каликста?

Она коротко ответила:

— Сам попробуй.

Он в свой черед тронул стеклянную поверхность — и мгновенно посерьезнел, осажденный чужими воспоминаниями.

— В жизни ничего подобного не встречал, — выдохнул он, когда все кончилось. — Так чему конкретно эта карта посвящена?

— Мы не знаем, — сказала София. — Дядя оставил эту вещь мне, вот и все. Я ее тоже раньше не видела. Странно и то, что она вся исписана. А насчет места и времени я так ничего и не поняла.

— Я бы тоже попробовала, детишки, — шепнула Бабуля Перл и протянула руку. — Вы уж направьте меня, ладно?

София подвела ее палец к стеклу… Старая женщина громко ахнула. София сразу убрала карту.

— Нет-нет, я хочу до конца… — воспротивилась Бабуля, и София вновь подставила ей пластинку.

— Твой дядя никогда о подобном событии не упоминал? — спросил Барр. — В связи с чем-либо другим?

— Не припоминаю, — покачала головой девочка.

Бабуля Перл закончила чтение. Она сидела, наморщив лоб, очень сосредоточенная.

— Плохо то, — с некоторым испугом проговорила София, — что с картами памяти я на самом деле очень мало знакома. Я только начала учиться обращению с ними. Шадрак говорил — источником для них служат чьи-то воспоминания о прошлом... Собственно, вот и все, что мне известно.

— Ты вправду уверена, деточка? — спросила Бабуля Перл.

— Вы о чем? — удивилась София.

— Я просто недоумеваю, — пробормотала старушка. — Вспоминается кое-что... Тот момент, когда нечто тяжелое переваливают через край... и все начинает рушиться. Очень похоже на одну старую легенду, ее мне мама рассказывала... Может ли карта заключать в себе ту историю? Особенно если это предание или вымысел?..

София снова взялась за стеклянную карту.

— Не знаю, — ответила она. — Шадрак говорит, карта может содержать только то, что стало известно ее составителю. Думается, это может быть и рассказ... если он правдивый. На ней ведь ставится отметка картографа, как бы его клятва: дескать, все в точности изложил. А что за легенда?

Бабуля Перл откинулась в кресле.

— Это предание, — начала она, — я вам, Каликста и Бартон, никогда не рассказывала, очень уж оно жуткое и печальное... Думается, матушка в свое время сделала глупость, поведав его мне!

Барр улыбнулся.

— Бабушка, — сказал он, — мы, чтобы ты знала, давно выросли. Пугай на здоровье!

Ее лицо озарилось нежностью.

— Глупенький ты малыш, — вздохнула она. — Эта легенда способна поразить ужасом любые сердца, от юных до старых... Ибо говорится в ней о конце света. Полагаю, мама не могла молчать об этом, поскольку история ей не давала покоя. Она называла ее повестью о мальчике из погребенного города.

18 часов 20 минут: рассказ Бабули Перл

— Что ж, слушайте, малыши...

Этот город стоит далеко отсюда, он живет во времени, которое еще не настало. Там бродит один мальчик; он сирота и изгой. Никто не хочет принять его из-за страшного ожога с одной стороны лица. Паренек сам не знает, где и как получил ужасную отметину; он понимает только, что это навсегда и теперь его никто не полюбит. Он в одиночестве слоняется по улицам, подходит к дверям, но его все прогоняют... Наконец, грустный, совершенно отчаявшийся, он поднимается в гору к великому храму. Он одолевает лестницу в пять сотен ступеней; наверху стоит каменный бог, ограждающий город. Мальчик просит ответа у храмовой провидицы: «Как я стал таким, какой есть? И можно ли что-то с этим поделать?»

Провидица бросает кости, долго рассматривает их и в конце концов отвечает ему: «Ты нездешний. Ты — из подземного города. Там твой истинный дом. Вот почему здесь ты ничей и никто не любит тебя...»

Мальчик спрашивает ее, как попасть в подземный город, но этого провидица не может ему сказать. Его обожженное лицо и ее заставляет отшатнуться: «Мне только известно, что прежде, чем ты его найдешь, наш каменный бог свалится с пьедестала...»

Несчастный постоянно раздумывает о том, что узнал. Он рыщет по городу, отыскивая лаз, тоннель, дверь — что угодно, лишь бы это был ход под землю. Ничего не удается найти. И вот, когда он уже близок к отчаянию, у него появляется план. Нужно свалить каменного бога! Он разрушит этот неприветливый город — и в руинах откроется вход в подземелье!

Ему было не жаль города, ведь тут он видел одни только обиды. Будь здесь хоть один человек, которого он мог бы помянуть добром, у него не возникло бы и мысли о разрушении. Но город не подарил ему ни единого друга...

И вот он снова бежит вверх по лестнице из пяти сотен ступеней и попадает на площадку, где стоит каменный бог. Мальчик совсем мал, но камень подается на удивление легко — изваяние падает. Тут же начинает рассыпаться и весь храм. И, пока мальчик несется вниз, одолевая пять сотен ступеней, кругом занимаются пожары.

Целую неделю горит город — и наконец от него остается только зола. Мальчик роется в ней, ища дверь, ведущую под землю. Находки поражают его... Входы в подземный город виднеются на каждом шагу. На каждой улице, едва ли не в каждом доме. До пожара все они были наглухо заколочены досками, запечатаны, спрятаны. Похоже, когда строился город, люди всеми силами старались отгородиться от того, что было внизу.

Мальчик решает разведать путь. Он идет много часов и спускается очень глубоко под землю… И вот перед ним предстает обещанный провидицей город. Он прекрасен. Он весь вырублен из мерцающего камня земных бездн. Там пруды с водой и широкие улицы. Мостовые выложены драгоценными металлами, на каждой двери горят самоцветы… Недостает лишь одного — жителей. Город пуст.

Мальчик идет и идет, слыша под сводами пещер лишь свои собственные шаги. Он начинает исследовать брошенный город — и на пятый день, к своему изумлению, находит человека. В самом центре подземелья сидит глубокий старик.

«Я провидец», — представляется тот.

Мальчик устало усаживается напротив…

«Хватит уже с меня ясновидящих, — говорит он. — Не стану спрашивать тебя о моей будущности. Скажи мне другое: почему опустел город? Куда все ушли? И почему ты надумал остаться?»

Старик смотрит на мальчика и отвечает медленно, словно пересиливая боль: «Этот город забросили давным-давно. Некая прорицательница явилась к его старшинам и сказала: „Здесь родится мальчик, который уничтожит ваш город. Погибнут все, кто будет в нем жить“. Старшины испугались грозного пророчества и решили переселиться на поверхность, чтобы уйти от судьбы… Лишь прорицательница решила остаться. Это была моя мать. Она, видишь ли, полагала, что однажды произнесенные слова некоторым образом воплощаются в жизнь. Моя мать давно умерла; теперь здесь живу только я».

Слушая старика, мальчик понимает, что уничтожил тот самый дом, который тщился найти. Он плачет до рези в глазах, почти до слепоты, его слезы собираются лужей, напоминающей пруды брошенного города. Потом он открывает глаза и видит свое собственное отражение... И пока он смотрит, шрамы начинают разглаживаться у него на щеках. Теперь из лужи смотрит совсем другое лицо, чистое и красивое. Таким его кто угодно полюбил бы... Однако вокруг ни души, кроме старика. Мальчик решает остаться в подземелье вместе с провидцем и живет там до самой смерти.

Вот таким, если верить легенде, будет конец света.

Некоторое время слушатели потрясенно молчали.

— Ну и сказочки тебе на ночь мама рассказывала, — нарушила тишину Каликста.

— Большей частью она жила в мире снов... — вздохнула Бабуля Перл. — А приходилось нам весьма нелегко. Мама, бедняжка, никак не могла провести четкой грани между обыденной жизнью и трагическим вымыслом.

— Да уж, — отозвался Барр.

— Но это же все неправда? — взволнованно осведомилась София. — Этого же никогда не было?

— В нашу эпоху творятся весьма странные вещи со временем, — снова вздохнула Бабуля Перл. — Поди разбери, что случилось раньше, что — позже. Я, право, даже не знаю, как тебе ответить, дитя. Мать, во всяком случае, всегда считала эту историю легендой...

— Я вот чего не пойму, — сказала София. — Почему эту историю понадобилось поместить в карту? И почему эта карта настолько важна?

Бабуля Перл кивнула:

— Я, в конце концов, и ошибаться могу. Я могла увидеть сходство там, где его нет. Такие воспоминания можно было почерпнуть где угодно. Разрушений всюду хватало...

София бережно перевернула карту, гася ее линии... и успела заметить что-то сквозь стекло. Она уставилась на палубу, держа пластинку перед собой. Одна из палубных досок словно светилась изнутри.

— Это что такое? — вырвалось у нее.

Без стекла, просто в рассеянном лунном свете, доска ничем от соседних не отличалась.

Барр с любопытством смотрел на девочку.

— Ну и?..

София вновь поднесла стекло. Доска засияла.

— Вон там, — сказала девочка. — Одна доска словно свет с той стороны пропускает. — И опустила пластинку. — Странно! Только когда через стекло смотришь...

— Дай гляну, — отставив обычную учтивость, протянул руку Барр. София передала ему стекло. — Потрясающе! — прошептал он. — Каликста, ты только посмотри!

Каликста взяла пластинку и затаила дыхание.

— Что там такое? — взволнованно спросила Бабуля Перл.

— Если глядеть сквозь стекло, — медленно проговорил Барр, — одна из палубных досок начинает светиться.

— Уж не доска ли Маслины?! — воскликнула старушка.

— Она самая, — кивнул Барр. И вполголоса пояснил, обращаясь к Софии и Тео: — Капитан Маслина оставил нам все свои бумажные карты. В частности, ту, где обозначены его… как он называл их, сестренка?

— Запасы на черный день, — ответила та, с задумчивым видом возвращая пластинку Софии.

— Клады? — выдохнул Тео. — Зарытые в тайных местах?

— Не то чтобы зарытые, — сказал Барр, — но действительно клады. Бывают же непредвиденные обстоятельства. На случай вражеского захвата он вырезал эту карту на кедровой доске, которую и встроил в палубу — лицевой стороной вниз. Вот эта-то доска и сияет сквозь твое стекло, София!

18
Шоколад, бумага, деньги

26 июня 1891 года, 2 часа ровно

Принимаем ИСКЛЮЧИТЕЛЬНО какао, серебро и банкноты Тройственных эпох. Купюры Нового Запада принимаются по обменному курсу 1.6. С остальными видами валюты обращайтесь в обменные пункты.

Надпись на рыночном ларьке в Веракрусе

Потребовалось всего несколько экспериментов, чтобы выяснить, почему Поисковая Лупа высвечивала план капитана Маслины. Исследовав со стеклянной пластинкой буквально каждый дюйм «Лебедя», София установила, что под стеклом светилось только одно — карты. Морские карты, предоставленные Барром, сияли чистым золотом; карта острова, начертанная Шадраком, мерцала живым звездным светом. А каюту Каликсты, где стены были сплошь увешаны листами карт, заливал поток лучей, будто бьющих из дюжины окон. Чтобы удостовериться окончательно, София попросила Барра нарисовать какую-нибудь карту — и наблюдала весь процесс сквозь стекло.

Сперва и тетрадь, и перо в руке Барра выглядели совершенно обычно. Но, как только первая же неяркая линия приобрела вид дороги, листок преобразился. К тому времени, когда в его уголке появился маленький компас, бумага ослепительно сверкала.

Стало ясно: вне зависимости от прочего своего содержания стеклянная пластинка выявляла другие карты. Пока Барр, Каликста и Тео спали по каютам, а Бабуля Перл тихо посапывала в палубном кресле, София размышляла о значимости своего неожиданного открытия. Большей частью, конечно, пользы от пластинки не было никакой. Бумажные карты узнавались очень легко, да и читать их Лупа нисколько не помогала. Но если бы кто-то взялся разыскивать искусно спрятанную карту…

Голова пошла кругом.

«Что, если взять стеклянную карту и замаскировать ее под простое окно? Тут-то Поисковая Лупа ее и высветит! Вот, значит, для каких поисков ее сделали…»

Многоязычная надпись, поначалу казавшаяся такой странной — «Увидишь с моей помощью», — обрела смысл. Пластинка объясняла свое предназначение любому умеющему читать.

От этого было не легче понять заключенные в ней воспоминания, зато становилось ясно, почему Шадрак вверил племяннице Лупу.

«Она, наверное, не для того, чтобы я смогла его разыскать. Я с ее помощью другую карту должна найти. Ту, что никто увидеть не способен. И значит, Вересса мне в этом поможет?..»

Мысли текли своим ходом. София вдруг села так резко, словно ее током дернуло, и, порывшись в рюкзачке, вытащила блокнот. Перелистнула и открыла на зарисовке, сделанной после стычки с Монтенем.

Вот они, кусочки разбитой мозаики: лакрима из записки Шадрака, стеклянная карта, Монтень и сопровождавшие его нигилизмийцы. Сперва между ними не было связи, потом возникли кое-какие зацепки. София припомнила подробности, прежде ускользавшие от нее. Когда она сидела дома и училась азам картологии, ее заинтересовал вопрос касательно карты мира. В ответ Шадрак упомянул что-то вроде Карты Всех Карт, охватывавшей память всей планеты. Он назвал ее нигилизмийским мифом... Должно быть, приверженцы этой религии верили, что стеклянная Лупа облегчит им поиски всеобщей Карты?

«Может, она вовсе и не спрятана в потайном месте, — думалось ей, — а лежит на самом виду, только никому невдомек?..»

Она подняла пластинку и стала смотреть в темное ночное небо.

— Увидишь с моей помощью, — прошептала она.

Звезды по ту сторону стекла подмигивали, мерцали и казались тысячами далеких глаз.

6 часов 37 минут: в порту Веракруса

«Лебедь» вошел в порт рано утром. Веракрус, восточные ворота державы императора Себастьяна Кануто, издали напоминал белую морскую раковину. С палубы корабля город казался самоцветной сказкой —

многообещающая жемчужина на фоне изломанного пейзажа. Крупные города, такие как Нохтланд, Веракрус и Ксела, год от года наращивали пышность и блеск, вытягивая все соки из городов и весей помельче, — хмельная, почти непристойная роскошь. Принцесса Юста, засевшая в сверкающем замке в самом сердце империи Кануто, могла притворяться, будто таким же изобилием наслаждалась и вся страна. Ее отец-император, умиротворявший на севере мятежных налетчиков, знал правду. Он-то понимал, что за пределами стен больших городов Тройственных эпох империя представляла собой россыпь вечно осажденных крепостей, нищих городков и полуголодных ферм, окруженных дикими, неисследованными пространствами. Себастьян давно отказался от мысли о настоящем объединении страны. Он дрался с разбойниками уже не ради победы, а просто чтобы не возвращаться в императорский замок, который, как он теперь понимал, не был средоточием реальной власти. Вновь облачаться в ризы бессмысленного правления, надевать сверкающую корону, погружаться в дворцовую атмосферу... Ужас, да и только!

Пусть дочь тешит себя иллюзиями, если ей угодно. Принцессе это больше подходит.

Так или иначе, в пределах Тройственных эпох иллюзия выглядела вполне убедительной. София стояла на палубе «Лебедя» и смотрела вперед, дрожа от волнения. Широко раскинувшийся город был сплошь каменным. За ним виднелись кроны пальм и песок, насколько хватал глаз. Чайки носились над самой водой, требовательно крича. У причалов покачивалось не менее ста кораблей.

Благодаря волшебным свойствам Лупы впереди будто распахнулась дверь: Софии казалось, что она вот-вот должна шагнуть через порог. А еще перед ней лежали Пустоши — огромный мир, который предстояло открыть! Наконец она прибыла на место — прибыла после бесконечной, лихорадочной погони, длившейся целую вечность, — и на шаг приблизилась к тому, чтобы найти Верессу.

Желудок прыгал туда-сюда в такт качке... София испытала немалое облегчение, когда «Лебедь» вошел под защиту портовых сооружений, куда уже не достигала океанская зыбь.

Барр давал указания команде: всем, кроме Персика и Бабули Перл, которые оставались на борту, предоставлялся недельный отпуск. Барр объявил, что они с Каликстой намерены сопровождать в Нохтланд часть своих грузов, а стало быть, захватят с собой посылки и письма, отправленные теми, кто не захочет уезжать вглубь страны.

— В день отправления уходим из Веракруса в восемь вечера, — сообщил Барр морякам. — Да не забудьте, что здесь живут по девятичасовым суткам. Так что, когда я говорю «восемь», я имею в виду время Пустошей!

Пираты начали разбредаться. Барр подошел к Каликсте, Тео и Софии.

— Сегодня торговый день, — сказал он сестре. — Может, мне пойти поискать Мазапана?

Каликста подняла на него глаза:

— Думаю, лучше просто нанять экипаж. Не надо дешевить.

— А много нужно денег, чтобы доехать отсюда до Нохтланда? — спросила София.

Она даже не представляла, далеко ли уедет со своей наличностью, привезенной с Нового Запада.

— Вы с Тео — наши гости, милочка, — пренебрежительно отмахнулась Каликста, — так что лучше забудь, где у тебя кошелек лежит... Да экипаж и стоит-то гроши, — добавила она, обращаясь уже к Барру.

— У Мазапана карета есть, — сказал Барр. — Зачем нанимать, когда он может нас отвезти? Пойду его разыщу, вернусь за сундуками — и через час тронемся в путь. Или ты, душа моя, хочешь остаться здесь и пополнить свою коллекцию предложений руки и сердца?

Каликста фыркнула и ушла. Барр поправил широкополую шляпу.

— София, Тео! Как насчет прогулки на рынок?

София с тревогой спросила:

— Как по-вашему... могли за нами до Веракруса проследить?

— Вероятность есть, — сказал он. — Однако весьма небольшая. Твои новоорлеанские кавалеры могли выяснить, куда мы направлялись, но вряд ли они сюда прибыли раньше нас!

Дальнейших уговоров не потребовалось. София только поинтересовалась:

— Пока мы здесь, можно будет послать в Бостон весточку?

— Конечно, только лучше поручить это Персику. Он сдаст письмо на первый же пакетбот, идущий в Индии, а оттуда уж точно кто-нибудь в Бостон поедет.

Пересекая запруженный порт, София шла позади Барра. Он был заметен издали благодаря обширным полям шляпы; правда, шагал так широко, что девочке приходилось торопиться. Пират легко уклонялся от грузчиков с ящиками на спинах, от колышущихся связок досок и даже от сбежавшей свиньи: та с визгом улепетывала прочь от берега, преследуемая хозяином. По сравнению с причалами Веракруса бостонский порт скоро стал казаться Софии тихим и упорядоченным местечком.

Хлопоты отбытия, погрузка, разгрузка, высадка и посадка… Портовая суета ненавязчиво перетекала в рыночную: прямо за набережной начинался хаос лотков, ларьков и торговых тележек. Толпа здесь надвигалась приливами и закручивалась водоворотами, то стремительными, то застойными; тебя подхватывало и несло как песчинку. За рынком, чуть правее, стеной вздымались белые оштукатуренные дома — собственно город Веракрус, казавшийся ничтожным островком в могучем океане торговли.

Барр проталкивался вперед. София покрепче вцепилась в свой рюкзачок и на всякий случай ухватилась сзади за камзол пирата, чтобы не потеряться.

Очень скоро, оказавшись плотно зажатой между Барром и Тео, она почти перестала видеть что-либо вокруг. Потихоньку продвигаясь в плотной толпе, девочка мельком замечала продавцов, предлагавших помидоры, апельсины, лимоны, огурцы, лук, свежевыжатый сок — и еще уйму всякой всячины и невидали. Товары были разложены на расстеленных одеялах, по корзинам… Вот ларек, где красовались мешки с белыми и желтоватыми порошками.

«Да это же мука!» — не сразу сообразила София.

На лотке лежали душистые специи — в воздухе пахло корицей, гвоздикой, разными перцами. Из маленькой палатки высунулась женщина, перед ней стояли в ряд клетки с курами; рядом мужчина нависал над большими бадьями, полными живой рыбы. У ног его преспокойно сидела невероятно огромная — сама с человека размером — жаба, скользкую шею охватывал неуклюжий ошейник. У Софии округлились глаза, но местный народ не обращал на жабу ни малейшего внимания: похоже, здесь это было самое обычное зрелище. Торговцы изо всех сил взывали к прохожему люду, кто по-английски, кто на иных языках. Они выкрикивали цены, заворачивали купленный товар, отсчитывали сдачу — и все это одновременно.

В общем гомоне София четко различила один звук — перезвон ветровых колокольцев. С каждого ларька свисал хотя бы один. А уж там, где ими торговали, они висели гроздьями. Как тут было не вспомнить колокольчики на потолке в квартирке миссис Клэй!

Вот Барр круто свернул вправо, в ряд, где продавали ткани. Местные женщины наперебой разворачивали рулоны ярко-красной, синей, лиловой материи. Старуха с широкой и щербатой улыбкой размахивала флагом, сшитым из множества ленточек, и звонила в подвешенные над головой колокольцы. Дальше были выставлены перья, целые горшки бус и катушки ниток. София только поспевала вертеть головой, но Барр все убыстрял шаг — приходилось изрядно попотеть, чтобы держаться с ним вровень.

Потом он направился влево. Здесь было царство благовоний, духов в бутылочках, душистого мыла… И внезапно все заглушил аромат сладостей: Софию взяли в осаду ящички и коробки конфет. Чего здесь только не было! Нуга, карамель, сахарная вата, меренги… И еще уйма всякого разного — только по упоительному запаху и поймешь, что это тоже едят.

— Почти пришли! — крикнул Барр, оглянувшись через плечо.

София не ответила — она и так еле дышала от быстрой ходьбы и обилия впечатлений. Наконец Барр, пригнувшись, нырнул в сливочного цвета палатку по правую руку.

— Мазапан! — окликнул он рослого розовощекого человека, стоявшего за покрытым скатертью прилавком.

Кругом на полках громоздились тарелки, чашки и блюда.

— Моррис! — радостно заулыбался мужчина.

Он торопливо отпустил покупательницу и обнялся с Барром. Вокруг стоял такой шум, что обоим приходилось орать, но София успела позабыть про них. Женщина вручала мальчику подарок — только что купленную ложечку. Мальчик с явным восторгом откусил кончик и пошел прочь следом за матерью. На лице у него остались следы шоколада.

София принялась с любопытством разглядывать выставленное на прилавке. Она только сейчас сообразила, что Мазапан торговал шоколадом.

Шоколад, правда, был весьма необычным. Случайный прохожий наверняка счел бы хозяина гончаром, увидев стол, сплошь заставленный посудой, причем очень красивой. Чаши, тарелки, кувшинчики, ножи, ложки и вилки, подставка для торта, масленка… и целый ряд кофейников с изящно выгнутыми носиками. Все это было разрисовано сложным и многоцветным узором. София благоговейно замерла, потом осторожно взяла в руки голубую чашечку. На ощупь та ничем не отличалась от настоящей. Девочка с интересом посмотрела на творца всего этого великолепия. Мазапан продолжал громко разговаривать с Барром, и внимание Софии привлекла хозяйка соседнего ларька.

Миниатюрная женщина свирепо спорила с покупателем.

— Я принимаю какао, серебро или бумагу. Мне дела нет до того, откуда ты родом, только картинками ты тут не расплатишься!

Тощий человек, предлагавший ей какой-то черный прямоугольник, подал голос, но слышно было только торговку.

— Ну и на что мне карты читать? Сказано — не возьму! — Она выхватила у мужчины облюбованный им товар и ткнула пальцем куда-то через плечо. — Охота о картах поболтать, так и топай к тетке, которая ими торгует!

София с округлившимися глазами наблюдала за перепалкой. Тощий господин, кутавшийся в пыльный плащ, наклонился вперед и что-то спросил. Торговка, уже занявшаяся другим покупателем, не сразу повернулась к нему. Когда он тронул ее за рукав, она окинула его сердитым взглядом и коротко ответила:

— Да! Та, что лук продает!

София повернулась в указанном направлении и заметила женщину, стоявшую у корзин с луком. Барр увлеченно разговаривал с Мазапаном; тот потихоньку упаковывал свои блюда. Тео куда-то запропастился. Пока шли через рынок, она была уверена, что он где-то рядом, но, похоже, мальчик отстал по дороге. София бросила последний взгляд на Барра, удостоверилась, что уж его-то она непременно найдет по приметной шляпе, и нырнула в толпу.

Прежде она с большим трудом протискивалась сквозь людское море в кильватере у пирата, но делать это самостоятельно оказалось почти невозможно. Софию подхватил человеческий поток и пронес мимо нескольких лотков.

«Прямо как в переполненном трамвае! — подумалось ей, и тут она увидела знакомые корзины, набитые луком. — А вот и моя остановка!»

Она принялась упираться и извиваться, быть может чересчур энергично орудуя локтями, но вот наконец ее прижало прямо к корзинам. Худой мужчина уже разговаривал с продавщицей.

— Простите, господин, — качала головой та. — Карты у меня только луковые… На рынке Веракруса карт негусто. За ними в Нохтланд ехать надо!

Человек в плаще уныло развернулся и отступил в толпу. Он выглядел осунувшимся и измотанным, словно после долгого и трудного путешествия.

«Землепроходец из другой эпохи! — догадалась София. И посочувствовала: — Наверное, на мели…»

Проводив его глазами, она повернулась к луковому прилавку. К ближайшей корзине была приколота бумажка с надписью: «Нохтланд». На другой корзине значилось «Ксела», на третьей — «Сан-Исидро».

— Куда собралась, дорогуша? — громко спросила торговка. — У меня есть карты любого городка в Тройственных эпохах и еще много чего!

В ее темные волосы, туго стянутые на затылке, было вплетено не меньше десятка душистых гортензий, через весь лоб тянулась гирлянда листьев и цветов, выполненная зелеными чернилами.

София ответила, чуть помедлив:

— В Нохтланд.

— Тогда карты прямо перед тобой, дорогуша! — жизнерадостно воскликнула женщина. — Хотя, сказать по совести, вряд ли они тебе понадобятся, если выезжаешь отсюда. Просто двигайся по главной дороге — не промахнешься! На хороших лошадях всего два дня — и ты там.

Луковицы на первый взгляд были самые обычные. Желтые с медным отливом на шкурках.

— Как они работают? — спросила София.

— Что-что, дорогуша?..

— Как они работают? — повторила София. — Это действительно карты?

«Вот бы сквозь Лупу на них посмотреть!» — подумала она. Однако был полдень, да и не на рынке же такую ценность вытаскивать.

Женщина сказала без особого удивления:

— А ты, похоже, нездешняя.

— Я из Бостона… — кивнула София. — Это на Новом Западе.

— Тогда слушай: это путеводные луковицы. Каждая выращена в определенном месте. Они слой за слоем ведут тебя за собой, пока не окажешься на их родине.

— Ведут — это как? — с восторгом и любопытством спросила София.

— Ну, никто не гарантирует, что луковица выберет самый короткий или легкий маршрут, — сказала торговка. — Однако привести приведет.

София полезла за деньгами в кошелек.

— Вы наличные Нового Запада принимаете?

— У нас в ходу какао, серебро и дензнаки Тройственных эпох. Но я и новозападные возьму, причем по выгодному курсу.

София как раз доставала деньги, когда сзади, из толпы, ее с силой толкнули.

— Осторожнее там! — раздраженно вскрикнула она, но тут ее обхватили за пояс и попросту утащили в людской круговорот. — Эй! Ты что творишь?

Она пыталась удержать кошелек, деньги и рюкзачок — да еще и не упасть в толкотне. Девочка далеко не сразу смогла рассмотреть своего похитителя, но в конце концов с изумлением узнала Тео.

— Пусти! Больно же! Руку оторвешь!..

Тео пропустил ее яростные протесты мимо ушей.

— Шевелись давай, — только и сказал он, волоча ее за собой.

Он двигался пригнувшись и мертвой хваткой держал Софию за руку.

— Тео, да что происходит? — задыхаясь, выговорила она. — Никак Монтень появился?

Он как будто не сразу сообразил, о ком шла речь. Нахмурился, оглянулся через плечо и увлек Софию за ларек, торговавший кожаными изделиями.

— Монтень?.. — дрожащим голосом повторила София.

— Нет, не Монтень, — коротко бросил Тео в ответ. — Один налетчик, которого я когда-то знавал.

И тут София обратила внимание: в общем рыночном шуме по мере приближения усиливался вихрь громких и яростных голосов. Двое людей налетели на один из лотков и перевернули его. Послышались возмущенные вопли…

— Налетчик? — ловя ртом воздух, задохнулась София. — А почему он гонится за тобой?

Тео утаскивал ее по проходу между двумя магазинчиками кожи.

— Долго объяснять! Давай лучше просто удерем…

Они выскочили в относительно тихое место рынка, где со всех сторон высились груды плетеных корзин.

— Сюда, — сказала София, освобождаясь наконец от хватки Тео, и побежала к ближайшему ларьку.

В самых больших корзинах, стоящих возле него, поместился бы целый шкаф одежды — без человека или вместе с ним.

— Влезай! Прячься!

— Что? В корзину?..

— Он уже близко!

Крики в самом деле раздавались совсем рядом.

Тео на миг замер, но делать было нечего. Он сел на корточки и съежился. София схватила корзину побольше и накрыла его. Теперь эта плетенка ничем не выделялась в ряду других.

— Не шевелись! — предупредила девочка. Бросилась к изумленной торговке и сунула ей купюры, вынутые еще у лукового прилавка: она так и держала их зажатыми в кулаке. — Пожалуйста... Мы сейчас вернем вашу корзину...

Женщина коротко кивнула. Сунула деньги в карман и подтолкнула Софию в дальний угол ларька. Произнесла что-то непонятное и вручила девочке недоплетенную корзинку.

В это время на тихую площадку выскочил мужчина. Он тяжело дышал и озирался кругом. Светлые патлы свисали почти до пояса, борода топорщилась, точно щупальца у медузы. И волосы, и борода были унизаны серебряными бусами и колокольчиками — все это звенело при каждом повороте головы. Поношенные кожаные сапоги были в желтой пыли, ободранные хвосты плаща из сыромятной кожи волочились по земле... Когда он, сжимая кулаки, повернулся к Софии, девочка увидела, что все зубы у него железные. Явно очень острые, они показались ей набором ножей, неровных от постоянной заточки. Все блестело на солнце: лезвия во рту, серебро в волосах, длинный нож, вынутый из поясных ножен...

Он перехватил взгляд Софии — она смотрела на него, не в силах отвести глаз, — и медленно двинулся к ней.

Кончик клинка нацелился ей прямо в грудь.

— На что уставилась? — прорычал он, и каждое слово было точно брошенный нож.

София не смогла удержаться от ответа. Она еще не испугалась как следует, ее, скорее, одолевало любопытство.

— На ваши зубы, — выдохнула она.

Он свирепо вперился в нее... Софии показалось, что это продолжалось нескончаемый час. Потом он внезапно расхохотался. Поднял нож и провел им по зубам. Металл лязгал о металл.

— Нравится, сладенькая? Как насчет поцелуя?

София медленно покачала головой. Их глаза вновь встретились, и улыбка налетчика сменилась оскалом.

— Ладно, — сказал он. — Не буду целовать, если скажешь, куда смылся парнишка!

София указала влево, прочь от центральной части рынка.

Налетчик улыбнулся, сверкнуло серебро... Еще миг — и он исчез.

София смотрела ему вслед, еще не вполне веря, что все увиденное было правдой. Металлический блеск у него во рту, бусы, нож, серебряные пуговицы... Когда он появился, корзинщики замолчали как по команде. Теперь они вновь стали переговариваться, но очень приглушенными голосами. София ловила на себе их взгляды.

Отложив незаконченную корзину, она поспешила туда, где прятался Тео.

— Ты цел?

— Отсюда плохо видно, — донесся шепот изнутри. — Он ушел?

— Да! Пошли скорей, Барра разыщем!

София подняла корзину. Тео выпрямился и быстро оглядел площадку. София повернулась к торговке —

поблагодарить, — и та протянула ей две соломенные шляпы. Кивнула головой в высоко уложенных косах, переплетенных зелеными стебельками травы, разгладила передник, что-то сказала.

— Что она говорит, Тео?

Парень рассеянно озирался, но при этих словах обернулся.

— Она тебе эти шапки дает за те деньги, что ты ей заплатила.

София взяла шляпы.

— Спасибо вам большое. Вы нам так помогли.

Женщина улыбнулась, кивнула и скрылась в палатке. София нацепила одну шляпу, а другую дала Тео.

— Надевай! Хоть какая-то маскировка!

Тео повиновался.

— Идем, — сказал он. — Я знаю дорогу. Сюда...

Он положил руку ей на плечо и почувствовал, как она дрожит. Тео остановился.

— Что случилось?

— Ничего. — София стиснула кулаки. Страх накрыл ее только теперь, когда опасность уже миновала. — Тот налетчик... Ну и жуткий же тип...

Его напряженное лицо ненадолго смягчилось. Рука в шрамах накрыла ладонь Софии и легонько пожала.

— А ты меня провела, — улыбнулся он. — С виду — как будто вообще страха не знаешь... — И потянул ее за собой: — Пошли. Давай выбираться отсюда.

19
«Пуля»

24 июня 1891 года: Шадрак в плену (день 4-й)

Свидетельства о Великом Разделении, полученные из первых рук, большей частью описывают события целого года, тогда как индивидуальное время наблюдателя казалось застывшим. Впрочем, пророк Амитто утверждает, что наблюдал каждое мгновение этого года, сутки за сутками, и каждые двадцать часов протекали для него совершенно обычным порядком. Соответственно, «Хроники Великого Разделения» состоят из 365 глав, по одной на каждый якобы прожитый им день. Эти главы так и называются «днями». Нигилизмийцы обычно берут себе имена, используя первое слово главы, соответствующей дню своего вступления в секту.

Шадрак Элли. История Нового Запада

Шадрак очень много путешествовал по железной дороге, но такого поезда, как «Пуля», даже он до сих пор не видал. Поезд на электрической тяге вполне соответствовал своему имени: он был скоростным и легким на ходу. «Пуля» и внутри была оборудована на загляденье. Прежде чем Шадрака затолкали в импровизированную камеру, его провели сквозь полностью оборудованную кухню и прекрасно обставленный кабинет. Теперь он сидел в запертом чулане без окон, привязанный за руки и за ноги к стулу. В щели между дверными досками сочился слабенький свет. Когда он начал меркнуть, Шадрак сверился с внутренними часами и определил, что минуло семнадцать часов.

Мысли, роившиеся у картолога в голове, едва ли не обгоняли «Пулю», которая мчалась на юг. Чем больше он размышлял, тем больше находил в прошлом свидетельств, что границы эпох и вправду менялись. Грозные признаки проявлялись годами, но заметить их ему мешали познания во всем, что касалось Великого Разделения, казавшиеся ему глубокими. Теперь он запоздало клял собственную слепоту. Глупец, он умудрился нарушить одну из краеугольных заповедей, гласившую: «Учитывай то, что видишь, а не то, что предполагаешь увидеть!»

«Грош мне цена как ученому, — казнился Шадрак. — Я в упор не видел мира, карты которого самонадеянно составлял!»

Хуже того, он в своем неведении подверг Софию двойной опасности. Он отправил ее спасаться от сумасшедшей — и прямо навстречу катастрофе.

Уже перевалило за восемнадцать часов, когда дверь чулана вдруг распахнулась. Вошедшие големы зацепили крючьями его стул, вынесли за порог и посадили Шадрака лицом к смежной комнате.

Яркий свет ламп ослепил пленника. Он оказался в кабинете, убранном с той же роскошью, что и весь остальной поезд. Широкие окна, толстые ковры, изысканная мебель...

Големы отступили прочь и расположились у двери.

Бланка сидела за длинным столом посередине кабинета. Перед ней лежал лист меди. Рядом со столом стояли два чемодана, набитые картографическим оборудованием из дома Шадрака; големы забрали все это в день похищения пленника.

— Не буду вводить вас в заблуждение, Шадрак, — прозвучал мелодичный голос Бланки. — При всем том, что мне известен маршрут вашей племянницы, она и ее спутник проявляют немалую изобретательность. Они умудрились оторваться от погони, которую я выслала.

Шадрак постарался скрыть облегчение. Потом он вдумался в ее слова и удивился про себя: «Ее спутник?..»

— Это обстоятельство ничуть не облегчает вашего положения, ибо мое терпение не беспредельно, — донеслось из-под дрогнувшей вуали. — Как вам отлично известно, мне от вас требуются в основном две вещи: конечная цель Софии и местоположение Карты Всех Карт. По каждому из этих пунктов я предоставлю вам выбор. — Она приподняла медную пластинку, в свете ламп по ней побежали желтые блики. — Вы можете нарисовать мне план расположения Карты и рассказать, куда едет София. Либо… — Она вытащила вторую руку из-под стола, и Шадрак с ужасом увидел деревянный брусок с торчащими проводками. — Либо шапочка, — почти ласково докончила Бланка.

Шадрак опустил глаза и стал разглядывать собственные колени, из последних сил пытаясь не показать, какая паника охватила его при виде проволочек и бруска. Выдержав паузу, он выговорил:

— Мы с вами уже обсуждали это… Вы слышали мой ответ.

Бланка тоже некоторое время молчала. Потом поднялась.

— Как же вы все осложняете, Шадрак! Я совсем не стремлюсь быть жестокой, но вы мне просто выбора не оставляете, — скорбно проговорила она. И повернулась к тому из своих людей, что был помоложе. — Оставь его руки и ноги привязанными, Плач. Если кивнет, развяжи шапочку и позови меня. Если до двадцати часов этого не произойдет, затяни завязки потуже.

Шадрак задался праздным вопросом: показалось ему или Плач был у Бланки на особом счету?.. Что удивительно, отметин на лице у парня не наблюдалось. Темно-русые волосы коротко подстрижены, щеки гладко выбриты... Выслушивая наставления Бланки, он плотно сжал губы. Направляясь к выходу, она ласково похлопала Плача по плечу. Дверь открылась, и Шадрак успел окинуть быстрым взглядом соседнее помещение. Деревянный пол, приглушенное освещение... и тачка с высокой горкой песка.

Когда ему вкладывали в рот деревяшку, ученого едва не стошнило, но он сдержался. Сопротивления он не оказывал: если дать бой, брусок лишь глубже загонят. Когда проволочки коснулись щек, Шадрак замер. Сосредоточившись, он постарался очистить свой разум. Если начать давиться, проводки врежутся в тело. Шадрак принялся глубоко дышать через нос, успокаивая сердцебиение. Кое-как приспособившись, он тотчас понял, что продержится в лучшем случае несколько минут. Он поднял глаза. Приспешники Бланки внимательно наблюдали за ним.

У того, что постарше, были шрамы на щеках и характерное отсутствующее выражение лица, к чему Шадрак успел привыкнуть в плену. Этот человек держал острый крюк, словно продолжение собственной руки: небрежно и бездумно. Нигилизмийцам с располосованными скулами было чуждо религиозное рвение, отличавшее обычных последователей Амитто. Ни фанатичной страсти, ни огня, так ярко горевшего в глазах их единоверцев, не было и в помине: големы скорее выглядели сбитыми с толку, они как будто искали нечто потерянное, а что — и сами не знали. Плач казался другим — он был моложе большинства и не носил отметин на лице. Настоящий нигилизмиец — сосредоточенный, убежденный в правоте своей веры. Его блестящие темно-зеленые глаза неотступно следили за пленником. Этот взгляд не выражал ни грана сочувствия. Только стремление к ясно осознаваемой цели.

Шадрак очень быстро прокручивал в голове план действий. Для начала он должен был избавиться от шапочки. Прямо сейчас сбежать ему явно не удастся, но хоть стражу отвлечь — и то благо. Он в упор посмотрел на Плача и кивнул. Юноша немедленно отцепил проводки и вынул деревяшку.

— Позови ее, — сказал он голему постарше.

— Погодите, — произнес Шадрак, кое-как поворачиваясь на стуле. — Послушайте, что скажу…

Старший напарник уже шел к двери.

— Четвертое июня, — быстро проговорил Шадрак и начал цитировать: — «Плач есть удел проклятых, чей лик — зло. Горе есть примета мира ложного, миру истинному оно чуждо. Не верьте льющим слезы и сами не плачьте...»

Старший, остановившись, оглянулся и уставился на Шадрака: эти слова как будто затронули в его памяти нечто очень далекое, он тщился вспомнить это и не мог. Младший накрыл рукой медальон и пробормотал:

— Речение Амитто есть истина.

— Да, — напряженным полушепотом заговорил Шадрак. — Только Бланка скрывает от вас истину той самой главы, в честь которой ты назван. «Не верьте льющим слезы», — учит Амитто, — еще больше понизил он голос, вынудив своего тюремщика наклониться. — Между тем вы, как и я, несомненно, слышали плач, раздававшийся в особняке! Не будете же вы это отрицать? — Молчание юноши было красноречивее всяких слов, и Шадрак поспешил закрепить свой успех: — Так вот, я вам докажу, что этот плач, это зло пребывает совсем рядом!

Старший замер без движения. Он в непривычной задумчивости смотрел на Шадрака, словно силясь понять, о чем тот толкует и для чего цитирует святые «Хроники». Плач, не сводя с Шадрака внимательных глаз, нарушил паузу первым.

— Каким образом? — спросил он.

— Известен ли вам источник этих звуков? Откуда они доносятся?

Помедлив, юноша покачал головой:

— Этого никто не знает. Если можешь, скажи.

— Сказать не могу, — ответил Шадрак. — У меня есть лишь один способ показать вам истинное положение вещей. Если дадите мне мои инструменты, я сделаю карту памяти, вложив в нее соответствующее воспоминание. Оно поможет вам убедиться в моей правоте.

— Не давай ему ничего, — по инерции произнес старший.

— Скажете ей, что я уже рисую для нее карту, — настойчиво проговорил Шадрак. — Обещаю тебе, Плач: ты узришь истину Амитто!

Тот долго смотрел на него сверху вниз... Взгляд зеленых глаз отражал борьбу воды и огня: привычки повиноваться и пыла верующего нигилизмийца. Да, в земном мире у Плача имелись обязательства и долг верности, но приверженность истинам Амитто все пересиливала. В конце концов огонь победил. Наклонившись вплотную к Шадраку, он сказал очень тихо, так, чтобы не слышал даже старший у двери:

— Что ж, хорошо, — выпрямился и произнес громче: — Рисуй карту, как она приказала, или вовсе ничего не рисуй!

Шадрак втянул голову в плечи, изображая страх и покорность.

— Зола! — окликнул молодой голем напарника. — Скажи Бланке, что мы добились согласия. Сейчас он будет рисовать карту, а я за ним присмотрю.

20
У ворот

26 июня 1891 года, 10 часов ровно

Добро пожаловать в гостиницу «Энсуэньо»! После заселения, пожалуйста, поставьте лошадей в стойла и арболдевелы на якорь. Примите благодарность от наших полов за то, что не станете заводить скакунов во внутренний двор!

Объявление у входа в гостиницу

В разъездах между Веракрусом и столицей, где у него был шоколадный магазин, Мазапан обычно вверял свою безопасность наемным охранникам. На его фургоне красовалась королевская печать — листок, обведенный длинным черешком, — и это делало повозку притягательной для дорожных грабителей. Однако в этой поездке с ним были Каликста и Барр — защитники, каких поискать.

Барр нанял верховых лошадей для себя, Каликсты и Тео. София, ни разу в жизни не сидевшая в седле, устроилась с Мазапаном в фургоне.

Она ждала возможности переговорить с Тео. Пока они шли через рынок и она ощущала пожатие его исполосованной шрамами руки, остатки злости испарились совсем, сменившись беспокойством. И правду сказать, беспокоиться было о чем! Во-первых, они вновь оказались на суше, а значит стали легкой мишенью для Монтеня с его головорезами. А во-вторых, словно этого было мало, Тео искал тот налетчик с железными зубами, явно очень опасный…

Ну как после этого сердиться на парня?

Ей хотелось поскорее разузнать, что это был за тип и почему он гонялся за Тео. Вдруг он снова появится, да еще и приведет ораву таких же отпетых. Ясно было одно: Тео рассказывал о своем прошлом правду… но далеко не всю. Вот бы сесть рядком и заставить его выложить все, от начала и до конца!

Однако Тео держался особняком, он ехал то перед фургоном, то позади, почти не задавал вопросов о дороге, и в целом казалось, будто поездка ему не особенно интересна.

Зато Софии пришлось выслушивать историю Мазапана. Он говорил о своем магазине в Нохтланде, об извилистой улочке, что вела к его дверям, и о том, какую дивную посуду он выделывал в своей просторной солнечной кухне. У него, как и у миссис Клэй, был выговор уроженца южных Пустошей, а наряд — мягкие кожаные сапоги, белые хлопковые штаны и расшитая лозами рубашка — выглядел совершенно обычным для Пустошей, хотя на бостонской улице всеобщее внимание Мазапану было бы обеспечено. Изрядное брюшко шоколадника, темные волнистые волосы и большие усы так и колыхались, когда он смеялся.

София слушала вполуха — все оглядывалась, нет ли погони. Лишь когда Мазапан вложил ей в руки вожжи и сказал: «А теперь внимательнее: пусть идут ровным шагом!» — она поняла, что добрый торговец изо всех сил пытался отвлечь ее от тревожных мыслей. София прониклась благодарностью и слегка устыдилась.

— Все зовут вас Мазапаном. Это ваше полное имя? — спросила она.

Он улыбнулся:

— Вообще-то, меня зовут Олаф Руд, только никто здесь не может этого выговорить. Видишь ли, мой дедушка был искателем приключений родом из Датского королевства... Сегодня его родные места расположены далеко к северу от Сокровенных империй. Он был здесь в поездке, когда грянуло Разделение. Позже выяснилось, что ему некуда возвращаться: там исчезли все, кого он знал и любил.

София кивнула с пробудившимся любопытством. Ей доводилось читать о путешественниках, застрявших на чужом берегу. Каждый такой случай был по-своему интересен.

— И он решил здесь остаться? — спросила она.

— Совершенно верно. Только его имя казалось местным жителям очень странным: язык сломаешь. Вот меня и прозвали Мазапаном, это «марципан» по-испански... Испанский — один из языков, на которых говорят в Тройственных эпохах. Видишь ли, раньше я был знаменит благодаря своим конфетам с марципаном.

— Раньше? А почему? Вы больше не делаете марципан?

Его усы немного обвисли.

— Ах, — вздохнул он, — это такая грустная история…

— Если вы не возражаете, я бы послушала.

Мазапан покачал головой:

— Да какое там возражать — дело прошлое… Что ж, расскажу, хотя, боюсь, ты составишь не лучшее мнение о Нохтланде… Ну да ладно, его чудеса ты потом сама своими глазами увидишь.

Итак, делать марципан меня научил наставник — шеф-повар, истинный мастер, способный блеснуть талантом в любой области кулинарии. Однако более всего ему удавались конфеты. У него же я выучился изготовлять шоколад, сахарную вату, меренги… всякие разные сласти. Когда я пришел к учителю, он был уже очень немолод. Он умер спустя год после того, как я открыл собственный магазинчик. Наставник передал мне свое дело, и я из кожи вон лез, чтобы не уронить планку. Мне повезло: я обратил на себя внимание двора и начал обслуживать пиры королевской семьи, проходившие во дворце императора Себастьяна Кануто.

— Конфетные пиры?.. — изумленно переспросила София. — Из одних сластей?..

— О да, именно так. Полагаю, под угрозой немедленной расправы я сумел бы и фасоль потушить, но обычно в нашем доме все, кроме сладкого, готовит жена. Я — специалист по конфетам и ничего другого, в общем-то, делать не умею. Так вот, на тех пирах, да будет позволено мне сказать, была учтена каждая мелочь. Все, что находилось на столах — скатерти, посуда, еда, цветы, — было съедобным и сладким. Тарелки — шоколадные, вроде тех, что ты видела в лавке, угощение и букеты — из сахарных нитей и марципана. Гости восторгались тем, как искусно замаскированы были конфеты. Все выглядело абсолютно настоящим: и цветы в вазах, и закуски… Видишь ли, одно из простейших и вечных человеческих развлечений — это добровольный обман; ты веришь своим глазам и сознательно даешь себя провести… Я и сам с наслаждением занимался подготовкой пиров, создавая все более вычурные и замысловатые блюда.

Увы, кое-кто надумал использовать мои невинные обманки в весьма дурных целях. В честь шестого дня рождения принцессы Юсты банкет был устроен с небывалым размахом. Собрались все придворные; император с женой и дочерью сели во главе стола. Я приготовил для украшения сервировки марципановые орхидеи — любимые цветы императрицы… Полагаю, ты слышала о Знаке лозы?

— Слышала, но очень немногое, — созналась София. — И не особенно поняла, что к чему.

Мазапан снова покачал головой:

— По мне, это всего лишь одно из многих различий между людьми. Например, у меня волосы темные, у тебя — светлые, у Тео — вовсе черные. И что с того?.. Ну а в Пустошах находятся личности, ужасно гордящиеся оттенком своей кожи или волос. На мой взгляд, глупость страшная… Так вот, императрица была отмечена Знаком лозы. Волосы у нее были не как у нас с тобой. Не волосы, а корешки орхидей.

София сморщилась:

— Корешки?..

— Звучит странно. А ведь при дворе это считалось пиком красоты. Представляешь себе орхидейные корешки? Тонкие белые нити. Императрица из них высоченные прически делала. И понятное дело, кому было любить орхидеи, как не ей. Дочке, Юсте, эта черта тоже передалась.

— У нее тоже на голове корешки?

— Нет. Юста, конечно, унаследовала Знак, но ей он достался в виде травы, зеленой и длинной. Я принцессу последний раз совсем девочкой видел, но ее считают блестящей красавицей.

София дипломатично оставила свое мнение при себе.

— Так вот, — продолжал Мазапан, — я наготовил орхидей, чтобы порадовать императрицу, и расположил вазы по всему столу. Когда начался пир, гости пробовали все — закуски, цветы, столовые приборы, посуду. Я, как ты понимаешь, стоял в сторонке, наблюдая, все ли гладко пройдет. Вижу, императрица берет марципановую орхидею и съедает ее. Я предвидел, что именно так она и поступит: бывали пиры, когда она ничего не ела, кроме цветов! Смотрю, берет еще цветок, потом еще… И тут я вдруг понимаю: произошло нечто ужасное. У нее так страшно исказилось лицо! Она схватилась за горло, потом за живот… И рухнула прямо на стол, разметав по скатерти свои чудесные волосы! Все, конечно, сразу вскочили. Прибежал доктор… Слишком поздно: императрица была мертва. Ее убила крайне редкая, смертельно ядовитая орхидея, кем-то подложенная в мой марципановый букет.

София так и ахнула:

— И вас обвинили в ее смерти?

— Нет, по счастью. То есть меня допрашивали, конечно, но вскоре поняли, что мне-то гибель императрицы была крайне невыгодна.

— Ужас какой! — с сочувствием проговорила София.

— Верно сказано, — вздохнул шоколадник. — Хотя меня не в чем было упрекнуть, император в дальнейшем отказался от подобных пиров. Оно и понятно... Ну а я так и остался без вины виноватым. Не смог избавиться от чувства ответственности за тот случай. Ведь не наделай я марципановых орхидей, императрице не подсунули бы отраву.

— Ерунда! — не сдержалась София. — Злодеи просто воспользовались тем, как выглядел пиршественный стол.

— Вот именно, — понурился Мазапан. — Но зачем опять рисковать? С тех пор я забросил и меренги, и карамельные нити, и марципан. Делаю только шоколадную посуду и вилки с ложками, потому что их невозможно использовать с дурной целью. Самое скверное, что может случиться, — человек сломает зуб, по ошибке надкусив настоящую тарелку!

И он рассмеялся.

— Пожалуй, вы правы, — сказала София. Подумала и добавила: — Бедная принцесса! Как только у нее сердечко не разорвалось — таким образом матери лишиться.

— Да, она наверняка убивалась, — сказал Мазапан, но особой уверенности в его голосе не чувствовалось. — Как я уже говорил, после того дня рождения, когда ей исполнилось шесть, я ее ни разу не видел. Помню только, что она была довольно странным ребенком. Такая — как бы это сказать? — холодная. Непонятно, в самом деле бесчувственная или просто очень застенчивая… Не было в ней очарования, обычно присущего детям. Лично у меня от ее вида никогда на душе не теплело… Если верить слухам, она стала очень тихой и замкнутой женщиной. — Шоколадник помедлил в задумчивости и перешел на другое: — Скоро лошадей менять. Там, впереди, дорожная станция.

Дорога шла по довольно плоской равнине. По сторонам вся растительность была вырублена, чтобы лишить грабителей возможности притаиться в засаде. Встречных было немного — фургон разминулся лишь с двумя всадниками да несколькими мелкими торговцами, несшими на плечах деревянные короба.

Внимание Софии привлекли ветровые колокольцы. Их было очень много в Веракрусе, они повсюду болтались на столбах вдоль обочины. Постоянное звяканье, ставшее привычным, едва ли не ласкало слух.

— Они что, путь отмечают? — спросила девочка.

Мазапан проследил за ее взглядом и ответил:

— Нет, они тут ради предупреждения. Колокольчики сообщают путешественникам, что близится шквал. У вас на севере такое бывает?

— Ну… не уверена.

— Шквалы бывают длительными или краткими, могут идти широкой полосой или узкой… но в любом случае они смертоносны. Представь себе настоящую стену ветра, налетающую со всей мощью циклона.

— Что-то вроде торнадо.

— Да, но только если бы множество торнадо шло строем. Нам уже много недель предсказывают шквал с юга… Когда зазвонят колокольцы, путешественники спешат укрыться под землей… Ну вот, приехали.

Они наскоро перекусили в гостинице — почти безлюдной, к немалому облегчению Софии. Пока Барр и Тео меняли лошадей, девочка стояла с Каликстой возле фургона, беспокойно оглядываясь на дорогу. Та была пуста.

Однако потом у горизонта возникла неясная тень. Она на огромной скорости неслась прямо к ним. София уже открыла рот — окликнуть Каликсту, но тут разглядела движущийся предмет и онемела от изумления.

К ним приближалось что-то вроде подвижного дерева. Изящное деревянное судно раза в два выше их фургона, оснащенное широкими зелеными парусами. Они представляли собой громадные листья, выраставшие из основания ствола и прикрепленные к его вершине, чтобы улавливать ветер. Внизу виднелись колеса-шары, сплетенные, подобно корзинам, из легких прутьев и выкрашенные золотой краской. Чудесный корабль, казалось, плыл, не касаясь земли, так легко вращались его удивительные колеса. У фальшборта на носу со скучающим видом стояла девочка немногим старше Софии.

Та в немом восхищении следила за кораблем, пока он не начал удаляться и вновь не превратился в точку на горизонте. Только тогда София сумела выговорить:

— Мазапан, что это было?

— А-а-а, — отозвался шоколадник. — Так ты никогда не видела арболдевелу?

Брови Софии поползли кверху.

— Ну, или болдевелу — для краткости, — продолжал он. — Это корабль с деревянным корпусом и живыми парусами.

— А у вас такой есть? — спросила София.

Мазапан рассмеялся:

— Для простого человека болдевелы дороговаты. Правда, их довольно много. Ты еще не одну увидишь в Нохтланде — и на улицах, и на каналах.

Лошадей пришлось менять дважды, и наконец путники остановились на ночлег примерно на полпути между Веракрусом и столицей. Последние несколько миль София дремала, опустив голову на плечо шоколадника. Когда кони замедлили шаг, она кое-как разлепила глаза и потянулась за часами. По местному времени был час ночи. По времени Нового Запада — два с минутами.

— Здешний хозяин для меня комнатку держит, — сказал девочке Мазапан. — Если повезет, найдется еще одна. Сейчас устроимся — и будем отсыпаться.

Путники отвели лошадей в конюшню и прошли по мощеной дорожке к главному зданию. Возле двери виднелась королевская печать, в общей комнате висел впечатляющий портрет монаршей семьи. Все это будто говорило: у нас тут не какая-нибудь захудалая ночлежка, а почтенное привилегированное заведение! Мазапан зажег свечку, предусмотрительно оставленную на конторке, и повел своих спутников коридором во внутренний дворик. София с Каликстой заняли одну из свободных комнат, мужчины поселились в другой.

Сонно стаскивая одежду, София неожиданно поняла, что так и не переговорила с Тео: за весь день ей не представилось удобного случая. Она вздрогнула от ночной прохлады. Комната казалась слишком просторной: голые оштукатуренные стены, высокие потолки с деревянными стропилами… Простыни, весь день провисевшие на солнце, были пересохшими и жестковатыми, но София этого почти не ощутила. Свалившись на узенькую постель, она тотчас заснула.

27 июня, 3 часа ночи: в гостинице

София проснулась в темноте. Сердце почему-то бешено колотилось. Кошмар еще туманил сознание. Во сне она услышала плач — пронзительные стенания лакримы, постепенно заглушившие все прочие звуки.

В гостинице было тихо. Лишь чуть слышно позванивали колокольцы, их тревожил ночной ветерок. София дрожащей рукой нашарила часы, привычным движением подняла латунную крышечку, но ничего не смогла рассмотреть в темноте.

Потихоньку одевшись, она приладила за плечи рюкзак. На другой постели угадывался белесый силуэт — под простынями спала Каликста. София открыла дверь и вышла в прохладную ночь.

Она осторожно двигалась мощеным коридорчиком, чувствуя, как постепенно рассеивается кошмар. Здесь по стропилам вился ночной жасмин; запах стоял такой, что слегка кружилась голова. При свете звезд она наконец рассмотрела циферблат. Три часа с небольшим. София пересекла двор, направляясь к конюшням. Ветровые колокольцы тихим позвякиванием провожали ее.

Гостевую комнату отделял от конюшен садик камней с кактусами и деревянными скамьями. София в недоумении остановилась: кто-то сидел здесь одинодинешенек. София подошла ближе и увидела, что это был Тео. Он услышал ее шаги и подвинулся на скамье, давая ей место.

— Что, тоже не спится? — спросил Тео.

— Страшный сон приснился… — ответила она. — А ты что тут?

— Никак заснуть не могу.

Она внимательно присмотрелась к нему. Шнурки на поношенных ботинках не были завязаны. Тео вперился в потемки, словно ждал: оттуда вот-вот кто-то вынырнет.

— Ты что, — поинтересовалась София, — из-за того налетчика беспокоишься?

— Ну не так чтобы очень…

София помедлила в нерешительности. Ей хотелось разузнать побольше, но выслушивать очередную порцию лжи она не желала. И все же девочка, изучая задумчивое лицо Тео, рискнула спросить:

— Почему он тебя преследовал?

Тео пожал плечами — что, мол, рассказывать о таких пустяках.

— Его зовут Джуд, — начал он неохотно. — Обычно он болтается на севере, у самого Нового Орлеана… Помнишь, я тебе рассказывал про девушку, которая меня вырастила? Ну про Сью?.. Она была лет на десять старше меня… и так здорово скакала верхом! Одной из лучших наездниц считалась. Когда-то она пристала к шайке Джуда. Пару лет назад я узнал, что она погибла при налете… И знаешь из-за чего? Джуд выслал ее вперед одну, без помощников, да еще и жителей предупредил. Ловушку, в общем, устроил!

— Жуть какая, — содрогнулась София.

— А он пережить не может, если кто-то оказывается искуснее его. Или умнее… Я понимал, что рано или поздно Джуд перейдет границу и станет орудовать на новоорлеанской стороне. Вопрос времени! В Пустошах законы, можно сказать, совсем не работают, так что налетчики вроде Джуда что хотят, то и воротят. На Новом Западе все иначе. Такой большой тюрьмы, как в Новом Орлеане, я нигде больше не видал. Ну, я и озаботился настучать властям, что Джуд взорвал чугунку, которую они строили для сообщения с Пустошами. — Он удовлетворенно улыбнулся. — Позже я слышал, они его на полтора года в тюрягу упекли.

— Правда, что ли?

— А то. Налетчики совсем не хотят, чтобы в Пустошах проложили железную дорогу. Сразу станет больше людей, начнут расти города и воцарится закон!

Некоторое время София придирчиво рассматривала его.

— Значит, ты ничего плохого не сделал, — сказала она затем.

— А мне плевать, — ответил ей Тео. — Я просто заставил его поплатиться, понимаешь? Он послал Сью на смерть, а я сделал так, что его посадили!

— И ты не боишься, что он станет за тобой повсюду гоняться?

Тео снова передернул плечами:

— Сомневаюсь, что ему это надо. — Он подмигнул ей и щелкнул пальцами, изобразив пистолет. — К тому же Джуд сущий котенок по сравнению с теми типами, что охотятся за тобой.

У Софии снова заколотилось сердце.

— Очень надеюсь, что они не дознаются, куда мы подевались…

— Пока их не видать, — кивнул Тео.

— А я, — похвасталась София, — вроде бы догадалась, зачем им моя карта нужна.

Тео с интересом поднял глаза:

— Ну и?..

— Помнишь, — начала она, — я тебе рассказывала про нигилизмийцев, которые веруют, что наш мир нереален?

— Ага…

— Так вот, дядя Шадрак как-то упомянул, что у них есть священная легенда о Карте Всех Карт. Нигилизмийцы полагают: помимо прочего, эта очень большая и могущественная карта показывает «истинный» мир — тот, каким бы он был, не случись Великого Разделения. Только никто не знает, где ее отыскать.

— И твоя стекляшка, значит, поможет увидеть ее? Великую Карту, или как там она называется?

— Вот именно. Потому что она выглядит очень необычно… — София поневоле вспомнила путеводные луковицы на торгу. — Лупа делает видимой любую скрытую карту, значит и ее тоже. Другое дело, что я понятия не имею, на что похожа Карта Всех Карт и где ее искать… Да и дядя Шадрак о ней говорил как о чем-то не совсем реальном.

— А вот те ребята считают иначе.

— Ясное дело.

— А знаешь, — задумчиво проговорил Тео, — твой дядя явно готов наизнанку вывернуться, лишь бы они ее не заполучили. Ну, стекляшку твою. Должно быть, и он считает, что Карта — не вымысел!

— Я тоже об этом думала, — сказала София. — В действительности Лупа очень ценна и сама по себе. С ее помощью какие угодно карты можно найти, не только ту, за которой нигилизмийцы охотятся.

— Это верно…

София некоторое время молчала.

— Будем надеяться, — сказала она затем, — Вересса поможет разобраться.

Тео скинул башмаки и поставил ноги в носках на скамью, подтянув коленки к груди.

— Ты хоть думала о том, как ее разыскать?

— Когда приедем в Нохтланд, — ответила София, — я узнаю дорогу к академии, где учились Вересса и дядя. Уверена, там следят за судьбами выпускников, — и добавила: — Это будет первым шагом.

— Ага, — хмыкнул Тео. — И она сразу выяснит, куда делся Шадрак.

Настоящей уверенности у Софии не было.

— Не факт, — сказала она. — Но я надеюсь. — Задумалась и вздохнула: — После того как мы с поезда сошли, надо было за големами проследить, пока возможность была... Глядишь, они к Шадраку бы нас привели!

— Вот это вряд ли, — возразил Тео. — Мы все правильно сделали. Сама смотри: ты же все исполняешь, как он тебе велел. Мазапан уж точно подскажет, где академия. Может, и Каликста знает... Ты, кстати, ее спрашивала?

София мотнула головой.

— Ну, значит, найдешь Верессу, а она посоветует, как быть дальше.

Девочка не ответила. Она сидела молча, прислушиваясь к колокольцам.

— А мне пираты понравились, — сказала она наконец. — Повезло, что мы их встретили!

Тео расплылся в улыбке:

— Ага... Надежные они. На таких можно рассчитывать.

— Мне и с тобой повезло, — не сводя с него глаз, произнесла София.

Его улыбка было померкла, словно задутая свечка, но потом засияла как прежде. София даже подумала, что ей это померещилось в неверном свете луны.

— А то! — воскликнул он. — Зря, что ли, меня прозвали Везунчиком!

8 часов 30 минут: по пути в Нохтланд

Под утро зарядил дождь. Мазапан без конца останавливался проверить, хорошо ли держится тент.

— Уж ты прости, София, — повторял он. — Мне, понимаешь, дома влетит, если блюда размокнут.

— Да вы не беспокойтесь, — отвечала она, прячась под нешироким навесом передка.

Как пригодилась бы сейчас сменная одежда! Увы, она осталась в чемодане, а тот валялся теперь где-нибудь на железнодорожной станции в хранилище забытого багажа.

Каликста и Барр ехали бок о бок и о чем-то увлеченно беседовали, держа над собой широкие разноцветные зонтики. Тео тащился за фургоном, видимо избегая общества. Когда София смотрела на него, он старательно отворачивался, чтобы не встречаться с ней взглядом.

«Я точно так себя веду, когда хандра нападает», — подумала девочка.

Она ничего не могла понять. Вчера они с Тео болтали часов до четырех, а при расставании он был весел, как птичка…

По ее часам миновало шестнадцать, когда впереди на дороге что-то замаячило. Сперва казалось, что это группка таких же путников, как они сами, но по мере приближения она вырастала, превращаясь в сотенную толпу. Оказывается, фургон уже достиг окраин столицы. Сквозь сумерки в пелене дождя еле угадывались очертания городских стен.

— Всех въезжающих в ворота подвергают проверке, — со вздохом пояснил Мазапан. — Боюсь, мы на несколько часов тут застрянем. Я и забыл, что всего через три дня празднуется затмение! Вся округа, видно, съехалась полюбоваться. Случай, знаешь ли, редкий! Астрономы утверждают, что нас ждет первое полное лунное затмение со времени Великого Разделения.

София так устала за день, что даже не пустилась в расспросы. Далеко впереди в очереди колыхались паруса болдевелы. Каликста и Барр придержали коней, поравнявшись с фургоном. Подъехал и Тео.

— Посмотрю, длинная ли очередь! — сказал он и пришпорил лошадь, не дожидаясь ответа. Спустя мгновение он уже растворился в потемках.

— На что ему понадобилось очередь проверять? — беспокойно спросила София.

— Почем знать, — крякнул Мазапан. — Какая бы ни была, от этого она все равно не укоротится. Мы тут не меньше чем до девяти проторчим… — И с улыбкой поправился: — До двадцати, если по-вашему. Как здорово, что наши сутки короче на целых одиннадцать часов! Я бы с ума сошел — столько ждать!

София поняла, что он пытается развлечь ее.

— Все на самом деле не так, — слабо улыбнулась она, вглядываясь в мокрые сумерки.

Впереди стояла компания пеших торговцев. Они медленно продвигались вперед, сгорбившись под плащами. Фургон еле полз следом. София увидела вернувшегося Тео. Он подъехал с ее стороны, и она сразу заметила, какое напряженное у него стало лицо. Он был очень бледен, глаза блестели от волнения.

— Что такое? — спросила она и сразу подумала о налетчике с рынка. — Встретил кого-то в очереди?

Тео нагнулся к ней с седла:

— Я говорил, что благополучно доставлю тебя в Нохтланд, помнишь?

— Да, — начиная ощущать смутное беспокойство, сказала София.

— Короче, мы прибыли, — жестким голосом отрезал он. — Ты свое слово сдержала, я свое тоже… — Он нагнулся еще ниже, потянулся к ее лицу и грубовато, неуклюже поцеловал в щеку. — Пока, София.

Развернул коня и галопом унесся туда, откуда они приехали, — в сторону Веракруса.

— Тео!.. Ты куда?.. — София вскочила на ноги.

Она успела заметить, как он оглянулся через плечо… Потом исчез окончательно.

— Пусть едет, София, — сказал Мазапан и усадил ее обратно на козлы. — Прости, дитя, но так ты вовсе намокнешь. Возьми плащ, закутайся… — И шоколадник обнял ее за плечи. — Ускакал прочь! — крикнул он Каликсте и Барру, подъехавшим с расспросами. — Нет, не объяснил почему, просто умчался, и все!

— Вот, значит, как, — опустошенно проговорила София.

ЧАСТЬ III

В ловушке

21
Ботаник

28 июня 1891 года, 5 часов 04 минуты

Если верить записям, найденным на заброшенном складе близ западного побережья, в некотором веке там существовал город, простиравшийся от тридцатой параллели до пятидесятой. Записи не датированы. Вообще от «города Тихоокеании», как он назван в документах, осталось очень немногое.

Вересса Метль. Культурное землеописание Пустошей

Город Нохтланд на много миль раскинулся по дну широкой долины. Под защитой высоких стен столица казалась не поселением, а островом. И не только потому, что ее в разных направлениях пересекали водные пути, но еще и оттого, что горожане редко высовывались наружу. Между Нохтландом и Веракрусом челноками сновали торговцы, ученые ехали на юг, в университеты Кселы, искатели приключений отправлялись на север, в дикие земли тихоокеанского побережья. Остальные жители в общей массе предпочитали оставаться в пределах стен, да еще и заявляли во всеуслышание: мол, в лабиринтах столичных улочек и на просторах зеленых садов точно найдется все, что душе угодно.

Город в самом деле был богатый. Валютами в нем служили какао, банкноты и серебряные монеты королевской чеканки. Кроме того, в Нохтланде жили представители многих наций, поскольку он на весь мир славился своей красотой; соответственно, сюда съехались люди из самых разных эпох да так здесь и остались. Ну и наконец, столица славилась щедростью. Особенно к тем, кто был отмечен Знаком лозы.

Казалось, этот знак присущ самому городу. Внешние стены были сплошь увиты ваточником, ипомеями, бугенвиллеей. Все это обильно цвело, и тогда стены казались живой пестрой змеей, свернувшейся в кольцо.

Будь ее воля, принцесса Юста Кануто, прозванная Зеленовласой, вообще изгнала бы из города столь презренную материю, как металл. К сожалению, без него город существовать просто не мог. Поэтому строго ограниченное пользование металлом все-таки дозволялось. Для этого требовались особые разрешения, о выдаче коих горожане ежедневно и хлопотали. Людям как-никак требовались разные винтики-шпунтики, ключики-замочки, гвозди, пряжки, крючки… Нохтландские поверенные знай себе богатели, проводя по инстанциям соответствующие прошения.

Естественно, королевской семьи ограничения не касались. Иные горестно жаловались, что им пришлось года два дожидаться разрешения пользоваться вышивальной иглой, сработанной из стальной проволоки, тогда как столичные стены замыкались воротами, целиком выкованными из железа! Створки их густо оплетала лоза, но суть от этого не менялась…

Путники были вынуждены всю ночь ждать под дождем. К тому времени, когда они очутились перед воротами Нохтланда, София крепко спала. Накануне она допоздна сидела без сна, невидящим взглядом уставившись в завесу дождя. В ушах у нее все звучали последние слова Тео, щека по-прежнему чувствовала прикосновение его губ… У нее застыло все тело, а следом словно окаменел и разум. В конце концов она заснула, привалившись к плечу доброго шоколадника.

Ненадолго открыв глаза посреди ночи, София увидела темное небо. Привратники — рослые тени в плащах с надвинутыми капюшонами — обыскивали фургон Мазапана. Равнодушно посмотрев на них, девочка опять задремала и окончательно пробудилась, лишь когда Мазапан ласково тряхнул ее за плечо:

— София, приехали! Просыпайся! Полюбуйся городом на рассвете, рано утром он особенно хорош!

София сонно приподнялась и стала оглядываться. По мере того как прояснялось в голове, она все отчетливее ощущала холод. Каликста и Барр держались в нескольких шагах впереди повозки. Они только что миновали ворота. Мысль о Тео мелькнула на задворках сознания, точно серебристая рыбка в ледяной темной воде. Блеснула — и тотчас исчезла. София впервые увидела перед собой Нохтланд. С каким предвкушением она ждала прибытия сюда! А теперь, когда это сбылось, не чувствовала ровным счетом никакого восторга.

Дождь прекратился. О ненастье напоминали только рваные облака, окаймленные пепельным сиянием рассвета. Мощеные улицы блестели. И повсюду переговаривались колокольцы, словно занятые нескончаемой беседой. Упряжные лошади неторопливым шагом двигались по широкой улице. С листьев падали дождевые капли, наполняя утренний воздух запахом лимонного цвета. За стволами виднелись каменные стены, над которыми возвышались кроны еще более высоких деревьев, красовавшихся в многочисленных садах. Иные древесные гиганты, невероятно мощные и развесистые, казалось, грозили выжить дома. София увидела винтовую лестницу, окружавшую ствол одного из таких исполинов. Она вела вверх, в замысловатый домишко, притулившийся на ветвях.

И повсюду журчала вода. По правую руку встроенный в стену фонтан извергал звонкую струю, бравшую начало в пасти каменной рыбы. Со сливов, устроенных на выступах высоких стен, на мостовую сбегали дождевые потоки. Фургон проехал через мост, пересекавший длинный канал; он тянулся в обе стороны в окружении приземистых оград и узких садиков. София успела заметить по берегам множество домов под красными черепичными крышами. Потом улица сузилась. В каменной кладке появились низенькие двери и окна, закрытые деревянными ставнями. В домиках на деревьях царила тишина, шторы были задернуты. Весь Нохтланд еще спал…

Хотя нет, не весь. София обратила внимание на детское личико, выглянувшее из-за гардины в одном из окошек. Их взгляды встретились, и Софию что-то кольнуло. Ребенок смотрел удивленно и как-то потерянно. Поспешно сунув руки в карманы, София схватилась за часы и за серебряную катушку. Они, как всегда, помогли ей успокоиться: время шло своим чередом, Судьбы казались благосклонными…

Может, Судьбы и забрали у нее Тео, но остались Каликста, Барр, Мазапан. А значит, был у небожительниц в отношении ее некий план, и, похоже, они были на ее стороне…

Фургон свернул за угол и неожиданно выехал на широкий зеленый проспект.

— Эта улица ведет к воротам дворца, — сказал Мазапан.

— Ваш магазин где-то поблизости? — спросила София.

— Совсем рядом, — ответил шоколадник. — Но туда мы не поедем. Я оставлю вас с Каликстой и Барром во дворце. Там и отдохнете.

София не сразу уловила смысл услышанного. А затем растерянно переспросила:

— Во дворце?..

Мазапан улыбнулся:

— Тебе, деточка, здорово повезло с попутчиками. Бартон водит дружбу с придворным ботаником. Так что вас устроят со всеми мыслимыми удобствами, какие только может предложить Нохтланд! — Он подмигнул. — Это тебе не мой скромный домишко… Глянь! Вон за тем забором уже начинаются королевские парки!

Вдоль южной стороны улицы тянулся высокий забор из кованого железа. За ним виднелась живая изгородь из густо посаженного можжевельника, а чуть подальше возвышались рослые деревья. Казалось, парк простирался до самого горизонта.

— Отсюда не очень хорошо видно, но иногда, если повезет, удается и дворец разглядеть, — сказал Мазапан. — Выстроен он в основном из стекла, так что под солнцем переливается, словно зеркальная шкатулка!

Каликста и Барр, выехавшие немного вперед, встали у крупного фонтана посреди мостовой. В центре большой плоской чаши вверх била струя высотой с пальму.

— Мы почти у ворот, — останавливая упряжку, объявил Мазапан.

Каликста спрыгнула с седла и подошла к ним.

— Бедняжка! — сказала она Софии. — Всю ночь в мокрой одежде спала!

В ее голосе звучала жалость.

— Да все в порядке, спасибо, — кое-как выдавила девочка.

Барр подошел к ним, ведя коня в поводу.

— Мы в двух шагах от завтрака и теплого одеяла, обещаю, — произнес он. И обратился к шоколаднику: — Мазапан, друг мой, прямо не знаю, как тебя благодарить!

— Не за что! — отозвался тот, крепко пожимая ему руку. — Как разделаетесь с делами, жду в гости!

София между тем выбралась из фургона. Мазапан подмигнул ей:

— И ты приходи, шоколадом угощу.

— Спасибо вам, Мазапан, — вымучив улыбку, ответила девочка. — Всенепременно приду!

Повозка обогнула фонтан и укатила туда, где проспект смыкался с узкими улочками Нохтланда.

— Полезай в седло, а я коня поведу, — предложил Барр.

— Хорошо, — согласилась София.

Пират помог ей сесть на лошадь и провел ее мимо фонтана. У внушительных ворот выстроился целый ряд стражников. Кованые створки вздымались на высоту в пять нохтландских копий.

Как и городские привратники, которых София увидела ночью сквозь полусон, эти стражники были облачены в длинные плащи с капюшонами и маски, целиком сделанные из перьев. В прорезях виднелись ничего не выражающие глаза. Над головами колебались высокие плюмажи. Обнаженные руки, сплошь в раскраске, извивах татуировок и кожаных перевязках, сжимали длинные копья с обсидиановыми наконечниками. София невольно вспомнила наряд, в котором Тео выставили в цирковой клетке. Похоже, Эрлах пытался создать некое подобие облачения дворцовой стражи.

Вид у охранников был страшноватый, но Барр тут же принялся болтать с ними так непринужденно, словно встретил пиратов с «Лебедя».

— Привет, ребята! — сказал он. — Нам бы, как всегда, королевского ботаника повидать!

— А он знает, что вы приехали? — отозвался ближайший из молодцов.

— В этот раз — нет, — ответил Барр.

— Тогда пошлем с вами провожатого, — решил стражник, и один человек выступил из шеренги. — Что за девочка с вами?

— Новая служанка.

Каликста выслала лошадь вперед.

— Вся в меня, — широко улыбнулась пиратка. — Такая же нетерпеливая!

Стражник только головой покачал. Похоже, он очень хорошо знал брата и сестру Моррисов. Не добавив более ни слова, он раскрыл перед ними ворота и только рукой махнул — проезжайте, мол.

Лошади ступили на галечную дорожку, что вела через сады ко дворцу. Узор, выложенный разноцветными камешками, превращал тропинки в ковры. Дорога миновала настоящий тоннель, образованный рослыми склонившимися можжевельниками. Когда путники выехали из него, открылся неожиданный вид на дворцовые парки.

Такой красоты София никогда раньше не видела. Прямо перед ней блестело зеркало пруда, усыпанного водяными лилиями. По другую сторону росли две гардении, сплошь в белом цвету. Рядом с ними были полукруглые высадки лимонных деревьев. Аллеи ветвились, петляли и вились, убегая во всех направлениях, огибая каменные фонтаны. По берегам пруда и вдоль дорожек красовались статуи предков, отмеченных Знаком лозы. Лица, высеченные из белого мрамора, лиственные крылья и ветвистые руки сияли на фоне свежей зелени парка.

Возле пруда с лилиями и находился дворец. Это было длинное прямоугольное здание, увенчанное многочисленными куполами. Мазапан ничуть не преувеличивал: стены, почти сплошь из стекла, переливались в утренних лучах перламутром. Ко дворцу примыкали две оранжереи из бледно-зеленых стеклянных панелей — вотчина ботаника. Стражник повел гостей мимо водоема. София посмотрела вниз, в неглубокую зеленоватую воду. Там среди водяных лилий сновали яркие рыбки. Воздух наполняли запахи цветущих гардений и лимонных деревьев, в ветвях порхали шустрые птицы…

Их путь лежал не туда, где высились каменные ступени главного входа и стояли охранники в плащах с капюшонами. Они направлялись прямо в теплицы. Указав на низенькую дверь, их провожатый удалился и увел лошадей.

Пока длилось ожидание, София стояла очень тихо, слушая далекое журчание фонтанов и перекличку птиц…

Наконец дверь теплицы открылась, и наружу выскочил невысокий худой человек.

— Бартон! — воскликнул он радостно. — Каликста!

Он схватил в охапку Барра и крепко сжал. Потом попытался проделать то же с Каликстой, стараясь не помять при этом ее широкополую шляпу. На ботанике были необычные очки со множеством сменных линз; они переливались на солнце, окружая глаза наподобие лепестков. Вот эти глаза, неестественно увеличенные стеклами, обратились на Софию.

— А это кто с вами?

— Мартин, — сказал ему Барр, — это София, она с Нового Запада. София, познакомься с моим другом, королевским ботаником.

Жилистой рукой Мартин снял очки. Лицо сразу стало обычным: глубокие морщины, выдававшие в нем любителя посмеяться, непокорная копна белых волос. Длинный нос, напоминавший гномон солнечных часов, был сбит чуть налево. Ботаник обозрел Софию большими карими глазами, взял руку девочки и коротко поклонился.

— Рад встрече, София, — улыбнулся он. И вновь повернулся к Бартону и Каликсте. — А уж вам-то до чего рад! Право, какой сюрприз!.. Да не стойте же здесь, входите, входите!

Он быстро повел их по дорожке вперед. София обратила внимание, что Мартин слегка прихрамывает, впрочем, на его проворство это никак не влияло.

Отвечая на вопросы ботаника и стараясь от него не отстать, София едва замечала по сторонам посадки какао, горки с разными папоротниками и хрупкие, бледные цветки орхидей, обрамлявших дорожку. Зеленью пахло так, что воздух казался густым.

— Вы просто в ворота въехали? — спросил Мартин через плечо.

— Да, всю ночь в очереди под дождем мокли, — ответил Барр.

— Бедные вы мои! До затмения всего трое суток — представляю, сколько сейчас там народа! Ты поспала хоть, София?

— Немножко, — прибавляя шагу, пропыхтела она.

— Яйца любишь? — обернулся ботаник.

София чуть не налетела на него.

— Люблю…

— Чудесно! — обрадовался Мартин, возобновляя бег с препятствиями через теплицу. — Будем есть яйца, пить горячий шоколад и закусывать грибным хлебом! — И что-то добавил, но что именно, София не разобрала. — Я вам даже дам поспать часик-другой, — продолжал ботаник. — А потом — за работу!

София сразу задумалась о том, какого рода могла быть упомянутая им работа, однако спрашивать не стала. Еще несколько шагов — и Мартин распахнул дверь в дальнем конце теплицы.

— Покои королевского ботаника! — возвестил он, впуская гостей внутрь. — Прошу вас, будьте как дома!

22
Пыль веков

28 июня 1891 года, 6 часов 34 минуты

Согласно предварительным результатам исследования образцов, собранных на территории Пустошей, здесь насчитывается не менее 3427 различных эпох. Если верен наш метод, временной диапазон охватывает по меньшей мере пять миллионов лет. Правда, это касается всей страны в целом; на некоторых территориях разброс эпох ограничен. Так, Тройственные эпохи, включающие Нохтланд, Веракрус и Кселу, определяются всего тремя основными эпохами с минимальными включениями посторонних.

Вересса Метль. Местные почвы: к вопросу о применении в картологии

Должность королевского ботаника была настолько важна — и не только для правящей верхушки, но и для всех Пустошей, — что к ней прилагалась личная резиденция в тыльной части дворца, рядом с теплицами. Подобно Шадраку, Мартин умудрился заполнить все комнаты орудиями своего ремесла. Просторная кухня, лаборатория, кабинет и столовая на двадцать персон, не говоря уже о четырех спальнях, — все было битком набито странного вида научным оборудованием, книгами по ботанике, геологии, зоологии… а еще — многими сотнями растений. Другое дело, что в отличие от дяди Софии Мартин содержал свое жилье в порядке и чистоте. Инструменты и цветочные горшки были аккуратно расставлены по полкам, коих насчитывались десятки, или хранились в витринках из толстого стекла, занимавших все углы.

Угостив друзей обещанными яйцами с грибным хлебом — под непрерывный монолог про то, как выращивалось какао, плескавшееся у них в чашках в виде горячего шоколада, — Мартин неохотно отпустил их на отдых.

Барр явно частенько бывал в доме ботаника и все здесь знал. Он просто зевнул и сразу куда-то ушел.

— Нам куда — в заднюю спальню? — уже на ходу, уводя с собой Софию, спросила Каликста.

— Да, — кивнул Мартин. — Сладких снов!

К спальне примыкала большая ванная комната с плиточными полом и стенами и — куда же без них! — добрым десятком орхидей в горшочках. София, хорошо знавшая, как тщательно следила Каликста за своими волосами и нарядом, была приятно удивлена, когда пиратка предложила ей вымыться первой.

Здесь, в резиденции ботаника, София чувствовала себя почти так же уютно и безопасно, как дома, в Бостоне. Лежа в фарфоровой ванне, она смотрела на солнечные блики, игравшие на плитках. Горячая вода… какое блаженство! Девочка рассеянно намылилась и некоторое время просто отдыхала, наслаждаясь теплом. Наконец выбравшись из ванны, она завернулась в банный халат. Прикосновение к телу пушистого хлопка было очень приятным… Завязывая поясок, София испустила долгий вздох... И тут-то скопившееся напряжение вдруг прорвалось. Девочка икнула, поперхнулась — и слезы хлынули градом.

Она согнулась, неудержимо рыдая.

— Ну-ну, тихо, — сказала Каликста, обнимая ее и похлопывая по спине.

София задыхалась и вздрагивала, ей было больно. Тогда, в Бостоне, ужас от исчезновения дяди Шадрака был до некоторой степени смягчен присутствием Тео. А теперь Тео не было рядом. А Шадрак...

София всхлипывала судорожно и отчаянно. Насколько она понимала, Шадрак мог быть уже мертв.

— Ну же, маленькая, — шептала Каликста. — Тебе надо отреветься, так что поплачь...

Мало-помалу слезы Софии иссякли. Каликста обняла ее и ободряюще улыбнулась.

— Давай-ка, — сказала пиратка, — волосы тебе распутаем, прежде чем спать!

Она вытерла Софии голову полотенцем и тщательно расчесала пряди, напевая вполголоса. Ласковые прикосновения гребешка и негромкая песенка без слов сделали свое дело — у девочки начали закрываться глаза. Она плохо запомнила, как вскарабкалась на кровать, такую высокую, что забираться пришлось по небольшой лесенке. Там уже лежала ночная сорочка. Она не принадлежала Софии, но как раз подошла по размеру. Натянув ее через голову, София легла — и заснула, как только голова коснулась подушки.

Проснувшись, она не сразу сообразила, где оказалась и что это за комната. Потом все вспомнилось. София села в постели.

Пока она спала, что-то переменилось; подобной бодрости она не ощущала уже давным-давно. Она словно сбросила все накопившееся — бесконечное ожидание под дождем, странное бегство Тео, долгий переезд из Веракруса, мучительную качку на борту «Лебедя», безумное путешествие на поезде через весь Новый Запад... Верно, София по-прежнему — и телом, и духом — чувствовала себя так, словно ее в мясорубке провернули, но интуиция подсказывала, что худшее позади.

Каликста позаботилась прикрыть деревянные ставни, но щелки пропускали солнечный свет: воздух в комнате отливал разбавленным янтарем. Пиратка еще спала на соседней кровати. София тихонько спустилась и, порывшись в своей сумочке, вытащила часы: десять с минутами. То есть, согласно счету времени Нового Запада, миновал полдень.

Она поискала свою одежду, но не нашла. Зато кто-то оставил на стуле у кровати белое платье, расшитое голубыми вьюнами. Как ни странно, оно оказалось девочке точно впору. Отглаженный хлопок едва заметно пахнул крахмалом и лавандой. Голубые шлепанцы, стоявшие тут же, были лишь чуточку великоваты. Взяв рюкзачок, София повесила его на плечо. Разложила по карманам платья часы и серебряную катушку — и на цыпочках вышла из спальни.

Она немного постояла на прохладных камнях коридора, привыкая к удивительному чувству выздоровления. Ей казалось, все тело прямо-таки наливалось силой. Потом в соседней комнате раздался легко узнаваемый смех Барра. София двинулась вперед и скоро обнаружила открытую дверь лаборатории. Мартин что-то разглядывал сквозь очки и оживленно говорил с Барром. Пират стоял рядом с ним, и лицо его сияло.

— В жизни ничего подобного не видал! — восклицал Мартин. — Положительно не представляю, как подступиться к датированию... хотя, по сути... Невероятно! Так на каком, говоришь, острове подобрал его тот матрос?

Барр оглянулся и заметил на пороге Софию.

— Как спалось?

— Замечательно, спасибо большое... Каликста еще в постели.

— Ну и пусть отсыпается, — сказал Мартин. И за руку подвел Софию к лабораторному столу. — Барр говорит, ты из ученой семьи! Надобно тебе на это посмотреть!

— Ты только объясни кое-что для начала, — посоветовал Барр. — Я ничего Софии о твоей работе не успел рассказать.

— Всенепременно, всенепременно, — нетерпеливо отмахнулся Мартин, подтаскивая к столу невысокую табуреточку для ног. — Полезай!

София не особенно поняла зачем, но послушалась.

— Смотри в стекло! — возбужденно велел Мартин. Спохватился, сдернул с носа очки. — Вот, возьми. Пригодятся.

Он нацепил их на Софию, и мир кругом сменился путаницей бесформенных цветовых пятен. Мартин осторожно приблизил ее голову к столу.

— Видишь?

Перед глазами Софии возникли булыжники размером с кулак, разрисованные ломаными золотыми полосками. Насмотревшись и по-прежнему ничего не понимая, девочка стащила очки. Перед ней на столе был горшочек, полный рыхлой песчаной земли.

— Что это такое? — спросила она.

— Этот грунт обнаружил моряк на уединенном острове... — пояснил ботаник и повернулся к Барру: — Так где, говоришь?

— К югу от Индий, — ответил пират. — Близ побережья Поздней Патагонии.

— И сей образец, — подхватил Мартин, — принадлежит к эпохе, о которой нам решительно ничего не известно. Я по одному виду этой почвы уверенно заявляю: данная эпоха еще не изучена!

София спросила с сомнением:

— Почему вы так уверены?

— Потому, — с торжеством произнес Мартин, — что эта почва — искусственная!

— Как? Разве это возможно?

— В том-то и штука, что нет! — ликуя, рассмеялся ботаник. — Вот оно, чудо из чудес! Этого не может быть, потому что этого не может быть никогда, — и нате вам. А стало быть, земля сия происходит из эпохи, о которой мы ровным счетом ничего не слышали. Осмелюсь только предполагать, что она имеет отношение к весьма отдаленному будущему. Но кто скажет наверняка? Что, по сути, известно нам о познаниях древних?..

Он поднял брови и заулыбался.

— Все равно не понимаю, — сказала София.

— Пошли! — Мартин, не допуская никаких возражений, стащил ее с табуретки. — За мной!

И он, прихрамывая, устремился в другой конец комнаты. София поспевала за ним изо всех сил.

Барр присоединился к ним возле круглого стола рядом с окном. К столу была приколота большая бумажная карта, сплошь исчерканная цифрами и пометками различного свойства.

— Земля, — увлеченно начал Мартин, — по некоторым предположениям, имеет возраст около четырех с половиной миллиардов лет… Я имею в виду — если брать за точку отсчета нашу эпоху. При всем том, что Пустоши являют собой невероятное скопище эпох, большая их часть сосредоточена примерно в тысячелетнем промежутке, охватывающем также Объединенные Индии и Новый Запад. Можно даже в первом приближении говорить о пространственно-эпохальном полушарии… Однако в других частях света есть места, отнесенные на тысячи и даже на миллионы лет от нашего времени. Так вот, моя научная работа… — и поправился: — … ну, некоторая ее часть… состоит в датировке различных эпох путем установления возраста почв.

София внимательнее пригляделась к карте. В цифровых пометках было трудно выявить закономерность.

Она так и спросила:

— А цифры что значат? Это даты?

— В некотором упрощенном смысле — да, — сказал Мартин. — Имею смелость полагать, что мной разработан самый многообещающий метод постепенной идентификации каждой эпохи в нашем обновленном мире. Барр — естественно, с помощью своих коллег по профессии — собирает для меня образцы почв, и, как видишь, мы уже определили множество эпох в своем полушарии!

В его голосе звучала законная гордость. Он бросил на Барра взгляд, полный торжества. Тот улыбнулся в ответ.

— Весьма впечатляет, — вежливо проговорила София.

Она понимала значимость исследований Мартина, однако карта по-прежнему являла собой загадку.

— Но это лишь начало. Покажем-ка ей зеленую комнату! — сказал Барру ботаник.

— Непременно, — отозвался пират.

— А заодно испытаем новую почву!

И Мартин стремительно проковылял в другой угол лаборатории. София только теперь заметила там узкую застекленную дверь. Она выводила прямо в небольшую теплицу, устроенную внутри главной оранжереи, через которую они шли утром.

— Вот! — Мартин величественным жестом обвел цветочные горшки и поддоны, по преимуществу пустые. — Вот он, передовой край науки!

Его энтузиазм был заразителен, и София поинтересовалась:

— В чем же состоят ваши опыты?

— Эксперименты связаны с почвой! — Он наклонился к Софии, едва не ткнувшись длинным носом ей в лицо. И таинственным шепотом пояснил: — Ботанические! — Выпрямившись, он повернулся к лотку, заполненному непривычного вида растениями. — Мы занимаемся тем, что высаживаем семена и черенки в почву разных эпох. Результаты бывают феноменальными. — Он снял с полки ближайший горшок и протянул Софии. — Что это, по-твоему?

— Похоже на землянику... — ответила София с сомнением.

— В точку! — сказал Мартин. — А теперь попробуй ее!

Сорвал с кустика ягоду и протянул девочке.

София придирчиво осмотрела ее, потом сунула в рот.

— Это не... — И тут она ощутила совершенно неожиданный вкус. — Ой! Она как грибы!

— Да! — восторженно подтвердил Мартин. — Как грибы! Весьма примечательно, не правда ли? Вот эти-то ягоды я в хлеб и запек... Я еще не понял причины, но земляника, высаженная в эту почву из северных Пустошей, приобретает грибной вкус. Одна загадка из великого множества! — Он поставил горшочек на место. — А здесь — полигон новейших экспериментов с картирующими растениями. — Его рука указывала на длинный поддон, напоминавший вполне заурядную грядку с огородной зеленью. — В основном тут анис, сельдерей, лук...

— Ух ты! А я на рынке в Веракрусе видела путеводные луковки, — тотчас среагировала София. — Каким образом они действуют?

— Ну, эта разработка — одна из простейших, — заскромничал Мартин. — Видишь ли, свойства растения определяются его родной почвой, а ей, словно компасу, присущ магнетизм... Оказавшись в чужом месте, овощ или корнеплод неуклонно ведет тебя туда, где был выращен, — примерно как рогулька лозоходца. С одними растениями это получается лучше, чем с другими. — Мартин почесал затылок. — Ананасы, к примеру, по неведомой пока причине всегда приводят к океану...

Он взял в руки пустой горшочек.

— Жду не дождусь возможности испытать эту рукотворную почву... Барр, давай образец!

Пират с готовностью передал ему стеклянную банку. Мартин черпачком подцепил часть земли и наполнил горшочек.

— Ну-ка, ну-ка... — Вытянув длинный ящик, он стал перебирать бумажные пакетики. — Петуньи? Апельсин? Базилик? Он и на кухне бы пригодился... Думается, я все же попробую — да! Вот оно! — Он схватил коричневый конвертик. — Ипомея! — Ботаник запустил в него пальцы, вынул и кончиком мизинца вдавил в горшечную землю несколько маленьких семян. Тщательно разгладил поверхность, полил из керамического кувшина. — Через несколько дней поглядим, что появится! — радостно проговорил он, отряхивая руки. — Если я прав, нас ждет нечто выдающееся!

— А еще какие опыты вы ставите? — заинтересованно спросила София.

Ответить Мартин не успел. Барр встревоженно вскрикнул, схватил Софию за руку и отдернул ее от горшка.

Из земли в воздух вырвалось щупальце, тонкое, зеленое, по-змеиному гибкое. Прямо у них на глазах зеленый росток разделился надвое, выпустил нежный листок в форме сердечка и потянулся вверх. Горшочек неожиданно лопнул, на стол вывалилась мешанина серебристых корешков. Они расползались в стороны, цепляясь за что попало. Зеленый побег, усеянный листьями, почти достигал потолка теплицы. Тонкие веточки отделялись от основного ствола, начинали быстро расти... Потом возле одного листка появился тугой белый бутон. Еще, еще и еще... Они набухали, удлинялись и почти одновременно меняли цвет с белого на зеленый и потом — на голубой и пурпурный. И наконец последовало что-то похожее на взрыв — новорожденная ипомея украсилась десятками маленьких граммофончиков. Но даже и это было не самое главное чудо. Онемевшие от изумления зрители услышали звук! Его издавали цветы. Десятки тонких, как флейты, голосков выводили песню на неведомом языке. Во всяком случае, София была уверена, что в мелодичных переливах угадывались слова, пусть и непонятные.

Ботаник подошел к растению первым.

— Осторожнее, Мартин! — предупредил Барр.

— Бояться тут нечего. — Ученый, отходя от пережитого шока, потянулся к цветку. — Сейчас оно отдыхает... Сколь примечательно! — продолжал он скорее про себя. — А корешки-то у нас не просто серебристые, они серебряные! С ума сойти, да и только! Это при стебле, имеющем обычную для растений структуру... Фантастика! — Он повернулся к Барру и Софии, на лице отражалось благоговение. — Я еще не видел ничего подобного этой ипомее. Она является растением лишь наполовину.

Барр спросил напряженным голосом:

— А остальное?

— Рукотворное, полагаю. — Мартин покачал головой. — Друзья мои, перед нами гибрид! Наша ипомея развивалась, как положено растению, но она наполовину соткана из металла. Я читал о подобном в одной из ненаучно-фантастических книг, которыми увлекается моя дочь… И, в убожестве своем, счел это чистейшей воды вымыслом автора. Мог ли я предполагать, что увижу такое чудо своими глазами!

— А откуда звук? — спросила София.

Мартин улыбнулся:

— Понятия не имею… Однако разберусь непременно! — И он бросил последний взгляд на цветущую ипомею. — У нас много работы! Я наведаюсь в библиотеку, мы изучим эти цветы с помощью сильного микроскопа… и, возможно, вырастим другой образец! — Он вытер глаза, увлажнившиеся от избытка чувств. — Какое открытие!

И он поспешил в лабораторию, сопровождаемый Софией и Барром. Пират в отличие от ученого хранил мрачноватый вид. Дверь в теплицу он запер крепко-накрепко.

— Может, Мартин, сперва умом пораскинем? — спросил он, едва успевая поворачивать голову вслед ботанику: тот метался туда-сюда, собирая необходимое. — Осмелюсь напомнить, друг мой, что опыты приводят порой… э-э-э… к непредвиденным результатам…

— Чепуха. — Занятой Мартин лишь отмахнулся.

— Чепуха?.. — возмутился Барр. — А та лиана-душитель? А лживый самшитовый лабиринт, который наверняка прикончил бы пятерых королевских слуг, если бы ты не уморил его ядом? А кровавая яблоня, наконец?.. Я слышал, с тех пор она прочно вошла в страшные сказки: ими пугают детишек, чтобы в парке от нянек не убегали… Я уж вовсе молчу о клыкастой картошке, о ходячем ильме, о… Мартин! Я с тобой разговариваю!

Ботаник вскинул голову, точно очнулся.

— Что?..

— С тем цветком что-то нечисто, — сказал Барр. — У меня мурашки от его голоса. Откуда нам знать, что это за штука? Мартин, надо быть хоть чуточку осторожнее! Очень тебя прошу!

Ученый покосился на высокие часы с девятичасовым циферблатом, стоявшие у двери во двор.

— Час почти обеденный, — пробормотал он. — Попрошу ее накрыть в библиотеке… Ипомея? Нет, дело не в ней. Почвы? Искусственные почвы? — Он покачал головой. — Тоже вряд ли…

— Мартин! — требовательно повторил Барр.

Старик оглянулся на него и просиял.

— С каких это пор на тебя подобная серьезность напала, Бартон? Ты же сам на себя стал не похож. Мы не имеем права упустить шанс! Такое открытие второй раз в жизни не подворачивается!

— С тобой еще не таким станешь, — буркнул Барр. — Я сам не из тех, кто от каждой тени шарахается… но за тобой глаз да глаз нужен! Я по сравнению с тобой — благоразумие во плоти! На старые грабли все время не наступаю! Вспомни… — Он помедлил и тихо докончил: — Вспомни шепчущий олеандр… Он тоже мог говорить.

Мартин заколебался.

— Шепчущий олеандр?.. — вполголоса переспросила София.

— Это совершенно другое дело! — заявил Мартин. — Сравнение неправомерно!

Барр тяжело вздохнул: ну что, мол, прикажете делать с этим человеком!

— Мартин, я всего лишь прошу тебя о некоторой осмотрительности. Ну сам подумай: в этом дворце — и серебряные корешки! Тут государственной изменой попахивает!

Ученый закатил глаза:

— Говорю же тебе, Барр: опасности никакой!

— От каких таких опасностей ты решил отмахнуться на сей раз? — прозвучал женский голос.

София обернулась, ожидая увидеть Каликсту, но вместо пиратки в лабораторию вошла маленькая женщина с замысловатой прической. Длинное облегающее платье, шелковое, усеянное крохотными полночно-синими цветочками, мело по полу. Шею обвивало многорядное жемчужное ожерелье. Платье было без рукавов; Софии сперва показалось, что от запястий к плечам тянулись ниточки блесток. Когда женщина приблизилась, девочка разглядела, что это шипы размером с ноготок — бледно-зеленые и очень острые с виду. Вошедшая одарила Софию доброжелательной улыбкой. Она была совсем молодой, но строгое и задумчивое выражение лица казалось позаимствованным у кого-то намного старше. София вдруг поняла, что имели в виду другие люди, называя ее «серьезной не по годам». Она улыбнулась в ответ.

Женщина повернулась к Мартину. В черных как ночь волосах виднелись крохотные синие цветы.

— Дорогая моя, ты как раз вовремя! Мне безотлагательно требуется твоя помощь! — бросаясь навстречу, воскликнул ученый.

— Душевно рад новой встрече, — целуя женщине ручку, учтиво проговорил Бартон.

— Взаимно, Барр, — улыбнулась она. — Как поживает Каликста?

— Потом, деточка, потом! — перехватывая ее руку, вскричал Мартин. — Идем, я покажу тебе почву, привезенную Барром! Это невероятно! Ты глазам своим не поверишь...

— Отец, — ласково удержала она старика, — ты не хочешь представить меня своей юной гостье?

— Ну конечно, — спохватился Мартин. — Прости, деточка. Это София, друг Барра и Каликсты... — И он слегка поклонился. — Рад представить тебе, София, королевского библиотекаря и придворного картолога... в общем, мою дочь Верессу!

23
Четыре карты

28 июня 1891 года, 11 часов 22 минуты

Двери накрепко заприте,
Ушки пальцами заткните,
Прекратите охи, ахи,
Ведь лакрима чует страхи.
Вмиг заплачет, закричит
И предстанет вам в ночи.

Нохтландская колыбельная. Куплет первый

Дар речи вернулся к Софии, лишь когда Вересса негромко произнесла:

— Очень рада знакомству.

— Так вы — Вересса?! — воскликнула девочка, пожалуй, слишком громко. — Картолог?..

— Ну да, — недоуменно улыбнулась та.

У Софии пошла кругом голова. Она потянулась к столу — опереться.

— Тебе плохо? — подхватила ее Вересса.

— Вы... вы... мой дядя... — пытаясь собраться с мыслями, кое-как выговорила София. — Мой дядя прислал меня, чтобы я вас разыскала. Я из Бостона...

приехала... Мой дядя — Шадрак Элли. Вы знаете, где он?

Теперь уже Вересса изумленно округлила глаза, не в силах вымолвить ни слова.

— Вот это неожиданность, — еле слышно прошептала она затем. — Сколько лет я не слышала этого имени...

София даже губу прикусила. Какое разочарование! Она-то надеялась — стоит только разыскать Вереcсу, и сразу станет ясно, что стряслось с Шадраком и как его выручить. Рука сама собой стиснула катушку серебряных ниток...

«Зачем же вы, Судьбы, напрямую вывели меня к Вереcсе, если она не может найти Шадрака?»

— Идем, — мягко произнесла Вересса. — Сядем поговорим. Нам надо все обсудить!

Взяв Софию за плечо, она повела ее на кухню.

Мартин и Барр последовали за ними. Мужчины остались стоять на пороге, София и Вересса расположились за длинным столом.

— А теперь, — сказала Вересса, — выкладывай все по порядку. Начиная с того, что произошло непосредственно перед тем, как твой дядя отправил тебя ко мне.

Кивнув, София принялась рассказывать и объяснять. Она запиналась, гадая, много ли известно Вереcсе о стеклянных картах, железнодорожных линиях и еще о всяком-разном. Вересса несколько раз прерывала девочку, задавала вопросы. Сперва ее заинтересовала история миссис Клэй про лакриму, потом — подробности торга с Монтенем. Большей частью она слушала молча и очень внимательно, ободряя Софию пожатием руки, когда рассказ делался путаным или сложным. Когда девочка закончила, Вересса задумалась на несколько мгновений. Потом спросила:

— Можно взглянуть на записки Шадрака и на карту?

Она быстро прочла оба листка, рассмотрела стеклянную пластинку на свет... И с тяжелым вздохом опустила ее обратно на стол.

— Предначертанного не отменишь, но не думала я, что все произойдет именно так, — проговорила она. И взглянула на отца: — Прости, папа, об этом я тебе не рассказывала, так что не удивляйся... — Она опустила глаза. — У меня имелась веская причина помалкивать...

Мартин так и сел. В буквальном смысле. Слова дочери изумили его явно больше, чем гибридная ипомея.

Коснувшись пальцем стеклянной карты, Вересса содрогнулась, словно увидела на гладкой поверхности чужое отражение.

— Эта карта мне знакома, — тихо промолвила она. — Мы с Шадраком вместе ее нашли... много лет назад. Иногда я думаю — лучше бы этого не случилось. — Она покачала головой. — Послушайте, как все было...

11 часов 31 минута: Вересса рассказывает историю Талисмана

— Мы познакомились в студенчестве, миссис Клэй вам говорила об этом. Она права и в том, что мы были очень близки. — Вересса помолчала. — Да, очень...

Но потом кое-что встало между нами. Миссис Клэй, конечно, весьма далека от проблем картологии. Откуда ей знать, с каким жаром, с какой страстью мы отдавались науке… Помимо прочего, мы обучались изготовлению карт из всех мыслимых материалов — стекла, глины, металла, ткани и многих других. На одном из курсов нам намекнули: есть, мол, некоторые материалы для создания карт, в нашей школе запретные. Какие — учителя говорить отказывались. Но конечно же, мы вышли на бывшего преподавателя, отстраненного от работы как раз за недозволенные опыты. Его звали Талисман, коротко — Талис. Полное это было имя или прозвище, мне неизвестно.

Если бы нам объяснили, насколько ужасны были эксперименты Талисмана, мы бы от отвращения утратили всякий интерес. Но учителя упорно молчали, и это лишь разжигало наше любопытство. Уже не помню, кто из нас первым заикнулся насчет того, чтобы разыскать Талисмана, но, коль скоро такая мысль возникла, ни я, ни Шадрак уже не могли от нее отказаться. Мы по крохе восстановили события прошлого — и выяснили, что он вел одинокую жизнь недалеко от Нохтланда.

У нас хватило ума предварительно ему написать. Мы представились студентами-картологами, желающими ознакомиться с его методами. К нашему удивлению, ответ пришел незамедлительно. Он писал, что рад будет принять нас и поделиться чем может… При встрече мы увидели именно такого человека, доброго и щедрого, каким представляли его себе по письму. Правда, выглядел Талисман более пожилым и усталым, чем мы ожидали. Было очевидно, что когда-то он пережил огромное горе. Просторный дом пребывал в запустении, но хозяин устроил нас как можно удобнее. Показал комнаты, где нам предстояло жить, заниматься, работать... Помнится, он кратко переговорил с нами и пошел ужин готовить. Талис жил совсем один, даже слуг не держал. Так вот, наше спокойствие очень скоро было нарушено...

Мы с Шадраком направились в столовую, как и велел Талисман, и прождали почти целый час, но он не показывался. По истечении часа где-то в недрах дома раздался странный звук. Кто-то плакал...

Мне стало не по себе, но Шадрак ободрил меня, сказав: мало ли что могло приключиться в частной жизни Талисмана, мы же не знаем! Надо, мол, подождать! Но прошел еще час... и еще... Талис все не появлялся.

Между тем плач становился громче, от него положительно некуда было деться. Временами мне хотелось бежать из этого дома, но рыдания затихали, и я, стиснув зубы, оставалась на месте.

А потом, когда почти сравнялось девять, на пороге столовой показался Талисман. Я говорю, что это был он, но на самом деле его почти невозможно было узнать. Он бешено размахивал руками и что-то выкрикивал на языке, которого мы не понимали. Мы с Шадраком в ужасе прижались друг к дружке... Впрочем, скоро стало ясно, что он вовсе не желал нам зла. Более того, он словно не замечал своих гостей, во всяком случае смотрел на нас как на пустое место.

И кричал он на того, кого видел перед собой, но там был только воздух.

И столь же внезапно, как появился, он развернулся на каблуке и вышел…

Мы с Шадраком удрали в мою комнату. Подперли стулом дверь и просидели всю ночь не смыкая глаз. Плач делался то громче, то глуше, однако Талисман больше не давал о себе знать.

Мы уже договорились бежать, как только станет светло… Но на рассвете в дверь тихонько постучали. Шадрак осторожно отодвинул стул… В коридоре стоял Талисман, весь всклокоченный и растерзанный. Он умолял нас о прощении. По его словам, он не помнил вчерашнего вечера и лишь смутно подозревал — что-то пошло не так. Больно было смотреть, как он просил простить его, при этом не ведая, что именно натворил.

«Вам хоть ужин понравился?» — спросил он беспокойно.

Мы сказали ему, что поесть накануне так и не удалось.

«Ужас какой! Мне так жаль, — со слезами ответил старик. — Я не… я просто не знаю, возможно ли загладить мою вину… Прошу вас, позвольте уладить вчерашнее недоразумение, предложив вам завтрак…»

Жестоко было бы отказать ему в этом. Мы проследовали за ним в столовую, совершенно сбитые с толку подобной переменой обстоятельств… И приступили к вполне заурядному завтраку.

После еды к Талисману, казалось, вернулись силы, и он, не дожидаясь расспросов, обратился мыслями к картологии.

«То, что вы обратили внимание на мои разыскания, — большая честь для меня, — сказал он. — Почту за счастье с вами поделиться всем, чем могу. Так случилось, что на данный момент я один практикую подобные методы, и когда я уйду… — он запнулся, и по его лицу пробежала тень, — некому будет продолжить мое дело».

Мы заверили старика, что с энтузиазмом относимся к любым экспериментам, при всей нашей неосведомленности о его работе.

«Чудесно! — проговорил он, и его глаза засияли. — Не правда ли, весьма примечательно, что основной способ чтения карт памяти — человеческое прикосновение? Что наделяет кончик пальца особым свойством передавать воспоминания в мозг?.. В действительности, — продолжал он, воодушевляясь все больше, — дело вовсе не в кончике пальца. На информацию, заключенную в карте, отзывается все наше тело. Сами попробуйте — локтем, запястьем, носом: результат будет один и тот же. Наша кожа подобна огромной губке, которая жадно вбирает новые ощущения! Вот в чем дело: мы суть губки, впитывающие воспоминания!»

Тогда я в первый раз ознакомилась с теорией, подтвержденной в дальнейшем многими учеными. Но в то время я не была уверена в правоте Талисмана… Теперь — да, без вопросов. Он, правда, весьма шокирующим образом применял свою методику, но, без сомнения, его наблюдения были верны.

«Великое Разделение, — говорил он, — разорвало мир очень сложным образом; мы даже отдаленно не приблизились к пониманию этого. Ясно одно: существуют линии разлома, края эпох, возникшие в тот момент. Я всегда пытался постичь природу этих границ. Как они выглядят? Какие процессы имели здесь место, когда происходило Разделение? Быть может, мы никогда не поймем во всей полноте, что там творилось, но отчего же не попытаться! Я, например, представляю слепящий свет, рвущийся из земли вдоль неких кривых... — Он рассмеялся. — Наверное, у меня фантазия разыгралась... Впрочем, о том, что случилось во время Разделения с людьми, оказавшимися непосредственно на границах разлома, известно абсолютно доподлинно...»

Мы с Шадраком изумленно переглянулись. Ничего подобного мы не ждали.

«А сами вы никогда не задумывались на данную тему? — с неменьшим удивлением спросил Талисман. — Я, например, был просто одержим этим вопросом и теперь знаю, что с ними произошло. Эти несчастные провалились в бездну безвременья. Они претерпели все события, случившиеся в том месте, где они находились... Вот вам и слепящий свет сквозь призму. Можете вообразить, что от вас в итоге останется? Что будет с человеческим телом и разумом от погружения в бесконечность?..»

И он покачал головой, словно переживая сходное потрясение.

«Я знаю, о чем вы подумали, — промолвил Талис после паузы. — Но нет, те люди не погибли. Совсем наоборот! Они вышли за пределы времени, продолжительность их жизни стала неестественной и превысила обычную на десятилетия, а может быть, и на века. Тем не менее эти люди были безнадежно потеряны. Мозг каждого наполнился миллионами чужих воспоминаний. Задумайтесь: отсутствие цвета есть черный, белый же — смешение всех цветов. Спрашивается, что будет, когда в ваш мозг силой нагнетаются посторонние воспоминания? Белая пустота. Так вот, Разделение стерло их личности, а с ними и индивидуальные черты. Счастливая старуха хранит на лице морщинки, врезанные каждой улыбкой, желчный старик — складки, оставленные каждым хмурым прищуром, старый воин носит шрамы от каждого своего боя. На тех же лицах отпечатались все воспоминания, переполнившие мозг. Поэтому они пусты...»

София, полностью поглощенная историей Верессы, ахнула:

— Так и есть! Вот, значит, почему в Бостоне ни одной нет!

— Я тоже поняла это в тот момент, — кивнула Вересса. Посмотрела на Шадрака и увидела: он тоже сообразил. Шадрак так и сказал: «Вот, значит, откуда появились лакримы!»

«Да! — воскликнул Талис. — Существа, которые мы называем лакримами, вечно плачут от переизбытка навязанных воспоминаний, среди которых безнадежно затерялись их собственные. Лакримы рыдают, избывая свои слишком долгие жизни: ближе к концу они как бы рассеиваются, превращаясь в бестелесный жалобный отзвук. Вот кого следует называть заблудшими душами этой планеты...»

Тогда до меня начал доходить смысл произошедшего накануне.

«Возможно ли, — спросила я, — что вчера мы слышали лакриму? Здесь, в вашем доме?»

Талисман поднялся со стула.

«Следуйте за мной! — сказал он и быстро вышел из комнаты. — Лакрима живет у меня вот уже почти три года!»

Мы с Шадраком переглянулись, не находя слов.

«Да! Три года! — повторил он, запыхавшись на ходу. Остановился и положил холодную, липкую руку мне на плечо. — Я предпринял попытку спасти ее!»

Он быстро шагал вперед извилистыми коридорами; мы, в полнейшей растерянности, поспевали следом. Наконец перед нами появилась дверь, замкнутая тяжелыми цепями. Переведя дух, Талис вытащил из кармана ключ и вставил в большой висячий замок.

«Тише, — предупредил он нас. — Сейчас она спит…»

И старик медленно приоткрыл дверь. Нашим взорам предстала маленькая комната с высокими потолками. Солнечный свет вливался сквозь зарешеченное окно. Под окном виднелась узкая кровать, а на ней… Я не сразу различила тело наподобие женского, лишь отчасти скрытое простынями. Откинутая рука лакримы была сплошь испещрена разноцветными символами: я чуть не приняла их за узор на одежде. Потом лакрима повернулась к нам. Длинные блеклые волосы стекали на пол с кровати, а лицо… О, ее лицо! Оно было ужасно изранено, будто бы его резали ножом, снова и снова.

«Смотрите! — с трепетной гордостью прошептал Талисман. — Вот он, мой великий вклад в картологию! Я начертал карту на ее коже…»

Тогда я поняла: невразумительные отметины, показавшиеся мне тканым рисунком, были на самом деле нанесены чернилами прямо на тело.

Потом я увидела, как нахмурился Шадрак.

«А что вы сделали с ее лицом?» — спросил он.

«Делая тщательно выверенные разрезы, — с готовностью пояснил Талисман, — я дважды почти преуспел в выявлении скрытых черт!»

Эти слова заставили меня содрогнуться, я ухватилась за руку Шадрака и, должно быть, слишком громко ахнула, ибо лакрима зашевелилась и подняла голову. Сперва она молча смотрела на нас. Жуткие шрамы на лице казались карикатурой на человеческие черты. Потом она испустила ужасный, душераздирающий крик. Спрятала лицо в ладонях, покрытых, как и все остальное тело, таинственными значками… Я никогда не забуду этот протяжный вопль, выражавший неизъяснимую муку. Верите ли, для меня он складывался в слова: «ПОМОГИТЕ МНЕ! ПОМОГИТЕ МНЕ! ПОМОГИТЕ!..»

Я пулей вылетела из комнаты и утянула за собой Шадрака. Талис спешно последовал за нами, не забыв припереть тяжелую дверь. Она, однако, не могла заглушить стоны лакримы. Мне показалось, еще немного, и я потеряю рассудок. Потом я присмотрелась к лицу Талисмана и поняла, что на него плач лакримы действовал еще сильнее, чем на меня. Он неожиданно упал на колени, взглянул на нас снизу вверх и пропищал, даже пробулькал, словно младенец, еще не умеющий говорить: «Апф-ф?»

«Что это с ним?..» — закричала я.

«Не знаю, — ответил Шадрак. — В детство впал, не иначе...»

Лакрима продолжала стенать. Ясно было, что больше я этого не вынесу. Я повернулась и бросилась прочь по коридору, чтобы не слышать ее жуткого плача, и от еще более пугающего зрелища Талисмана, стоящего на четвереньках. Шадрак побежал следом за мной. Дом был большой, несколько раз мы сворачивали не туда, но в итоге выбрались к знакомой столовой и заскочили в свои спальни за вещами. Схватив пожитки, мы помчались в конюшню, где оставили нанятых лошадей. Меня так трясло, что я еле оседлала коня... Мы уже собирались ехать, но тут плач лакримы стал затихать и наконец смолк совсем. Все равно мне хотелось скорее убраться отсюда!

Двери конюшни неожиданно распахнулись. Появился Талисман и сразу подошел к нам.

«Погодите... — еле слышно выговорил он. — Умоляю, минуту...»

Я не стала бы задерживаться, но Шадрак поддался жалости. Старик выглядел униженным и невероятно усталым, и я поняла, отчего у него не сходило с лица выражение постоянного горя, даже когда чары лакримы утрачивали над ним власть. Он нес с собой тщательно упакованный сверток. Пытаясь остановить нас, он перехватил его одной рукой, а другую протянул к нам в умоляющем жесте.

«Я прошу вас, повремените...» — произнес он.

«Талисман, мы уезжаем», — твердо ответил Шадрак.

«Я знаю, знаю, — уныло вздохнул старик. — Она вас напугала. Она пугает и меня... но я должен кое-что вам объяснить. Хоть кто-то должен это узнать!.. Плач лакримы сбивает мое чувство времени. Я забываю, куда шел, перестаю помнить, кто я такой, не ведаю, который час и какой год...»

«Отпустите лакриму, — взмолился Шадрак. — Поехали с нами! Мы вам в Нохтланде доктора найдем. Уход и отдых восстановят ваш рассудок!»

Но Талис покачал головой.

«Я не могу, — сказал он. — Это дело всей моей жизни. Я собираюсь вернуть несчастному созданию разум — даже если придется поплатиться своим собственным». — «Но вы же наносите новый ущерб, вместо того чтобы помочь!» — «Я рисую у нее на коже карту ее судьбы. Тогда она сможет вспомнить свою собственную жизнь».

«Еще раз прошу вас, явите ей милосердие! — не сдавался Шадрак и взял старика за руку. — Отпустите ее и едемте с нами в город!»

Талис выдернул руку и протянул Шадраку сверток.

«Раз уж вы твердо решили уехать, — молвил он, — возьмите с собой хотя бы их... Они слишком ценны, чтобы оставлять их здесь: после моего ухода они наверняка пропадут... — Он слабо улыбнулся. — Не бойтесь, это карты вполне привычного для вас вида. Однако в них содержится ключ к величайшей загадке; обидно было бы похоронить подобное сокровище вместе с каким-то стариком...»

Шадрак принял пакет. Он молчал, поскольку просто не находил слов. Талис шагнул назад. Поднял руку, словно прощаясь... и отступил с дороги. Шадрак помедлил, колеблясь... Потом сунул сверток в седельную сумку и сел на коня.

«Поехали отсюда», — сказал он мне.

Мы скакали до самого Нохтланда, не делая остановок и не решаясь заговорить о том, что довелось пережить. По возвращении в академию мы возобновили занятия, но дело не шло. В голову лезли мысли о страданиях заточенного в комнате существа. Как же мало мы сделали, чтобы его спасти.

На другой же день Шадрак пришел ко мне и принес сверток, подаренный Талисманом. Он сказал: «Думается, надо сообща это изучить!»

Мы развернули тщательно упакованные карты. Их оказалось четыре: стеклянная, глиняная, металлическая и матерчатая. Как выяснилось, они подходили одна к другой — и рассказывали очень горестную историю. Нам было довольно ужаса, пережитого в доме у Талиса, тем не менее мы поняли, что карты являлись ключом к большой тайне. Разобравшись в них, Шадрак и я пришли к единому выводу: они содержали воспоминание о том, как случилось Великое Разделение!

Слушатели ахнули. Вересса посмотрела на стеклянную пластинку, лежавшую на столе.

— А вот по поводу того, что же надлежало с этими четырьмя экземплярами сделать, мнения у нас разделились. Например, стеклянная была не просто картой памяти. Она представляла собой еще и Поисковую Лупу, с помощью которой находят и создают другие карты... Так вот, Шадрак полагал, что дар Талиса нужно использовать в исследовательских целях: это помогло бы нам выяснить, где и как началось Великое Разделение. Он даже выдвинул теорию:

мол, теперь можно разыскать Карту Всех Карт, баснословную водную карту, объемлющую жизнь всего мира... Собственно, такая идея посетила нас обоих, ведь мы оба были картологами. Однако... — Вересса сделала паузу, покачала головой, — я всерьез опасалась, что подобные планы до добра не доведут. Карта Всех Карт — легенда опасная. Многие исследователи из-за нее испытали жестокое разочарование, а то и погибли. Иные говорят, что это всего лишь основательная водная карта, и не более. Другие наделяют ее необыкновенным могуществом. По их мнению, Карта показывает не только все мыслимые миры прошлого, настоящего и будущего, но и дает возможность их изменить. Вмешательство в карту означает перемены действительности. Кто знает, реально ли это? Людям ведь достаточно даже слухов. Они верят в то, во что им хочется верить. Я боялась, что подарком Талисмана завладеют злоумышленники...

Мартин подался вперед и взял дочь за руку.

— Мы с Шадраком так и не сумели договориться, — печально продолжала она. — Наши споры стали непримиримыми... Думается, по сути, все сводилось к чувству вины. Лакрима молила нас о помощи, а мы позорно удрали... В конце концов, уступая моим пожеланиям, Шадрак согласился разделить карты, чтобы уменьшить их совокупную силу. Стеклянная была инструментом чудовищной мощи, но сама по себе полной истории Разделения она не показывала. Я знаю, что Шадрак очень мудро и бережно пользовался ее превосходными качествами, создавая собственные работы, столь изящные и подробные.

С помощью Лупы он двигал вперед картологическую мысль — и весьма тщательно сохранял в тайне существование самого инструмента. Тем не менее слухи распространялись. Весть о Многоязычной Поисковой Лупе добралась даже сюда. И конечно, легионы картологов и алчных авантюристов пылали желанием завладеть ею… Ну а остальные три карты в отрыве от стеклянной являли собой лишь декорации. Я их сохранила…

Мы с Шадраком порвали отношения, и расставание вышло скверным. Он лишь раз мне написал, что вновь посетил Талисмана, — к тому моменту старик безнадежно утратил рассудок. Зато Шадрак выпустил лакриму. Та немедленно сбежала, а мой бывший друг отвез Талисмана в Нохтланд, где и устроил в монастырской больнице. Время от времени я его навещаю… Теперь он как дитя малое. Живет в собственном мире, неведомом остальным… Вот так прервалось мое знакомство с Шадраком — до сегодняшнего дня. — И Вересса устало улыбнулась Софии: — Итак, стеклянная карта вернулась в Нохтланд вместе с тобой.

— Где же три другие карты, дитя? — требовательно спросил Мартин. — Что-то я ничего похожего у тебя не видал!

— Они в библиотеке, заперты в сейфе… — вздохнула Вересса. — Что ж, стало быть, четыре карты вновь собрались в одном месте!

24
В песок

26 июня 1891 года: Шадрак в плену (день 6-й)

Арболдевела — от «arbol de vela», то есть «парусное дерево», — транспортное средство, приводимое в движение ветром и используемое для перемещения по суше и воде. Ранние модели были разработаны для двора Леопольдо. Ветровая энергия, улавливаемая парусами, накапливается и служит для вращения колес: плетеных — на суше и гребных — в воде. Арболдевелы находят широкое применение в области Тройственных эпох и на северной периферии.

Вересса Метль. Пустоши. Толковый словарь

Шадрак понимал, что скоро им предстояло сойти с поезда: не зря же големы все утро упаковывали пожитки Бланки. Сам он старался занять свой разум самым насущным. Он на скорую руку перенес свои воспоминания на медный лист, теперь началась кропотливая работа по их упорядочению и претворению в карту. Шадрак склонялся над медной пластинкой с увеличительным стеклом, вглядываясь в сложный узор окислов. Рядом на столе были разложены и расставлены орудия его ремесла — микроскоп, набор молоточков и резцов, ящичек пузырьков с разноцветными жидкостями, остывшая жаровня… Голем по имени Плач стоял поблизости, с привычным терпением наблюдая за работой Шадрака. Со времени первого разговора они едва перекинулись словом, но Плач, судя по всему, передал Бланке их совместную ложь, и та больше не заглядывала в комнату.

По представлениям Шадрака, поезд уже находился в непосредственной близости от границ Пустошей. Куда направится Бланка, когда впереди кончатся рельсы? Об этом можно было только гадать. Он понимал, что время, отпущенное ему, неумолимо истекало. А значит, медлить с побегом нельзя.

Шадрак вовсю трудился над медной пластинкой, когда дверь неожиданно отворилась. Вошла Бланка, сопровождаемая четверкой големов.

— Мы покидаем «Пулю», — объявила она. — Ваша племянница села в Новом Орлеане на корабль под названием «Лебедь». Он идет в Веракрус. — Кажется, она улыбалась. — Стало быть, мы едем на юг. Когда доберемся до границы, сядем на болдевелу и отправимся в Веракрус.

Шадрак не показал вида, что слышал.

— Я вам об этом сообщаю из вежливости, — добавила Бланка. — Чтобы у вас не было причин сомневаться в скором воссоединении с племянницей. Ваша карта местоположения Карты Всех Карт должна быть подготовлена в срок. — Она присмотрелась к медной пластинке. — Вы завершили ее?

— Не совсем, — быстро ответил Шадрак.

— Дайте взглянуть. — Она протянула руку.

— Я бы предпочел сперва закончить ее.

Бланка все равно взяла карту.

— Дай спичку, Плач.

Мгновение помедлив, тот вытащил из кармана куртки коробок. Зажег спичку и подставил хозяйке. Бланка поднесла карту к маленькому огоньку, потом опустила на стол. Ожившая поверхность запестрела непонятными рисунками. Бланка живо стащила перчатку и приложила палец. Шадрак так и напрягся, он предвидел эффект.

На несколько секунд Бланка замерла в неподвижности. Потом отдернула палец, словно обжегшись.

— Не верю, — сказала она. — Этого места более не существует. Да и откуда оно вам известно? — с напором прошептала она. — Рассказывайте, живо!

От нее веяло такой злобой пополам со страхом, что воздух в комнате, казалось, сгустился. Плач вздрогнул, отшатнулся...

Шадрак ощутил, как застучало в висках, и резким движением поднялся со стула.

— Я вас о том же мог бы спросить! — парировал он, силясь сохранять внешнее спокойствие.

Чего стоил один голос, которым Бланка произнесла последние слова! От него самое твердокаменное сердце екнуло бы невпопад.

— Откуда вам известно об этом месте? — то ли прохрипела, то ли выкрикнула она.

Было очевидно, что в таком состоянии даже Плач хозяйку еще не видел. Остальные големы с ужасом смотрели на нее, не в силах двинуться с места.

— Я там был, — ровным голосом произнес Шадрак. — И вы тоже там были.

— Вы солгали мне! — взвыла Бланка и бросилась к нему, огибая стол. — Вы меня обманули!

— Я вам обещал нарисовать карту. И сделал это.

Она стремительно шла навстречу, и впереди нее осязаемыми языками пламени неслась такая ярость, что Шадрак несколько мгновений всерьез ждал физического нападения, но Бланка остановилась. Ее вуаль покачивалась в паре дюймов от его лица. Вот сейчас она даст волю гневу... Однако Бланка вдруг отпрянула и словно бы съежилась, пламя погасло, и лишь судорожное дыхание доносилось до слуха Шадрака. Вуаль снова заколебалась.

— Вот, значит, вы какой, — неверным голосом выговорила она. — Бездушный и бессердечный. У вас хватило жестокости напомнить мне о том месте... Как вы могли?

— Я не имел намерения причинить вам боль. — Шадрак говорил серьезно и твердо. — Стремился лишь показать: я понимаю. — Он пристально вглядезся в ее вуаль, потом тихо добавил: — Если вы всего лишь покажете им карту, они тоже поймут.

Бланка вдруг опять вспыхнула и повернулась к подручным:

— Кому еще об этом известно?

Големы дружно замотали головами. Глаза Плача горели огнем, но и он промолчал.

— Он рассказывал тебе, что собирается нарисовать? — подступила к нему Бланка.

— Он сказал, что объяснит мое имя, — ответил Плач. — Первопричину плача. И я захотел понять правду, — добавил он с твердостью, почти безрассудной.

Бланка молча воззрилась на него... После чего заговорила совсем другим голосом.

— Ну конечно. Ты захотел понять правду, — произнесла она почти ласково. — Сколь глупо было с моей стороны так промедлить с твоим обучением, Плач... Что ж, истину ты непременно узришь... — И вновь повернулась к Шадраку. — А вам предстоит узнать цену обмана, вернее, попытки меня обмануть. Вы незаменимы, и это вас защищает, но всех остальных вам не спасти.

Быстро обойдя стол, она кивнула големам, окаменевшим вдоль стены.

— Уведите их, — велела она, указывая на Шадрака и Плача.

Их подхватили и не то вывели, не то вынесли в соседний вагон. В углу виднелась тачка, о которой Шадрак был премного наслышан. А посередине вагона — песочные часы никак не ниже взрослого человека. Сейчас они, подвешенные в железном кардане, покоились на боку. Обе половинки были сделаны из стеклянных пластин в форме лепестков, спаянных по краям вместе. Одна половина была наполнена песком и закупорена. Вторая — пуста и открыта, один из лепестков свисал наружу, точно прозрачная дверца.

Шадрак тотчас понял, что здесь должно было произойти.

— Нет! — крикнул он, отчаянно вырываясь. — Этим вы ничего не достигнете!

Бланка холодно проговорила:

— Вы упустили свой шанс на сделку со мной, — и повернулась к големам: — Шапочку и рубашку!

— Его воспоминания бесполезны для вас!.. — не сдавался Шадрак.

Плач перестал отбиваться. Он стоически молчал, глядя прямо перед собой, словно пытаясь вызвать некое смутное воспоминание. Вот его пальцы коснулись амулета на шее… Двое големов живо всунули его в смирительную рубашку, примотали руки к телу и накрепко завязали. На голову натянули шлем из ткани и дерева, закрывший глаза. Затолкали ему в рот деревянный брусок и заправили проводки в шлем.

— Если вы сделаете с ним это, — жестким голосом выговорил Шадрак, — я и пальцем не пошевельну, чтобы в дальнейшем вам помогать.

— Полагаю, вы вмиг передумаете, когда шапочку наденут на вашу племянницу, — ответила Бланка. Картолог смолк и замер, а она продолжала: — Это всего лишь демонстрация, Шадрак. И запомните: не я была тому причиной, но вы.

Големы впихнули Плача в пустую половинку часов и оставили лежать в неуклюжей позе: лицом вверх, с коленями, поджатыми к груди. Шадрак увидел, как впились в кожу натянувшиеся проволочки. Големы затворили стеклянную дверку. Потом повернули песочные часы таким образом, что беспомощный Плач скорчился внизу. Песок начал стекать, постепенно засыпая его. Когда началось удушье, Плача оставила его обычная сдержанность. Он отчаянно забился, ударяясь головой о стекло. Однако достиг лишь того, что проволочки впились в его плоть, и песок окрасился кровью.

— Хватит! Вытащите его! — крикнул Шадрак. — Ваша взяла!

Он пытался вырваться, но големы держали его крепко. И ему осталось лишь наблюдать, как слабеют судороги несчастного Плача, а неумолимый песок засыпает, засыпает его...

— Переверните его, — наконец приказала Бланка.

Двое големов вновь взялись за кардан. Плач вознесся высоко, песок же, поглотивший его, посыпался обратно. Все молча ждали... Плач больше не двигался.

— Выньте его, — велела Бланка, когда верхняя половина часов очистилась от песка.

Скрестив на груди руки, она следила за тем, как големы кладут часы на бок, открывают створку-лепесток и цепляют крючьями завязки смирительной рубашки, чтобы поднять Плача. Вот они положили податливое тело на пол, распустили завязки, сняли шапочку, вытащили деревяшку. Жертва осталась лежать с закрытыми глазами. По щекам, от углов рта до ушей, пролегли две кровавые полосы.

— Сколько памяти он утратил? — деревянным голосом спросил Шадрак. — Он теперь будет... как Карлтон?

Поезд замедлил ход и остановился. Големы сразу засуетились.

— Граница! — сказала Бланка. — Выгрузите мои чемоданы и оборудование из кабинета. Мне нужно двадцать минут, чтобы обработать этот песок. Никому не беспокоить меня, пока не закончу!

Потом она обратилась к Шадраку.

— У Карлтона, — невозмутимо проговорила она, — я забрала все подчистую. Что до Плача, он станет как остальные. Я освободила его от большей части воспоминаний, но разум оставила. Равно как и смутное понятие о том, что значит быть нигилизмийцем. Не доверяй реальности мира, верь в незримое и слепо следуй ему! Таковы мои големы, — почти тепло сказала она, глядя на лежащего на полу Плача.

Повернулась и вышла.

25
Королевская библиотека

28 июня 1891 года, 13 часов 48 минут

Безлозый — уничижительное выражение, употребляемое жителями Нохтланда. Имеет смысл «жалкий», «слабак», «трус». Относится к семье слов, порожденных понятием «Знак лозы», означающим ботаническую отмеченность.

Вересса Метль. Пустоши. Толковый словарь

София все не могла поверить, что в самом деле возила в своем рюкзачке подобную ценность, да еще так долго и далеко! И не какую-нибудь там непонятную Лупу, но карту памяти, запечатлевшую самое что ни на есть Великое Разделение! Теперь не оставалось сомнений: Монтеню и нигилизмийцам она была нужна для поисков Карты Всех Карт. Вересса склонялась к такому же выводу.

Она предложила показать им остальные карты, о которых шла речь; поэтому все отправились в дворцовую библиотеку, и бесценные экземпляры были извлечены из хранилища. Поисковую Лупу нельзя было немедленно использовать, поскольку царил день, но и без нее чтение остальных трех карт оставило неизгладимое впечатление. Каждый из присутствовавших в свою очередь прикоснулся к реликвиям, предположительно содержавшим историю Великого Разделения, и молча отошел прочь, погрузившись в раздумья о прошлом.

София старалась мысленно сопоставить три только что увиденных варианта с воспоминаниями из стеклянной карты и гадала про себя: «Как же они все вместе работают?..»

Вновь заперев карты в библиотечном сейфе, Вересса повела отца и гостей обратно через дворец. Полы, вымощенные каменной плиткой, покрывал толстый ковер из свежих листьев и лепестков. Шагая по коридору, устланному душистыми сосновыми иголками, София услышала тонкий перезвон, — казалось, где-то переговаривались стеклянные колокольчики. К ее немалому удивлению, Вересса поспешила к стене и преклонила колени. Мартин последовал ее примеру, осторожно согнув больную ногу.

— Все к стене и на колени! — напряженным шепотом велела Вересса.

Каликста, Барр и София повиновались без промедления. Девочка, правда, подумала, что выглядело это весьма странно, в особенности поразили ее пираты. Вот уж кто лишний раз ни перед кем не кланялся!

Между тем перезвон сделался громче. Из-за угла неторопливо выдвинулась процессия. По коридору шествовали женщины в бледно-зеленых шелковых одеяниях, ниспадавших до самого пола. Стеклянные колокольчики украшали их юбки, в сложные прически были вплетены орхидеи.

Лишь у одной дамы волосы свободно струились по плечам. Они были ярко-зелеными — цвета некошеного луга. Казалось, вдоль ее спины свисают два сложенных длинных эвкалиптовых листа. Росли они непосредственно из лопаток.

Это были крылья.

— Приветствую, господин королевский ботаник, — промолвила принцесса Юста. — И тебя, госпожа королевский библиотекарь.

У нее был тот же акцент, что у Мартина и Верессы, — резковатый, с раскатистым «р», — но в отличие от них говорила она величественно и властно. Так, словно парила на огромной высоте.

Вересса и Мартин почтительно, не поднимая глаз, забормотали что-то в ответ. София заметила, что Каликста и Барр смотрели прямо перед собой. Не в пол, но и не на королевскую свиту. Сама София не удержалась — она с любопытством разглядывала принцессу.

Юста окинула коленопреклоненную группу взором и остановила его на Софии. У той холодок пробежал по спине. Принцесса пренебрежительно оглядела ее с головы до пят, вернее до колен.

— А это еще что? — ледяным тоном осведомилась она.

Все находившиеся в коридоре уставились на Софию. Фрейлины дружно ахнули. Колокольчики отозвались встревоженным звоном — вся свита так и шарахнулась к противоположной стене.

— Простите?.. — пискнула София. Прозвучало робко до отвращения.

— У тебя в ушах! — гневно пояснила принцесса.

София накрыла ладонью правое ухо.

— Ой! — вырвалось у нее. — Мои сережки…

Она посмотрела на Вересу и с тревогой заметила досаду у той на лице.

— Серебро, если не ошибаюсь, — заметила принцесса. Она улыбалась, но очень холодно.

— Да, — созналась София.

Принцесса наградила Вересу морозным взглядом.

— Удивительных гостей приводишь ты во дворец, — сказала она. — Если бы я не так хорошо тебя знала, тебе пришлось бы объясняться… Королевская семья и так многое претерпела. Моя мать пала жертвой заговора железняков. Мы сами до сих пор живы лишь благодаря неусыпной бдительности… Неужели ты вправду желаешь подвергнуть нас опасности?

— Да не усомнится ваше высочество в искренности моих намерений, — почтительно и не поднимая глаз отвечала Вересса. — Она всего лишь дитя. У нее нет злого умысла.

Последовала долгая пауза. Фрейлины ахали и закатывали глаза, звеня колокольцами.

— Что ж, положимся на твое суждение, — наконец произнесла принцесса. — Однако считай это предостережением. Видимо, следует напомнить тебе, как низменны и вероломны отмеченные Знаком железа. В дворцовых подземельях сидит немало трусов, пытавшихся уничтожить нас — как изнутри, так и снаружи. С этих тварей станется поручить всю грязную работу ребенку!

Вересса рассыпалась в извинениях. Принцесса вскинула подбородок, сделала шаг — и вся процессия двинулась дальше и скоро скрылась за ближайшим углом.

Все пятеро поднялись на ноги.

— Простите, Вересса! — принялась извиняться София. — Я… я просто не подумала…

— Деточка, — сказал Мартин, — ты ничего плохого не сделала.

— А я ее и не виню, — заявила Вересса. — Сущая бессмыслица это все! Королевская семья просто погрязла в нетерпимости и фанатизме. Пара серебряных сережек — а уж шуму из-за них!

— Как хорошо, что я припрятала наши сабли и револьверы! — жизнерадостно сказала Каликста.

Вересса и Мартин так и замерли прямо на середине очередного шага.

— Что?.. — страшным шепотом спросила Вересса.

Мартин начал оглядываться по сторонам, словно у стен могли быть уши.

— Мы никогда с ними не расстаемся, — твердо проговорил Барр. — Ну а запрятаны они так, что нипочем не дознаешься.

— Стоит страже их обнаружить, вас немедленно посадят за решетку! И мы с отцом не сможем за вас заступиться! Хуже того, нас самих тоже могут схватить и бросить к тем бедолагам в темницу…

— Прости, Вересса, — сказала Каликста. — Но мы и раньше их всегда с собой привозили, когда останавливались у тебя. Нам это всегда сходило с рук, сойдет и сейчас.

— А я и не догадывалась, — тихо проговорила Вересса. — Вы хоть представляете, на какой риск идете? Из-за близости затмения дворец так и кишит стражей. До начала празднеств осталось всего два дня. Да еще этот шквал, надвигающийся с юга…

Пираты переглянулись.

— Тогда нам лучше уехать, — сказал Барр. — Прими наши извинения за то, что подвергли тебя опасности.

Вересса вздохнула.

— Нет, это мне следует извиниться, — с сожалением произнесла она. — Ситуация была бы смешной, не будь она такой грустной и страшной. Мне неловко перед вами за поведение принцессы… за то, что мы поневоле кажемся недостаточно гостеприимными. Прошу вас, задержитесь хотя бы до завтра. Ради вашего же блага я не приглашаю вас остаться на время затмения, но сегодня час слишком поздний, чтобы пускаться в дорогу.

— И вовсе незачем им уезжать! — досадливо покачал головой Мартин. — Разве что… ради собственной безопасности…

Вернувшись в резиденцию королевского ботаника, София молча вытащила из ушей сережки. Подозрительность Юсты оказалась сродни яду, подействовавшему на всех пятерых. Они никак не могли договориться о том, что делать дальше. Все вроде были согласны, что поиск Шадрака был задачей первостепенной важности, и прикидывали, как одолеть големов Монтеня. Какой, однако, вменяемый план можно разработать, не зная, кто его увез и куда?

Они чувствовали себя в тупике.

София слушала разговоры взрослых, но мыслями без конца обращалась к четырем картам. Было в них что-то до крайности беспокоящее, взывающее к полному сосредоточению, к поискам возможных путей… и в то же время неуловимое. По присущим картам памяти свойствам, воспоминания были до того реальными и подробными, что казались ее собственными, — пожалуй, она бы в том поклялась. Пока четверо взрослых обсуждали положение дел и, как говорится, ходили кругами, София привычно попыталась разрешить дразнящую загадку, рисуя в альбоме. Но успеха так и не достигла.

Она продолжала размышлять и за ужином, состоявшим из кукурузных лепешек с тыквенными цветами. А когда легла в постель, вытащила дядин атлас и стала рыться в нем, ища хоть какую-нибудь подсказку. Однако чем больше она читала, тем туманнее представлялось решение. Разве догадаешься, отчего воспоминания с четырех карт кажутся так странно знакомыми? Отчаявшись, София стала просматривать обнаруженную в спальне книжную полку: может, удастся отвлечься?

Она сняла с полки том, озаглавленный «Жизнеописания членов Нохтландской королевской семьи».

Книга очень коротко описывала детские годы принцессы Юсты. Зато история, рассказанная Мазапаном, занимала несколько страниц. Там говорилось и о последствиях, о которых он умолчал.

С НЕОЦЕНИМОЙ ПОМОЩЬЮ СВОИХ советников император выяснил, что двое братьев, отмеченных Знаком железа, хитроумным образом скрыли свою природу и пробрались на высокие посты при дворе. Братья Спор, Элад и Олин, ни за что не желали признаваться в преступлении, невзирая на усердные допросы. Но судьи по зрелом размышлении пришли к выводу, что это Споры подбросили орхидеи с целью отравить императрицу и затем воспользоваться ослаблением императора. Если план братьев действительно был таков, их ждало горькое разочарование. Император, отнюдь не утративший присутствия духа, приговорил обоих к смерти. После чего самым решительным образом очистил свой двор от Знака железа — и в итоге обрел успокоение в религии Креста, хотя до тех пор особой набожностью не отличался. Он сократил число придворных, оставив лишь нескольких советников, и всячески ужесточил наказания для тех, кто носил металл или им пользовался... Тем не менее по-прежнему оставалось загадкой, кто именно отравил императрицу. Спустя несколько месяцев после ее гибели император начал свой благородный поход, посвященный завоеванию отдаленнейших пределов страны...

София вздохнула. Сугубая нетерпимость, проявленная принцессой Юстой, нашла свое объяснение.

19 часов 27 минут

София проснулась в поздний час ночи. В комнате царила совершенная темнота. С соседней кровати доносилось тихое посапывание Каликсты, но не оно ее разбудило, а приснившийся сон о четырех картах. Они с друзьями дождались восхода луны и вернулись в библиотеку; рассматривание карт ничего нового не принесло, но нечто касавшееся их задержалось в памяти Софии и проникло в ее сновидения.

Резко сев, она нашарила рюкзачок, который всегда клала рядом с подушкой. Сунула в него атлас, вскинула на плечо и спустилась по недлинной лесенке вниз. Нашла тапочки и поспешила вон из спальни, тихо затворив за собой дверь.

Шагая по темному коридору, София обратила внимание на звуки ночной жизни, раздававшиеся кругом. Во внутреннем дворике стрекотали сверчки, из-за стен доносилось журчание парковых фонтанов, тихонько перекликались ветровые колокольцы — от самых легких до медлительных и басовитых. Потом София с удивлением заметила, что дверь в кабинет Мартина была приоткрыта. Изнутри струился свет.

«Может, час не такой уж и поздний?» — задалась она вопросом, вытаскивая часы.

Девятнадцать с минутами! Любопытство заставило ее заглянуть в кабинет.

Растения были повсюду. Они заполонили рабочие столы и все полки, густыми бородами свисали с потолка. Скопища стеклянных банок, наполненных образцами почв, соседствовали с бутылями голубоватой воды и крохотными зелеными бутылочками-дозаторами. Мартин сидел на табуретке, что-то рассматривая сквозь свои удивительные очки. К своему изумлению, София заметила перед ним на столе что-то вроде деревянной ноги, да еще в носке Мартина и его же ботинке. Зато левая штанина ученого ниже колена выглядела совершенно пустой.

София деликатно окликнула:

— Мартин?

Он так и подпрыгнул:

— София! Ну ты и напугала меня! — И стащил с носа очки. — А ты что не спишь?

— Кошмар приснился, — ответила она, хотя большая часть сна успела ускользнуть.

— Бывает, — отозвался ученый. — Незнакомое место, всякие тревожащие события... — Тут он заметил, что она разглядывает его ногу. — Ах да, ты ведь еще не видела мой протез!

Она смущенно покачала головой. Такое любопытство вряд ли было простительно, но, кажется, он совсем не обиделся.

— Я... я не... А он что, деревянный?

Мартин взял в руки протез и внимательно его осмотрел.

— К сожалению, да. Он вырезан из бренного дерева, лишенного жизни.

— А с вашей настоящей ногой что случилось? — ляпнула София. — То есть с прежней, я хотела сказать.

Мартин подмигнул ей:

— Вот до чего доводят поиски приключений... Видишь ли, — он положил деревянную ногу на стол, —

прежде чем нажить седину, охрометь и заделаться ботаником, я был землепроходцем.

— Не может быть! — София так и ахнула от восторга.

— А вот и может. Наверное, я был не особенно хорошим исследователем. Однако на севере Пустошей мне случилось разок забрести в ужасную глушь и обнаружить там долину, где обитали удивительные животные…

— Какие, например?

— Огромные! Иные в эту оранжерею не поместились бы. Очевидные порождения отдаленной эпохи. Я по своей глупости решил, что этих тварей мне нечего опасаться, ведь они, по моим наблюдениям, питались растительной пищей, а не животной… Мне в голову не пришло, — добавил он с покаянной улыбкой, — что я им, вполне вероятно, показался растением…

— Это как?

Мартин подтянул правую штанину. Кожа у него оказалась довольно странного цвета — зеленовато-белесая, точно кора букового дерева.

— Видишь ли, — пояснил он, — ноги у меня не вполне костно-мышечные, а скорее древесные.

— Ух ты! — изумилась София.

Она сразу вспомнила «блестки» на руках у Верессы. У отца были ноги-стволы, у дочери из кожи росли живые шипы.

— Кто же мог знать, что они примут меня за сочный, вкусный побег! — рассмеялся ученый. — Я себе сижу, никого, как говорится, не трогаю, радостно делаю заметки… И тут одно из этих существ опускает громадную башку, легким тычком опрокидывает меня навзничь — и, недолго думая, откусывает ступню!

— Жуть какая, — содрогнулась София.

— Да уж, — согласился Мартин, — зрелище было еще то. По счастью, я путешествовал не один, мои товарищи подоспели на помощь и оттащили меня в безопасное место… Когда я вернулся домой, искусный резчик сделал для меня новую, деревянную ногу. С тех пор я стал немного хромать, так что с экспедициями пришлось распрощаться… Хотя на самом деле я тому кусачему созданию спасибо должен сказать. Если бы не оно, я бы, может, так для себя ботанику и не открыл!

Софии пришлось выдавить улыбку.

— Наверное…

— Надеюсь, — сказал Мартин, — от этого тебе очередной кошмар не приснится.

— Да нет, это вряд ли, — ответила София, поглядывая на дверь. — А вы что, всю ночь работать собираетесь?

— Нет, еще чуть-чуть посижу — и на боковую. Утром увидимся. Сладких снов!

По счастью, внутренние часы Софии, или, скорее, их отсутствие, никак не влияли на ее чувство направления. Хотя во дворце было очень темно, а библиотеку она посетила всего пару раз, ей без труда удалось отыскать дорогу. Сосновые иголки, которыми усыпан был пол, совершенно скрадывали ее шаги.

Убедившись, что поблизости никого нет, она тихо открыла распашные двери и оказалась в пустой, скудно освещенной комнате.

Прежде она была так сосредоточена на четырех картах, что по сторонам почти не оглядывалась. А посмотреть было на что. Книжные шкафы по стенам перемежались шестью высокими окнами, выходившими на дворцовые парки. Сквозь стекла лилось бледное серебристое сияние. Узкая винтовая лестница вела на балкон, тянувшийся по кругу вдоль полок. По углам потолка, куда не достигал приглушенный свет настольных ламп, залегли тени.

София пробежала по ковру из папоротниковых листьев и приблизилась к деревянному сейфу, где, помимо прочего, хранились карты Талисмана. Вересса показывала ей, как он открывается. Передняя дверца состояла из подвижных панелей наподобие головоломки; нужно было поставить их в определенное положение. Вынув карты, София по очереди пробудила их, воспользовавшись дыханием, равно как спичками и водой, оставшимися на столе после их предыдущего опыта. И наконец, подставив стеклянную карту, то есть Поисковую Лупу, лунному свету, София утвердила ее поверх остальных.

Стоило коснуться пальцем — и опять хлынули воспоминания. Она вновь панически пробивалась сквозь толпу, однако присутствие других карт сообщило бегству детали, полностью преобразившие картину. Металлическая карта, показывавшая рукотворные постройки, выявила, что дело происходило внутри немыслимо высокой пирамиды. Длинная винтовая лестница выводила на самую ее вершину. Стены кругом состояли из почти прозрачного материала, похожего на матированное стекло.

«Нет, — сразу поправилась София, — не матированное, а скорее затуманенное, кое-где есть и прозрачные участки...»

Еще на стенах имелись цветные панели, напоминавшие витражи, но рассматривать их было недосуг: обладатель воспоминаний, кем бы он ни был, мчался мимо, пытаясь спастись. Выбравшись вместе с ним на вершину пирамиды, София увидела наконец тот тяжелый предмет, которому вскоре предстояло скатиться с карниза. Это был круглый камень. Вот она сделала последние шаги, а некто уперся в камень, налег изо всей силы... Как он приземлился, София не видела. Лишь ощутила отзвук удара, от которого стены вокруг начали содрогаться.

Глиняная карта позволила рассмотреть пейзаж вокруг башни. Она была воздвигнута на широкой равнине; вдали высились горные пики и что-то вроде белых строений. Что до матерчатой карты, она показала погоду, какой София никогда не видела. За стенами пирамиды, озаряя серое небо, безостановочно полыхали молнии. Валил снег, оседавший на туманном стекле...

Вот только София хотела узнать вовсе не это. Ей пришлось немного обождать, но затем воспоминание явилось: она выскочила из дверей на заснеженную равнину... и пирамида за спиной обрушилась, рассыпавшись осколками битого стекла и подняв тучи снега. Отвернувшись от нее, София принялась смотреть вдаль, туда, где, еле видимая на расстоянии, навстречу ползла черная точка. Похоже, это был человек. По мере его приближения стало видно: он держал в руках нечто смутно мерцающее...

А потом все расплылось.

Однако теперь у Софии появилась уверенность в том, что человек был ей знаком. Повадка… манера двигаться, бег… А может, эта уверенность коренилась в воспоминаниях из карты? И этот блеск в руке. Зеркало? Клинок? Часы?.. Да что угодно.

София открыла глаза. Надо будет собраться с духом и пережить это воспоминание еще раз…

— Я смотрю, тебе вправду нравятся библиотеки, — прозвучал голос из темноты.

София в один миг вскочила на ноги и стала оглядываться.

— Кто здесь? — прошептала она.

Что-то шевельнулось в потемках возле двери. Раздался негромкий смешок… и время вдруг остановило свой бег. В круг желтоватого света от настольной лампы вступил человек.

Это был Тео.

26
О двух знаках

29 июня 1891 года, полночь

Шквал — погодный феномен, обычный для севера Пустошей. Предположительное порождение Великого Разделения, овеянное многочисленными легендами. Иные утверждают, будто шквал «разговаривает», хотя ученые наблюдатели не находят этому подтверждения. По сути, это вихревой фронт, образуемый различной силы ветрами. Сильнейший достоверно зафиксированный шквал был пяти миль в ширину и за десять дней преодолел четыреста миль.

Вересса Метль. Пустоши. Толковый словарь

София с колотящимся сердцем таращила на Тео глаза. Она пристально вглядывалась в его лицо и все не могла насмотреться. Девочка не видела его всего один день, а казалось — целую вечность. На нем попрежнему была одежда Шадрака, помятая и запыленная, и обшарпанные ботинки, добытые у сапожника еще в Бостоне. Тео, со своей нахальной улыбочкой, казался по обыкновению безмятежным.

— Ты что здесь делаешь? — прошептала София.

— Неужели не рада? — осведомился он, преспокойно усаживаясь на стул.

София покраснела:

— Я лишь спросила, что ты тут делаешь. А как ты проник во дворец?

— Стража не вдоль всего забора стоит, — сказал он. — Большей частью возле ворот.

Софию подмывало шагнуть вперед и коснуться его. Просто чтобы удостовериться: он и вправду вернулся. Удерживали захлестнувшая ее обида и чувство неопределенности, возникавшее едва ли не всякий раз, когда он оказывался поблизости.

— Ничего не понимаю! — наконец произнесла она.

Он ответил с широкой ухмылкой:

— Ну не мог же я оставить тебя на милость этих пиратов, как по-твоему?

София попыталась совладать с предательски дрогнувшим голосом:

— Желала бы я, чтобы ты был хоть наполовину так же надежен, как они…

— Кто сказал, что на меня нельзя положиться? Я же здесь, разве не так?

— А кто сбежал посреди ночи? Почему было просто не въехать вместе с нами в ворота? Обязательно было тайком сюда проникать? Ты же в беду мог попасть! Народ тут, если не считать Вересу и Мартина, не очень-то дружелюбный…

Настал черед Тео изумленно вытаращить глаза.

— Так ты разыскала Вересу?

— Да. Это ее библиотека, — вновь понизила голос София, наблюдая за тем, как озирается Тео. — Она, оказывается, королевский картолог и библиотекарь.

А папа у нее — придворный ботаник. И давний друг Барра с Каликстой!

Тео поневоле присвистнул:

— А где дядя твой, она знает?

София покачала головой и отвела взгляд.

— Ладно, ты ее нашла, и то хорошо, — совсем другим тоном проговорил он. — Каликста и Барр еще здесь?

— А ты их разве не видел?

— Нет. Я только прошлым вечером дворцовую стену перелез. Проходил мимо постройки вроде теплицы и тут вижу — ты по коридору идешь! Ну, я и отправился за тобой…

— Прошлым вечером?

— Сама посмотри. — Тео повернулся к окну. — Скоро рассветет.

София поспешно схватилась за часы. Тео был прав: дело шло к шести. Смятение и неуверенность, вызванные неожиданной встречей, сделали свое дело — разговор скомкался. Слова, которые она хотела произнести, вопросы, которые собиралась задать, метались в сознании, но не были озвучены.

«Что спугнуло тебя? От меня удирал или от чего-то еще? А вернуться с самого начала планировал — или как? И когда опять сбежишь?..»

Тео спросил:

— Где вы с пиратами остановились?

— Возле оранжерей, у Верессы и ее отца Мартина.

— Тебе нужно с ними поговорить, — с необычной для него серьезностью произнес Тео.

— Почему? Что случилось?

— Та штука, что движется с юга и о которой все говорят… Короче, это вовсе не шквал.

Софию охватило необъяснимое беспокойство.

— А что тогда?

— На дороге я встретил налетчиков. Они говорят, птицы тысячными стаями улетают на север, причем страшно спешат. Я сперва не поверил… а потом сам увидел. От шквалов пернатые так не спасаются!

— От чего же тогда? Что вообще происходит?

Тео как раз собирался ответить, но тут снаружи послышались тяжелые шаги дворцовой стражи, обходившей коридоры дозором. Тео тотчас поднялся, поглядывая на дверь.

— Скажи Барру и Каликсте про птиц! — шепнул он. — Сейчас некогда объяснять… Я не могу здесь остаться. Если сумеешь через часок выйти за городские ворота — все расскажу. Да вещи с собой захвати, чтобы сразу исчезнуть…

— Исчезнуть?.. — ахнула София. Вскочила, сгребла все четыре карты (начисто позабыв, что три из них ей не принадлежат) и торопливо засунула их в рюкзачок. — А почему теперь не сказать?

— Встретимся за воротами, — повторил Тео, по-прежнему глядя на дверь, за которой стихали шаги охраны.

— Скажи немедленно! Просто на всякий случай!

Тео неторопливо повернулся и посмотрел ей в глаза. Странное сейчас у него было выражение лица — София таким его еще не видела. Она с изумлением поняла, что каким-то образом задела его.

— Не доверяешь, — проговорил он.

София не нашлась с ответом, потому что он был прав. Ей очень хотелось верить ему. И она верила — отчасти. А вот полностью... Как прикажете безоглядно полагаться на человека, с которым все настолько непредсказуемо и неясно? Он в любой момент возьмет и исчезнет, как недавно перед воротами Нохтланда.

— Прости, — сказала она наконец. — Но я, честно, просто не знаю, чего от тебя ждать.

Несколько мгновений он молча смотрел на нее, потом коротко вздохнул и сказал:

— Могу я где-нибудь спрятаться, пока ты вещички собираешь?

Такая резкая перемена намерений застала Софию врасплох.

— Да, — ответила она после недолгих размышлений. — У Верессы и Мартина нас никто не найдет.

— Ну хорошо, — сказал Тео и кивнул на дверь. — Пошли.

Они быстро пробежали по папоротниковому ковру, выглянули в коридор... София тщательно прикрыла за собой дверь. Пока шагали к покоям ботаника, София высматривала, все ли спокойно впереди, а Тео оглядывался через плечо. По счастью, они не встретили ни души.

Крадясь на цыпочках по коридору в резиденции Мартина и Верессы, София заметила на кухне свет.

— Кто-то уже встал, — прошептала она.

Оказывается, это Мартин готовил на завтрак нечто замысловатое. Ботаник хлопотал у печи, служившей и для обогрева, и для готовки. При виде вошедших Софии и Тео он вскинул глаза:

— Утро доброе! А это у нас кто?

— Мартин, это Тео, — поспешно представила парня София. — Он ехал со мной от самого Бостона. И хочет поведать нам нечто безотлагательное о шквале, идущем с юга!

Тео, кивнув, повторил:

— Это не шквал.

Мартину потребовалось мгновение, чтобы обдумать услышанное. Потом он вытер руки о передник и преспокойно сказал:

— Тогда пойду будить остальных.

29 июня 1891 года, 6 часов 33 минуты

— Тео! — переступая порог кухни, вскричала Каликста. — Откуда это ты вынырнул?

София, между делом снимая халатик и переодеваясь, едва убедила пиратку покинуть спальню, не уделив должного внимания туалетам. Однако дама-капитан поняла экстренность происходящего и согласилась поступиться принципами.

— Я не вынырнул, я тут все время был, — уходя от прямого ответа, пробормотал Тео и поднял брови. — Я, что ли, виноват, если вы меня не замечали?

Каликста со смехом обняла его и чмокнула в щеку.

— Здорово, что ты опять с нами, — сказала она. — Хотя ты, конечно, прохвост. Смылся безо всякого предупреждения, а мы тут помирай от разбитого сердца…

И она бросила быстрый взгляд на Софию. Та покраснела и спросила:

— Где Барр?

Мартин как раз закончил возиться с завтраком, когда появился зевающий, заспанный Барр.

— Патока! А я по тебе соскучился! Где шлялся, негодник? Почему бросил нас?

Говоря так, он тем не менее крепко обнимал Тео.

— Платили маловато, — хмыкнул Тео, стискивая его в ответ.

— Категорически запрещаю тебе, Патока, впредь с нами так поступать! Ну вот посмотри, к чему это привело! Мы были вынуждены полагаться лишь на свои собственные мозги — и оказались в итоге в какой-то нищей дыре… где даже накормить толком не могут…

И он потянулся к одному из круглых желтых пирогов, что Мартин как раз вынимал из печи.

— Я пришел спасти вас, — без улыбки заявил Тео.

На пороге появилась хозяйка.

— Вересса, это Тео, — сказала София.

— Теодор Константин Теккари, — слегка наклонил голову парень.

Вересса протянула руку:

— Правильно ли я понимаю, что ты тайно проник во дворец? И никто не помешал тебе?

— Через стену перемахнул, — пояснил он. — Всего-то делов.

— Поверить не могу, что тебя не заметила стража, — обеспокоенно проговорила Вересса. — В смысле, надеюсь, что это действительно так… Или нет?

— Не думаю, — сказал Тео. — Но даже если бы меня засекли, я все равно сюда пришел бы. Вам надо срочно убираться из города! — Он так и не присел, и по мере того, как кухня заполнялась народом, снедавшее его беспокойство делалось все очевиднее. — И чем быстрее, тем лучше!

— Тео, расскажи им о том, что ты видел! — подала голос София.

— Я поехал на север, — начал он, — свернув на дорогу, проложенную западнее Нохтланда. Там я вчера утром столкнулся со знакомыми — мы знали друг друга еще дома. Они сказали мне, что птицы спасаются от какой-то напасти с юга. Это показалось мне бессмыслицей, ведь сейчас не время для перелета. И еще: птицы летели не косяками, а тысячными скопищами, всякие-разные вместе. Такого вообще никогда не бывает!

Мартин выставил на стол завтрак. Однако его друзья понемногу опускали вилки и забывали о еде, слушая Тео.

— Шквалы не вызывают подобного бегства, — медленно проговорила Вересса.

— Верно. Мы так и рассудили. А потом на дороге нам встретился один путешественник, и мы услышали о лакримах.

— Что именно? — спросила София.

Один Мартин уплетал яичницу как ни в чем не бывало.

— Тот человек сказал: на юге есть одна особенная эпоха. Совсем неразведанная. И там якобы одни лакримы живут. — Все, кроме Мартина, уставились на Тео, и тот сказал: — Так вот, все они снялись с места и тоже прут к северу.

Наступила мертвая тишина, лишь Мартин постукивал вилкой.

— Как-то все не стыкуется, — подала голос София. — Знаешь, Тео, Вересса вчера объяснила нам, откуда взялись лакримы. Они получились из людей, застигнутых во время Разделения непосредственно на границах эпох. Их создали линии разломов.

— Ты к чему клонишь, София? — спросил Барр.

— А вот к чему. — Девочка не столько говорила, сколько размышляла вслух. — Как-то странно, что у нас на Новом Западе никто о них не слыхал. В Пустошах — дело другое, здесь много разных эпох, значит лакримы должны были появиться повсеместно. — Она помолчала немного. — Но почему это произошло столь внезапно?

— Я и говорю, — вставил Тео. — Они живут в какой-то эпохе далеко на юге, а теперь движутся к северу.

— Нет, неправильно, — возразила София. — Этому противоречит все, что я слышала о лакримах. Они существа одиночные и не собираются вместе.

— Верно, — согласилась Вересса.

— А что, если… — София сопоставила рассказы Верессы и миссис Клэй, записку Шадрака и такой далекий уже опыт чтения карт в потайной комнате в доме тридцать четыре по улице Ист-Эндинг. И тут перед ее мысленным взором предстали два образа, два изображения острова на востоке Индий с карт, которые она читала в день похищения Шадрака. Одна из них хранила воспоминания о тихом монастыре. Вторая, датированная десятилетием позже, рисовала грозное и безлюдное запустение. — Погодите-ка, — сказала София. — Что, если какая-нибудь эпоха к югу отсюда вдруг начала меняться? Возникла новая граница... — И девочка сделала вывод: — Вот откуда нашествие лакрим! Их порождает новый разлом!

Все с изумлением уставились на нее. Все, кроме Мартина.

— Вот ты о чем! — воскликнула Вересса. — Если лакримы — обычные люди, преображенные разрывом между эпохами, то их внезапное появление может говорить о возникновении новой границы! Что ж, такое возможно!

За столом воцарилось молчание. Мартин отложил вилку и нож, допил кофе и энергично прокашлялся.

— Итак, — громко заговорил он, впервые подав голос с начала их, так сказать, кухонного совета, — пора и мне свой грошик бросить в копилку! — Все повернулись к нему, и он продолжил: — Юный Тео прав: нам следует покинуть дворец и уехать из города, — и обратился к Софии: — Ты тоже права, дитя мое. — Оттолкнул стул и театральным жестом хлопнул ладонями по столешнице. — И у меня есть доказательство вашей правоты! — Ботаник вытащил из карманов две небольшие баночки. — Я проверил координаты острова, Бартон, и сообразил, что именно показалось мне странным, когда ты вручил мне образец. Вот это, — он поднял баночку в правой руке, — весьма примечательная проба рукотворной почвы, не далее как вчера доставленная мне Бартоном. Она привезена с крохотного островка примерно в пятидесяти милях к востоку от позднепатагонского побережья. А здесь, — он показал другую баночку, — почва из двадцать первого века, полученная мной около года назад. Представьте, я лишь посреди ночи догадался: а ведь островок-то один и тот же!

Им понадобилось несколько секунд, чтобы осознать смысл услышанного.

— То есть вы говорите, что почва на острове изменилась, — сказала София.

Она начинала понимать, что ее догадка была верна. На картах Индий в самом деле один остров относился к разным эпохам.

— Святые небеса! — ахнула Вересса. — Папа, ты слышишь? Не просто новые границы — они еще и двигаются!

Со всех сторон посыпались вопросы.

— Да! — перекрывая шум, проговорил Мартин. — Мы не знаем, как и почему это происходит и чем все кончится, но одно ясно: границы смещаются. Я-то думал, это локальный процесс, затронувший один островок в море, однако сведения, доставленные Тео, показывают континентальный размах. Смещение уже целиком захватило Позднюю Патагонию. При иных обстоятельствах... — тут ему пришлось возвысить голос, — я не рекомендовал бы немедленного отъезда из Нохтланда. В конце концов, где лучше всего постигать причины происходящего, как не здесь, в моей лаборатории? Равно как, — он повернулся к Вeрессе, — в твоей библиотеке, дочурка. Увы, похоже, мое доказательство номер два решительно все меняет.

К явному смятению Вeрессы, отец бросил на нее извиняющийся взгляд и накрыл ее руку своей:

— Прости, дорогая. — А затем, к полному изумлению присутствовавших, принялся закатывать штанины. — Видите ли, — с усилием говорил он, не разгибая спины, — после удивительного эксперимента с семенами ипомеи, коему София и Барр были свидетелями, я невольно задумался о возможном могуществе этой любопытной рукотворной земли. — Он до колена задрал правую штанину, чтобы все могли видеть кожу на его здоровой ноге, напоминавшую древесную кору. — Вчера в ночи меня посетило вдохновение, — возясь с левой штаниной, продолжал ученый. — И я вдруг сказал себе: если эта почва мгновенно и столь поразительным образом повлияла на семечко, как воздействует она на старую рану? На мою, к примеру, культю?

И он выпрямился, несколько задохнувшись от непривычного положения тела.

Его левая нога ниже колена сверкала начищенным серебром.

— Отец! — подбегая к нему, ахнула Вересса. — Что ты наделал!..

— Глазам своим не верю, — кое-как выдавил Барр.

София протянула руку и опасливо потрогала серебряную лодыжку. Она была твердой и холодной.

— Увы и ах, — покаянно выговорил Мартин. — Боюсь, нога очень даже реальна… и останется при мне надолго. Барр и София, вы видели, как у ипомеи выросли серебряные корешки… Я-то гадал, во что превратится мой «пенек», если будет расти, в корень или в ветку… И вот вам результат. Теперь у меня одна нога отмечена Знаком лозы, а другая — Знаком железа! — Он сокрушенно покачал головой и уставился на свои ступни. — Как тут не усомниться, разумно ли в моем положении упорствовать по поводу пребывания во дворце?

Вересса вскочила.

— Ни в коем случае, — сказала она. — Мы уедем, и как можно скорее! — Она говорила спокойно и твердо. — Вы оставайтесь здесь и пакуйте вещи, а я сообщу Юсте, что необходимо начинать эвакуацию города. Мы отправимся в путь, когда я вернусь.

— Только не по суше, — вставила Каликста. — На «Лебеде» получится гораздо быстрее.

— Согласен, — кивнул Барр. — До Веракруса всего два дня, и сразу отдадим швартовы. Естественно, приглашены все. — И он повернулся к Софии: та сидела потупившись. Барр окликнул ее: — Что скажешь, София?

Она обняла рюкзачок, показавшийся ей в эти мгновения невероятно тяжелым. Отъезд представлялся чем-то очень неправильным. Она и не думала, что так скоро придется отсюда бежать. В голове крутилось все услышанное с момента прибытия в Нохтланд. Открытия были очень значительными; следовало предпринять нечто важное. Нет, уезжать было нельзя. По крайней мере, прямо сейчас… Хотя, спрашивается, какой у них был выбор?

— Спасибо, — сказала она наконец. — Я тоже поплыву.

— Тогда начнем готовиться! — объявила Вересса и быстро стала собирать со стола.

Они уже выходили во внутренний дворик, когда случилось нечто неожиданное. В дверь, отделявшую покои ботаника от главной части замка, забарабанили с той стороны.

27
Железным кулаком

29 июня 1891 года, 7 часов 34 минуты

Дворцовые сады. Почвы (происхождение) .

Западный розарий: ввозная ИСКЛЮЧИТЕЛЬНО из Папских государств.

Центральный сад и фонтан: местная (центральная часть Пустошей) .

Периферия, можжевеловые посадки: с севера Пустошей, береговая.

Заметки Мартина о парковом хозяйстве

— Кто там? — окликнула Вересса сквозь дверь.

— Королевская стража! Открывайте, госпожа Метль, — прозвучал голос. — У входа в теплицы был замечен нарушитель! Мы должны обыскать ваши покои!

Он замолк, и за дверью тотчас разразились лаем собаки.

Вересса встревоженно оглянулась на отца и друзей. Мартин торопливо расправлял штанины.

— Я только что встала, — крикнула смотрительница библиотеки. — Нельзя ли чуть попозже?

— Простите, госпожа, у нас приказ. Если не откроете дверь, мы будем вынуждены войти силовым путем через теплицы!

— Хорошо, хорошо, сейчас... — обманчиво спокойно проговорила она. — Дайте хоть минуточку, я платье накину!

С той стороны помолчали, потом коротко бросили:

— Только минуту.

Вересса бросилась во дворик.

— Времени нет, — сказала она. — Все живо в теплицы! Спрячьтесь там и выбирайтесь как сможете!

— С какой это стати? — негодующим тоном спросил Барр. — Мы с Каликстой назовем свои имена, вот и все!

— Я не могу подвергать вас опасности! Как только собаки принюхаются к отцу, всем нам крышка!

Мартин виновато отвернулся.

— Да что ты несешь? — сказала Каликста, беря за руки Софию и Тео. — Раз так, нам тем более нужно остаться! Этих двоих я спрячу там же, где хранятся мои сабля и пистолет. Барр! Ты сделаешь то же самое! — твердо добавила она, и ее брат сразу пошел в свою спальню. — А мы будем вести себя таким образом, чтобы стражники не во все комнаты сунулись. Идемте, дорогие мои! — Пиратская капитанша распоряжалась очень спокойно, но быстро. — Вы сидите смирно, а мы станем препираться с ними у двери! — Она бросила длинную саблю и пистолет в открытый дорожный сундук и заперла его. — Что-то мало верится, что они вправду намерены перетряхивать весь дом, но в случае чего… — она указала рукой, — вон то окошко выводит в сад!

София и Тео дружно кивнули. Каликста, выпрямившись, инстинктивно потянулась к поясу с кобурой… и уронила руку в пышные юбки. На мгновение красавица-пиратка показалась ребятам странно уязвимой.

— Скоро вернусь, — пообещала она и вышла из комнаты.

Оставшись одни, София и Тео припали к деревянной двери, вслушиваясь в происходящее по ту сторону. Сперва зазвучал ясный голос Верессы: она впустила стражников. Последовал недолгий разговор. София различила мужской бас, но сколько было охранников, определить не смогла. Слова перемежались повизгиванием и лаем ищеек. Потом заговорил Мартин. Ученый разразился длительным монологом, за которым последовал миг тишины, а потом — внезапный крик. София не поняла, откуда он раздался. Зато другой звук был легко узнаваем, — очевидно, сабля чиркнула по камню. Яростно зарычали собаки…

София и Тео встревоженно переглянулись.

— Вот они, твои надежные пираты, — шепнул Тео. — Сдается мне, на суше баталер не очень-то склонен подчиняться капитанским приказам…

Снаружи нарастал шум. Прозвучал выстрел: не иначе, это Барр разрядил свой пистолет. Еще через мгновение кто-то бегом ворвался в коридор. Дернул запертую дверь спальни и рявкнул:

— Открывай!

София и Тео рванулись к окну. С легкостью перескочили через подоконник и под громкие удары в дверь приземлились на травку. Ненадолго спрятались в цветочной клумбе, осматривая сады... София изо всех сил прижимала к груди рюкзачок. Было слышно, как в комнату кто-то ломился.

— Я пролез вон там, — указал рукой Тео. — В углу за кустами прут в решетке расшатан!

София обратила внимание на длинную тропинку, обсаженную кустами бугенвиллеи. Она тянулась наискосок через парк.

— Если рванем по ней, нас могут и не заметить...

Пока бежали, девочка не раз оборачивалась через плечо... Однако слышались только журчание воды да птичий щебет. Сквозь плотную живую изгородь бугенвиллей дворец вообще нельзя было разглядеть — словно его там и не было. Разросшиеся кусты благополучно скрывали все — и стеклянные шпили, и даже высокие можжевельники вдоль садовой ограды.

Где-то вдали кричали стражники, но, когда ребята достигли конца тропинки, журчание воды заглушило их голоса. Еще несколько шагов — и беглецы выскочили на лужайку, украшенную высоким каменным фонтаном. У широкой чаши стояла группа статуй, изображавших русалок и тритонов, через них мощными струями переливалась вода. Сквозь пелену брызг София увидела именно то, что хотела, — гущу можжевеловых кустов в юго-восточном углу парка.

Они с Тео обежали фонтан и бросились туда.

— Где дыра? — нервничая, спросила София.

Тут со стороны парка раздался пронзительный свист — вроде птичьего крика, только птицы так не фальшивят. София и Тео разом обернулись. К ним, занося копье, мчался стражник. Плащ крыльями вился за спиной, пернатая маска подрагивала. Ни дать ни взять хищная птица, пикирующая на добычу!

Тео судорожно шарил в кустах, разыскивая проход.

— Вот он! Сюда! — вырвалось у него. — Скорей!

Схватив Софию за руку, он потащил ее в тесный зазор между железной изгородью и кустами. Припал на четвереньки и стал дергать прутья один за другим, ища расшатанный. Нашел — и начал вытаскивать.

София высунула голову из кустов и с ужасом увидела, что стражник был всего в десятке шагов. Он бежал изо всех сил, оскалив от усердия зубы.

— Тео! — в отчаянии воскликнула она. — Мы пропали!

— Мы ушли! — отозвался он, держа в руках шестифутовый прут, вынутый из нижней половины ограды.

Они мигом проскочили на ту сторону, и как раз вовремя. Преследователь яростно бросился к забору, пытаясь втиснуться в ту же щель, что и они, — и не смог. Пернатый хищник оказался запертым в клетке. Сломав о прутья несколько перьев из маски, он свирепо уставился вслед беглецам… А потом вдруг оставил свои попытки — и неожиданно улыбнулся.

София, охваченная весьма дурным предчувствием, обернулась…

Прямо над ними, сжимая древко, нависал еще один враг.

Бесконечно долгое мгновение София даже не могла пошевелиться… Его маска усиливала впечатление, что на них налетел коршун. На обнаженной руке вздулись мышцы, копье взяло разгон, устремляясь к ним с Тео…

И вот тут произошло необъяснимое.

Тео выбросил вперед правую руку — бесполезный жест инстинктивной самозащиты, — и она приняла удар наконечника. Однако обсидиановое острие не сумело пробить ладонь, хотя при этом они с Софией отлетели к забору. София оказалась стиснутой между прутьями и спиной Тео, по-прежнему не опускавшего руку. Так они и стояли, пришпиленные, точно бабочки на булавке. Стражник, изумленно моргая, все силился одолеть вытянутую руку парнишки. Наконец Тео размахнулся железным прутом, зажатым в левой руке, и шарахнул стражника по ребрам. Тот застонал, чуть умерил напор… но этого было довольно. Пленники вывернулись и ускользнули. И кинулись со всех ног через проспект, а брошенное следом копье в цель не попало.

Здесь начинались узкие улочки Нохтланда. Туда-то, топоча по мостовой, и помчались беглецы. Они спотыкались на неровностях старинной кладки, налетали на прохожих, но никто особо не оборачивался им вслед. Опять проспекты, боковые улицы…

— Сюда! — облюбовав узенький переулок, крикнул Тео.

За углом они остановились. Оба так тяжело дышали, что почти ничего не слышали кругом — только собственное пыхтение. Несколькими мгновениями позже они все-таки начали прислушиваться, не надвигается ли погоня.

— Вроде оторвались, — отдуваясь, выговорил Тео.

Они стали обшаривать переулок в поисках временного убежища. На берегу канала София заметила каменный карниз под ближним мостом. Мальчик с девочкой соскользнули с крутой набережной и с большим облегчением заползли на влажный приступок. С улицы их больше нельзя было увидеть. Они уселись спинами к стене, отдыхая в тени.

— Покажи руку! — потребовала София.

Тео, толком не отдышавшийся, положил правую руку ладонью вверх ей на колено. У Софии сжалось горло при виде длинного кровоточащего пореза. А потом подтвердилось то, о чем она смутно догадалась еще у дворцовой ограды. В глубине раны блеснул металл. Копье остановили железные кости Тео.

Теперь стало ясно, почему он так не хотел въезжать в Нохтланд. И как отчаянно рисковал, когда все-таки проник в город. София оторвала по швам длинные рукава своей хлопковой сорочки. Смочила один из них в воде канала и вытерла кровь вокруг раны. Вторым перевязала ему кисть, подоткнув свободный конец у костяшек. Тео не противился и не жаловался. Просто сидел, закрыв глаза и прижавшись затылком к каменной стенке.

— Скоро заживет, — устало проговорил он затем. — Всегда заживает.

София тоже откинулась к стене. По щекам текли слезы, она сердито вытерла их.

— Жаль, что я не согласилась встретиться с тобой поутру возле ворот, — трудно сглотнув, сказала она. — Надо было больше тебе доверять.

Софии хотелось обнять его, доказав тем самым, что ей действительно очень жаль, но она не смогла решиться на это.

Тео улыбнулся, не открывая глаз.

— Не вини себя, — уронил он. — Нелегко поверить лгуну.

София так и не поняла, шутит он или нет. Она баюкала его перевязанную руку в своей и сидела молча, наблюдая за игрой бликов в неторопливых водах канала.

8 часов 42 минуты: под мостом в Нохтланде

Утро вступало в свои права, на мосту над головами ребят понемногу делалось шумно. София успела немного отдохнуть, и каменный карниз перестал казаться уютным и удобным сиденьем. Впору было двигаться дальше, но покинуть город, не выяснив, что стряслось с Вересcой, Мартином и пиратами, было совершенно невозможно. София задумалась даже о том, чтобы отправиться в Веракрус и призвать на помощь команду «Лебедя»... Однако поездка туда и обратно займет по меньшей мере четверо суток, а к тому времени уже запросто могут нагрянуть лакримы. Девочка посмотрела на часы. По времени Нового Запада было почти девять утра.

Тео открыл глаза.

— Верно, — ответил он на ее невысказанную мысль. — Пора двигаться.

— Без наших друзей нельзя уезжать, — заявила София. — Их, должно быть, сейчас судят и приговаривают за измену!

— Так я и знал, что ты это скажешь, — проворчал Тео. — При других обстоятельствах можно было бы поспорить… Однако они нам вправду нужны, если мы хотим отчалить на «Лебеде».

Его эгоистическая логика заставила Софию болезненно сморщиться. Тео покосился на нее и с улыбкой добавил:

— Вообще-то, сдается мне, мы способны им помочь.

София волей-неволей улыбнулась в ответ.

— Конечно! — сказала она, хотя уверенности никакой не испытывала, скорее наоборот. Девочка послушала тихий плеск воды под мостом и спросила: — Думаешь, Юста в самом деле велит эвакуировать город?

— Вот уж вряд ли. Даже если Вересса к ней обратится, принцесса ей не поверит. Скорее всего, все случившееся сочтут частью грандиозной интриги Знака железа. Ну сама посуди. Мартин отрастил серебряную ногу. Барр обнажил саблю, вытащил пистолет. А мои россказни о лакримах — бездоказательны. Так что наши друзья, надо думать, прямо сейчас где-нибудь в подвале сидят.

— А весь город будет считать, что с юга простой шквал идет…

— Угу, — презрительно фыркнул Тео. — И что ветровые колокольцы их вовремя предупредят!

София принялась размышлять вслух:

— Значит, если решение об эвакуации не будет принято, завтра начнутся торжества по случаю затмения. Мартин говорит, они длятся всю ночь до утра. Народ отовсюду съезжается посмотреть… — Она помолчала и добавила: — Всякий-разный народ.

Тео внимательно посмотрел на нее.

— Вижу, к чему ты клонишь. Если повезет, мы проскользнем в толпу незамеченными, — сказал он и кивнул. — Мысль здравая. Во что бы только переодеться?

— И где бы до тех пор пересидеть, — в тон подхватила София. — Может, у Мазапана? — Подумала и добавила: — Если только стража не догадается туда заглянуть…

— А она догадается. — Глядя в воду, Тео на пробу согнул пальцы раненой руки. — Он говорил тебе, где его магазин?

София покачала головой:

— Он мне его описывал, но места не называл. Мы можем поспрашивать…

Тео с видимой неохотой покинул относительно безопасное убежище. Вскарабкавшись на набережную, ребята оказались на залитой солнцем улице, запруженной пешеходами, конными экипажами и болдевелами. Косясь по сторонам в поисках стражи, они направились к центру города. Заметив старушку, продающую фиалки, Тео остановился и спросил, не знает ли она, где лавка шоколадника Мазапана. Старушка без малейшего колебания назвала им переулок, расположенный в нескольких кварталах. Посмотрев в ту сторону, София тотчас узнала тенты и вывеску — точно такие, какими их описывал Мазапан.

Подойдя ближе, они с Тео увидели, что опоздали. У магазинчика толпились стражники в длинных плащах и пернатых масках самого грозного вида. София услышала, как Тео зашипел сквозь зубы.

— Они уже здесь, — прошептал он с некоторым удивлением.

— Но ведь Мазапан в этом не замешан! — возмутилась София.

— Барра и Каликсту наверняка схватили. А кто их в Нохтланд привез?.. Значит, и к Мазапану будут вопросы, — мрачно проговорил Тео.

— Бедный Мазапан! — София покачала головой и боком-боком подалась назад в переулок. — Пошли-ка отсюда…

28
Под парусами на юг

28 июня 1891 года: Шадрак в плену (день 8-й)

Дай услышать хоть словечко,
Хоть биение сердечка,
И лакримы жуткий стон
Навсегда прогонит сон.

Нохтландская колыбельная. Куплет второй

Маленькая каюта, где Шадрак провел почти сутки, была во многих отношениях похожа на корабельную. Две узкие койки, привинченные к стенам, напротив — круглый иллюминатор, а за ним — дорога, по которой двигалась болдевела. Вот только в отличие от кораблей она повторяла форму толстого дерева, из которого ее сделали. Каюты были устроены среди корней, стены перемежались пластами почвы, эти корни питавшей. Соответственно, в комнатах пахло землей, а в щели между досками время от времени проникали корешки… На самом деле Шадраку мало что удалось рассмотреть, поскольку нигилизмийцы притащили его сюда связанным по рукам и ногам и просто закинули, как тюк, на верхнюю полку. Когда болдевела кренилась от сильного ветра, пленник изворачивался как только мог, чтобы не скатиться.

Даже при обычных обстоятельствах время тянулось бы мучительно медленно, но Шадрак пребывал в таком расположении духа, что каждое мгновение было пыткой. Побег стал казаться ему нереальным. Он-то надеялся завоевать доверие Плача, а в дальнейшем заручиться его помощью… В итоге Плач из-за него потерял память, а сам он лишился единственного возможного союзника. Он снова был совершенно один среди врагов, неспособный освободиться, засунутый в тесную каюту древесного корабля, который с невероятной скоростью несся на юг.

Он себя-то спасти не мог, не то что Софию…

Шадрак то и дело шевелил запястьями, пытаясь ослабить веревки. Ученый думал о том, что Южные Снега распространяются на север, сметая все на своем пути. Чего доброго, они уже достигли Нохтланда. Надвинутся ледники и погребут город, и на земной тверди останется разве что отпечаток прудов и каналов. А София затеряется безвозвратно.

Некоторое время Шадрак лежал неподвижно. Нет, самое скверное предполагать было нельзя. Толку от этого никакого, только почувствуешь себя более слабым и бесполезным, чем на самом деле. Надо верить — еще не поздно! И надеяться, что возможность сбежать обязательно подвернется.

Болдевела тронулась в путь сразу, как только пассажиры взошли на борт и, по предположениям Шадрака, успела порядочно углубиться на территорию

Пустошей. Привалов, скорее всего, не будет до самого Веракруса. Вот там и нужно ловить удобный случай. Когда судно достигнет побережья, необходимо любой ценой вырваться на свободу.

К полудню болдевела неожиданно остановилась. Издалека долетел звук, напоминавший раскат грома. Почти сразу по палубе простучали торопливые шаги. Дверь распахнулась, бухнув о стену. К немалому удивлению Шадрака, ввалившийся голем сдернул его с койки и одним яростным движением рассек путы.

— Не стой столбом! — зарычал он. — Сейчас все должны помогать, не то крышка!

Повернулся и кинулся вон, даже не посмотрев, следует ли за ним пленник. Шадрак выскочил из каюты и помчался за ним по узкому коридору.

Выбравшись на палубу, он тотчас понял — положение опасное. Болдевелу вот-вот должен был накрыть зловещего вида шквал. Всадив свои крючья в дерево корпуса, големы из последних сил удерживали корабль: если вихри закрутят его, то разнесут в щепы. Мачта, увенчанная широкими зелеными листьями-парусами, клонилась в сторону смерчей, точно молодое деревце в бурю. Ветер выл и стонал, словно алчущий добычи зверь, и дюйм за дюймом втягивал болдевелу в погибельные объятия…

Шадрак внезапно сообразил: если Бланка лишится корабля, она не сможет больше гнаться за ним.

«Вот он, мой шанс!» — сказал себе ученый и бросился к веревочной лестнице на борту.

Нижние ступеньки болтались футах в десяти над землей. Шадрак спрыгнул, в момент приземления ноги у него подогнулись, и он полетел кувырком. Вскочил, споткнулся, едва не упал, но выправился и побежал во всю прыть. Он мчался на запад, стараясь держать курс параллельно ветровой стене, но не слишком приближаться, чтобы не оказаться подхваченным. Это было все равно что состязаться с приливом. Всякий раз, когда он готов был радоваться спасению, выяснялось, что смертоносный шквал гораздо ближе, чем хотелось бы. Шадрак заворачивал к северу, но легкие уже горели от усилия и сухости воздуха. В какой-то момент картолог повернулся и потрусил задом наперед, желая посмотреть, цел ли еще корабль. Болдевела покачивалась, словно балансируя над обрывом, в сотне метров.

Здесь была плоская высохшая равнина, однообразие которой местами нарушали скальные выходы. Шадрак не знал, как далеко простирался вихрь и что вообще делать, даже если он сумеет его обогнуть. Ясно было одно: надо бежать, причем как можно быстрее. Где-то на юге его ждала София…

Еще раз оглянувшись через плечо, он увидел болдевелу — неясное пятно вдалеке. Вероятно, разгулявшееся воображение сыграло с ним шутку: за минувшее мгновение она словно выросла.

Картолог отвернулся и снова припустил во всю прыть.

29
Дерево без листвы

29 июня 1891 года, 13 часов 51 минута

Меднолобый — уничижительное прозвище, употребляемое в Пустошах, особенно среди жителей Нохтланда, для описания личности с «металлическими» мозгами. Поскольку из металла, по мнению науки, у человека может состоять только скелет, термин следует понимать не буквально, но лишь как фигуру речи. Говоря «меднолобый», подразумевают тупую, грубую, бестолковую персону, зачастую склонную к насилию.

Вересса Метль. Пустоши. Толковый словарь

София и Тео бродили не менее двух нохтландских часов, прежде чем девочка заметила обреченное дерево. Если бы они не были так измотаны бесконечными маневрами при виде стражи, им бы, может, захотелось остановиться и посмотреть на него. Однако подростки слишком устали, а укромных местечек, где могли бы спрятаться двое беглецов, в городе оказалось крайне мало.

Дерево стояло далеко от дворца и в целом от центра. У подножия красовалась деревянная табличка с надписью: «ОБРЕЧЕНО. КОРНЕВАЯ ГНИЛЬ. УКАЗ ПО ГОРОДУ 437. БУДЕТ УНИЧТОЖЕНО 1 АВГУСТА».

Действительно, гниль распространялась вверх от корней, но могучий ствол еще держал на весу широкую крону голых ветвей, нависавших над соседними зданиями. На деревянной лестнице, опоясывавшей ствол, кое-где недоставало ступеней, другие были расшатаны. Домишко на ветвях выглядел заброшенным — выбитые окна, щербатая дранка на крыше. Было очевидно, что там с некоторых пор никто не жил.

София и Тео переглянулись...

— Как по-твоему, там безопасно? — спросила она.

— Если сможем залезть, значит безопасно, — рассудил Тео и осторожно поставил ногу на ступеньку. — Чур, я первый. Было бы неплохо, если бы еще и полы сохранились...

София встревоженно следила за тем, как он карабкается вверх. Она все оглядывалась: не видит ли кто? По счастью, они находились в довольно глухом районе, звуки города слышались на расстоянии в несколько кварталов. Потом лесенка увела Тео на другую сторону обширного ствола, и София потеряла его из виду.

— Порядок пока, — прокричал он оттуда, ободряюще помахал ей рукой, одолел последние ступеньки и скрылся в домишке.

София смотрела вверх, понимая, что не может судить, долго ли он пробыл внутри. Наконец Тео высунулся из развороченного окна.

— Местечко что надо! — сказал он. — Залезай!

Держась обеими руками за складки грубой коры, София начала подъем... Она так боялась оступиться и рухнуть вниз, что совершенно не замечала роскошных видов на город, открывавшихся с дерева.

— Ну что? Разве не здорово? — приветствовал ее Тео, когда она, наклонившись под низкой притолокой, шагнула через порог.

Сперва она не поняла, что имел в виду ее друг. Комната оказалась почти пуста. Длинный деревянный стол посередине, полуразвалившаяся печь без трубы… парочка опрокинутых стульев у лестницы на второй этаж… И только потом София заметила окна.

Все они были разных размеров и формы. От маленьких квадратиков до огромных ромбов. И из каждого открывался потрясающий вид на столицу.

София огляделась, испытывая что-то вроде благоговения.

— Красота какая! — вырвалось у нее. — А было, наверное, еще красивее, пока дерево не загнило!

Тео устремился ко второй лестнице. София оторвалась от созерцания и последовала за ним. На верхнем этаже потолки были скошенные, а окна — круглые. У стены виднелось разбитое зеркало в человеческий рост. Рядом с ним — хлопковый тюфяк с комковатой начинкой.

— Ну и ну! — сказал Тео. — Даже есть на чем поспать!

Он пинком развернул тюфяк и для пробы сел на него. София опустилась рядом с невольным вздохом облегчения. Закрыла на минутку глаза, радуясь покою, и глубоко втянула воздух, напоенный запахом древесины. Больше всего ей хотелось свернуться клубком на ухабистом тюфяке и напрочь забыть о чужом и пугающем городе за пределами этих стен. Она пыталась вообразить этот домик таким, каким он был раньше. Чтобы за окнами зеленела живая листва, трепетали на ветру ярко-желтые занавески. А возле круглого окошка стоял голубой письменный стол. Вот где раздолье для рисования…

Вздохнув еще раз, София открыла глаза и посмотрела на косой потолок.

— Так что нам нужно, — спросила она, — для проникновения во дворец?

Тео ответил не задумываясь:

— Костюмы. Забавные и симпатичные. И лица чем-нибудь прикрыть.

София медленно приподнялась, села и полезла в рюкзачок.

— У меня остались деньги Нового Запада, — сказала она. — Можно что-то купить.

— Дай прикину, много ли… — Тео протянул здоровую руку. — Неплохо, — оценил он, пересчитав купюры. — Ты сиди здесь, а я пойду и куплю все необходимое для маскарада.

— Что?! Никаких разговоров — я с тобой!

Он покачал головой:

— Если мы пойдем вместе, нас могут узнать. Стражники ведь высматривают двоих. Да и ты очень уж выделяешься. Я хоть выгляжу более или менее местным, а у тебя на лбу написано, что ты не отсюда.

София смотрела на него, оцепенев от вернувшегося испуга. Тео взял ее за руку. Когда он заговорил снова, его голос был очень серьезен.

— Ты ведь знаешь, — сказал он, — что я непременно вернусь.

— Да, — беспомощно проговорила София. — Конечно знаю. Я просто не хочу сидеть здесь одна и ждать… Как твоя рука?

— Прекрасно.

— Ты же ничего не сможешь нести в ней!

— Еще как смогу. Верь мне, так будет безопаснее. И проще.

— Ну ладно... — Она отрешенно мотнула головой.

Тео поднялся на ноги и убрал деньги в карман.

— Пойду, — сказал он, косясь в круглое окно. — А то дело к вечеру, скоро магазины закроются.

София тоже поднялась и обеспокоенно спросила:

— Ты скоро вернешься?

— Примерно через час. Может, к тому времени уже стемнеет. Попробую свечек прикупить, — оглядывая голую комнату, ответил Тео.

София спустилась следом за ним на нижний этаж. И осталась у порога, а он побежал вниз по лесенке кругом ствола.

— Скоро вернусь, — обернувшись, негромко пообещал Тео.

София проводила его глазами...

Оставшись одна, она поставила оба стула возле деревянного стола. Села, подперла щеку ладонью и стала осматривать комнату.

Нет, она не то чтобы не верила Тео. Это было в прошлом. Она знала, что он действительно собирался вернуться в домик на высохшем дереве. Однако в городе с ним могло произойти все, что угодно. Допустим, его опознают стражники. Или кто-нибудь поинтересуется, что с рукой, и не удовлетворится ответом. А то еще возьмет и снова объявится тот налетчик с рынка...

София замерла в ожидании, а небо понемногу темнело, и время растягивалось, будто резиновое. Как быть, если Тео не вернется? Сумерки превратятся в ночь, город уснет, а она будет по-прежнему сидеть и ждать его возвращения... Потом займется рассвет, наступит новый день, и тогда ей придется покинуть убежище на ветвях и, просочившись мимо стражи, проникнуть в магазин Мазапана. От одной мысли об этом в животе стало пусто и холодно. Что, если пройти туда не удастся? У нее и денег больше нет. Даже если она сумеет выбраться из города, на что еду себе покупать? Да и в Веракрус, где можно будет обратиться за помощью к пиратской команде, пешком топать придется. Допустим, она чудом доберется туда, но как ей на Новый Запад попасть? Четвертое июля вот-вот наступит — закроют границы, вырастут жуткие очереди на каждом пропускном пункте и всякое такое. Как бы не застрять за пределами собственной страны без надежды на возвращение!

«Нет, — думалось Софии, — мне это не осилить. С таким же успехом можно идти прямо во дворец и сдаваться...»

Она вытащила часы. Тео отсутствовал уже больше двух часов.

«Глупо все это, — сказала себе София. — Я все равно ничего не достигну, если буду сидеть здесь и переживать. Надо что-то делать!»

Собравшись с духом, девочка раскрыла рюкзачок и достала карты. Она смогла сразу, не дожидаясь луны, приступить к их чтению, поскольку накануне оставила Поисковую Лупу пробужденной, — и повторила это еще и еще, уделяя особое внимание странному явлению, завершавшему воспоминание.

Эта фигура с сияющим предметом в руке, бежавшая ей навстречу… С каждым разом она казалась все более знакомой, почти узнаваемой.

«Я буду читать карты, — решила София про себя, — пока не пойму, кто это!»

Однако ее ждала неудача. Узнать человека не удавалось, но жутковатое ощущение близости не проходило. Наконец София со вздохом отодвинула карты. Ее не оставляло смутное, но очень странное чувство. Они были как будто нарочно сделаны для нее. Она была обязана и способна понять их значение… уловить смысл их тайны… Но пока чего-то недоставало.

Убрав карты, София вытащила альбом и в гаснущем свете заката принялась рисовать, без особенной цели водя карандашом по бумаге. Вскоре возникли контуры знакомого лица — это был Тео. Он застенчиво улыбался в самой середине листа и, кажется, был не прочь подмигнуть. София с некоторым удивлением поняла, что добилась замечательного сходства. Куда лучше той первой попытки изобразить его после встречи на бостонской набережной. Она пролистнула альбом назад и сравнила два наброска. Надменный «юный воин», нарисованный ею когда-то, очень мало походил на парня, которого она теперь знала.

«Эрлах навязал ему фальшивые перья, — сказала она себе. — А я — свое представление о том, каким он должен быть…»

— Это что, я?

София подпрыгнула и обернулась. Перед ней в полутьме собственной персоной стоял Тео, причем с целой охапкой свертков.

— Вернулся! — с немалым облегчением вырвалось у нее. — Как ты меня напугал! Я даже шагов не услышала...

Он рассмеялся и бросил свою добычу на стол.

— Честно, я даже и не думал подкрадываться. Ты так увлеклась, что тут вся королевская стража могла бы притопать. А ты бы и ухом не повела.

— Как здорово, что ты снова тут!

— Уж извини, задержался, — проговорил Тео, и чувствовалось, что он действительно сожалел. — Смотри, что я раздобыл!

Распотрошив один из пакетов, он вытащил связку белых свечей. Зажег одну, покапал воском на стол и прилепил свечку стоймя.

София спросила его:

— Тебя кто-нибудь видел?

— Я за все время всего одного стражника встретил, да и тот головы не повернул, — самодовольно заявил Тео. — Ну, я в центр-то и не совался — все по окраинным магазинам шнырял. Вот, смотри-ка!

И он вытянул кусок серовато-зеленой материи, словно припудренной золотым порошком.

София так и ахнула.

— Прелесть какая! А это что?

— Длинная вуаль, — пояснил Тео. — Надела на голову и пошла... Я тебе покажу, как ее носить, чтобы никто лица не увидел. А еще я тебе вот что купил! — продолжал он, вытаскивая бледно-зеленое платье на тонких бретельках из веточек. — Может оказаться великовато; подгонишь с помощью вот этого...

И он вручил Софии небольшую инкрустированную коробочку. Внутри лежала упаковочка костяных игл, крохотные ножницы — ручки из дерева, лезвия обсидиановые — и четыре миниатюрные катушки ниток.

— Тео, ты купил прекрасные вещи, — выдохнула София. — Неужели вправду хватило тех денег, что я тебе дала?

— Я еще и сберег бо́льшую часть, — ответил он. — Нам ведь нужно что-то есть.

Она постепенно поняла, в чем дело.

— Так ты все это украл…

Тео прямо смотрел ей в глаза, при свете слабого фитилька было видно, что его взгляд очень серьезен.

— Именно, — сказал он. — Мне пришлось. Думаешь, почему я один пошел? Тех денег хватило бы разве что на пару носков. Ты хочешь вообще попасть во дворец?

— Я должна была догадаться…

— Да ладно тебе. У меня в самом деле другого выхода не было — только стащить! В грязных нищенских лохмотьях во дворец не пускают…

— Мог бы так и сказать! — отрезала София. — Объяснил бы, что денег ни на что путное не хватит и ты уходишь один потому, что будешь воровать!

— Так я же не лгал! — с жаром возразил Тео. — Я не уверял тебя, что денег с лихвой хватит на все. И причины, по которым один пошел, взаправдашние назвал. Я не обманывал!

— Ну да, всего лишь утаил правду. По-твоему, это не вранье?

— Иногда проще не объяснять, — вздохнул Тео. — Ты принялась бы спорить и задержала бы меня, а я должен был все достать и обернуться до темноты… Слушай, давай лучше я остальное тебе покажу? Там есть на что посмотреть…

Он говорил таким умиротворяющим тоном, что София сдалась:

— Ладно, показывай.

— Вот это — для меня, — сказал Тео. Открыл объемистый сверток и развернул длинный черный бархатный плащ. — Кое-что на повязки… Перья, как ты понимаешь, я терпеть ненавижу, но маски тут только такие. Хочешь не хочешь, а пришлось гарнитуром обзавестись… Заодно и руку спрячу!

Он протянул Софии маску, отделанную переливчато-синими перьями, и перчатки с раструбами — прикрыть повязку на кисти.

— Замечательно, — без особого, впрочем, воодушевления похвалила София. — Ты все, что нужно, достал.

Тео сел напротив и уставился на нее:

— Не сердись.

— Я не сержусь. Просто не понимаю, почему ты все время врешь?

Он вертел в руках маску.

— Я просто… Я… не знаю. Так проще, чем каждую ерунду объяснять.

— Если бы только ерунду! А то, что с твоими родителями произошло…

— Ну… да. Очень уж не люблю подставляться.

— Подставляться?..

— Ты понимаешь, о чем я. Стоит кому-то о себе рассказать, и ты словно самого себя на блюдечке преподносишь. А ложь оставляет тебе свободу действий. Никто о тебе полного представления не имеет.

София безнадежно покачала головой:

— Значит, ты никогда правды не говоришь?

— Говорю. Тебе — говорю.

Она закатила глаза:

— Ну да. Временами...

— Говорю, — настойчиво повторил Тео. — Причем о важном.

— Почему? Есть какая-то разница?

— Не знаю. — Тео пожал плечами. — С тобой мне легко.

Она смотрела на мерцающий свечной огонек.

— О том, почему тебе нельзя в Нохтланд, ты тоже мне не сказал.

— А надо было... Я понимаю. Но ты и сама могла бы спросить. Ты меня о чем угодно спрашивать можешь.

— Ладно, — произнесла София. — Тогда расскажи мне про свои шрамы. Как ты обнаружил, что отмечен Знаком железа? Ты Каликсте наплел, будто повредил руку, когда у тебя дом рухнул. Это же неправда, наверное?

Тео отвернулся и уставился на груду одежды, сваленную на столе.

— Конечно. Я тебе все как есть расскажу. — И он ухмыльнулся. — Только давай сперва поедим! — Он вытащил хлеб, бутылку молока и корзиночку инжира. — Вот это я в самом деле за деньги купил!

— Спасибо, — улыбнулась в ответ София. — Теперь поперек горла не встанет.

Он зажег вторую свечку и отпихнул в сторону ворох одежды. София обнаружила, что снова забыла, когда они ели последний раз. Оба сообща накинулись на хлеб и инжир, запивая все это молоком из стеклянной бутыли.

Наконец Тео вытер губы тыльной стороной ладони. София уселась поудобнее и приготовилась слушать.

— Ну так вот, — начал он. — Сперва надо тебе объяснить, что за пределами Тройственных эпох, особенно на севере Пустошей, в Знаке железа ничего такого ужасного не усматривают. Иные налетчики даже привирают насчет своих металлических частей тела — им охота погордиться. Иногда и до беды доходит. Знавал я одного, он звался Балласт... Так он утверждал, будто у него все-все кости железные. Ясное дело, тут же нашлась пара-тройка крутых ребят, живо доказавших обратное. — Тео хмыкнул. — Опасно такими вещами бахвалиться!

Когда я жил в банде вместе со Сью — мне тогда лет пять было, не больше, — мы как-то остановились в городе под названием Ртуть, там Знак имелся почти у каждого. У городского доктора магнит был размером с окно — он с его помощью выяснял, есть ли у пациента железные органы. И без этого никогда хирургические операции не начинал.

София подалась вперед:

— Не верится, что подобное может быть настолько обычно!

— Еще как... — кивнул Тео. — Можно сказать, такое встречалось на каждом шагу! Правда, сам доктор не был отмечен Знаком. Он был одним из наших заказчиков, так и со Сью познакомился. Он даже идею с магнитом из одной ее книжки почерпнул...

— У нее и книги были? — удивилась София.

Это трудно было вообразить. Налетчики, бандиты — и вдруг книги! Да притом еще и научные!

— А она именно так нас и содержала. Прикинь, тут не Новый Запад, где все издания — современные или прошлых лет выпуска. В Пустошах книги можно найти какие угодно. Из любой эры... так, кажется, до Разделения выражались. Короче, Сью книгами на развоз торговала. В одном городе накупит, в другом продаст. Снова наберет — и катит себе дальше...

София прикусила губу.

— Наверное, чудесные книги попадались...

— Еще какие, — кивнул Тео. — Тогда-то я и читать выучился. А из книг чего только не узнаешь... По-твоему, откуда мне про карты известно? — И он поднял брови. — Короче, доктор разок прикупил книжку из какой-то там эпохи, и в ней было написано про железные кости и магниты. А он, кстати, был кое-чем обязан Сью... Думается, она и раньше странности насчет моей руки замечала. Она не говорила про это, но наверняка видела, что одна рука у меня гораздо сильнее другой... В общем, Сью отвалила доктору аж целый доллар за то, чтобы он меня проверил на Знак железа. Просто для интереса... Видишь, как она заботилась обо мне! — Тео повертел в руках корочку хлеба. — Тогда и обнаружилось, что у меня в руке Знак.

— Только там?

— Да. Только в руке. Тогда Сью взялась вправлять мне мозги: чтобы я, значит, не болтал про Знак направо и налево, не то, мол, дойдет до беды. Люди, мол, по-разному относятся к Знаку и к тем, кто им отмечен. — Тео мотнул головой. — Только я на ее советы не очень-то внимание обращал. Мне понравилось обладать Знаком, я и давай использовать свою руку для всяких глупых выходок… Хотя, правду сказать, самый первый шрам я заработал по делу. — И он показал Софии край ладони. — Один из мелких провалился в трещину… и я его вытащил за шнурки на ботинке, больше просто не за что было зацепиться. Шкуру прорезало начисто, спасибо железным костям — выдержали… — Он рассмеялся. — А потом пошло-поехало!

София спросила его:

— Значит, ты Каликсте чепуху наболтал?

— Конечно. Я же тебе говорил, что родителей не знал никогда. Но ведь не про Знак же ей было рассказывать? Почем знать, как она отнеслась бы к этому! Вот о чем я и толковал: сказать кому-нибудь правду о себе — как пить дать подставиться…

— Догадываюсь, — уступила София.

Итак, Тео не имел в виду ничего дурного, то и дело пускаясь на мелкую ложь. Наверное, в определенных обстоятельствах она была действительно во благо… только София никак не могла представить себе, в каких именно.

Вдруг ее осенило: «А хотя бы прямо сейчас. Мы же собираемся проникнуть во дворец. И будем ради этого напропалую врать. Но совесть вовсе не мучит…»

Она смотрела на другой край стола, где лежал ее альбом. Он был открыт как раз на картинке, изображавшей Тео в перьях.

Он словно прочел ее мысли.

— Ты мне не ответила на вопрос. Это я там нарисован?

У нее вспыхнули щеки, она мысленно порадовалась скудному освещению.

— Ну да…

— Отличная у тебя память, — похвалил Тео. — Перья как настоящие.

— Не в памяти дело. Я портрет тогда же нарисовала. В день, когда тебя впервые увидела.

У него глаза округлились от удивления.

— Правда?

София кивнула:

— Помнишь, как ты забрался к нам в дом, разыскивая Шадрака? — Тео мотнул головой, и она пояснила: — Так вот, меня не было потому, что я поехала в гавань. Я искала тебя.

Тео странно посмотрел на нее:

— Ты о чем?

— Я же видела тебя в клетке… Вот и вернулась — думала, может, удастся тебя выпустить… Да, знаю, глупость ужасная. — София выдавила неловкий смешок. — Тоже еще, избавительница нашлась.

Некоторое время Тео безмолвно глядел на нее. Потом по его физиономии медленно расползлась улыбка.

— Спасибо большое.

— За что? Я же тебя не выручила!

Продолжая улыбаться, Тео потянулся за последним кусочком хлеба.

— Надо будет свечи загасить, — сказал он. — А то как бы нас из других домов не заметили.

30
Затмение

30 июня 1891 года, 16 часов 50 минут

Точно так же, как многообразие систем отсчета времени на территории Тройственных эпох постепенно свелось к девятичасовым суткам, различные календари мало-помалу уступили место лунному. Возникли соответствующие календарные праздники, из коих ни один не отмечается с такой пышностью, как периодически происходящие лунные и солнечные затмения. По столь значительным поводам устраиваются костюмированные балы, участники которых прячут лица под масками в подражание солнцу и луне, скрывающимся во время затмений.

Вересса Метль. Культурное землеописание Пустошей

Весь следующий день София и Тео провели в домике на ветвях. Они дважды спускались, чтобы купить еды, все же остальное время сидели внутри, разглядывая городские виды за окнами и гадая, что принесет вечер. София сама удивлялась собственному спокойствию. Может, все дело было в легкомысленной болтовне Тео. Или просто пришло осознание того, что время нервничать миновало и настала пора действовать. Да, она знала, что ждет впереди, — и не боялась.

Когда начало темнеть, они стали переодеваться.

Оглядев себя и Тео в надтреснутом зеркале, София пришла к выводу, что узнать их теперь почти невозможно. Тео умудрился где-то стащить обувь на каблуках, которые добавили им обоим по нескольку дюймов росту. Пернатая маска полностью покрывала его лицо, темный плащ скрадывал фигуру. И даже перевязанная рука весьма удачно пряталась в отделанной перьями перчатке. Платье, доставшееся Софии, спадало волнами шуршащего шелка, переливаясь оттенками листьев папоротника. То, что оно было ей великовато, оказалось кстати: она ухитрилась подвязать рюкзачок под складками сзади у пояса. Маску же с успехом заменяла плотная, с блеском, вуаль. София придирчиво рассмотрела себя в зеркале. Угадывался лишь общий абрис лица.

— Мы прямо взрослые, — пробормотала она.

— В том-то и суть, — ответил Тео, запахивая на груди плащ. — Если удачно подделаем походку, никто нас не раскусит. — И повернулся к ней: — Готова?

— Думаю, да! — София набрала полную грудь воздуха и выпрямилась во весь рост, ставший не таким уж и маленьким. Потом нагнулась и стащила туфли. — Надену, когда к дворцу подойдем... Прощай, домик! — тихо сказала она, обводя глазами обреченную комнату. — Спасибо, что приютил хоть ненадолго...

Полчаса спустя они стояли у дворцовых ворот. Здесь было шумно: играла музыка, переговаривались собравшиеся гости... София сразу поняла, насколько удачные костюмы выбрал для них Тео. Никто лишний раз не обернулся им вслед. Тем не менее при виде стражи сердце у нее так и затрепетало. Тео стиснул руку спутницы и указал взглядом на пестро разодетую и крикливую стайку гостей, проталкивавшихся ко входу. Присоединиться к ней оказалось делом нескольких мгновений.

Пока продвигались вперед, одна из дам оглянулась на них и с ног до головы окинула взором обоих. София перестала дышать. Вот сейчас прозвучит встревоженный крик, набежит вооруженная стража... Однако женщина лишь наклонилась к ней и спросила:

— Костюмчики-то от Лорки, наверное?

София как умела скрыла изумление:

— Да...

— Что ж, поздравляю с удачным размещением заказа. Когда я попыталась к ней обратиться, она заявила, что занята под завязку!

И дама жестом указала на собственное горохово-зеленое платье, выглядевшее малость помятым.

София судорожно пыталась придумать подобающий ответ.

— Приходится заказывать заблаговременно, — наконец выговорила она, с грехом пополам изобразив высокомерие.

— Ваша правда! — глубокомысленно кивнула женщина. — В следующий раз так и сделаю!

И она вновь повернулась к своим спутникам. Между тем тот, кто верховодил в компании, успел переговорить со стражей, и их пропустили в ворота, в том числе и Тео с Софией.

Девочка с облегчением перевела дух.

— Пока все как по маслу, — самодовольно шепнул Тео.

Они вошли в парк, и у Софии перехватило дыхание. С каждого дерева, над каждым фонтаном свисали фонарики, чудесно преображавшие все кругом. В пруду с лилиями мерцали отражения бесчисленных огоньков. Гости прогуливались туда и сюда, многие держали в руках длинные шесты, увенчанные светильниками в форме луны. На миг София забыла обо всех опасностях и просто растворилась в праздничной атмосфере: свет, музыка…

Тео решительно направился в сторону пруда, увлекая за собой Софию. Но она едва успела полюбоваться крохотными бумажными корабликами, скользившими по поверхности воды.

— Давай покажу, где я в тот раз влез, — потянул ее дальше Тео.

София не ответила. У нее разбегались глаза. Вот мимо пронесся мальчуган, наряженный пичугой, его руки были оперены наподобие крыльев. Громко смеясь, он в буквальном смысле упорхнул прочь. За ним гналась девочка постарше, она скомкала и приподняла юбку, которая путалась в ногах… София с улыбкой смотрела им вслед — и вдруг застыла, схватив Тео за руку.

— Что? — спросил он удивленно. — Никто нас не…

Слова замерли у него на языке. Всего в нескольких футах от них, увлеченно поедая большой кусок торта, стоял рослый мужчина.

Это был Монтень! И он пока не обратил внимания на юношу в пернатой маске и его спутницу под вуалью. Вот он откусил еще кусочек торта… задумчиво перешел на другую сторону пруда… сейчас исчезнет в толпе, заполонившей сады.

— Поверить не могу! — выдохнул Тео. — И сюда добрался!..

— Наверное, он последовал за «Лебедем», — сказала София. — Значит, разнюхал про Каликсту и Барра. Если не потеряем его из виду, может, удастся выяснить, где они...

И она потянула Тео вперед.

Держась на безопасном расстоянии, они не спускали глаз с удаляющейся спины Монтеня. Он медленно брел через парк. Временами останавливался, откусывал от своего торта, споласкивал пальцы в фонтане. Вот он обошел просторную танцплощадку, всю в свежих опилках и пока еще пустую; скоро по ней под омраченной луной закружатся пары. Потом Монтень свернул в сторону и оказался на лужайке, обсаженной лимонными деревьями. Здесь выступали перед публикой трое музыкантов. Монтень прогулочным шагом приблизился к зрительским рядам с тыла и присел на свободное место.

София и Тео продолжали следить за ним из-за стволов. Они заметили принцессу Юсту в окружении десятка фрейлин, но остальные присутствующие были им незнакомы. И конечно, ни Верессы, ни Мартина. София сделала шажок вперед, чтобы получше видеть Монтеня... И вдруг замерла. На соседнем стуле слушала музыку невысокая женщина — длинные волосы зачесаны назад, лицо закрыто тонкой вуалью, — а рядом... Рядом с ней, едва различимый, вялый, словно погруженный в глубокую меланхолию, сидел... Шадрак.

Вот тут София впервые как следует поняла, каким ценным даром было ее отсутствие чувства времени.

То, что для обычного человека составило бы долю секунды, ей показалось часами. И, канув в это безвременье, каких дум она только не передумала!

Монтень последовал за ней и привез с собой Шадрака. Он, наверное, с самого начала держал его при себе. И в поезде, и в Новом Орлеане, и на пути до Нохтланда через Веракрус… София попыталась вообразить их маршрут и все мучения, что пришлось вытерпеть бедному дяде. Однако то, каким образом Шадрак попал в Нохтланд, больше не имело значения; главное — он был здесь. Там же, где и она. А значит, можно начинать строить планы, как вырвать его из лап похитителей!

Когда София выплыла из провала времени и вновь осознала, что кругом столичные парки, план по спасению Шадрака уже был готов.

— Он здесь! — горячо шепнула она на ухо Тео. — Вон тот — мой дядя Шадрак!

— Вижу, — медленно проговорил Тео. — И что ты собираешься делать?

— Нужно их отвлечь! Танцпол… фонарики…

Тео все понял в один миг.

— Ты доберись до Шадрака, — сказал он. — Я тебя разыщу.

Покинул укрытие и пошел к площадке для танцев, по-прежнему пустовавшей. София осталась на месте. Она не спускала глаз с дяди.

Мелодия плыла сквозь кроны деревьев над головами слушателей, смех гуляющих звенел хрустальными колокольчиками… София отмечала время, когда кончалась одна песня и начиналась другая. Как только музыканты заиграли в третий раз, благолепие нарушил неожиданный звук: где-то раздался тревожный крик. Ему ответил другой, потом еще и еще... Спустя несколько мгновений вопли испуга заглушили музыку.

— Пожар! — кричали кругом. — Танцплощадка горит!..

Все смешалось. Зрители вскакивали с мест. Пламя распространялось, озаряя взволнованные лица. Вот сзади что-то громко затрещало — это дружно вспыхнули доски. Тут началась паника. Фрейлины подхватили принцессу Юсту под руки и повлекли ее прочь. Другие гости бросились кто куда, переворачивая стулья и налетая друг на друга.

— Воды! Воду несите! — раздался приказ.

Последовало громкое шипение: тушили горящие доски. София не оборачивалась — она смотрела лишь на Шадрака. Люди вокруг в панике срывались с мест, но он стоял молча, не обращая внимания ни на крики, ни на беготню, ни на жар близкого пламени.

Как только поляна опустела, София вышла из-под деревьев. Шадрак все так же неподвижно сидел у прохода. Его лица не было видно, но казалось, он просто уставился перед собой.

«Да что с ним такое? — лихорадочно размышляла София. — Почему он не двигается?»

Ее вдруг охватил ужас. Что случилось с Шадраком, если он даже от пожара не убегает?

С бешено колотящимся сердцем она бросилась вперед... Положила руку на ссутуленное плечо...

— Дядя, — дрожащим голосом выговорила она. — Дядя Шадрак!

Услышав свое имя, он приподнял голову и непонимающе посмотрел на ее вуаль, глаза казались пустыми. София поспешно открыла лицо, руки у нее тряслись.

— Это я, дядя! Я — София!

Она наклонилась к нему и крепко обняла.

— София… это правда ты? — хрипло вымолвил Шадрак.

Его руки медленно сползли с колен и тоже обхватили ее.

— Надо выбираться, пока нас не заметили, — торопливо бормотала она, неохотно высвобождаясь. — Как ты? Встать можешь?

Он глядел на нее, словно пробуждаясь от долгого сна.

— А я думал, ты погибла… Мне сказали, тебя убили при побеге из дворца…

— Я жива, дядя! Мы убежали!

Она снова обняла его, и на сей раз Шадрак так стиснул ее в ответ, что едва не хрустнули ребра. Глядя через его плечо, она видела, как метались стражники, пытавшиеся затушить пламя. Тео, по-прежнему в маске, уже спешил к ним.

— Поверить не могу… Ты жива… ты со мной, — повторял несчастный картолог.

— Я тоже, дядя, глазам своим не верю, — отводя его руки, сказала София. — Это Тео! — представила она подбежавшего юношу. — Кто бы мог подумать… Мы пришли вызволить Верессу и остальных… Ты не знаешь, что с ними? Где они?

Шадрак понемногу оправлялся от потрясения. Он наконец обратил внимание на суету вокруг огня и торопливо поднялся на ноги.

— Идем, — произнес он и взял Софию за руку. — Я не видел ее, но где она — знаю!

Они побежали в сторону дворца, минуя курящуюся танцплощадку, вернее то, что от нее осталось. Стражники и гости, помогавшие заливать пламя водой из фонтана, кашляли в едком дыму. Троих беглецов никто не заметил.

Даже издали было видно, что у парадного входа торчала тьма-тьмущая стражников. Двери оранжереи были плотно закрыты. Стоило, однако, проверить окна резиденции ботаника, как выяснилось, что окошко, в которое выскочили Тео и София, не заперто.

Они задержались в темной спальне, прислушиваясь, нет ли погони со стороны садов или дворца. Однако все было тихо.

София наконец-то избавилась от неудобных каблуков. Когда она переобулась, беглецы осторожно подкрались к двери в дворцовое здание.

— Скоро заметят, что ты сбежал, — шепнула София дяде.

Шадрак открыл дверь.

— Знаю, — ответил он коротко. — Надо спешить!

У него, судя по всему, хранился в голове подробный план дворца. Он не раздумывая сворачивал то вправо, то влево. Они пронеслись безлюдными коридорами, устланными ароматной листвой эвкалипта, и увидели перед собой широкую лестницу, уводящую вниз.

— Этаж для слуг, — отдуваясь, пояснил Шадрак. — Там и вход в темницы.

Здесь коридоры были узкими, а полы — голыми, шаги порождали эхо. Однако, по счастью, и тут не встретилось ни души: все занимались обслуживанием праздника. Узенькие спальни, скудной обстановкой напоминавшие монашеские кельи, пустовали. Трое беглецов в очередной раз свернули за угол...

И неожиданно оказались в тупике.

Шадрак резко остановился.

— Значит, не здесь, — проворчал он себе под нос. — Наверное... — Он не кончил фразу. — Нам туда, где квартирует стража!

Чуть помедлив, он поспешил назад, вверх по ступеням, а затем в противоположном направлении. Вскоре они уже мчались длинными и гулкими комнатами, служившими для размещения дворцовой охраны. Здесь тоже было безлюдно, лишь валялись снаряжение и оружие... А в дальнем конце самого большого зала, за подсвеченной факелами аркой, обнаружилась лестница вниз.

— Вот она! — глянув через плечо, объявил Шадрак.

Казалось, ступенькам на полутемном спуске не было счета. В самом низу открылся сырой и мрачный проход, каменные стены его обросли — кто бы мог подумать! — бледными, туго закрученными плетями какого-то ползучего растения. София торопливо провела ладонью по холодной листве...

Коридор неожиданно распахнулся. Перед путниками было высокое и просторное сводчатое помещение.

По стенам вились все те же лианы. На каменном полу в глубоких глиняных горшках тлели угли, а посередине виднелось что-то вроде круглого бассейна, только без воды. Переводя дух после быстрого бега, София попробовала оценить глубину ямы. Она подошла к краю и заглянула вниз.

До дна было добрых двадцать футов, из стен торчали острые осколки стекла. В самом низу жались к маленькому костру несчастные узники: Вересса, Мартин и пираты.

— Это я! София! — окликнула девочка.

Под куполом пошло гулять эхо.

Все четверо немедля вскочили.

— София! — закричала Вересса. — Уходи отсюда немедленно!

Шадрак и Тео тоже перегнулись через край.

— Никуда мы без вас не уйдем, — сказал картолог. — Тут лесенка есть. Сейчас спустим ее, и вы сможете выбраться!

— А стража куда смотрит? — осведомился Барр. — Как ты мимо проскочил?

— Все снаружи, — пояснила София. — Затмением любуются.

Шадрак и Тео спустили вниз деревянную стремянку и придерживали ее сверху, а Барр — снизу, чтобы не съехала, пока узники вылезали из ямы. Первым поднялся Мартин. Серебряная нога не особенно слушалась его, но все же он благополучно ступил на пол и сразу обнял Софию.

— Деточка, — сказал он, — вряд ли благоразумно было сюда приходить…

— А как же иначе, Мартин, — прошептала она и прижалась к ботанику.

Каликста одолела подъем, за ней и Вересса. Последним, перепрыгивая ступеньки, выскочил Барр.

— Добро, — прокомментировал он. — И как мы будем выбираться отсюда, Вересса?

Она собиралась ответить, но внезапно что-то нарушило тишину. Дружно обернувшись, беглецы увидели спутницу Монтеня — женщину под вуалью. Она стояла у выхода, окруженная не менее чем десятком нохтландских стражников. Отделившись от группы охранников, она направилась к яме. В коридоре у нее за спиной прибывала стража, — казалось, слеталась стая стервятников. Они угрожающе держали копья наперевес.

— Стало быть, принцесса Юста в итоге оказалась права, — заговорила женщина. Ее голос, мелодичный и грустный, эхом отдавался под высоким куполом, тонкая вуаль трепетала. — Она уверяла, что вы не бросите своих друзей и непременно вернетесь за ними. А я-то с ней спорила — думала, у вас больше здравого смысла… — Негромко приговаривая, она шла прямо к Софии. — Как приятно в кои веки раз ошибиться…

Шадрак жестом защиты обнял племянницу за плечи и хрипло выговорил:

— Оставь ее, Бланка!

Покачав головой, та начала стягивать с рук перчатки.

— Вот и настал момент, к которому мы так долго шли, Шадрак. Ты просто не желал верить в это. —

И она протянула ладонь к Софии. — Я заберу сумку, которую ты всюду таскаешь с собой, ладно, милочка?

София не двинулась с места.

— Может, тебя и не волнует собственная безопасность, — продолжала Бланка. — Но, верно, ты не захочешь смотреть, как кое-кто из присутствующих болтается на копье?

Делать нечего, София неохотно стала вытаскивать увязанный за спиной под платьем рюкзачок. Повозившись, она распутала лямки и передала его Бланке. Их руки на мгновение соприкоснулись, девочка ощутила пожатие холодных пальцев.

— Спасибо, — сказала Бланка.

Не теряя ни минуты, она распотрошила рюкзачок и вынула карты, все четыре. Обласкала их дрожащими руками — и вскинула стеклянную пластинку, словно трофей. Получилось так, что София смотрела на стену комнаты сквозь утраченное сокровище.

— Ты должна понять, София, — обратилась к ней Бланка, — они должны быть у меня. Я как-никак три года находилась с ними под одним кровом… они успели стать почти моими. Я тысячу раз прочла бы их, будь у меня такая возможность!

И быстрым движением она сорвала вуаль. В мерцающем свете огней София увидела, что ее лицо было лишено черт. Его сплошь обтягивала мертвенно-бледная кожа. На ней виднелись глубокие шрамы, ни дать ни взять оставленные десятком ножей. Чья-то терпеливая рука снова и снова вспарывала ее…

ЧАСТЬ IV
Открытие

31
Линии на ладони

1 июля 1891 года, 2 часа 05 минут

Подземные темницы обязаны своим происхождением иному временному периоду, скорее всего — наиболее раннему среди Тройственных эпох. Образцы почв из подвалов императорского дворца в Нохтланде позволяют предположить, что обширное подземное строительство велось здесь за несколько столетий до образования слоев, на поверхности которых, собственно, был возведен наземный дворец. Другими словами, открытое нашим взглядам дворцовое здание, существующее со времен Великого Разделения, и его подземелья принадлежат к различным эпохам.

Вересса Метль. Местные почвы: к вопросу о применении в картологии

Еще за много лет до того, как стало известно о наступлении ледников, Бланка пыталась обогатить свою железнодорожную компанию, прокладывая рельсовые пути в глубину Индейских территорий Нового Запада и в Пустоши — до самого Нохтланда. Принцесса Юста, что неудивительно, весьма благосклонно отнеслась к инвестору, ратующему за то, чтобы соединить изолированную столицу с процветающими городами севера. С годами Бланка благополучно переиграла необщительную монархиню, выхлопотав себе эксклюзивное право на железнодорожное строительство и убедив Юсту, что с юга двигался всего лишь очередной шквал.

Однако стихия, стремительно приближавшаяся к столице в потемках лунного затмения, не имела ничего общего с разгулом ветров. То, что началось едва уловимыми подвижками далеко-далеко, на Огненной Земле, день ото дня набирало силу. Теперь ледники атаковали быстро, хотя и с неравномерной скоростью, оставляя всем, кто оказался на пути, очень мало времени для бегства. Они уже поглотили Кселу — и продолжали распространяться на север, сметая все и вся.

Равнины и горные хребты Пустошей отделяла от сверкающих Южных Снегов изломанная граница. Там, где смыкались эпохи, тонким лезвием пронизывал ночной воздух нездешний свет, яркий и неуловимый, словно отблеск молний. Видевшие его бросались прочь, охваченные ужасом. И лишь немногие из людей, заметивших вспышки на горизонте, были способны понять, что они означали. Если сияние слепит твои глаза, считай, ты безнадежно промедлил!

Пленников Юсты водворили обратно в яму со стенами, утыканными кусками стекла. Софию, Тео и Шадрака силой вынудили к ним присоединиться. Бланка вновь одурачила принцессу, на сей раз — с помощью убедительной истории об изощренном «заговоре железняков», родившемся где-то в Индиях и приведенном в исполнение изменниками из числа обитателей дворца. Она сыграла на подозрительности принцессы — и не ошиблась. Монархиня, не заподозрив обмана, отдала узников в полное распоряжение Бланки.

Сперва заточенные, можно сказать, едва замечали тюремные стены. Они обнимались, расспрашивали друг дружку, радовались воссоединению. Шадрак живописал друзьям свое похищение, рассказывал о замыслах Бланки, связанных с Картой Всех Карт, о своих неуклюжих попытках побега. София в свой черед поведала ему обо всех своих приключениях, начиная с момента, когда она вернулась домой и обнаружила там полный разгром. Вересса описала, как одна из сторожевых собак, натасканных на металл, учуяла серебряную ногу ее отца. Защищая ботаника, Барр непроизвольно выхватил пистолет, после чего их всех и упекли в подземелье…

Наконец Тео повторил свой рассказ о лакримах, движущихся к северу. Шадрак тотчас дал объяснение феномену, связав его со стремительным перемещением границы Южных Снегов. Вот тут воцарилась тишина: потрясение было таково, что все семеро некоторое время не могли выговорить ни слова. Что способно остановить наступление ледниковой эпохи, к тому же гонящей перед собой толпы лакрим?..

Одна только София не унывала. Она не замечала ни угрюмых потемок, ни земляного пола под ногами — сидела, приникнув к плечу Шадрака, пока тот беседовал с Вeрессой. Ее окрылял восторг: она воссоединилась с дядей, Тео и остальными, — все прочее было не так уж и важно. Их постные физиономии отнюдь не лишали ее присутствия духа, наоборот, лишь придавали решимости. Она отказывалась поверить, что они преодолели долгий путь и справились с немыслимыми препятствиями лишь для того, чтобы бездарно погибнуть под пятой ледников.

«Судьбы дали нам достаточно, чтобы спастись, — думала она, сжимая в кармане часы и катушку. — Мы должны сделать это…»

Она пыталась представить грозившую им опасность. Вообразить наступление Южных Снегов ей не удавалось, зато она отчетливо видела внутренним взором толпы лакрим, бегущих с мест своего преображения. Девочка даже содрогнулась. Изрезанное лицо Бланки само по себе чего стоило…

— Расскажи подробнее, как она стала такой, — попросила она Шадрака, отвлекшегося от разговора с Верессой.

— Ты о шрамах? — поинтересовался он.

София кивнула.

— Вересса рассказывала тебе о том, как мы с ней много лет назад гостили у Талисмана? — спросил картолог. — Так вот, я почти сразу понял, что Бланка и есть лакрима, которую он держал взаперти.

— Да, но зачем он ей лицо резал?

Шадрак покачал головой.

— Талис спятил, — сказал он. — Несчастный полагал, что, вспоров кожу, сумеет открыть истинные черты своей пленницы.

— Вот бедняги, — пробормотала София. — Что он, что она.

В это время наверху появились трое стражников. Они без промедления стали спускать вниз стремянку. Узники подняли головы.

— Нам нужна только девчонка, — заявил один из охранников, в то время как остальные выставили копья: дескать, лучше без шуток. — Та, которую Софией зовут!

— Без меня она никуда не пойдет, — ответил им Шадрак.

— Повторяю: только девчонка!

— Дядя, со мной ничего не случится, — сказала София. — Да у нас и выбора особого нет…

— Пусть вылезает! — крикнул сверху стражник.

— Она права, Шадрак, — произнесла Вересса. Взяла его за руку и заставила выпустить племянницу. — Пусть идет.

София полезла с перекладины на перекладину, внимательно следя за движениями рук и стараясь не думать о бритвенно-острых осколках, торчавших совсем рядом. Когда она выбралась наверх, стражники подхватили ее и поставили на пол. Она едва успела бросить последний взор на дно ямы, где сбились вместе ее друзья; узники выглядели очень несчастными и до того одинокими, что у нее горло перехватило.

Стражники повели ее из купольного зала в коридор, потом по безлюдным комнатам слуг… Когда они вышли в просторный каменный дворик, София невольно вскинула голову: небо переливалось странными сполохами. Рябой круг бледной луны был почти скрыт, словно задернут вуалью. Девочка с некоторым удивлением расслышала издалека музыку и смех. Праздник затмения еще длился — а ей-то казалось, с тех пор неделя прошла!

Ощущение нереальности происходившего лишь усилилось, когда ее привели в апартаменты, расположенные в уединенной части дворца, окнами на сады. Здесь царила такая нарядная роскошь, что у Софии дух захватило. Главная гостиная, устланная бледно-желтым ковром лепестков, освещалась высокими свечными фонарями, забранными стеклом; кружевные пятна золотого света перемежались густыми тенями. Вся мебель стояла увитая гирляндами белых цветов, распространявших сладкий тяжеловатый аромат. В открытых окнах висели низки хрустальных колокольчиков. Их тихий перезвон заставил Софию вспомнить о миссис Клэй…

Вот только жила здесь вовсе не она. В простенке стояла Бланка. Глухая вуаль снова скрывала ее лицо.

— Оставьте нас, — коротко приказала она охране. — Обождите снаружи.

Стражники подвели Софию к парчовым креслам и удалились. Бланка уселась в одно из них и жестом указала Софии на другое. Музыка, приглушенно доносившаяся издали, не могла отвлечь девочку от видения изборожденного шрамами лица, которое так испугало ее в подземелье. Она смотрела только на складки вуали, думая о том, что находилось под ней.

Бланка подняла ее одним быстрым движением. Зрелище месива безобразных рубцов заставило Софию подпрыгнуть.

— Все правильно, — тихо промолвила Бланка. — Продолжай их считать. Потом попробуй представить, какой болью я за них заплатила. Тогда ты поймешь, почему я теперь играючи причиняю боль другим.

Тебе следует подумать об этом прежде, чем ты решишься противопоставить моей воле свои детские понятия о добре и зле! — Она произнесла эти слова таким тоном, будто обещала Софии нечто радостное и чудесное. — Ну вот что тебе, дитя, известно о боли? Да ничего…

Страдания, о которых говорила лакрима, никакому сомнению не подлежали. Она в самом деле перенесла муки, для Софии совершенно непредставимые. Девочка заставила себя заново окинуть взглядом ее рубцы и вдруг ощутила, как отступил ужас, сменившись непрошеным состраданием к сидевшему перед ней существу. Бланка ведь сперва лишилась драгоценных личных воспоминаний, потом ее разум тяжким грузом переполнило нечто чужеродное…

— Вы правы, — сказала София, усилием воли устремив взор туда, где у Бланки могли быть глаза. — Я не знала ничего равного вашей боли. И надеюсь никогда не узнать.

— Твой дядя рассказывал тебе, откуда у меня эти шрамы?

София кивнула, завороженная извивами рубцов, которые шевелились в такт каждому слову. Потом, не удержав любопытства, спросила:

— А как получается, что вы видите и говорите?

Лицо Бланки словно оледенело. У Софии сердце стукнуло невпопад. Зря, конечно, она задала этот вопрос. Но, помимо сочувствия, она испытывала еще и жгучий интерес.

К ее немалому облегчению, Бланка неожиданно рассмеялась.

— Воистину, такого ребенка я еще не встречала, — произнесла она. — Вижу, тебя не очень-то запугаешь. Одно слово — дядина племянница! — Она покачала головой. — Так вот, отвечая на твой вопрос... — Теперь она взяла деловой тон, без прежней слащавости. — Что позволяет лакримам видеть, разговаривать и обонять, невзирая на утраченные черты, — толком никому не известно.

Несколько мгновений София размышляла над этим.

— Я других лакрим не встречала, — сказала она затем. — Но они, по-моему, не разговаривают. И вообще они не... не ведут себя как вы.

— Как правило, да. Видишь ли, я — иная. — Бланка помедлила. — Твоя любознательность начинающего ученого внушает мне уважение, поэтому я постараюсь объяснить, в чем моя особенность... Многих я видела, кому внушал ужас мой вид, и лишь единицы пробовали понять меня. — Лакрима передвинулась в кресле, обезображенное лицо наполовину скрылось в тени. — Несколько дней назад, когда я изучала нарисованную твоим дядей карту того места... той преисподней, где я три года страдала, я была потрясена, я не представляла себе, откуда ему известно... Но потом я вспомнила его лицо. Это он, твой дядя, в итоге распахнул передо мной дверь на свободу.

София ощутила в сердце теплый огонек гордости.

— Однако твой дядя знает не все, что со мной там приключилось. Взгляни вот на это!

И она протянула Софии руку без перчатки. На ладони отчетливо виднелась серая чернильная линия, повторявшая длинную морщину, что тянулась к запястью.

— Что это? — удивилась София.

— Картолог, — сказала Бланка, — вконец изуродовал мое разрушенное лицо. Он испещрил мою кожу никому не нужными картами. Тем не менее, вольно или невольно, он начертал одну верную линию — вот эту. Когда он провел ее, а было это за несколько недель до окончания моего плена, с моей памяти спали оковы: я вспомнила свою прежнюю жизнь. Всю целиком — и сразу. Я водила по ладони пальцами другой руки и как будто отслеживала свою собственную историю…

— В самом деле? Всю-всю?

— Все до единого воспоминания, вплоть до того дня, когда память была стерта. — Бланка вздохнула. — Я вспомнила свой дом… Свою эпоху.

София различила в ее голосе улыбку. Бланка же продолжала:

— Да… Передовую эпоху, полную чудес. Когда случилось Великое Разделение, я была лишь на несколько лет старше тебя. Разделение было ужасно. И прекрасно… Я как будто провалилась в пропасть беспредельного света. — Поднявшись, Бланка подошла к окну, за которым расстилались парки. Стеклянные колокольчики тихо позванивали над ее головой. — Мне в тот день исполнилось двадцать. Я отправилась в наш Зал поминовений, чтобы провести день рождения среди его дивных карт… — Она перехватила вопрошающий взгляд девочки и пояснила: — О, это был огромный чертог, хранилище карт, посвященных истории города. В Продвинутую эпоху было выстроено много столь же величественных сооружений… — Бланка немного помолчала. — Ты, кстати, одно из них видела.

— Неужели? — София моргнула от удивления.

— Ты же читала четыре карты с их воспоминаниями, — тихо ответила Бланка. — Дело происходит как раз в таком здании.

София вспомнила бесконечный подъем по винтовой лестнице, множество народу кругом… медленное обрушение…

— Получается, — сказала она, — разделение началось в вашей эпохе?

— Я не знаю, — проговорила Бланка так тихо, что София еле расслышала. — Не знаю. Я все еще пытаюсь… — ее голос зазвенел безнадежностью, — пытаюсь понять карты. Зато мне известно наверняка, — голос Бланки окреп, она повернулась к Софии, — что Карта Всех Карт объяснит все!

Она перешла на другой конец комнаты, открыла невысокий шкаф и вернулась, неся что-то в руках. София узнала свой рюкзачок. Бланка протянула его ей:

— Думается, помимо карт, здесь есть кое-что ценное для тебя…

София молча взяла рюкзачок и обеими руками прижала к груди.

— Ледники остановить я не в силах, — сказала Бланка. — Но кое-что сделать можно, и я всячески взывала к твоему дяде, убеждая его послужить не только моей эпохе, но и всем остальным. Теперь я обращаюсь с тем же самым и к тебе. Потому что переубедить его способна лишь ты…

Голос Бланки, певучий и скорбный, наполнил душу Софии внезапной тоской по всему, чего она не увидит, когда Южные Снега закуют весь мир в холодную белизну. Ей не придется посетить далекие эпохи, которые она так хотела исследовать. Она не вернется в Бостон, в свой дом на улице Ист-Эндинг... И уж точно никогда не разыщет родителей, быть может ждавших ее где-то в надежде, что она спасет их.

— Новый мир, каким мы его знаем, близится к концу, — словно подслушав ее мысли, продолжала Бланка. — Однако еще есть время определить, что именно займет его место. Если твой дядя поможет мне разыскать и переписать Карту Всех Карт, мы сделаем так, что мир восстанет из руин цельным и... правильным. Ознакомившись с твоими четырьмя картами, я уверилась в этом более, чем когда-либо. Твой дядя — наша последняя надежда.

— Шадрак этого делать не будет, — сразу ответила София. Она говорила без враждебности, просто констатируя факт. — Не стал бы, даже если бы мог. Он сам мне сказал.

Звяканье стеклянных колокольчиков перемежалось далеким смехом и музыкой, наплывавшей из парка.

— Возможно, твой дядя умолчал о том, — произнесла наконец Бланка, — насколько полной является Карта Всех Карт. Она показывает все события прошлого и будущего. Известно тебе, что это означает?

София смотрела на ее шрамы, и смутная идея оформлялась у нее в голове.

— Думаю, да, — кивнула она.

— Это означает вот что: если Шадрак прочтет карту, он сможет рассказать тебе обо всем, что ты хотела бы услышать. Повторяю: обо всем! Ты удовлетворила бы снедающее тебя любопытство, узнав о событиях прошлого. Также Карта Всех Карт позволила бы тебе однозначно установить, что же случилось много лет назад с Минной и Бронсоном!

София почувствовала, как остро защипало глаза.

— Да, мне известно об их исчезновении, — ласково проговорила Бланка. — Я очень много знаю о тебе, София. И о славном прошлом твоей семьи, и о том, насколько неразлучны вы с дядей. И о чувстве времени, которого у тебя нет. А с какой любовью Карлтон Хопиш о тебе вспоминал! — Бланка помолчала. — Родителей тебе вернуть я не могу, — с грустью продолжала она, — но с помощью Карты Всех Карт я могла бы, по крайней мере, достоверно установить, что с ними сталось.

София смотрела на свои руки, лежавшие на коленях, и пыталась удержать слезы.

«Достоверно установить, что с ними сталось…»

Словно чувствуя ее смятение, Бланка наклонилась вперед:

— Подумай, что это значило бы для тебя… — Грациозно поднявшись, она подошла к шкафу возле стены. — Ты когда-нибудь видела водную карту?

— Нет, — размышляя совсем о другом, отозвалась София. — Я недавно научилась обращению с картами.

— Тогда она заинтересует тебя, — сказала Бланка, возвращаясь с белой чашей и длинной бутылью воды. — Такие экземпляры редко встречаются, поскольку требуют терпения и умений, присущих очень немногим. Их изготавливают осаждением. Картограф помещает смыслы в мельчайшие капельки пара, после чего собирает их воедино. Эта карта, например, была создана в пещере далеко на севере, в Доисторических Снегах. Ее творец, по совместительству землепроходец, рассказал в ней о своем путешествии.

Бланка поставила чашу на стол между собой и Софией и вылила в нее содержимое из откупоренной бутыли. По мнению девочки, чаша была как чаша и вода как вода. Ну может, чуточку спокойнее обычной...

Затем Бланка вновь направилась к шкафу и вернулась со стеклянной картой, которую и поместила над чашей.

— Видишь теперь, как меняется облик воды?

София кивнула. Ей показалось, что чаша наполнилась мерцающим светом.

Отложив стекло, Бланка поднесла белый камешек к поверхности воды, принявшей обычный вид.

— Теперь следи внимательно!

Она разжала пальцы, камешек упал в чашу. Разбежались маленькие волны... Они принимали самые странные формы: вспучивались холмами, стлались неглубокими долинами, взмывали гораздо выше краев, закручивались спиралями. В глубине ткались тонкие цветные линии, придававшие контурам вещественность и глубину.

София помимо воли ахнула и наклонилась, вглядываясь.

— И как же ее надо читать?

— Для этого необходимо упражняться годами. Я и то едва приблизилась к пониманию. Твой дядя, — добавила Бланка, — единственный человек, который может не только читать, но и создавать водные карты. Я точно это знаю. Работа очень трудная, но все-таки выполнимая. Лежащая перед тобой Поисковая Лупа облегчает процесс. Еще бы, это один из самых могущественных инструментов на свете. С его помощью твой дядя наверняка сумел бы привнести изменения в водную карту, которую ты видишь перед собой.

София не могла оторвать глаз от расцвеченного пейзажа.

— Красота какая, — шепнула она.

— А представь себе карту вроде этой, только величиной с озеро и хранящую все тайны вселенной! — пробормотала Бланка. — Разве не хотела бы ты взглянуть на нее? Присмотреться к живому миру, отображенному на водной поверхности? Задать мучающие тебя вопросы и дождаться ответов?

Она неторопливо опустила Поисковую Лупу и села. Перед ней вновь стояла обыкновенная чаша с водой, а на дне лежал камешек.

София со вздохом откинулась к спинке кресла. В саду звучал смех. Девочка подняла глаза и посмотрела на Бланку. Грусть от мысли об эпохах, которые канут во льды неизведанными, изменилась неожиданно, как поверхность воды. Смутное чувство, поселившееся внутри, зашевелилось и обрело форму. София с картографической четкостью увидела перед собой правильный путь.

Она поднялась с кресла.

— Дайте мне возможность переговорить с Шадраком наедине, — сказала она. — Я сумею переубедить его.

32
Потоп

1 июля 1891 года, 2 часа 21 минута

Слышишь горький плач лакримы,
Голос сгинувших эпох?
Я не знал, шагая мимо,
Сколько стоит каждый вздох.
Я всю жизнь по свету рыскал,
Избывая этот стон.
А теперь он снова близко,
Непонятен, приглушен...

Плач лакримы. Стих первый

Теперь приближение ледников чувствовали даже те, кто жил далеко от зоны их распространения. Необъяснимые явления, невиданные со времен Великого Разделения, свидетельствовали: эпоха распадается и съеживается по краям. Над островами Объединенных Индий завывали шторма, обрушивая на берега чудовищные валы. В пустынях на севере Пустошей грохотали шквалы, захватывающие многие мили, они проносились, словно духи, сбежавшие из преисподней. И даже в Новом Акане, лежавшем еще севернее, было нарушено все сообщение: в штате посреди лета разыгралась небывалая снежная буря. И перемены проявляли себя не только погодными чудесами. По всему центру Пустошей поднимались к поверхности грунтовые воды: их выталкивала неимоверная сила, трансформировавшая скальные породы и почвы.

Вскоре после того, как стражники забрали Софию, Тео заметил, что пернатая маска, досадливо брошенная им в угол ямы, вдруг зашевелилась и... поплыла прямо к нему.

Парень с криком вскочил.

— Что?.. — подоспел к нему Барр. — Что стряслось?

— Вода откуда-то сочится! — Тео указывал на лужу, на глазах разраставшуюся в углу. — И быстро прибывает!

— Насколько быстро? — тихо поинтересовалась Вересса.

Мартин прижал ухо к земляному полу и некоторое время прислушивался. Потом поднял перепачканное лицо. Глаза у ботаника были круглые.

— Надо охрану позвать... — сказал он.

Каликста без промедления разразилась криком. Барр сложил руки рупором, обращаясь к краю ямы высоко над головами. Тео сунул два пальца в рот и пронзительно засвистел.

Шадрак хрипло спросил:

— Так насколько быстро прибывает вода?

— По моему прогнозу, мы имеем дело с подземным приливом, — ответил Мартин. — Не исключено, что вода спадет несколькими минутами позже. Однако наша яма, скорее всего, будет затоплена.

Вересса окинула встревоженным взглядом утыканные осколками стены.

— Стекляшки, наверное, выпадут?

— Земля покрывает стены слоем всего в несколько дюймов. Все зависит от того, во что вделаны осколки — в грунт или в каменное основание.

— Значит, возможно, что они…

— Вот именно, — кивнул Мартин и мрачно предрек: — Начнут вылетать из стены и помчатся вместе с потоком воды.

Ближайшая к ним стена неожиданно застонала. Отвалился целый пласт земли, камней и стекла, да не просто упал — его словно выплюнуло наружу. Следом брызнула струя. Всего несколько секунд — и пленники уже стояли по щиколотку в холодной жиже. Они даже перестали кричать и с ужасом наблюдали, как поднимается вода. Потом Каликста снова набрала воздуха в грудь и разразилась пронзительным воплем. Остальные узники подхватили его, удвоив усилия в попытках привлечь внимание стражи.

Мартин с трепетом оглядывал стену.

— Уж лучше так, — сказал он. — Идет сброс напряжения… предотвращает крупный обвал… Что ж, все к лучшему, — добавил он, пытаясь быть услышанным сквозь общий гам.

Стража все не показывалась, а вода была уже по колено. Шадрак с тревогой заметил, что кое-какие стекляшки поменьше уже выпали из стены. Их вертело и тащило течением. Пока они не представляли опасности, но… Картолог внезапно почувствовал, как саднит горло.

— Они что там, оглохли? — наконец спросила Вересса. Она и сама говорила с трудом — сорвала голос.

Тео устало спросил:

— Может, я бы толстые перчатки надел да по осколкам и вылез?

Барр повернулся к нему:

— Я уже думал об этом. Полагаю, в сапогах и перчатках ты действительно не порежешься. Проблема в стекляшках. Ни одна из них твоего веса не выдержит. Ты по ним трех футов не одолеешь — свалишься.

— А что, если ты встанешь на плечи Шадраку, я — на тебя, да там и выпрыгну?

— Не получится, — сказал картолог. — Так ты едва дотянешься головой до края. Даже если мы чудом сумеем удержать равновесие, как ты вылезешь, не напоровшись на осколки?

— Помолчите немножко, — рявкнула Каликста. — Хватит несбыточные планы строить! Вода мне уже по пояс, скоро поднимется еще выше, и можно будет плыть. Будем держаться середины и устроим акулий круг!

— И то правда, — сразу согласился с ней Барр. Заметил недоумение Тео и пояснил: — Однажды нашу гребную шлюпку растерзала акула… В тот раз мы научились кое-чему. Встанем в круг, возьмемся за руки и будем работать ногами.

— Пожалуй, ничего лучшего нам не придумать, — кивнул Шадрак.

Узники снова принялись срывать голоса, но было ясно: прежде чем кто-нибудь услышит и подоспеет на помощь, вода поднимется уже выше головы.

Через несколько минут самые маленькие, то есть Вересса, Каликста и Тео, были вынуждены барахтаться.

— А теперь — акулий круг, — подтягивая их к себе, распорядился Барр. — Правая рука сверху, левая — снизу! — Он подцепил Мартина и взял было за плечо Вeрессу, но тут же отдернул ладонь. — Ой! Вересса, у вас замечательные шипы, но они очень острые! Вы будете исключением из правила…

Следуя его указаниям, они образовали плотное кольцо.

— Если нас поднесет близко к стене, — сказал Барр, — мы с Каликстой будем отталкиваться!

Скоро ногами заработали все, даже Шадрак, самый рослый из них. Больше никто не кричал. Пираты справлялись легко, но остальные, не имея за плечами многолетнего морского опыта, быстро утомились и начали задыхаться.

— Еще не вечер, команда! — ухмыльнулся Барр. — Могло быть куда хуже — тут хоть акул не видать! Крепитесь, скоро выберемся из чертовой ямы!

— А все вода, спасибо ей! — заулыбалась в ответ Каликста. — Устроила нам побег!

Остальные тоже пробовали улыбаться, но результат был жалкий. Время шло… Шадрак вертел головой, прикидывая, скоро ли край. Стены ямы ушли в воду примерно наполовину, когда Мартин вдруг опустил голову.

— Больше не могу, — пропыхтел он. — Серебряная нога… она точно якорь…

— Ну и шут с ней, — жизнерадостно отозвался Барр. — Мы с Шадраком держим тебя, а ты пока отдохни. Знаешь что? Согни вторую ногу и обопри на нее серебряную!

Ученый послушал доброго совета — и вздохнул с облегчением. Только пробормотал:

— Вы уж извините меня...

Остальные молча продолжали работать ногами.

— Может, споешь нам, сестренка? — предложил Барр. — Все быстрее время пройдет!

Каликста в ответ фыркнула:

— Если бы ты орал вполовину так громко, как я, когда это требовалось, у тебя сейчас голоса не было бы даже на то, чтобы спросить!

Ноги у Шадрака постепенно немели от холодной воды и однообразных движений. Тем не менее до спасительного края оставалось всего несколько футов. Вскинув голову, он посмотрел наверх и пропыхтел:

— К нам пришли!

Сверху на них с изумлением взирали три человека.

— Не стойте столбами! — устало позвала их Вересса. — Вытаскивайте нас!

Тео измученно прохрипел:

— Вот уж не думал, что однажды обрадуюсь при виде нохтландского стражника...

33
Ночная лоза

1 июля 1891 года, 3 часа 12 минут

Хрипы горя, стоны боли,
Много лет терзали слух.
Я свой разум приневолил —
Очерствел, стал нем и глух.
Я спокоен. Ровно дышит
Механизм в моей груди...
...Вот бы вновь тот плач услышать,
Вот бы чувства пробудить.

Плач лакримы. Стих второй

Явившись под конвоем обратно в темницу, София с удивлением обнаружила, что ее друзья больше не сидели в яме. Они жались один к другому возле глиняной напольной жаровни. Охрана безмолвно удалилась, заперев толстую дверь с той стороны. Только бросившись в дядины объятия, София поняла, что ее товарищи по заточению вымокли с головы до пят. Вересса и Мартин так и дрожали от холода. Тео пытался высушить над огнем плащ. Каликста с видом безнадежного горя выжимала и вытряхивала волосы.

— С тобой все в порядке? — озабоченно спросил племянницу Шадрак.

— А с вами-то что случилось? — в свою очередь поинтересовалась она.

— Яму затопило, а стража далеко не сразу явилась на зов, — ответил картолог. — Хотя на самом деле это пустяки. Ты-то как? Чего она от тебя хотела?

София, казалось, едва услышала.

— Значит, нас больше не стерегут? Мы одни?

— Ты видела Бланку? — настойчиво расспрашивал Шадрак. — Так что ей от тебя надо-то было?

София отчеканила, блуждая взглядом по просторному чертогу:

— Она хочет, чтобы я тебя убедила переделать Карту Всех Карт.

Шадрак взял ее за плечи:

— София, да что с тобой? Ты же о другом думаешь. Что ты высматриваешь?

— Проход, — сказала она. — Когда мы впервые здесь оказались, я видела его на той стороне комнаты. Если они нас вправду одних оставили…

— Это не выход наружу, — устало проговорила Вересса. — Там начинается лабиринт… путаница полуразрушенных тоннелей. Стража потому и убралась, что хорошо знает: мы ни за что туда не полезем. Мы с отцом бывали у входа — брали образцы грунта. Дальше того места никто не ходил — с того самого дня, как прежний картолог… — Вересса помедлила, — взялся составлять план лабиринта и бесследно пропал.

— Я так и знала! — к всеобщему изумлению, вскричала София. Она подбежала к ближайшей стене, где бледные лозы, оплетавшие коридор и стены темницы, неярко поблескивали при огне. — Она здесь, дядя! — выкрикнула она, не в силах справиться с возбуждением. — Я ее увидела сквозь стеклянную карту, которую Бланка подняла вверх! Ну когда рюкзачок у меня забрала!..

— Что здесь, София? Ты о чем? — Шадрак непонимающе мотнул головой.

— Я посмотрела на них сквозь Поисковую Лупу, — нетерпеливо пояснила София. — Лианы... это не просто стебли с листьями! Это карта!

Мокрые узники, стучавшие зубами возле жаровни, при этих словах дружно встали и направились к стене. Шадрак изумленно изучал листья подземной лозы.

— Ты уверена? — медленно проговорил он.

— Уверена, — кивнула девочка и спросила: — Мартин, вы нам не подскажете, что это за растение?

Ботаник покачал головой:

— Эта лиана в народе называется «ночная лоза», но установить ее происхождение мне так и не удалось... В любом случае растение очень редкое. Растет исключительно под землей.

Вересса критически разглядывала бледные листья, стоя рядом с Шадраком.

— Не вижу ни надписей, ни какой-либо легенды... Быть может, растение еще молодое и карта не полностью сформировалась?

— Я склоняюсь к тому же, — отозвался Шадрак. — Либо чтение этой карты находится за пределами моих способностей. — Он выпустил побег, который рассматривал, и сокрушенно покачал головой. — Совершенно не представляю, каким образом…

— Да не в листьях дело! — вмешалась София. — Картой является само растение! Вот смотрите, здесь стебель выходит из пола. А у дальней стены — еще один! У того прохода — третий! И все одинаковые!

Вересса пригляделась ко всем трем растениям.

— В каком смысле? — спросила она.

— Порядок разрастания по стене один и тот же! — с торжеством объяснила София. — Лоза ветвится, гнется и цепляется во всех случаях одинаково. Похоже на линии карты!

Слушатели стояли как громом пораженные. Ползучий вьюн, нежный и хрупкий и одновременно выносливый и упорный, раскинулся по темной стене сотнями тонких живых щупалец. Узор был столь плотным, что подробно сличить три растения представлялось едва ли возможным, но «параллели» от корня до кончика ветви были очевидны. В общем, все указывало на то, что догадка Софии верна.

— Как ты умудрилась это заметить? — восхищенно поглаживая лиану, спросила Вересса. — Рисунок сложный невероятно!

Шадрак рассмеялся с удивлением и восторгом и обнял племянницу за плечи:

— Вот что значит глаз художницы!

Она только улыбалась. Когда дядя выпустил Софию из объятий, она перехватила взгляд Тео. Он подмигнул ей и, выражая полное одобрение, щелкнул пальцами, изобразив револьвер.

Вересса обратилась к Софии:

— И ты полагаешь, что это карта лабиринта?

— А почему бы и нет? — ответила та. — Сложно объяснить, но есть какая-то правда в том, чтобы карта лабиринта из него самого и вырастала...

— Чудеса, да и только, — прошептал Мартин, любовно проводя пальцем по извивам стебля.

— Ладно, и где же у нас выход? — рассуждала Вересса. — Лоза так переплетена... прямо-таки в кольцо замыкается.

— Уверенности нет, — согласилась София, — но взгляните вот сюда! — И она показала Вереcсе три белых цветочка с нежными лепестками. — Они отклоняются от стены и тянутся вверх. Может, цветы означают три выхода из лабиринта?

Друзья молча разглядывали ночную лозу.

— Наверняка сказать невозможно, — задумчиво произнес Шадрак, приглаживая волосы пятерней.

София торопливо выудила из рюкзачка рисовальный альбом.

— Если сумеем зарисовать, — пробормотала она, — будет у нас план лабиринта...

— Работа немалая, — сказал кто-то.

— Не то слово, — подтвердила Вересса. — Вот только лучшей возможности выбраться я не вижу. Да и время поджимает. Думаю, у нас есть сутки, вряд ли больше.

— Уж лучше в лабиринт, чем здесь своей участи дожидаться, — вставил Барр.

Каликста согласно кивнула.

Шадрак глубоко вздохнул:

— Тогда поторопимся!

4 часа 02 минуты: рисование ночной лозы

Примерно через час София, Вересса и Шадрак еще рисовали. Каждый создавал отдельную схему в надежде таким образом скорректировать возможные ошибки. От работы в скверном свете у Софии разболелись глаза. Нанеся на бумагу последние несколько линий, она взялась за проверку рисунка.

— А знаешь, ты мог бы гордиться мной, — тихо сказала она, обращаясь к Тео. — Я соврала Бланке. И ведь так легко оказалось...

Тео, лежавший на животе, повернул к ней голову и улыбнулся:

— А я что говорил? Иногда бывает очень полезно.

— Я пообещала, что попробую убедить дядю Шадрака ей помогать.

Он в притворном ужасе замотал головой:

— Надо будет держать ухо востро! Следующий шаг — это ты мне врать начнешь!

София рассмеялась. Карту она перепроверила дважды. Вересса и Шадрак продолжали трудиться. Положив лист на рюкзачок, София зажмурилась и опустила голову на колени. На ней вновь были удобные ботиночки и ее собственная одежда. Переодевалась она за плащом, который Каликста растянула как ширму. Тео тоже скинул маскарадный костюм и натянул сухие вещи. Остальные ежились во всем мокром.

— Эй, — окликнул Тео и показал подруге замотанную руку. — Та коробочка для шитья при тебе? А то повязка разваливается.

София открыла глаза.

— Я ее взяла с собой, — сказала она. — Только в рюкзачке что-то не вижу.

Она в самом деле благополучно нашла в возвращенном Бланкой рюкзачке и одежду, и тряпки для повязок, и атлас Шадрака, и альбом с карандашами… А вот коробочка с нитками и иголками подевалась неизвестно куда.

— И такая красивая была, — вздохнула София.

Заменить иголки и нитки было решительно нечем. Хотя… Нитки! Она вытащила из кармана катушку, подаренную миссис Клэй.

— Отлично, — обрадовался Тео и подставил ей руку.

София стала стягивать повязку серебряными нитками, чтобы лучше держалась, между тем мысли в ее голове тянулись своим чередом. Как знать, увидит ли она миссис Клэй? Та может никогда не узнать, каким необычным образом была использована ее катушка.

«Так вот для чего она была предназначена?» — мысленно обратилась девочка к Судьбам. Замыслы небожительниц были воистину неисповедимы; будущее оставалось туманно. Завязывая узелок на запястье Тео, София вдруг испытала неожиданный прилив надежды.

«Ничто не предопределено. И ледники до нас еще не добрались!»

Шадрак и Вересса завершили работу и теперь наспех сравнивали результаты. Барр успел изготовить два факела из обрывков своей рубашки и стеклянных обломков в фут длиной, извлеченных из стен ямы.

— Надо поторапливаться, — обеспокоенно проговорил Мартин. — Того гляди, стража скоро вернется!

— Спешим изо всех сил, отец, — ответила Вересса. Она рассматривала рисунок Софии. — Просто не хотелось бы заблудиться, вот на всякий случай карты и проверяем.

Барр вручил сестре факел.

— Лучшего освещения не придумать, — сказал он. — Чего доброго, всю одежду на факелы переведем, пока выберемся наружу!

— Вот свою и пали, — буркнула пиратка. — А к моей руки не тяни!

4 часа 17 минут: в лабиринт

Сбившись тесной группой, они пересекли подземелье. Их шаги отдавались легким эхом. Факелы недобро потрескивали, дым оседал на закопченных сводах. Когда беглецы приблизились к темному входу в лабиринт, оттуда навстречу им явственно повеяло холодом. Друзья ненадолго остановились и сосредоточенно помолчали.

— Увидеть бы поскорее солнечный свет, — с глубоким вздохом пробормотала Вересса.

Она шла впереди со своей картой, Каликста светила ей факелом. Следом двигались Тео, Мартин и София. Шадрак с Барром несли второй факел и карту, они замыкали строй. Грязный земляной пол сменился каменным: впереди зиял длинный прямой коридор, выбитый в скале. Чувствовалось, что здесь долгое время никто не бывал. Мартину приходилось осторожничать, чтобы не поскользнуться. После нескольких неудачных шагов он взялся за плечо Тео вместо опоры.

Потом они увидели впереди лестничные ступени, уводившие глубже под землю.

— Вот первый поворот, — подойдя к спуску, проговорила Вересса. — Шадрак! Здесь нам налево, согласен? София, как по-твоему?

Они предварительно наметили путь через лабиринт, показавшийся им самым простым. Если предположение Софии было верно, он сулил выход наружу.

Тоннель, куда привела их Вересса, оказался гораздо у́же первого, каменные стены были холодными на ощупь. Дымную духоту темницы сменила ледяная сырость.

— Тесновато здесь, — сказала Мартину София.

— Вот поэтому в тоннелях так легко заплутать, — с усилием выговорил ученый. — Немногочисленные образцы почв, которые мне удалось здесь собрать, подтверждают, что подземелья создавались в разных эпохах. Тут несколько сообщающихся сетей: одни целенаправленно созданы руками людей, другие, смежные с ними, обязаны своим происхождением случаю… В общем и целом — подземная путаница веков!

— Сколько их примерно? — спросила девочка с любопытством.

— Этого не знает никто. Может, четыре, а может, и четыреста. Я-то сам дальше первого коридора никогда не бывал…

Шаг за шагом, тоннель за тоннелем пробирались они по темному лабиринту. Иногда София опять выскальзывала из временно́го потока, и тогда ей казалось, будто они топчутся на месте. В конце концов она принялась считать шаги, но это лишь заставило ее задуматься о масштабе карты, срисованной со стены: как знать, далеко ли простирается лабиринт!.. Когда счет приблизился к двумстам семидесяти, воздух неожиданно потеплел, а шедшие впереди разразились изумленными восклицаниями.

— Что вы там нашли? — спросил их Шадрак.

— Крипту! — отозвалась Вересса. — Какой-то тайник!

Беглецы вышли в комнату с низкими сводами и полом, сплошь покрытым выбитыми письменами. Они оказались совершенно невразумительными. Стенные ниши напоминали полки; Барр и Каликста повыше подняли факелы, и София увидела кипы полуистлевшей ткани.

— Барр! Смотри! — окликнула брата Каликста.

Поверх одного из свертков лежала тяжелая сабля. Пиратка взяла ее и на пробу сделала несколько фехтовальных движений.

— Тяжелая, но баланс отличный... Спасибо, дружище! — сказала она, обращаясь к свертку.

София стиснула в кармане серебряную катушку и благодарно помянула Судьбы.

— Должны быть еще, — произнес Барр, освещая факелом другие ниши.

Пока они обыскивали крипту, София различила едва уловимый звук — что-то вроде эха далеких шагов.

— Кто-нибудь еще это слышал? — спросила она.

— Наверное, последствия потопа, — предположил Мартин. — Тут, под землей, что угодно могло обрушиться или просесть...

Как раз в это время Барр нашел еще одну саблю и без промедления завладел ею. Беглецы покинули крипту и двинулись дальше.

За погребальным чертогом открылся овальный покой с пятью арками по стенам. Вересса сверилась с рисунком и свернула во второй тоннель по правую руку; в узком проходе на полу виднелись полусгнившие деревянные мостки. Глядя на пятки шагавшего впереди Мартина, София снова взялась считать шаги… Когда она дошла до сотни, ботаник что-то вытащил из кармана и тайком обронил.

София, ставшая невольной свидетельницей этого поступка, тихо спросила его:

— Мартин, вы что делаете?

— Провожу маленький эксперимент, девочка моя, — отозвался ученый. Лица она не видела, но, без сомнения, он ей подмигнул. — У меня же семена в карманах лежат!

Оторопевшая София задумалась, какого свойства опыты решил проводить Мартин… Однако тут послышалось неожиданное восклицание Вирессы.

Они уперлись в тупик.

— Свернули не туда… — вглядываясь в карту, обеспокоенно проговорила королевский библиотекарь. — По моим представлениям, мы должны быть вот здесь… — Она указала пальцем, где именно. — Что скажешь, София?

Та подошла и поднесла к факельному свету свой план подземелья.

Шадрак тоже водил пальцем по бумаге:

— Необходимо понять, где мы допустили ошибку…

— Делать нечего, надо идти обратно. — В голосе Верессы звучало разочарование. — Ты шел замыкающим, теперь иди первым.

— Отлично, — глядя на карту, согласился Шадрак.

Они вновь миновали два уже пройденных коридора. Шадрак повел их тоннелем, дно которого выгибалось, как стенка трубы. София продолжала считать шаги по мере того, как они забирались в лабиринт все глубже и глубже. Воздух, веявший в лицо, на удивление часто менялся. В некоторых местах он был сухим и теплым, в других становился сырым и прохладным… Неизменным оставалось только одно — кромешная темнота.

Кое-где по стенам лабиринта пробивалась ночная лоза. Она лезла по разбитым камням, проникала в узкие трещины… Если и эти побеги следовало считать картой, она получалась корявой и кривой просто до невозможности.

Постепенно прекратились все разговоры, беглецы молча и уже устало пробирались вперед. Шарканье шагов и тяжелое дыхание то отдавались эхом под высокими сводами, то глухо и невнятно звучали в тесных щелях. Казалось, тоннели будут тянуться бесконечно… И при этом они спускались все глубже в недра.

Несколько раз путники останавливались — Шадрак уточнял по карте маршрут. Когда это произошло в пятый раз, София снова услышала непонятный звук.

— Слышал кто-нибудь? — опять спросила она. — Как… как будто толпа народа бежит!

— Я слышу, — отозвалась сзади Вересса. — Только это не люди бегут. Это вода.

Ее слова показались Софии не особенно убедительными. Она с сомнением покачала головой, но ничего не сказала. Проход сузился до такой степени, что Барр то и дело задевал стены плечами, однако вскоре лаз, выглядевший точно разлом в стене, перешел в довольно широкий коридор. Изрытые каменные стены сменились ровной кладкой из зеленовато-серых кирпичей, в воздухе пропал затхлый дух.

— Смотрите-ка, опять другая эпоха, — не снимая руки с плеча Тео, пробормотал Мартин.

Беглецы прошли кирпичным коридором около двух сотен шагов. Когда тот раздваивался, они неизменно выбирали правый тоннель.

Таинственный звук, услышанный Софией, превратился в безошибочно узнаваемый голос бегущей воды.

«А Вересса, чего доброго, права, — подумала девочка. — Тогда тоже шумела вода».

— Осторожно! Глядите под ноги! — через плечо крикнул Шадрак.

Следующие несколько мгновений София наблюдала, как люди, шедшие впереди, поочередно пропадали из виду. Скоро она увидела, как Тео присел на корточки и скрылся в отверстии, зиявшем в полу. Вот в провал аккуратно спустился Мартин. Каликста, шедшая следом, передала Софии факел и спрыгнула. Девочка окинула взглядом странные стены. Они были вырезаны из белого камня с зелеными прожилками. Там и сям виднелись неглубокие ниши со статуями и иными украшениями. Все это покрылось наростами и пятнами от долгого пребывания под землей.

Шадрак, который шел первым, поднялся по ступеням короткой лестницы и исчез под круто изогнутой аркой.

София услышала возгласы идущих в авангарде и стала с нетерпением ждать, когда настанет ее черед удивляться. Между тем воздух вокруг снова изменился. Он сделался влажным и теплым, его наполнял густой запах земли. Наконец Мартин, хромая, одолел арку, София последовала за ним — и увидела перед собой помещение никак не меньше дворцовой темницы. Вот только этот зал никогда не был тюрьмой.

Барр осторожно обогнал других, высоко держа факел. Пламя высвечивало все новые детали. Изогнутые стены были заплетены стеблями ночной лозы, привольно раскинутыми по камню и достигавшими высоты в несколько этажей. Чертог по диагонали пересекала лестница, ее обрамляли ниши со статуями, изображавшими мужчин и женщин с длинными, едва различимыми лицами. По ступеням потоком сбегала прозрачная вода — и пропадала в темном тоннеле.

София недоуменно озиралась кругом. Никакого сомнения: это был подземный сад, правда из всех его насаждений выжила лишь ночная лоза. Только мощеные дорожки да белесые вазоны на земляном полу позволяли предположить, где росли другие растения. Мартин, оказавшийся рядом с Софией, нагнулся, взял щепоть почвы и растер в пальцах.

— Полагаю, — тихо и почти благоговейно проговорил ботаник, — нас окружают руины затерянной эпохи!

34
Затерянная эпоха

1 июля 1891 года, ? часов

Некоторые архитектурные фрагменты особенно трудны для датирования, поскольку даже в соответствующую эпоху их уже считали руинами. К примеру, развалины, оставленные землетрясением, могут сохранять неизменный вид еще пятьсот лет; столь же долговечны памятники и жилища, за которыми тщательно и любовно ухаживают. Таким образом, руины — необитаемые, заброшенные и запустелые — неизменно выглядят принадлежащими к более древней эпохе, хотя на самом деле вполне могли попасть к нам и из будущего.

Вересса Метль. Культурное землеописание Пустошей

Путники, оказавшиеся в подземном саду, разбрелись, созерцая статуи и водный каскад. София присела на корточки подле ботаника.

— Затерянная эпоха? — спросила она. — Что это значит?

— В данном случае, — поднимаясь на ноги, сказал Мартин, — перед нами — руины цивилизации, испытавшей упадок и забвение еще там, откуда ее к нам занесло.

— Что вы имеете в виду?

Внимание ученого притягивал водный каскад. Туда он и направился, забыв про усталость.

— Видишь ли, — на ходу начал он объяснять, — эти развалины появились у нас, когда произошло Великое Разделение. Значит, они уже в своей эпохе были руинами. Осмелюсь предположить, что этот подземный садик лежит всеми покинутый и тихонько обращается в пыль в продолжение... — он призадумался, потер мрамор, — примерно шести сотен лет.

— Шесть веков! — выдохнула София. Бросила взгляд на лестницу и вдруг обнаружила, что Тео, шагая по колено в воде, лезет наверх. — Тео, ты куда?

Он повернулся и помахал ей рукой, поднявшись на двадцать футов к арке, сквозь которую на лестницу изливалась вода.

— А она теплая! — крикнул он. — И тут кое-что есть!

Остальные медленно подошли к каскаду и стали смотреть вверх.

— Невероятно! Действительно теплая, — потрогав воду, проговорила Вересса. — Должно быть, где-то бьет горячий источник!

Тео перешагнул несколько последних ступенек.

— Плохо видно, — прокричал он, с трудом одолевая шум водяных струй. — Но, по-моему, тут большая пещера!

Шадрак хмурился, напряженно вглядываясь в план лабиринта.

— Похоже, мы вот здесь, — сказал он наконец. — Мы прошли в единственный проем, где нет водотока... Судя по моей карте, теперь надо повернуть... А ты что скажешь, Вересса? София?

София рассматривала свой рисунок при свете факела, что был в руках у Каликсты.

— Похоже на то, — кивнула она.

— Давайте попробуем, — согласилась Вересса.

Друг за другом беглецы полезли по лестнице. Теплая вода немедленно забралась в тонкие ботинки Софии, несколько раз девочка едва не поскользнулась. Она оглянулась на Мартина и с радостью увидела, что ему помогает Шадрак.

Остальные уже добрались до арки и стояли прямо за ней, на сухом берегу. При свете факелов София обнаружила, что вода поступала на пройденный ими каскад посредством неглубокого акведука, выбитого в камне. Лица людей были обращены к обширной пещере, которую они по-прежнему не видели, но ощущали. Журчание воды порождало в темноте негромкое эхо. Беглецы пытались поднимать факелы как можно выше, но ничего этим не добились — да и под ноги надо было глядеть. Удавалось рассмотреть только вход в подземный садик, оставшийся позади, да короткий отрезок водовода.

Пока путники молча пытались оценить размеры пещеры, погруженной во мрак, Мартин сунул руку в карман и бросил на каменистый пол очередное семечко.

— Что это было? — пугливо обернулась Вересса.

— Пустяки, — ответил Мартин. — Всего лишь семечко.

Не успели стихнуть эти слова, как в темноте что-то зашуршало — и не бегущая вода произвела этот звук. Чуть помедлив, Барр вскинул над головой факел, шагнул вперед… да так и застыл.

Из земли высунулось бледно-зеленое щупальце… Барр подался к нему, замахиваясь рукой.

— Погоди! — вовремя крикнул Мартин. — Пусть растет!

Росток устремился ввысь, стремительно превращаясь в стройный стебель.

— Я разбрасывал семена, — не сводя глаз с шевелящегося растения, пояснил ученый, — в надежде, что рано или поздно именно это и произойдет!

Стебель тем временем делался толще, выпуская во все стороны побеги. На ветках лопались почки и разворачивались серебристые листья. Стволик удлинялся, факельный свет уже не достигал его вершины. А потом — вот уж чего никто не ожидал! — листья засияли ярким холодным светом наподобие лунного, и он озарил отдаленные закоулки пещеры.

Бледное свечение деревца позволило наконец оценить масштабы подземного зала, потрясающего самое смелое воображение. Глазам путников предстал настоящий пещерный город. Узенький сток, по которому они сюда забрались, вел прямо туда, ныряя под металлическую арку, отмечавшую городскую границу. Если не считать журчащего ручейка, в городе царила полная тишина. Высокие башни и щипцы крыш бросали тени друг на друга. Здания казались склепами тесно застроенного старинного кладбища.

Беглецы в благоговейном молчании рассматривали руины… Первым заговорил Шадрак.

— Ты встречала какие-нибудь упоминания об этом месте? — спросил он Верессу.

— Ни разу, — ответила она. — Ни устных, ни письменных.

Голос Шадрака охрип от волнения:

— Значит, мы будем первооткрывателями!

Мартин похромал вперед и легонько погладил ствол серебряного дерева.

— Что за гений был присущ этим людям! — проговорил он с восторгом. — Вот зачем они дали своим растениям металлические корни! Чтобы те прогрызали камень… и лед!

Вересса подошла к нему:

— Отец?..

Мартин полез в карман и бросил наземь что-то еще.

— Какая красота! — протянул он, улыбаясь. С одной стороны его лицо озарял серебряный свет дерева, с другой — теплый желтый огонь факела в руке Барра. — Аллея сияющих кленов перед городскими воротами!..

Пока он произносил эти слова, слетевшее с его руки семечко лопнуло и тотчас запустило в землю тонкие корешки. Ввысь рванулся тонкий побег, чем-то напоминавший струйку дыма от затушенного костра. Стволик быстро толстел, хрупкие веточки покрывались почками, и те дружно разворачивались нежными листьями. Они сохраняли форму кленовых, но тоже испускали потустороннее серебряное свечение. Мартин с благоговейной нежностью коснулся ладонью ствола и прошептал:

— Красота!..

Вересса взяла его за руку:

— Отец, ты бы поосторожнее… Кто знает, чего еще ждать от этих семян!

— Не в семенах дело, девочка моя, — обернулся к ней Мартин. — Это работает грунт… почва. Почва здешней эпохи. Только подумать, что она все время здесь находилась!

— Так ты знаешь, что здесь за эпоха?

— И да и нет, — медленно проговорил Мартин. — Эпоха та же, что произвела почву, доставленную мне Барром... и благодаря которой у меня выросла серебряная нога. — Он с натугой наклонился и взял щепоть земли. — Потрясающе! Здесь нет горячих ключей, воду согревает сама земля.

Беглецы стали нагибаться, трогать ладонями грунт под ногами. София невольно ахнула: он был таким теплым, словно часами грелся на солнце.

— Взгляните сюда! — Мартин указывал на акведук. — Почва под ним светится красным, как лава!

Вересса вновь повернулась к Шадраку:

— Как по-твоему, где мы находимся? И далеко ли до выхода?

— Мы отдалились от нохтландского дворца мили на три, — ответил картолог. — Двигались при этом в основном к юго-востоку. Ты согласна, София?

Та рассеянно кивнула.

— Три мили, — подтвердила она, разглядывая покинутый город.

Даже издали и при слабом освещении было заметно, что здания веками покрывались коркой минеральных наростов: стены, крыши и высокие столбы, где некогда висели фонари, переливались кристаллами, напоминавшими каменную соль.

«Сколько же времени, — задавалась она вопросом, — сюда никто не входил?..»

Ее тоже захватили радость открытия и жажда немедленного исследования, прозвучавшие в голосе дяди, но потом явилась совсем другая мысль: «Как знать, может, Бабуля Перл не так уж ошибалась... И где-то здесь тот парнишка, разрушивший город!»

Вересса склонилась над картой, отслеживая пальцем извилистый путь под землей.

— Три мили на юго-восток... Что должно быть наверху? Дороги там нет... Погодите... — И тут у нее округлились глаза. — Там озеро Сицекпан! Мы почти точно под ним!

Следом за Вероссой все невольно подняли головы и уставились на потолок, словно рассчитывая увидеть озеро висящим прямо над ними.

— Озеро Сицекпан, — медленно повторил Шадрак. — Возможно ли, чтобы...

— Это по меньшей мере замечательное совпадение, — складывая карту, перебила Вересса. — Однако местоположение Карты Всех Карт в данном случае не так важно. Мы ищем путь наверх — и он, полагаю, выведет нас прямо на берег озера. Если София верно угадала с вьюнками, проход должен быть где-то тут!

— Согласен. По всей видимости, в городе.

— В городе? — с сомнением отозвалась Вересса. — А разве не более вероятно, что он в стене пещеры?

София наконец оторвалась от завораживающей панорамы.

— Я тоже думаю, что в стене, — сказала она.

— Ход может вести сначала вниз, потом вверх, — стоял на своем Шадрак.

От волнения он вышел вперед. Опыт и логика свидетельствовали в пользу Вереccы и Софии, однако искушение обследовать заброшенный город было слишком сильно. Перед ученым лежало сокровище, полное тайн.

— Пока будем искать по всему городу выход, упустим время, — возразила Вересса. — Пусть кто-нибудь обойдет пещеру по периметру, чтобы не терять ни минуты даром!

Шадрак помедлил.

— Хорошо, — согласился он наконец. — Разберем факелы, чтобы постоянно видеть друг дружку.

— И еще у нас есть деревья! — подхватил Мартин. — Я разбросаю семена, и они осветят нам путь!

— Отлично, — кивнул Шадрак. — Тео и София — со мной в город. Барр, Каликста, вы с Вероссой и Мартином исследуете пещеру!

— Возьми с собой семян, София, — сказал Мартин, выуживая из очередного кармана целую горсть.

Пираты и семейство Метль ушли осматривать стены, София отправилась с Шадраком и Тео, разбрасывая семена. Высокие деревья вспыхивали серебром у нее за спиной; она видела, как вторая цепочка огней протянулась вдоль края пещеры. Вскоре серебряный свет проник во все потайные углы. София задрала голову, разглядывая величественный купол подземного зала. Потом заметила высоко на стене темное пятнышко и прищурилась.

— Смотри, дядя, — окликнула она Шадрака. — Вон там, по-моему, дверь или дыра!

Он бросил короткий взгляд в указанном направлении и рассеянно ответил:

— Если так, уж Вересса точно мимо не пройдет.

София напрягла зрение и различила тонкую линию, зигзагами спускавшуюся вниз от пятна.

— Туда даже что-то вроде лестницы ведет, — сказала она.

Они как раз подошли ко входу в город. Здесь Шадрак чуть замешкался, тронув рукой зеленоватую арку. Ворота, подобно всем остальным строениям, сплошь обросли минеральными отложениями, переливавшимися в серебряном свете. Кружевная решетка наверху распалась на части, изъеденная солевыми испарениями, усеянная известковым инеем.

— Очень древняя, — навскидку определил Шадрак. — И не из нашей эпохи. Мы с вами — свидетели чуда, о котором я даже не мечтал, — продолжал он. — Только представьте: перед нами — руины из будущего! Такая удача выпадает раз в жизни, — сказал он, увлекая Тео и Софию к воротам. — Мы — счастливчики, каких мало. Даже если нам не суждено отсюда выбраться, это все равно везение просто невероятное…

— Но мы же выберемся? — встревоженно спросила София.

Шадрак как будто не услышал ее.

— Идем! — воскликнул он. — Нас ждут открытия!

Угадать, как изначально выглядели здания, было почти невозможно: время слишком сильно их изменило. Высокие башни, соединенные висячими мостиками, создавали над улицами второй ярус. Многие двери были закрыты, каменные отложения накрепко запечатали их. Другие зияли пустотой, в проемах виднелись комнаты, давным-давно нежилые. Почва под ногами казалась очень твердой, но семена, падавшие из руки Софии, прорастали все равно, проламывая корешками скалу. Серебряные лианы разбегались по известняковым стенам и тотчас расцветали, испуская сладкий аромат. Никаких признаков жизни в городе не наблюдалось, в зданиях совершенно отсутствовала мебель. Самым зримым свидетельством цивилизации служили изваяния, красовавшиеся почти перед каждым домом. Вырезанные из бледно-зеленого камня, как и те, что украшали подземный сад, они были неузнаваемо изменены наслоениями кальцита. Не будь эти статуи явным творением рук человеческих, весь город мог бы показаться всего лишь фантастической скульптурой, созданной капризами подземных процессов.

Ничего похожего на выход не обнаруживалось. Скоро София потеряла из виду своих друзей, обходивших периметр, но вроде бы слышала сквозь журчание воды их разговор. Потом далекие голоса будто приблизились; эхо от стены искажало их, делало незнакомыми. София напрягла было слух, стараясь что-нибудь разобрать, но странно прозвучавшие обрывки беседы скоро стихли, только шумели потоки, бежавшие через город по сети неглубоких водоводов… Девочка тряхнула головой и пошла дальше.

Она хотела напомнить Шадраку о лестнице на стене, но вдруг ее внимание привлекло кое-что другое. София даже остановилась. Что-то чувствовалось в воздухе… Запах? Нет, не запах, скорее изменение температуры. Вместо приятного тепла неожиданно воцарился почти мороз.

Тео с Шадраком тоже встали и посмотрели один на другого.

— В самом деле похолодало или мне кажется? — спросил Тео, и ответом ему были облачка белого пара, вылетавшие изо рта.

Тут София поняла, что происходит, но вместо страха испытала лишь потрясение. Они опоздали; граница эпох успела переместиться. Там, над их головами, двигались ледники… Разразился грохот, напоминавший рев бури. Земля задрожала, словно колеблемая запредельной тяжестью. Здания содрогались кругом. Земляные стены пещеры мучительно стонали, София была уверена, что они вот-вот подадутся и рассыплются прямо у нее на глазах…

Однако все прекратилось столь же внезапно, как началось. Утихли стоны земли, в городе вновь воцарилась тишина.

София ошарашенно озиралась.

«Так это произошло?.. — думала она. — А мы почему все еще тут?..»

Землетрясение сбило ее с ног, на всякий случай она осталась сидеть на корточках. Как ни странно, почва под пальцами была по-прежнему теплой, и это внушало некоторую надежду. Девочка подняла голову и посмотрела на Шадрака и Тео. У обоих читалось на лицах такое же недоумение…

А потом раздался звук, которого она ну никак не могла ожидать: резкий хлопок выстрела.

«У пиратов ведь нет с собой револьверов…» — мелькнула у нее мысль.

Тотчас же грохнуло прямо у нее над головой, и наземь свалился отбитый пулей кусок оплывшего известняка.

София обернулась и не поверила собственным глазам. У одного из деревьев, пригнувшись, притаился голем. И целился из револьвера прямо в нее.

Его дружки стояли с ним рядом.

И тоже держали стволы на изготовку…

35
Под озером

1 июля 1891 года, ? часов

В некоторых районах Тройственных эпох священным писанием признаются «Хроники Великого Разделения». В городе Ксела верующие прославляют «день эпилога», когда во всем мире будет дописана человеческая история. Чтущие «Хроники» полагают, что Великое Разделение явилось лишь одним из многих: грядет Окончательное Разделение, которое повлечет за собой конец света.

Вересса Метль. Культурное землеописание Пустошей

Высоко над их головами, за стофутовыми слоями горных пород, ледники уже поглощали озеро Сицекпан. Лед окружил его, и несколько семей, живших на берегах, были вынуждены бежать в сторону Нохтланда. Мимо столицы прокатывались волны беженцев с юга: люди торопились дальше, полагая, что от надвигавшейся опасности не смогут защитить даже высокие стены. Хотя передняя граница Южных Снегов еще пребывала за горизонтом, в ее неумолимом наступлении не сомневался никто. Из северных ворот одна за другой выезжали болдевелы, сплошным потоком двигались повозки и пешеходы. Начинался массовый исход на север.

На данный момент, однако, ледники чуть сбавили скорость у озера Сицекпан. Оно пропало из виду, но по-прежнему существовало. Его накрыл огромный кусок льда, выглядевший снаружи как идеальной формы пирамида. Ледовые массы громоздились на участках горячей почвы, защищавших озеро и — частично — тоннели под ним. Подземный город еще не подвергся воздействию холодного воздуха, но за его пределами лабиринт и пещера были расположены в обычном грунте, и вся вода там накрепко замерзла, покрыв камни прожилками льда. Этот процесс расшатывал скалы, вызывая сотрясения и обвалы. Когда все успокоилось, воздух в тоннелях стал остывать.

София неслась вперед изо всех сил, на каждом шагу отдирая мокрые подошвы от промерзшей земли. Они с Тео пересекали город, убегая вслед за Шадраком от выстрелов големов и от камнепадов, вызванных пулями. София пыталась окликать дядю, но из-за неистовой гонки не хватало дыхания — голоса попросту не было. Лишь когда они свернули в узкую улочку и Шадрак ненадолго остановился, прикидывая, как выбраться, Софии удалось выговорить:

— Дядя… вон там, наверху!

Она указывала рукой, уверенная, что по-прежнему видит отверстие высоко на стене и ведущую к нему лестницу… В это время пуля ударила в башню над ее головой, раскрошив кусок белого известняка.

— Вперед! — скомандовал Шадрак. — Поторопимся!

И София вновь побежала. Дышать становилось все труднее. Сворачивая за угол, она поскользнулась на рыхлой земле, но удержалась на ногах и нырнула в широкую арку, что вела к акведуку.

«Наверняка там есть выход!» — думала она, пока мчалась по берегу, миновав два изящных мостика.

Потом впереди появились ворота вроде тех, через которые тройка исследователей вошла в город, только эти были построены всего в нескольких футах от пещерной стены. София убедилась, что не ошиблась: тут начинались вырезанные в камне ступени. Они зигзагом поднимались вверх, опасно нависая над пустотой.

— Вот здесь! — крикнула София, оглядываясь в поисках спутников.

Она не увидела ни Шадрака, ни Тео.

Пару мгновений девочка стояла столбиком и озиралась, не веря собственным глазам, но вокруг были только белесые, слабо освещенные здания. Где-то гремели выстрелы и эхом отдавался топот, но близко или далеко — понять было невозможно. София уже собиралась вновь броситься в город на поиски Шадрака и Тео… Однако в этот момент скала у нее над головой с гулким треском раскололась, обсыпав девочку пылью.

Одновременно один из нападавших заметил ее. Он вышел из-за угла довольно далеко от Софии, но сразу двинулся вперед. В правой руке он держал револьвер, левой разматывал длинную веревку с прикрепленным крюком. София поняла, что выбор у нее небогатый: удирать вдоль стены или по ступенькам. Она метнулась к лестнице и помчалась вверх изо всех сил.

Лестница оказалась всего три фута шириной — и вовсе без перил. София старательно смотрела только вперед.

«Он за мной не полезет, — отчаянно твердила она себе. — Он будет стрелять, но на лестницу не сунется…»

За спиной из стены полетели осколки, и София убедилась, что догадка была верной.

«Надо, чтобы меня увидели все остальные!»

На бегу она запустила руку в карман юбки и бросила семечко. Ей некогда было смотреть, прорастет ли оно. Ноги постепенно слабели, коленки подламывались, София бежала все медленнее. Ступенька под опорной ногой вдруг подалась, девочка в ужасе посмотрела вниз и увидела, что виной тому был брошенный крюк голема: камень раскрошился под острием.

«Вперед! Скорее вперед! Не останавливаться!..» — яростно приказала она себе. Стиснула зубы и что было мочи припустила дальше. Минуя очередной поворот, она бросила второе семечко. Поворот, двадцать шагов, семечко, поворот…

«Далеко ли еще?..» — спрашивала она себя, не отваживаясь поглядеть ни вверх, ни вниз. И продолжала считать: поворот, двадцать ступенек, поворот…

А потом, на верху очередного пролета, перед ней открылся долгожданный проход.

Одолев последние двадцать ступенек, София наконец-то нырнула в темный тоннель. Чуть помедлила, ловя ртом воздух, и окинула взором сводчатый простор подземелья… Вид отсюда был такой, что у нее голова пошла кругом. Город выглядел собранием пряничных домиков. Кое-где временами раздавалась стрельба. Голема, преследовавшего ее, не было видно. А вот посеянные Софией семена проросли, и растения уже вовсю цвели. Побеги проворно расползались по известняковой стене, разбрасывая снопы ярко-белого света.

«Как только мои друзья посмотрят наверх, сразу поймут, куда я убежала, — подумала она, превозмогая боль в груди. — Не заметить нельзя! Надо только дождаться, когда они увидят...»

Девочка напрягла зрение, изучая город. Что-то отрывисто вспыхивало серебром между зданиями. Не факел, не отблеск на лезвии...

«Похоже на блик в зеркале... или отражение луны в оконном стекле... Что это?»

Новая вспышка — и она поняла, что светится рука Тео, обвязанная серебряной нитью. София набрала полную грудь воздуха:

— Тео!..

Из камня рядом с ее ногой брызнули осколки. Голем еще торчал на ступенях несколькими пролетами ниже. Угол наклона лестницы мешал ему взять верный прицел, однако преследователь продолжал подъем. Скоро он доберется до входа.

Делать нечего, София с болью душевной оторвалась от созерцания города. Ей нужно было спешить, но как передвигаться в тоннеле, где совершенно темно?.. Она бросила семечко и стала нетерпеливо следить, как лиана карабкается по стенам и на стеблях распускаются сотни крохотных цветов. Запахло жимолостью, лепестки сияли, будто звезды в небе. София сумела рассмотреть широкий тоннель. Он спиралью загибался вверх, девочка увидела каменные ступени...

— Опять лестница!.. — в отчаянии вырвалось у нее.

Она попыталась сберечь силы, поднимаясь размеренным шагом. Когда очередная лиана оставалась далеко за спиной, девочка бросала новое семечко, и вскоре сладко пахнущие цветы озаряли ей путь.

Стрельба сзади скоро затихла. Теперь София слышала лишь собственные шаги да хриплое дыхание. Топот преследователя не достигал ее слуха, но допустить мысль о том, что она благополучно оторвалась от погони, девочка просто не смела.

Подъем казался бесконечным. Ноги в промокших ботинках одеревенели вконец. Она знала, что останавливаться нельзя, но мысль о спутниках, покинутых внизу, ввергала ее в отчаяние.

«Они увидят мои лозы, — твердо сказала она себе. — Они поймут, куда я убежала!»

На ходу София пыталась следить за временем.

«Допустим, один шаг в секунду. И по семечку через каждые пятьдесят шагов...»

Через пятьсот ступеней ноги у нее начали дрожать. На восьмой сотне София была готова упасть и немедленно умереть. Однако девочка знала: стоит остановиться — и она снова выпадет из течения времени. Ей покажется, что она присела всего на минуточку, а пройдет час. И голем с крюком догонит ее.

«Но мне нужно передохнуть, — думала она в отчаянии. — Хоть несколько секунд...»

Ноги перестали двигаться по своей собственной воле. София прислонилась к стене и закрыла глаза в темноте. Коленки стукались одна о другую и отказывались держать. Невольно всхлипнув, София опустилась на корточки, уткнулась носом в колени и принялась считать: «Раз, два, три, четыре, пять, шесть…»

Секунды шли. София вела счет. По мере того как росли цифры, становилось ясно: с ней происходило именно то, чего она больше всего и боялась. Она осталась совсем одна — и в таком месте, где время шло незаметно. Здесь можно было закрыть глаза, а потом открыть их и обнаружить, что миновали дни, месяцы и чуть ли не годы.

«Вот чего я боюсь. Вот чего я всегда боялась…»

Почему-то теперь эта мысль не привела ее в ужас. Наоборот, наступило спокойствие.

«Да что, собственно, держит нас здесь, в настоящем? Ничто! Я открою глаза и окажусь в будущем. А вместо воспоминаний о прожитой жизни у меня будут…»

София уставилась в темноту. Она только сейчас заметила, что прекратила считать. Кругом царила абсолютная тишина.

Несколько мыслей одновременно посетили Софию. Таких, что у нее округлились глаза.

Она необычайно ярко вспомнила, как стояла на палубе «Лебедя». Сквозь темноту донесся голос Бабули Перл, ясный и ласковый: «Что все упускают из виду из-за своей вовлеченности в ход времени?»

— Я не привязана ко времени, — вслух прошептала София. — Прошлое, настоящее, будущее — мне разницы нет. Я просто вижу их такими, как есть...

Она кое-как поднялась на ноги. Видение руки Тео, перемотанной серебряными нитями там, внизу, в пещере...

«Это он. Это Тео бежит ко мне, когда рушится башня...»

София вспомнила, как в самый первый раз читала стеклянную карту, сидя напротив Тео в купе Приморского экспресса, при свете луны, мчавшейся за окном. Позже она вникала в эту карту снова и снова, и всякий раз в конце возникал один и тот же облик — все более знакомый, мучительно узнаваемый. Какими привычными теперь казались ей воспоминания, внушенные картой!

— Я просто вижу их такими, как есть, — пробормотала она.

Больше София не считала — просто не нуждалась в этом. Она возобновила подъем, и ноги почему-то легко и пружинисто несли ее вверх, невзирая на усталость и темноту.

Сунув руку в карман, девочка хотела вытащить еще зернышко, но вдруг с удивлением заметила, что темнота расступилась, — она могла видеть лестницу у себя под ногами. Откуда-то сверху проникал слабый свет. София не стала особо приглядываться, она устремилась вперед и ввысь, пока ее лба не коснулся ток холодного воздуха.

Она подняла голову. Всего в нескольких шагах впереди зияло отверстие. София сделала последний шаг. Онемевшие пальцы выронили приготовленное семечко.

София стояла на краю замерзшего озера, под прозрачными сводами пирамиды. Снаружи, ясно видимый сквозь толщу льда, падал снег, серое небо вдалеке вспарывали вспышки молний.

Все было в точности так, как показывали четыре карты.

«Мы-то считали, что эти воспоминания явились из прошлого, — подумала девочка. — А они были из будущего. Это мои воспоминания о том, как я все тут разрушила...»

36
Карта мира

? июля 1891 года, ? часов

Картографиты — орудия ремесла картолога. В тех частях известного нам мира, где картологам приписывают провидческие способности, картографиты считаются чрезвычайно могущественными инструментами. Эти верования не лишены основания, поскольку среди артефактов иных эпох картологический инвентарь встречается достаточно часто.

Вересса Метль. Пустоши. Толковый словарь

По стенам пирамиды тянулся длинный спиральный балкон, окружавший схваченное льдом озеро. Прозрачная поверхность, кое-где подернутая белым инеем, не могла полностью скрыть примечательные воды внизу. София и без Поисковой Лупы убедилась с первого взгляда, что перед ней была карта. Величайшая из всех, виденных ею когда-либо.

Это была Карта Всех Карт.

С берега озера были заметны переливы и проблески цвета, мелькавшие подо льдом, словно стайки ярко окрашенных рыбок… София вновь заблудилась во времени, пытаясь сообразить, каким образом ее воспоминания о еще не совершенном поступке оказались заключены в четырех картах.

Разум спрессовал часы размышлений в один миг блистательного озарения.

«Я совсем позабыла, — сказала себе девочка, — что карта на самом деле — всего лишь подсказка, позволяющая нам выбирать путь. В стеклянной карте нет никаких воспоминаний. Она лишь направляет. Она все время советовала мне, что я должна сделать. Я одна...»

София шагнула вперед, чтобы получше разглядеть Карту Всех Карт. Потом встала на колени и прижала ко льду ладонь. Холод обжег руку, хлынул в мозг... София долго не отрывала руки, представляя себе плавные движения, угадывавшиеся внизу, в глубине. Когда наконец она выпрямилась, в ее душе воцарилось спокойствие. Ледяной воздух освежил натруженные легкие и унял боль в ногах. Получил передышку и разум... Глубоко вздохнув, София повернулась к балкону и приготовилась к новому подъему.

«Я доберусь до самого верха, — точно заклинание, твердила она. — И там сверну камень, который разрушит всю башню. Вот что, согласно картам, я должна сделать».

Однако потом произошло нечто неожиданное. Вступив на балкон, она равновесия ради оперлась о стену ладонью... и неведомо откуда нахлынули воспоминания. Поспешно отстранившись, София внимательно пригляделась к ледяной стене. Прозрачные квадраты, скользкие и немного влажные, были сплошь покрыты тонко вырезанными изображениями. Подняв глаза, София осознала, что каждый «кирпич» ледяной пирамиды на самом деле был картой. Здесь хранилась вся память Южных Снегов.

Уступив искушению, София пошла вперед медленным шагом, ведя пальцами по гладкой стене и впитывая воспоминания.

В воображении пронеслись темные, бессолнечные дни и долгие периоды жестокого холода, пробиравшего до самых костей. Она искала убежища в снеговых пещерах, пыталась согреться у слабенького костра, топливом которому служили кости животных... Потом видения изменились — она начала вспоминать, каким образом люди выживали среди снега и льда. Мир той эпохи был сплошной морозной равниной. По всей земле простирались ледники с редкими вкраплениями воды замерзающих морей. Ни почвы, ни растений — и почти полное отсутствие солнца. Люди вырубали себе жилища во льду и питались тем, что давал им океан. И это тянулось многие сотни лет...

А потом, согласно воспоминаниям, появилась карта. Откуда она взялась — этого в памяти Снегов не было. София просто увидела рисунок на тюленьей шкуре, отмечавший путь сквозь самую сердцевину ледников — к подземным пещерам. Там было сухо и тепло, но очень темно. Проникнув туда, люди начали строить дома, а затем и города, отвоевывая у камня все больше пространства. Они никогда не теряли связи с верхним миром, но с течением времени все реже поднимались туда...

София помедлила у карты, запечатлевшей первые эксперименты с почвой. Когда же наконец двинулась дальше, касаясь пальцами стены, общее впечатление величия сделанных открытий охватило ее. Их суть она не особенно поняла, но ее поразил бесконечный труд по отыскиванию редких образцов почв, а в дальнейшем — по их преображению, трансмутации... и наконец — изобретению.

Она одолела уже почти треть пирамиды. Девочка шла медленно, забыв о том, что здесь никого, кроме нее, не было. Перед ее мысленным взором проносились все новые воспоминания, и спиральную лестницу словно заполняли толпы народа.

Открытия в исследовании почв вызвали к жизни растения, способные существовать под землей без солнечного света либо прорастать в грунте, брошенном прямо на лед. Хитроумно устроенные корни могли вбирать металлы и с их помощью прорастать сквозь твердые камни, получая питание из негостеприимных скал и льдов. Удивительные образчики флоры использовались в разных целях. Они освещали подземелья, приносили урожай там, где больше ничего не росло, служили путеводными голосами в запутанных тоннелях...

С каждым новым научным прорывом люди все больше смелели. Некоторые даже вернулись в надземный мир, где продолжали господствовать ледники. Изобретатели взяли с собой чудесные почвы, позволявшие вовсе не считаться с капризами климата. Люди расселились по континентам, построили замечательные города... Века прозябания и постоянной борьбы с холодом превратились в полузабытый кошмар. Люди стали исследователями. Путешествуя по всему свету, они научились делать карты памяти. Тогда-то, в эпоху ледников, и достигла своего пика картологическая наука.

Тут София остановилась. Отняла руку от стены и мысленно отстранилась от воспоминаний, переполнивших разум. Что заставило ее прервать восхождение? Звук, раздавшийся снаружи пирамиды?.. Нет, не звук, нечто другое. Приблизив лицо к прозрачной стене, София всмотрелась в мир за ее пределами. Там продолжалась странная гроза, сопровождаемая снегом. Глядя с высокой точки, София впервые заметила, что пирамиду, оказывается, окружал целый город. Белые здания, почти невидимые на фоне ледника, выстроились вдоль широких проспектов.

Было и еще кое-что, полностью отвлекшее Софию от чтения карт. Далеко внизу по улицам ходили люди.

Издали она не могла разобрать, кто они такие. Может, среди них были и Шадрак с Тео, выбравшиеся из подземелий? Или это просто жители Южных Снегов, которые спешили по своим делам, понятия не имея, что некто из другой эпохи лезет по их пирамиде с целью разрушить ее?..

Софии стало очень не по себе. Все же она зашагала дальше по невысоким ступеням. Она в очередной раз оторвалась от времени и сама это понимала. Небо за стенами не меняло цвета, а по вспышкам молний никак нельзя было определить, полдень там, рассвет или сумерки. Мало ли сколько времени минуло — быть может, много часов…

Поднимаясь по лестнице, София пыталась высмотреть внизу своих знакомых. Но чем выше она взбиралась, тем труднее было это сделать. Пешеходы на улицах стали смутными точками, ползавшими по льду. По мере того как София приближалась к верхушке пирамиды, молнии полыхали все свирепее и ярче. Прямо над головой, у самой вершины, из ледовой толщи выдавался закругленный балкон…

Стоя там, София смогла выглянуть за стены, и перед ней открылись все горизонты. К югу простирался изломанный фронт ледника. На севере виднелись обезлюдевшие равнины Пустошей, вдалеке смутно угадывался серый силуэт Нохтланда. С такого расстояния город выглядел маленьким и каким-то жалким. Сущая кучка песка на пути могучего ледника.

Посередине балкона лежал каменный шар размером почти в рост Софии, на нем было миниатюрное изображение самой пирамиды, вырезанное из стекла. София смерила взглядом высоту стен. Тысячи карт расходящейся спиралью тянулись до самого подножия огромного сооружения… Они запечатлели долгую и еще не закончившуюся историю своей эпохи.

«Карта на пьедестале — наверняка самая последняя, — сказала себе София. — В ней воспоминания о завершении строительства пирамиды».

Прежде чем приблизиться к шару, девочка подошла к краю балкона. У нее сразу закружилась голова. Отступив, она собралась с духом и снова осторожно наклонилась вперед. Отсюда замерзшее озеро было видно полностью. Внизу раскинулась карта мира, созданная неведомо кем с помощью неизвестно каких инструментов. Невзирая на ледяной покров, карта жила. По ней волнами пробегал беспокойный свет, изменявший подо льдом цвета и узоры…

София завороженно смотрела вниз, ничего не в силах понять. Какое видение мира было здесь запечатлено? Какие варианты возможного прошлого и будущего таились в ледяной глубине?..

Она вновь отодвинулась от перил, борясь с чувством всепоглощающей грусти.

«Да как же у меня рука поднимется уничтожить такое?..»

Не подлежало сомнению, что воспоминания из четырех карт были ее собственными, но вот заставить себя реализовать их она никак не могла. Подо льдом покоилась целая вселенная знаний, истин, представлений… София вообразила себе тоненькую струйку, повествующую о ее матери и отце: вот они покидают Новый Запад… чтобы кануть в безвестность. Наверняка эта струйка была где-то там, под ледяным панцирем, а с нею и судьба родителей со всеми ее тайнами.

Софию одолело страстное желание узнать… наконец-то доподлинно выяснить, что с ними сталось. Она не устояла на ногах и опустилась на колени возле перил.

И почти сразу вновь услышала чужеродный звук. Теперь она ясно различала чьи-то шаги. Кто-то все же следовал за нею. Кто-то, оставаясь невидимым, взобрался на самый верх пирамиды и вот-вот взойдет на тот же балкон. София приготовилась увидеть голема с пистолетом, кравшегося за ней из подземелий. Страха почему-то не было, лишь мышцы живота напряглись, словно в ожидании удара…

Но как выяснилось, это был вовсе не голем. Когда преследователь показался, София поневоле шарахнулась. Вуали больше не было — изборожденное шрамами лицо казалось бледным пятном на фоне распущенных волос, всклокоченных и мокрых от талой воды.

Бланка все-таки разыскала ее.

37
Светопреставление

? июля 1891 года, ? часов

День эпилога — термин, используемый последователями культа «Хроник Великого Разделения». Употребляется для обозначения последней даты той или иной эпохи. Термин весьма неопределенный: неясно, идет ли речь о календарном завершении некоего периода или же о разрушении прежней эпохи, уступающей место новой.

Вересса Метль. Пустоши. Толковый словарь

София стояла перед пьедесталом, готовая защищаться, и смотрела на Бланку. Та поднялась на балкон. Некоторое время обе молчали, причем Бланка, казалось, едва замечала девочку. Лакрима прошла мимо нее к перилам и посмотрела вниз, на озеро.

— Лишь после твоего ухода я поняла, — произнесла она наконец, — что карты описывают этот самый момент — здесь и сейчас. — Она обратила к Софии свое лицо, состоявшее из одних шрамов. — Это не Великое Разделение, а лишь его отдаленное эхо! — Бланка негромко, с горечью рассмеялась. — Но ты-то ведь понимаешь. Ты, в конце концов, картолог не мне чета. Быть может, из-за отсутствия у тебя чувства времени твой разум свободен, — словно размышляя вслух, проговорила она. — Тебе дано видеть вещи такими, каковы они есть, вне зависимости от обстоятельств.

София ничего не ответила. Плащ и платье Бланки были изорваны, руки в царапинах. Лакриме явно пришлось выдержать нешуточную борьбу, противостоять стихиям или, хуже того, людям. София со страхом гадала, что от них осталось.

— Что с вами случилось? — помолчав, спросила она.

Бланка, не слушая, продолжала:

— Стоило мне понять свою ошибку в толковании карт, я бросилась в темницу… однако вас там уже не было. Нохтландская стража сообщила мне, что вы скрылись в тоннелях. И вот тогда я окончательно прозрела. Скажи, ты сама догадалась? Или прочла истину здесь, на этих стенах?

— Догадалась? О чем?

— О том, что наступающие Южные Снега и есть мой дом — Передовая эпоха.

София покачала головой:

— Я и значения четырех карт не поняла. И ни о чем не догадывалась, пока не попала сюда и не увидела здешние карты. Стеклянные, которые на стенах… — Она помолчала. — Потом я сообразила, что они рассказывают об этом месте, которое мне нужно разрушить. — София опустила голову. — И вот я здесь, а заставить себя не могу!

Бланка со вздохом повернулась и вновь стала смотреть на замерзшее озеро.

— Бедное дитя… Ты в самом деле начисто лишена чувства времени. Ты хоть знаешь, сколько ты здесь провела? С того момента, как покинула пещеры?

София ответила с ощущением легкого беспокойства:

— Нет…

— По часам Пустошей — более девяти часов. По счету Нового Запада — двадцать пять часов. Солнце успело дважды взойти!

София так и ахнула. Бланка же добавила не без зависти:

— Предоставленная самой себе, ты, наверное, торчала бы здесь до скончания времен.

— Больше суток, — потерянно, придушенным голосом шептала София. — Я-то думала, час или два…

Бланка вновь повернулась к девочке.

— Пока ты разглядывала карты Большого зала, — сказала она, — я упустила свой шанс спасти Передовую эпоху. Ледники надвинулись слишком быстро… Они уже накрыли Карту Всех Карт. Мы опоздали!

— Не понимаю, — произнесла София. — Вы же хотели, чтобы Передовая эпоха распространилась по всей земле. Так почему не позволить ледникам идти своим ходом? Зачем вообще было Карту искать?

Бланка устало отмахнулась:

— Ты не выходила за стены… Ты не видела Передовую эпоху в ее нынешнем виде… — В голосе лакримы звучало многолетнее разочарование. — С тех пор, как я осознала свое прошлое… с момента, когда твой дядя освободил меня… я ничего так не хотела, как вернуться в свою родную эпоху. И в конце концов добралась до Огненной Земли, где в целости и сохранности обнаружился кусочек Передовой эпохи. Можешь ты хотя бы приблизительно вообразить охватившую меня радость? Я попала домой! Наконец-то я услышу родной язык! Меня назовут по имени... — Она издала звук, не слишком напоминавший членораздельную речь, но интонация определенно говорила о чем-то легком, радостном. Это было эхо чьей-то юности. — Вероятно, ты способна посочувствовать мне, — продолжала Бланка. — Ты лишь недавно покинула Новый Запад, но, я уверена, страстно хочешь обратно!

София знала, что сравнивать их ощущения было просто смешно, но, припомнив свой дом на улице Ист-Эндинг, сумела отдаленно представить себе ностальгию Бланки.

— Думаю, да, — сказала она.

— Тогда, — произнесла Бланка, и ее голос дрогнул, — подумай, каково было бы вернуться в Бостон — и обнаружить его покинутым, обращенным в руины! Только развалины — и нигде ни души! Лишь останки тех, кто некогда населял его...

София, не удержавшись, посмотрела сквозь прозрачную стену на ледяной город внизу.

— Ваша эпоха оказалась покинута?

Бланка испустила горький смешок:

— Начисто! От Передовой эпохи осталась лишь пустая оболочка... безжизненная скорлупа. Ее народ давно вымер. Города разрушились. Кругом были лишь обледенелые камни... Мир, который я помнила, исчез!

София отодвинулась к стене.

— Не пойму я что-то, — сказала она. — Но ведь там, снаружи, говорите, ваша эпоха? Город стоит, люди ходят…

Бланка подошла и встала с нею рядом.

— Похоже, никто не может вернуться в мир своего прошлого. Да, это моя эпоха… Но во время Великого Разделения мне стукнуло двадцать, и только через восемьдесят с лишним лет я снова ступила на родную землю. Передовая эпоха, которую я знала, оказалась разрушена. Лед все-таки победил нас. Все живое погибло. Остались одни ледники!

— Но там, внизу, люди, — возразила София.

— Это лакримы, — безжизненным голосом ответила Бланка. — Лакримы, порожденные новой границей. Их там сотни. Лишь эти про́клятые создания будут населять Передовую эпоху! Так вот, — продолжала она, — приняв ее гибель, я запретила себе думать о ней. Но потом познакомилась с мифом нигилизмийцев и поверила в его истинность. Появилась надежда… Я решила: стоит найти Карту Всех Карт, и я сумею переписать историю, отвести беду. Я сделаю так, что Передовая эпоха восстановится и все станет по-прежнему… — Взгляд Бланки был устремлен на заснеженные просторы за стеной. — Разыскивая Карту, я попутно выяснила, что с юга едва ли не со скоростью взрыва движутся ледники, захватывая землю. А это значит, что моя эпоха — чудесное время, которое я любила, — никогда не будет воссоздана. — Она приложила ладонь к стене пирамиды. — Я опоздала. И тогда, и теперь…

София рассматривала безлюдный город у подножия пирамиды. Она вглядывалась в белый простор, уходивший к южному горизонту, и силилась вообразить тысячи миль бесплодного льда… замерзшие города… подземные норы, куда постепенно добирается гибельный холод. Тщетны были жалкие усилия людей, пытавшихся что-то противопоставить всемогущим ледникам. Отныне все принадлежало лишь им.

София покосилась на избороженное шрамами лицо Бланки.

«Что может быть хуже, — подумалось ей, — чем потерять не просто семью, дом и друзей… утратить целый мир, который ты знала и любила?»

Она нерешительно протянула руку и тронула ладонь Бланки.

— Как же мне жаль, что это случилось, — прошептала девочка.

Бланка сжала ее пальцы. Пока они там стояли, гроза над их головами сместилась к северу, следуя за ледниками. Бланка посмотрела на небо и выпустила руку Софии.

— Буря движется быстро, — проговорила она, скорее обращаясь к себе, нежели к Софии. — Времени совсем мало.

Сунув руку под плащ, лакрима вытащила четыре карты и протянула их девочке. Та, замерев от неожиданности, некоторое время держала их в руках, потом спрятала в рюкзачок. Бланка сдернула с шеи шелковый шарф, некогда служивший ей вуалью, и набросила на стеклянную пирамиду, что стояла на каменном шаре.

— И эту карту возьми, — сказала она Софии. — Здесь есть, по крайней мере, некоторые из ответов, которые ты ищешь.

Девочка приняла завернутую пирамиду.

— Что вы собираетесь делать?

— Нужно рассеять воды Карты Всех Карт…

— Но зачем?

— Я знаю, дитя, трудно осознать это без особых объяснений… Но если убрать озеро с пути ледников, они остановятся. Нельзя допустить, чтобы оно слилось с ними!

София проговорила с отчаянием:

— Не понимаю!

— Это живая карта мира, так? Если озеро промерзнет до дна, вместе с ним застынет и вся земля, ясно?

София неуверенно кивнула.

— Отсюда следствие, — продолжала лакрима. — Если мы направим воды озера в теплые подземные пещеры, рост ледников прекратится. — Она помолчала. — Ты знаешь, что мы должны сделать. Ты это видела. — Бланка говорила мягко и ободряюще. — Мы скатим этот камень в озеро. Падая с высоты, он пробьет сперва лед, а потом и озерное дно. Вода вместе с Картой стечет в систему тоннелей… Там ее уже нельзя будет прочесть. Но исчезнет и опасность.

— Но тогда рухнет и Зал, — сказала София. — Все карты погибнут. И эти воды внизу… Шадрак их уже не увидит. Да и я никогда не узнаю…

Бланка молча смотрела на нее. Шрамы сложились в гримасу жалости, уподобившись человеческим чертам.

— Я понимаю, дитя… я понимаю. Я вполне представляю себе безмерность этой потери. Но и ты пойми: пока мы тут разговариваем, озеро под нами промерзает все глубже. Скоро живая карта мира превратится в сплошной кусок льда. Я опоздала и не сумела переписать историю своей эпохи, да и ты ничего не узнала... Если мы выплеснем Карту, ты не сможешь ее прочесть, но, вероятно, это сделает в будущем кто-то другой... Воду можно будет собрать и снова заставить отображать мир. Неужели ты откажешься от такого шанса?

Софии показалось, что чувство утраты, преследовавшее ее всю жизнь, капля за каплей собралось в озеро ничуть не меньше того, что раскинулось внизу. И она зависла над ним в безвременье. Она знала, что упадет туда и утонет, но выбора не было. Только прыгать!

— Нет, — прошептала она.

— Я надеялась, что ты ответишь именно так, — тихо проговорила Бланка. — Так помоги мне его сбросить...

И она изо всех сил навалилась на камень. Ее лицо жутко исказилось от натуги, но шар не двигался с места. София сперва замерла в нерешительности, потом сложила карту и рюкзачок и принялась помогать. Стоило ей налечь на шар вместе с Бланкой, как он подался и качнулся.

— Берегись! — крикнула Бланка. — Назад!

Сама она продолжала толкать что было мочи. Шар катился все быстрее и наконец достиг края балкона. Перила хрустнули и разлетелись.

В полной тишине последовал долгий полет вниз...

Время остановило для Софии свой бег. Камень завис в воздухе. София как бы стояла возле окна, наблюдая, как по ту сторону исчезают все истины мира. Она не узнает их, и тайны навсегда останутся тайнами…

А потом, совершенно неожиданно, она увидела перед собой лицо. Свое собственное. Маленькая девочка, печальная и одинокая, чего-то ждала, глядя в пыльное окошко своего воображения. И кажется, этого ребенка вовсе не пугала возможность, что стекло разобьют. Напротив, она испытывала облегчение, даже радость. В конце концов, это окно никогда не показывало ей самой желанной из всех картин, а лишь отгораживало ее от мира.

Время возобновило свой бег. Раздался чудовищный треск — это камень проломил лед. Стены начали содрогаться. Затем донеслось что-то вроде взрыва, приглушенного слоем воды. Это дно озера подалось под ударом.

У нее вырвался вскрик.

— Тебе надо уходить, — сказала Бланка. — Поспеши!

София подхватила рюкзачок и торопливо засунула в него пирамиду — карту Южных Снегов.

— А вы? — спросила она.

Бланка выглядела какой-то обмякшей. Она стояла посередине балкона. Тот заметно колебался: стены, задетые потревоженным льдом, тряслись все сильнее.

— Мне незачем жить, — ответила она. — А ты беги.

— Пожалуйста, давайте уйдем вместе!

— Куда и зачем? Я же изгой… в квадрате и в кубе. С моим лицом нельзя находиться среди людей… Я чужая и для лакрим, потому что память вернулась ко мне. Я не принадлежу ни к одной из живых эпох, ведь мира, частью которого я была, больше не существует. Мне нигде нет места, я ничто!

У Софии побежали по щекам слезы, она потянулась вперед, чтобы снова взять Бланку за руку... Но может быть, это выражение жалости окончательно убедило лакриму в собственной правоте. Она издала жуткий, рыдающий вопль из самой глубины своего разбитого сердца. Упав на колени, Бланка закрыла руками лицо. Ее крик длился и длился, отражаясь от рушащихся стен, наполняя гибнущий Зал песней неизбывного горя.

София не могла его выносить.

— До свидания, — прошептала она.

Девочка бросилась к лестнице и помчалась вниз. Повсюду падали обломки пирамиды. София не отваживалась глазеть по сторонам и сосредоточенно глядела себе под ноги. Она бежала, придерживаясь за стену... И внезапно в памяти воскресли видения, навеянные четырьмя картами. Пока ее пальцы касались холодных плит, выгравированные линии перестали быть просто чужими воспоминаниями; Софию окружила толпа людей, и все они напряженными голосами вещали о чем-то безотлагательном и жизненно важном.

Память давно сгинувших создателей карт в последний раз изливалась во внешний мир...

На бегу девочка слышала эхо бесконечного крика, еще звучавшего наверху. Она и сама плакала вслух, отчаянно, болезненно, хрипло.

Потом ее ноги начали подкашиваться — ступени зашатались. Верх пирамиды обрушился в быстро мелевшее озеро. В Зал ворвалась снежная буря, которая свирепствовала снаружи.

— Нет! Нет еще! Рано! — кричала София, ускоряя свой бег.

Она споткнулась, упала и заскользила, съезжая вниз кувырком, ушибая то колени, то спину... Однако рюкзачка так и не выпустила. Потом кое-как поднялась и, громко всхлипывая, бросилась дальше.

Огибая очередной угол, девочка увидела, что стена у нее над головой начала складываться, подобно листу бумаги. София не имела ни малейшего понятия о том, как выбраться отсюда. Она вышла к пирамиде из тоннелей, а выше уровня земли никакого выхода, кажется, не было. Во всяком случае, ничего подобного ей на глаза не попадалось. По-прежнему скользя рукой по стене, София пыталась черпать уверенность и силу у людей, незримо сопровождавших ее. Они были всего лишь воспоминаниями, но жили собственной жизнью. Разве они с нею не говорили? Не указывали на определенное место в стене?..

И вдруг совершенно явственно прозвучали два голоса, мужской и женский. Выделившись из общего бессвязного хора, эти уверенные и ласковые голоса подбадривали Софию, вселяли надежду: все будет хорошо.

«Лети, София, лети!..»

Она посмотрела вперед... Ну конечно, вот он — треугольный пролом, еще не разрушенный, не заваленный падающими глыбами. Всего лишь трещина в стене... Но это был выход наружу.

До него оставались считаные шаги... Достигнув подножия лестницы, София с ужасом убедилась, что пол перед ней развалился. Она стояла на качающемся обломке льда. Ступая настолько быстро, насколько хватало смелости, девочка перебежала на противоположный край — и прыгнула на соседнюю льдину, плававшую как раз возле трещины. Она почти добралась! Шаг по тонкому льду… еще, еще… Прыжок! София исчезла в щели — и тут льдина, с которой она соскочила, раскрошилась в ледяную кашу.

София выбежала на снег и стала оглядываться, но кругом была только белизна. Потом сзади родился некий звук: разом лопались, гибли тысячи карт. Обернувшись, София увидела окончательное разрушение Большого зала. Стены трескались и разлетались. Прозрачные листы сталкивались и крошились, взметая ввысь тучи снега и ледяных брызг. Пирамида ушла в небытие, оставив лишь груду битых карт над опустевшим ложем Карты Всех Карт, чьи воды впитывались в теплую землю пещер. Где-то в недрах этой груды упокоилась Бланка.

Потом стало тихо. Воздух словно замер.

Испытывая странную смесь ужаса и надежды, София медленно отвернула от развалин лицо. Увидит ли она его? Он придет?..

Она прищурилась, глядя на север. Там, где раскинулся Нохтланд, не осталось и следа грозовых туч. Яркое солнце играло на льду.

И там, по ту сторону ледника…

Сердце отчаянно заколотилось. Над белой поверхностью что-то сверкнуло, крохотное, но яркое, точно далекая звездочка…

38
Попутный ветер, дружеская рука

2 июля 1891 года, 10 часов ? минут

Лакрима — от латинского «слеза», родственно просторечному «lágrima». В Пустошах и на сопредельных территориях так называются безликие существа, которых чаще слышат, нежели видят. Их плач овеян легендами. Согласно поверью, услышать голос лакримы — значит постичь всю глубину человеческого горя.

Вересса Метль. Пустоши. Толковый словарь

Когда рухнул Зал поминовений, ослепительный свет, окутывавший фронт ледника, померк сам собой; медленно надвигавшиеся льды остановились. Некоторое время голубая стена высилась на равнине совсем рядом с Нохтландом. Однако перемены не заставили себя ждать. Жаркое солнце Пустошей стало плавить ледник. Побежали потоки воды — так и не наступившая эпоха таяла, словно кубик льда, забытый на кухонном столе. Сперва это было едва заметно, но солнце пригревало вовсю, и ручьи делались все говорливее. Начался потоп.

Кое-кто оказался неплохо подготовлен к наводнению. Близ высокого ледяного утеса, что составлял передовой выступ ледника, на головоломной скорости, разбрызгивая колесами воду, мчалась величественная болдевела. Следуя вдоль края льдов, она шла на колесах, пока вода не стала достаточно глубокой. Тогда болдевела поплыла, подгоняемая холодным ветром, который наполнял ярко-зеленые паруса.

У руля, выкрикивая команды, стоял не кто иной, как учтивый пират Бартон Моррис.

— Я сказал «канаты», а не «лопатить»! — заорал он на Персика, спешившего к нему с ведерком и шваброй.

Моряки «Лебедя» решили в кои-то веки вспомнить свои пиратские навыки. Услышав о небывалом погодном фронте, надвигавшемся с юга, они отправились вглубь страны, завладев по дороге из Веракруса великолепнейшей болдевелой; на ней-то они и прибыли в столицу. В Нохтланде царил полнейший разброд. А дальше… В общем, Бабуля Перл решительно настояла, чтобы они выдвинулись на юго-восток, прямо навстречу ледникам. Объяснялось ли такое решение одной лишь удачей или, может быть, чем-то большим?.. Как знать! Нам лишь известно, что среди каменистых холмов у озера Сицекпан болдевела остановилась. Стоя на палубе, старая женщина внимательно прислушивалась к чему-то.

«Неужели ты что-то слышишь в подобную бурю?» — усомнился Персик.

«Тихо! — вскинула руку старушка и повернулась к нему: — Здесь где-нибудь есть пещера?»

Вот так и получилось, что они прибыли непосредственно к темному устью пещеры, замеченному в холмах. И весьма вовремя: наружу из тоннелей выбрались Каликста с Барром и еще четверо «спелеологов», мокрых, грязных, озябших.

Теперь все они мчались на подгоняемой ветром болдевеле — к пирамиде, которая рушилась в вихре белого снега…

София бежала навстречу серебряной вспышке, приближавшейся к ней по льду. Мокрые ботинки облеплял снег, передвигать два тяжелых снежных кома делалось все труднее. Тем не менее ей казалось, что фигура человека увеличивается. София ненадолго остановилась, чтобы сбить снег с ботинок. Дышать было трудно. Она наклонилась вперед и вновь побежала.

По ее представлениям, прошло много часов, но наконец перед ней предстал Тео. Он размахивал рукой, обмотанной серебряной пряжей.

«Так вот каков был ваш замысел, Судьбы! — ловя ртом воздух, сказала себе София. — До чего же ловко вы все устроили».

Они столкнулись на бегу. Тео, хохоча, сгреб ее в охапку. София спотыкалась в неуклюжих, облепленных снегом ботинках.

— Ты ее уронила! — кричал Тео. — Уронила!

София мотнула головой, выдыхая в морозный воздух облачка пара:

— Я не роняла…

— Как не роняла? Смотри, она рухнула!

Оглянувшись, София увидела, как оседает снег над руинами пирамиды.

— Бланка... — кое-как выговорила она. — Мы с ней… вместе…

— Бланка? — прищурился Тео. — И где же она?

София вновь покачала головой:

— Она… она не… — Девочка вцепилась в лямки рюкзачка и отвела глаза. — Ее больше нет.

Тео бросил взгляд на развалины, потом повернулся влево.

— Пошли-ка отсюда, — сказал он. — А то я в сосульку превратился! — Оглянулся и заулыбался. — Пираты корабль захватили!

И, щурясь на яркий солнечный свет, они побежали к обрывистой кромке льдов, отмечавшей пределы Передовой эпохи.

— Где остальные? — пропыхтела София. Говорить на бегу было трудно, но не спросить она не могла.

— Все на корабле! — ответил Тео.

— А из тоннелей как выбрались?

— Шадраку спасибо! Он знал карту наизусть. Твой дядя водил нас кругами, пока мы не отделались от големов. Каликста и Барр дали им бой, завладели парочкой револьверов… Потом много часов искали выход наружу. Но выбрались!

София облегченно вздохнула. Шадрак был жив!

Приблизившись к обрывам, они замедлили бег, потом, скользя и спотыкаясь, стали спускаться по выростам льда. Оба то и дело падали: шершавая некогда поверхность быстро становилась скользкой под яростными солнечными лучами. У Софии занемели руки: приходилось часто подниматься, хватаясь за выступы льда. Тео немного опережал ее. Вдруг у него вырвался восторженный вопль.

— Смотри! — Он указал рукой вдаль. — Все тает!

Внизу открывалось зрелище невообразимое и незабываемое. Город Нохтланд едва виднелся в отдалении сероватым пятном. А повсюду вокруг его стен — россыпью черного песка по светлому камню — стояли толпы народа. София не поняла бы, что это люди, если бы вереницы беженцев не тянулись к городу от самого уреза наступавшей воды. Все они спасались от ледников: кто на болдевелах, кто в фургонах, а кто пешком. Одни пытались увезти с собой скарб, другие шли с пустыми руками. Наводнение наступало беглецам на пятки. Возле края талого льда плавал мусор, торчало разломанное колесо болдевелы…

Тео вновь принялся размахивать рукой. Серебряные нити, удерживавшие повязку, разбрасывали яркие блики.

— Вон они!

Он указывал в сторону Нохтланда. Оттуда, расталкивая плавающий мусор, к ним мчалась стройная болдевела.

София смогла разглядеть Барра в смотровом гнезде наверху мачты. Вот болдевела замедлила ход, Барр замахал рукой.

— Привет терпящим кораблекрушение! — прокричал он и что-то бросил в их сторону, вытравливая веревку. — Закрепите хорошенько!

В лед воткнулась четырехзубая кошка. Тео как следует вколотил ее ударом ноги. Пока он закреплял якорь, София затянула на груди лямки рюкзачка.

— Давай ты первая, — сказал Тео.

София повисла на веревке и, обхватив ее лодыжками, проворно съехала в сторону корабельной мачты.

Барр сгреб девочку поперек туловища и поставил на подножку среди подстриженных ветвей.

— Сама вниз слезешь?

София кивнула, но прежде, чем спуститься, вскинула голову и посмотрела на Тео. Он с легкостью скользил по тросу. София нащупала ногой нижнюю ветку, чтобы встать на нее и освободить место для Тео. Это было все равно что слезать по дереву. В следующий момент Барр подхватил Тео и поставил его на ту же подножку. Затем пират перерезал веревку и крикнул:

— Отваливаем!

Как только ботинки Софии стукнули о палубу, ее окружили со всех сторон.

Самой первой девочку обняла Вересса:

— Как же мы за тебя волновались!

София рассеянно улыбалась, ища глазами единственного человека.

— Где дядя Шадрак?

— Я тебя к нему провожу, милочка, — взяла ее под руку Каликста. — Он на нижней палубе отдыхает.

Мартин положил ей на плечо ладонь, крепко сжал:

— Как здорово, что ты снова с нами, София!

На болдевеле был винтовой трап, выводивший в длинный коридор. Стены покрывал плющ, усеянный светлыми цветами. Следуя за Каликстой, София вошла в обширную спальню. В иллюминаторы лился солнечный свет, падавший прямо на постель, из трещин между половицами росли лютики. В расшитом кресле у постели несла вахту Бабуля Перл. При виде племянницы Шадрак приподнялся на подушках:

— София!..

— Дядя Шадрак! — Она бросилась к нему. — Что с тобой?

Отстранившись, девочка стала придирчиво разглядывать его. Что с ним, почему он в постели?

Он улыбнулся, пригладил ей волосы и заложил их за уши, чтобы лучше видеть лицо Софии.

— Ты-то как?

— Хорошо! Сколько всего случилось, ты не поверишь!

Он рассмеялся:

— Ну и прекрасно. Давай подсаживайся к Бабуле Перл и рассказывай все подробно, потому что я еще некоторое время здесь проваляюсь...

Откинув одеяло, он показал ей правую ногу в повязках.

— Да что произошло? — испугалась София.

— Бандитская пуля, — вздохнул Шадрак. — Достала еще под землей. Ох, начинаю я понимать, почему в Нохтланде так не любят металл...

София смотрела на его раненую ногу.

— Насколько это серьезно?

— Да ничего особенного, — заверил ее Шадрак и расправил одеяло. — Наша Бабуля Перл, как выяснилось, не только прорицательница, великолепная рассказчица и так далее, но и превосходная лекарка.

— У него крепкие кости и отличное сердце, — улыбнулась старая женщина. — А твое возвращение придаст ему силы, необходимые для скорейшего выздоровления!

— Как же здорово, что вы с нами! — обняла ее благодарно София.

— А я-то до чего рада снова слышать твой голосок, деточка, — отозвалась Бабуля Перл. — Ты, как я понимаю, столько дел переделала... не помешало бы выпить глоточек воды и пожевать что-нибудь. Да и отдохнуть тоже.

— Полагаю, — вставила Каликста, — наша София ледники остановила, ни больше ни меньше. И все сама!

— Да я не...

Бабуля Перл обняла девочку.

— Сама или с чьей-то помощью, какая разница, — сказала она. — Морозный воздух отступил, лед тает... и это главное. У нас снова попутный ветер в парусах, разве не чувствуешь?

София подошла к открытому иллюминатору. Высунувшись, она увидела холодную воду внизу, Нохтланд вдали и синие небеса над головой. Она слышала, как шуршали на ветру лиственные паруса болдевелы. На палубе раздавались голоса Барра и команды...

А еще издалека доносился звук, от которого у нее сердце стукнуло невпопад. Неразборчивый ропот, подобный тонкому завыванию множества тревожных сирен...

София втянула голову обратно в каюту.

— Ну да, — сказала она, — ветер попутный. А что это за звук вдалеке?

— Это лакримы, деточка, — был ответ. — Боюсь, с некоторых пор их стало куда больше на свете, чем было раньше...

39
Пустой город

2 июля 1891 года, 12 часов 31 минута

Лунная улыбка — способ сокрытия истинных чувств, непроницаемый вид. Принято считать, что у луны есть лицо, лишенное определенных черт. Поэтому с нею сравнивают всякого, кто прячет свои чувства за ложным весельем.

Вересса Метль. Пустоши. Толковый словарь

Ледники отступили до берегов озера Сицекпан и остановились, упершись в землю и заняв глухую оборону против солнечного тепла. Передовая эпоха не собиралась сдавать позиции. Хватка ледников крепла, гладкие грани сверкали всего в трех милях от Нохтланда. Так были перекроены границы эпох.

Передовая эпоха, обширная и безлюдная, простиралась от южных пригородов Нохтланда до южного края материка. Поздняя Патагония прекратила свое существование, и с нею — бóльшая часть юга Пустошей. На границе эпох лежали покинутыми три разных города, их улицы были опустошены катастрофой и бегством населения. Под землей медленно цепенел обросший кристаллами город, лишь башни все так же мерцали в сиянии посаженных ботаником деревьев. На поверхности льда стоял самый северный город Передовой эпохи; пустые здания окружали развалины пирамиды, словно молчаливые плакальщики. И в самом Нохтланде некогда шумные улицы как-то странно притихли...

Тысячи и тысячи людей бежали прочь, спасаясь от наступающих ледников. Они продолжали двигаться на север еще несколько недель, пока не распространились слухи о том, что все изменилось. Получив добрую весть, некоторые беженцы остановились, разбивая лагерь прямо на месте. Опускали наземь поклажу, распрягали лошадей, устраивались на небольшой отдых... Отдых постепенно затягивался, многие со временем попросту наладили свое житье-бытье там, где пришлось. Так и вышло, что от Нохтланда на север неровной цепочкой начали расти городки.

Но не все сумели так легко поверить, что льды прекратили атаку. Самые опасливые дотащились со своими пожитками до северной границы Пустошей. Там, оказавшись среди людей, никогда не слыхавших ни о каких ледниках, они с облегчением сгрузили с плеч тюки и постарались как можно скорее забыть о катастрофе, согнавшей их с насиженных мест.

К сожалению, иные потеряли не только дом и хозяйство... Лакримы — по природе своей одиночки, поэтому сперва создалось впечатление, будто тысячи этих несчастных, порожденных Передовой эпохой, куда-то подевались, едва выйдя на свет. Однако они не исчезли. Многие, жившие в Кселе и продвинутых городах Поздней Патагонии, бродили теперь по чуждым краям — безликие, избегающие людей, они, словно призраки, рыскали по окраинам, вдоль дорог, что вели из Пустошей на Новый Запад…

Кое-кому на борту болдевелы, подходившей к Нохтланду, судьба лакрим была вовсе не безразлична. Послушно съев и выпив все, что предложила ей Бабуля Перл, София прислушивалась к далекому завыванию. Она думала о Бланке…

Итак, Шадрак был найден, Нохтланд — спасен. Их с дядей ждал Новый Запад. Тем не менее София чувствовала лишь печаль и тревогу. Быть может, вопль Бланки спас ей жизнь, заставив вовремя выскочить из пирамиды… Забыть его София никак не могла. Ей даже не хотелось изучать карту, унесенную из Зала. Передав маленькую пирамиду Шадраку, девочка уселась в изножье его постели и стала разглаживать в руках шелковый шарф, некогда служивший Бланке вуалью. Перебирая пальцами тонкую ткань, София думала о шрамах, прятавшихся под нею. Она хорошо помнила: чем больше она смотрела на них, тем меньше они пугали ее. Когда Бланка говорила, они двигались. Они отражали ее мысли и чувства не хуже, чем носы, рты и глаза обычных людей. Было даже нечто прекрасное в том, как эти рубцы передавали холодное достоинство и непреклонную волю, таившуюся за ними…

— София, — окликнул Шадрак. — Ты бы поспала.

— Не хочется, дядя. Лучше я с тобой посижу.

— Может, спросишь у Персика, какая каюта свободна? Голову на подушку опустишь — а там и уснешь. Ко мне же присылай Верессу, она с удовольствием картой займется.

София решила, что проще будет уступить уговорам. Она обнаружила ботаника с дочерью на палубе: они смотрели на ледяную воду, проносившуюся за бортом.

— Вересса! — сказала девочка. — Дядя Шадрак хочет показать вам карту, которую я принесла из пирамиды.

Вересса задумчиво взглянула на нее:

— А тебе, я вижу, на сегодня карт уже хватит?

— Ну... наверное, да.

— И правильно. — Картолог коснулась ладонью плеча Софии. — Пойду к нему.

Когда она ушла, Мартин подозвал девочку:

— Посмотри-ка!

Она шагнула к борту. Корабль содрогнулся — колеса ткнулись в землю, и вскоре София увидела, что они показались из воды. Здесь начиналась отмель. Барр командовал матросами, переставлявшими паруса. София с удивлением уставилась на высокие стены города.

— А ведь мы почти у ворот!

— Да, почти, — кивнул Мартин.

— Зачем мы возвращаемся? — София опасливо поглядывала на ворота, никем не охраняемые и зловеще приоткрытые. — А что будет с вами и Тео?

— С нами все будет в порядке. Теперь на пару металлических косточек никто и не посмотрит.

— Барр хочет поискать Мазапана, — сказал подошедший к ним Тео. — Все твердят, будто он уехал, а Барр ни за что не верит.

Болдевела вкатилась в ворота, и люди на борту замолчали. Нохтланд был пуст. В фонтанах и каналах журчала вода, сады и парки зеленели под солнцем… Отсутствовали только люди.

— Все разбежались, — проронила София.

— Да куда они денутся, — ответил Мартин. — Как узнают, что вода отступила, тут же вернутся.

София спорить не стала, но ей не слишком-то верилось в это.

— Смотрите, тут кто-то есть! — Тео вытянул руку, указывая на женщину, наблюдавшую за ними из окна.

Та помахала им:

— Эй! Буря миновала?

— Миновала! Все хорошо! — крикнул Мартин и помахал в ответ, а потом обратился к Софии: — Вот видишь? Ушли, да не все!

Болдевела медленно двигалась по улицам, пока не свернула на широкий центральный проспект. Рокоча плетеными колесами, подъехала ко дворцу и остановилась. К некоторому удивлению Софии, его ворота тоже стояли распахнутыми. И ни следа стражи.

— Вот мы и дома! — обрадовался Мартин.

Пока Барр и Тео разыскивали Мазапана, Каликста пошла с Мартином и Верессой ко дворцу. На палубе отдыхали и переговаривались пираты. София же унеслась мыслями далеко-далеко. Она видела перед собой искаженное лицо Бланки, толкавшей тяжелый камень к краю балкона. Воспоминания были жизненными и яркими — прямо как из карты…

— София?

Девочка даже вздрогнула. Рядом стояла Бабуля Перл.

— Как ты, милая?

София медленно произнесла:

— Странно...

— Что странно?

— Никак не могу выбросить из головы...

— Ты насмотрелась и наслушалась ужасных вещей, — сказала старая женщина. — Забыть такое непросто. Да, по сути, и не нужно ничего забывать... Дай себе время, не торопись.

— Мы все могли лакримами стать, — проговорила София. — Бродили бы теперь, затерянные, где-то там...

И она неопределенным жестом обвела город.

— Значит, не суждено было, — ответила Бабуля Перл. — Ну а твоя судьба, деточка, вообще отдельная история!

София задумалась.

— Да, — сказала она затем. — Отдельная история. Вроде той, помните, что вы рассказывали? О мальчике с изуродованным лицом, который разрушил город под землей... Я, кажется, видела, как это произошло в действительности. Все было немного иначе... Однако очень похоже...

— Что ж, — вздохнула Бабуля Перл, — со сказками почти всегда так и бывает. Они неизменны в своей истинной сути, даже если подлинные события и люди оказываются совершенно другими.

София посмотрела на свои истрепанные, обросшие солью ботинки.

— Подземный город принадлежал к иной эпохе, — сказала она. — Мальчик с изуродованным лицом превратился в женщину. Город наверху был пирамидой, полной карт... Но все вышло так, как предсказывала ваша история, хотя и чуть-чуть по-другому. — Она помедлила и добавила: — Ну… почти все. По-моему, шрамы не рассосались, как в сказке… А еще — при всех своих различиях, обе истории очень печальные…

Бабуля Перл взяла ее под руку.

— Быть может, — проговорила она, — ты и права… Хотя как знать! Вдруг придет время и ты увидишь, как пропадают рубцы!

13 часов 40 минут: во дворце Нохтланда

Несколько позже на болдевелу вернулись Вересса и Мартин с Каликстой. Они рассказали, что дворец совсем опустел. Следом, торжествуя, прибыли Тео и Барр: им удалось отыскать Мазапана. Они доставили его вместе с женой Олиной на борт, туда же подняли и большие деревянные сундуки с шоколадной посудой. В меркнущем свете дня на палубе устроили пир.

Барр и Персик вынесли Шадрака, благополучно одолев винтовой трап. Из кают натаскали позолоченных кресел. Кутить так кутить! Закуски были изысканными, шоколадные приборы — вне конкуренции, и как таковые, и в качестве десертов. Угощения хватило на всех. Персик принес арфу, кем-то брошенную в дворцовом парке, и на палубе несколько часов подряд звенели струны и голоса.

Наконец все разошлись спать. Большинство пиратов отправились с Мартином и Вересcой во дворец, где расположились прямо в королевских покоях. Тео, София и Шадрак остались на болдевеле. Мучившие Софию воспоминания померкли, и она уснула, едва забравшись в постель.

Тем не менее посреди ночи девочка проснулась в холодном поту, напуганная кошмаром, который сразу стерся из памяти. Сев на постели, она вытянула измученные ноги и посмотрела в иллюминатор. Бледно светила луна. Сердцебиение постепенно успокаивалось. Потом София потихоньку вылезла из-под одеяла.

Палуба болдевелы была завалена остатками пиршества. Переступая через тарелки и чашки, София подошла к краю и оперлась о полированные перила.

Над дворцом и парками Нохтланда висела луна, бледная и тяжеловесная, напоминающая циферблат без стрелок. Доносилось негромкое журчание воды в парковых фонтанах...

Звук шагов заставил Софию обернуться. Подошел Тео и облокотился о перила рядом с ней. Он спросил:

— Что, плохой сон приснился?

— Ага, — сказала она. — Только не помню о чем.

— Может, вот это память прочистит?

И Тео вручил ей шоколадную ложечку.

Пришлось улыбнуться. Откусив кусочек, София дождалась, пока шоколад растает на языке. Потом поинтересовалась:

— Ты слышишь?

— Фонтаны? — Тео наклонил голову.

— Нет, что-то другое... Гораздо дальше. — Она помедлила. — Кто-то плачет?

Если бы она знала Тео похуже, то решила бы, что парень встревожился. Он тихо проговорил:

— Ничего я не слышу.

— Наверное, лакримы пришли в город, — пробормотала София. — Знать бы еще, много ли их.

— Вот уедем, — успокоил ее Тео, — и ты перестанешь их слышать.

София некоторое время молчала. Потом откусила кусочек шоколада.

— Теперь, должно быть, каждый своей дорогой пойдет, — предположила она.

— Вересса и Мартин сказали, что побудут здесь, пока не вернется Юста.

— А она вернется? Как тебе кажется?

Тео пожал плечами:

— Сомневаюсь, что ей захочется. Лед у самых ворот, можно сказать!

София всматривалась в непроницаемый лик луны.

— А ты? — спросила она. — Тоже здесь останешься?

— Ну уж нет, — ответил Тео. — Дворец, конечно, красивый, но… день-деньской сидеть и цветочки нюхать? Я уж лучше что-нибудь делать буду. Новые места повидать охота…

София сразу вспомнила про пиратов. И о том, как моментально вписался Тео в жизнь на борту «Лебедя».

— Думаю, — сказала она, — Каликста и Барр очень обрадуются, если ты надумаешь к ним присоединиться.

— Ну, не знаю, — с сомнением проговорил Тео. — Я с большим удовольствием исследованиями бы занялся… — Он помедлил. — Как по-твоему, если я раздобуду бумаги для въезда на Новый Запад, твой дядя не поможет мне начать?

Вот это был восторг! Софию накрыла теплая волна, начисто смывшая печаль и тревогу. Все трудности, связанные с проездом на Новый Запад, страшная спешка (а как же, четвертое июля, закрытие границ...) и ожидание парламентского решения под конец августа показались ей сущими пустяками.

— Уверена, это не так уж сложно, — сказала она. — Если дядя достал документы для миссис Клэй, почему бы не похлопотать и за тебя? И уж с кем и говорить об исследованиях, как не с ним! — радостно продолжала она. — К примеру, ты с Майлзом сможешь поехать, когда он вернется. Если бы не школа, и я бы с вами отправилась!

Тео улыбнулся:

— А мы будем... летними путешественниками!

София рассмеялась.

Тео потянулся к ней перевязанной рукой.

— У тебя шоколад на подбородке, — сказал он и провел большим пальцем по ее коже, стирая бурый мазок.

Тео чуть-чуть задержал руку у ее лица... а потом обнял Софию за плечи, словно так тому и следовало быть. София уютно прижалась к нему и взглянула на небо, будто наполнившееся сиянием. Безликая луна с завистливой тоской смотрела на них, пытаясь наклониться хоть чуточку ниже...

6 июля 1891 года: отъезд из Нохтланда

Таинственная причина, сдвинувшая с места Передовую эпоху, еще много лет будет тревожить картологов Нового Запада, Пустошей и Объединенных Индий. У них не хватало знаний, чтобы постичь ее. Мартин предположил — и с ним согласились, — что беглецов спас подземный город. На момент прихода ледниковой эпохи они уже находились в ее давнишнем анклаве. Поэтому разлом, который при других обстоятельствах превратил бы людей в лакрим, миновал их стороной. Но никто не понимал ни механизма, вызвавшего изменение границ эпохи, ни того, почему спуск озера вместе с Картой Всех Карт остановил ледники.

Карта, вынесенная Софией из гибнувшей пирамиды, и та содержала больше вопросов, нежели ответов. Она запечатлела странную историю, начинавшуюся слухами о несчастьях, происходивших где-то далеко: якобы через весь континент, сея ужас и панику, надвигалась страшная эпидемия. Животные Передовой эпохи падали замертво прямо на пастбищах. Птицы слетали наземь подхватить зернышко или червячка — и тоже гибли. Люди валились как подкошенные, города и веси постепенно пустели... Выглядело так, как если бы целая эпоха пала жертвой незримого яда. Картографы, создавшие маленькую пирамиду, не выдвинули никаких объяснений. Они смогли только зафиксировать горестный финал своей эпохи. Воспоминания, заключенные в карте, меркли по мере того, как уходили в небытие последние обитатели некогда великого города... Потом обрывались.

После долгого разговора с Шадраком, касавшегося в основном вопроса о четырех картах и чуда кратковременного обретения Карты Всех Карт, Вересса объявила, что им с Мартином лучше остаться в Пустошах. Принцесса Юста пока не выказывала желания вернуться в Нохтланд; если верить слухам, она путешествовала по северу в надежде воссоединиться со своим давно отсутствующим отцом... И потом, попробовал бы кто уговорить Мартина покинуть город! Ученый жаждал исследовать почвы Передовой эпохи — они отныне залегали всего-то в трех милях от его порога!

Карту-пирамиду со всеми ее тайнами София вверила Верессе. Как и три карты, которые так долго прятала. Поисковой Лупе предстояло отправиться в Бостон.

Шадрак, София и Тео оставались в Нохтланде еще несколько дней. Потом стало окончательно ясно, что им пора ехать домой.

— Эти книги тебе пригодятся, София, — сказала Вересса, когда они в последний раз стояли вместе у дворцовых теплиц. — Некоторые написала я, они посвящены Пустошам. Автор одной из них неизвестен: я так и не сумела его вычислить. Может, тебе удастся!

София перебрала стопку книг. Название одного томика заинтриговало ее. Оно гласило: «Руководство к поиску пропавшего и пропавших».

— Спасибо вам, — произнесла она.

— Чудный старый сборник карт. Надеюсь, ты поймешь их лучше, чем я. Картологические загадки ты решаешь быстрее…

И Вересса обняла Софию.

— Возвращайтесь, как только сможете, — сказал Мартин и тоже заключил ее в объятия. — Те пещеры ждут не дождутся исследователей! А уж мне-то как пригодится картограф…

— Но ведь с вами Вересса? — решила его поддразнить София.

Мартин только фыркнул:

— Думаешь, мне одного картографа хватит?

Болдевела, ставшая пиратской, отвезла их в Веракрус. Там они пересели на «Лебедь» и отплыли в Новый Орлеан. Поездка выдалась не из приятных. Софию продолжали донимать воспоминания о Бланке. Нохтланд, а затем и Веракрус остались далеко за спиной, но она все равно порой слышала далекое эхо, заставлявшее ее настороженно выпрямляться и умолкать. К тому же на борту «Лебедя» ее, как и в первый раз, одолела жестокая морская болезнь. Вдобавок София переживала оттого, что по прибытии в Новый Орлеан придется распрощаться с пиратами. Тео тактично оставлял ее наедине с раздумьями. Только Шадрак и Бабуля Перл (один — с грандиозными замыслами будущих исследований, другая — с кротким словом одобрения) решались к ней подходить в такие минуты.

— Что ж, София, — сказал Шадрак, сидя с нею рядом на палубе, — здорово, что мы возвращаемся домой: можно начинать строить планы. Конечно, теперь все переменится, но, полагаю, к лучшему… Я был рад взять с собой Тео, и не только потому, что он лучше многих представляет себе Запад, — у этого парня правильный настрой! Надо будет выправить ему документы, но с этим я справлюсь. А пока… — Он резко встал, забыв про ногу, и даже охнул. — А пока ты снова закопаешься в свои карты. Тебе еще многому нужно научиться! Правда, ты и мне теперь должна преподать урок, — добавил он с улыбкой. — Не откажешь?

София положила голову ему на плечо:

— Ну…

— Какое «ну»? София, ты же присутствовала при величайшем открытии!

Она понимала, что должна преисполниться энтузиазма, но почему-то не могла. Все, что она чувствовала, — это тошноту из-за качки.

Корабль пришвартовался в Новом Орлеане. Шадрак, Тео и София тепло распрощались с пиратами. Вот кто веселился вовсю, ничуть не задумываясь о том, что делать дальше!

— Уверен, и месяца не пройдет, как мы встретимся! — со счастливой улыбкой провозгласил Барр, энергично сотрясая руку Софии.

— Несомненно, — подтвердила Каликста. — Нас, может, и не пустят никуда дальше причалов, но как они проживут без рома, который мы поставляем?

— Как ни грустно, но это так, — кивнул брат.

— Боюсь, деточка, они правы, — засмеялась Бабуля Перл и в который раз обняла девочку.

— Счастливо вам, — сказала София, прижимаясь лицом к морщинистой мягкой щеке. — Может, вправду скоро увидимся, но я все равно успею жутко соскучиться!

— А ты сократи время, милая, — посоветовала старушка. — Ты же можешь делать со временем все, что захочешь!

Эпилог
Каждой — своя эпоха

18 декабря 1891 года, 12 часов 40 минут

Если вы теряете игровой мраморный шарик, любимую книгу или ключ, куда они пропадают? Они вовсе не пропадают, они пребывают вовне. Многие предметы (равно как и люди) проходят туда, однако вскоре возвращаются. Другие, попавшие вовне, по всей видимости, желают там и остаться. В подобных случаях единственное решение для очень настойчивых в поиске — тоже проникнуть вовне и вернуть пропажу.

Руководство к поиску пропавшего и пропавших

В Бостоне стояла зима. Подходили к концу дни учебы. София шла с занятий домой и, глядя, как растут сугробы, прикидывала, пойдут ли завтра трамваи, если продолжится снегопад. Если движение остановят, не будет и уроков в школе. А значит, предстоит свободный день!

Свернув на улицу Ист-Эндинг, она стала пятиться задом наперед, наблюдая, как постепенно исчезают ее следы. Воздух, как всегда во время снегопада, казался тепловатым и серым. Уже неподалеку от дома тридцать четыре Софии вдруг захотелось припустить бегом. Остаток пути она преодолела вприпрыжку.

Школьная сумка хлопала ее по боку, волосы растрепались. Взбежав на ступени, она дернула дверную ручку. Бросила сумку на пол и присела расшнуровать ботинки.

— Притворила бы дверь, милочка, — сказала миссис Клэй.

Она вышла в прихожую и сама закрыла ее.

— Да там же не холодно! — воскликнула София, поднимая глаза.

— Мне вот холодно, — улыбнулась домоправительница и сняла с Софии вязаную шапочку, мокрую от снега. Вытряхнула ее и водворила на вешалку. — Хочешь молока или, может быть, кофе? Я как раз варю…

— Я бы кофе выпила, спасибо, — проговорила София и направилась вслед за экономкой на кухню.

Миссис Клэй поставила кофейник на плиту и сняла с полки две чашки.

— Ты не высунешься из окна, чтобы достать немного снега с елки?

София с готовностью схватила чашки.

— Вы тоже хотите?

— Нет, милая, но Тео захочет наверняка.

София открыла окно, перегнулась наружу и подхватила по горсти снега с еловых ветвей — сперва одной чашкой, потом и другой. Миссис Клэй полила чистый снег кленовым сиропом, вычертив две толстые ровные спирали. Воткнула по ложке в каждую чашку.

— Твой дядя, — сказала она, — сидит внизу с Майлзом. Насколько я разобрала, у них жаркий спор…

— Опять выборы обсуждают? — закатила глаза София.

Новый Запад вот-вот должен был выбрать нового премьер-министра, и в доме тридцать четыре каждому кандидату учиняли самый подробный разбор. Поправка Вартона, призывавшая в конце августа наглухо запечатать границы, была благополучно похоронена. Путешественники с улицы Ист-Эндинг могли со спокойной душой планировать экспедицию. Шадрак крепко надеялся, что провал радикального плана Вартона предвещал победу умеренного кандидата. Майлз, завзятый пессимист, заявлял, что население Нового Запада успело привыкнуть к отсутствию чужестранцев, а значит будет и дальше скатываться в нетерпимость.

— В этот раз, — сказала экономка, — они сцепились из-за письма от Верессы, переданного приезжим из Веракруса.

— Вересса! — обрадовалась София. — И что она пишет?

— Тебе тоже письмо пришло, — ответила миссис Клэй и сунула руку в карман передника.

София подумала, что это Дороти ей написала, но почерк оказался совсем незнакомым.

— Странно, — проговорила она, в свою очередь пряча письмо в карман. — Вересса прислала новые карты ледников?

— Откуда же мне знать, девочка? Они так орали друг на друга, что я поскорее сбежала наверх… И отважилась спуститься лишь на минуточку — кофе сварить!

София взяла кружку с кофе и, захватив чашку со снегом и сиропом, осторожно направилась к выходу.

— Спасибо, миссис Клэй.

— Будь умницей, — напутствовала ее та. — Скажи Тео, пусть свой снег заберет!

Ускорив шаг и стараясь не расплескать кофе, София миновала кабинет Шадрака, открыла дверь в книжном шкафу и спустилась в картологический подвал. По пути она услышала обрывки действительно очень жаркого спора.

— А я тебе говорю, — горячился Шадрак, — снег там совсем не такой! Он качественно другой! И вода! И все это — из-за почвы! Именно так все и обстоит!

— А я, значит, должен верить тебе на слово, ни разу не убедившись в этом своими глазами? — кричал в ответ Майлз. — Ты же не озаботился захватить с собой образец! И теперь на моем доверии спекулируешь?

— И каким же образом, сделай милость, я должен был доставить сюда образец СНЕГА? — не сдавался Шадрак. — Июль стоял, между прочим! Такая жара была, что чуть рельсы не плавились.

— Я вот думаю, — встрял третий голос, молодой и смешливый, — этой проблемы мы никак не решим, сидя в погребе и в сотый раз перетирая одно и то же!

София спустилась с лестницы.

— Вересса новых карт не прислала? — без предисловий спросила она.

Хранилище карт, которое Шадрак по возвращении привел в надлежащий порядок, сияло прежним великолепием. На полках громоздились книги. В шкафах и горках заменили разбитые стекла, и, конечно, все свободное пространство там снова заполонили карты. Единственным зримым напоминанием о пережитом был длинный порез на коже столешницы. Через этот-то стол, стоя по разные стороны и упираясь в него руками, и переругивались Шадрак с Майлзом. Тео развалился в кресле возле стены, перекинув ноги через ручку. При виде чашки в руках у Софии глаза у него округлились.

— Миссис Клэй и тебе сделала, — сказала София, покрепче стиснув свою порцию.

Тео мигом вскочил и унесся вверх по ступенькам.

— Здравствуйте, Майлз, — кивнула София.

— Рад встрече, София, — отозвался гость. От домашнего тепла и ожесточенного спора щеки у него раскраснелись.

София обратилась к Шадраку:

— Миссис Клэй говорит, тебе пришло письмо от Вериссы.

— Да. — Шадрак отошел от стола и упал в кресло. — Только Майлз не хочет верить ни единому слову.

— Я совсем не то говорил, — прорычал Майлз.

— Так они продвинулись в картографировании ледника? — спросила София.

Шадрак вздохнул:

— Большей частью она сообщает новости о восстановлении картологической академии. В начале года к ним записалась почти сотня студентов.

— Почти сотня! — повторила София.

— Им достался дворец, где академия и расположилась. Наконец-то прекрасное здание получило достойное применение… С ледником они пока не особенно преуспели, хотя и делали короткие вылазки, в основном собирали материал. Мартин продолжает разрабатывать свою теорию, что рукотворная почва в некоторый момент стала слишком токсичной, и это вызвало массовое вымирание. Он много раз подвергал анализу лед, взятый с разных глубин, но причина токсичности пока не установлена… поэтому мой друг Майлз с ходу и отвергает теорию. А по-моему, — Шадрак поднялся с кресла, — из-за того, что Мартин не может определить степень токсичности, нельзя утверждать, будто ее вовсе там нет!

Майлз закатил глаза:

— Во имя Судеб, приятель, неужели ты не допускаешь вероятности, что почва Передовой эпохи, изначально ядовитая, перестала быть таковой? Вот и все, что я предлагаю! Всего лишь одну возможность из множества!

Шадрак разразился пространным, аргументированным ответом… София только головой покачала. Вернулся Тео, залез в любимое кресло и стал увлеченно черпать ложкой снег из чашки. София подсела к нему.

— Видно, у них на первом месте заботы об академии, — с сожалением проговорила она. — Но Вересса ведь обещала новые карты прислать…

Тео заметил уголок конверта, торчавший у Софии из кармана, и с любопытством спросил:

— А тебе письмо от кого?

— Не знаю, — сказала София. Вытащила конверт и заново пригляделась к незнакомому почерку. —

Прочту, тебе первому расскажу. Ладно, пойду-ка я к себе — в окошко на снегопад посмотрю…

Тео быстро протянул покрытую шрамами руку и накрыл ладонь Софии:

— И много нападало?

Она ответила на пожатие и застенчиво улыбнулась:

— Дюйма четыре, не меньше. Может, к утру будет около восьми.

— Все на улицу выйдут! — сказал Тео. — Давай и мы тоже?

— Хорошо, только ты за мной зайди, — улыбнулась она. — А то я опять за временем не услежу!

— Не сомневайся! — Он дружески подмигнул ей.

Поднявшись к себе, София поставила чашку с подтаявшим снегом и полупустую кофейную кружку на стол и присела. Вытянув ящик, достала нож для бумаг, лежавший рядом с шелковым шарфом Бланки. Помедлила, глядя в окно на сосульки… Сунула руку в карман и сжала катушку серебряных ниток, которую всюду носила с собой. Подарок миссис Клэй и через нее — дар Судеб, что счастливо провел ее сквозь лед иной эпохи…

Воздух за окном почти зримо мерцал. София не зажигала ламп, и без этого сероватый свет заливал комнату. Девочка удовлетворенно вздохнула. Что может быть прекраснее тишины, навеваемой снегопадом! Она посидела немного, слегка улыбаясь, вслушиваясь в безмолвие…

Потом снова взяла в руки конверт. Он был довольно толстым и без обратного адреса. Внутри оказался второй конверт, явно видавший виды. На нем значились лишь ее имя с фамилией и слово «Бостон». Какой-то почтовый служащий дописал сбоку: «Просьба переслать». София разрезала его и обнаружила внутри третий, пожелтевший от времени. Там был ее полный адрес, а почерк… Размашистый, с завитушками… Как же екнуло сердце…

Этот конверт не был заклеен. София открыла его и вытащила листок, которого много лет явно не касалась ничья рука.

Письмо оказалось коротким…

15 марта 1881 года

Драгоценная наша София!
Мы с твоей мамой думали о тебе каждый день и час нашего путешествия. Теперь, вплотную приблизившись к его вероятному окончанию, мы постоянно вспоминаем тебя. Должно быть, это письмо не скоро попадет тебе в руки. Если нам повезет, мы обгоним его на обратном пути. Но если ты получишь нашу весточку, а мы к тому времени не вернемся, знай: твои родители идут по затерянным следам в Авзентинию. Только не пытайся разыскивать нас, любимая. Шадрак подскажет тебе, как поступить. Дорога слишком опасна. У нас не было намерения путешествовать в Авзентинию. Она сама прибыла к нам.

Преданно любящий тебя,
твой отец Бронсон.

Содержание

Литературно-художественное издание
Для старшего школьного возраста

Серия «ЧЕРНИЛЬНОЕ СЕРДЦЕ»

С. И. ГРОУВ

Стеклянная карта

Ответственный редактор *Александр Етоев*
Художественный редактор *Татьяна Павлова*
Технический редактор *Валентин Бердник*
Корректоры *Наталия Хуторная, Лариса Ершова*
Компьютерная верстка *Валентина Бердника*

Главный редактор *Александр Жикаренцев*

ООО «Издательская Группа „Азбука-Аттикус“» —
обладатель товарного знака АЗБУКА®
119334, Москва, 5-й Донской проезд, д. 15, стр. 4

Филиал ООО «Издательская Группа „Азбука-Аттикус“»
в Санкт-Петербурге
191123, Санкт-Петербург, Воскресенская наб., д. 12, лит. А

ЧП «Издательство „Махаон-Украина“»
04073, Киев, Московский пр., д. 6 (2-й этаж)

Знак информационной продукции
(Федеральный закон № 436-ФЗ от 29.12.2010 г.): 12+

Подписано в печать 28.05.2015. Формат издания 60×90 1/16.
Гарнитура Minion Pro. Печать офсетная. Бумага офсетная.
Усл. печ. л. 36. Тираж 5000 экз. Заказ № 0050/15

Отпечатано в соответствии с предоставленными материалами
в ООО «ИПК Парето-Принт».
170546, Тверская область, Промышленная зона Боровлево-1, комплекс № 3А
www.pareto-print.ru

HFUN1713801R